廖可斌／著

本书获二〇一九年贵州省出版传媒事业发展专项资金资助
本书获贵州省孔学堂发展基金会资助

走近经典

古代文学名篇十八讲

孔學堂書局

本书获 2019 年贵州省出版传媒事业发展专项资金资助
本书获贵州省孔学堂发展基金会资助

图书在版编目（CIP）数据

走近经典：古代文学名篇十八讲/廖可斌著．—贵阳：孔学堂书局，2020.6
ISBN 978-7-80770-209-2

Ⅰ.①走… Ⅱ.①廖… Ⅲ.①中国文学—古典文学—文学欣赏 Ⅳ.①I206.2

中国版本图书馆 CIP 数据核字 (2020) 第 083870 号

走近经典——古代文学名篇十八讲　　廖可斌　著
ZOUJIN JINGDIAN GUDAI WENXUE MINGPIAN SHIBAJIANG

出 品 人： 邓国超　李　筑
责任编辑： 张发贤　杨翌琳
责任印制： 张　莹

出　　品	贵州日报当代融媒体集团	
出版发行	孔学堂书局	
地　　址	贵阳市云岩区宝山北路 372 号	
印　　制	深圳市新联美术印刷有限公司	
开　　本	787mm×1092mm　1/16	
字　　数	332 千字	
印　　张	23.25	
版　　次	2020 年 6 月第 1 版	
印　　次	2020 年 6 月第 1 次	
书　　号	ISBN 978-7-80770-209-2	
定　　价	58.00 元	

版权所有·翻印必究

目 录

导言：欣赏古代文学作品的意义与方法　　1

人鬼之舞——屈原《山鬼》　　9
英雄情怀——曹操《蒿里》　　28
癯而实腴——陶渊明《归园田居》　　41
移步换形——白居易《钱塘湖春行》　　63
逆笔之力——王安石《明妃曲》　　70

尺幅波澜——柳永《望海潮》　　97
似梦非梦——苏轼《江城子》　　118
空白不空——秦观《鹊桥仙》　　132
递进之势——辛弃疾《摸鱼儿》　　150

漂泊登临，千古同慨——王粲《登楼赋》	166
山水时空，兴怀无端——王羲之《兰亭集序》	185
人生绝唱，骈体杰作——王勃《滕王阁序》	197
以我役物，以意役象——袁宏道《西湖游记二则》	222
异域忧思，著为警策——薛福成《观巴黎油画记》	230
《窦娥冤》中的"埋怨天地"及其他	238
《西厢记·长亭送别》中的"戏"	254
《顾阿秀喜舍檀那物》的叙事之巧	265
《三国演义》与中国传统文化	298
附录一：读书三力——愿力、眼力和精力	319
附录二：从事古代文学研究应具备的三种意识 ——文献意识、理论意识与写作意识	341

导言：欣赏古代文学作品的意义与方法

要学好中国古代文学，前提是对中国古代历史文化抱一种温情而理性的态度。中国历史悠久，幅员辽阔，文化昌盛。放眼世界，很少有国家和民族能够与之相比。只是在近代以来，特别是进入现代以后的一段时间里，中国才落后了。近现代西方人大多看不起中国，那是因为他们不了解中国的过去，更不能预见中国的未来。也有些中国人自己看不起自己，盲目崇洋媚外，这是因为他们作为中国人并不等于他们就真正了解中国，他们对西方也只是道听途说，一知半解。中国历史文化中固然有很多黑暗面，甚至有惨不忍睹的地方，但西方历史文化中又何尝没有骇人听闻之处？西方文化自有它的优点，中国文化也不是没有自己的长处。因此，往往是对中国历史文化有一定了解，又能走出国门亲身触摸一下西方历史文化的人，能对中西历史文化的异同优劣有比较客观理性的认识。

人们在比较不同国家和地区的文化的异同优劣时，出于特定的动机，或受种种条件限制，往往出现"斜角现象"，即用某种文化的长处，去比另一种文化的短处；或拿这种文化的短处，去比另一种文化的长处。除此之外，人们在比较中西文化的异同优劣时，由于对两种文化的历史发展源流不了解，还往往出现"错位现象"，即用中国古代文化与西方近现代文化相比。这两种情况自然都得不出合理的结论。

我在欧美地区访学时，曾接触过来自世界不同地方的朋友。他们的国家和民族，有的历史那么短暂，甚或灾难深重；有的文化那么单薄，甚或支离破碎；有的体量那么弱小，在当代世界那样无足轻重，根本没有独立的国际地位和外交立场，只能随人俯仰，此时我的民族自豪感油然而生。我们伟大的祖先创造了与其他民族相比毫不逊色的文化，中国近现代的落后是近现代中国人的责任。中华民族至今仍然没有在世界上享有应有的地位，中国历史文化因此受到牵连，至今没有在世界历史文化中获得应有的尊敬，我们的祖先们因此是受了委屈的，近现代以来的中华民族的子孙们应该感到愧疚。

我们既不能抱着"我的祖先比你阔多了"的阿Q精神，陶醉于中国古代历史文化的辉煌，而无视近现代以来中国落后的现实；又不能因为中国近现代以来的落后，而否认中国古代历史文化的辉煌，认为中国人从来就不如别人；更不能将近现代以来中国落后的责任，推到我们祖先的头上。炫耀祖先和归罪祖先，妄自尊大或妄自菲薄，都既愚蠢又可耻。我们只有既对中国辉煌灿烂的历史文化充满自豪感，同时又勿忘近现代以来中国落后挨打饱受屈辱，并对当代中国仍然相对落后保持清醒，对奋起直追、振兴中华既充满信心又抱有高度的紧迫感和责任感，中华民族的伟大复兴才有希望。

中国古代历史文化是一个博大精深的体系，文学毫无疑问是其中的一个亮点。由于地理环境、生产方式、宗教等因素的影响，中国古代的建筑、雕塑等或许比不上古代西方；哲学、绘画、音乐等可能与古代西方互有短长；历史学、文学则总体上肯定有过之而无不及。从《诗经》《楚辞》到唐诗、宋词、元曲，从先秦两汉散文、六朝骈文到唐宋古文，从宋元南戏、金元杂剧到明清传奇，从文言笔记小说、长篇章回小说到短篇白话小说，中国古代文学汗牛充栋，精美绝伦。最近我因忝列袁行霈先生主编的《中国传统文化百部经典》编委，承担审稿工作，又重温了《孟子》《楚辞》和李白、杜甫、辛弃疾、陆游等人的诗文，以及《西厢记》《桃花扇》等作品，有一种强烈的感受，就是这些作品在刻画人性、人生、人世，表达思想情感，追求艺术形式的精美和表达方式的巧妙，充分挖掘和尝试汉语言文字的表达功能等方面，真是达到了难以企及的高度。只要中华民族还存在一天，这些文学经典就像闪耀着无比光华的日月星辰，高悬在天地之间。

作为一名大学教师，我的专业是中国古代文学。三十多年来，我一直坚持给本科生上课，讲得最多的课程之一就是"古代文学名作赏析"。虽然它在大学里一般被定位为非中文专业学生的选修课，不像其他所谓专业课受重视，但我从来不拒绝上这门课。因为我觉得凡是大学生都很有必要上这门课，基于教师的职责我们也应该承担这门课程的教学。

从传统上看，过去中国大学都对本科新生开设"大学国文"之类的课程，讲授的内容主要就是古代文学作品。国外知名大学一般也都把"文学"作为本科教育的"核心课程"之一，该课程也以讲授古代文学作品为主。前哲时贤之所以这样设计安排，是因为他们对大学教育的本质和文学教育的意义有深刻的理解。

从个人的角度看，加强文学特别是古代文学的学习，有利于培养人的健全心智和健全人格。文学就是描写人性、人生、人世的。能在今天仍然流传的古代文学作品，都经过千百年历史淘捡，都是精品。它们往往触及人性、人生、人世的某些本质的东西，揭示了人性、人生、人世的某些奥秘，具有高度的典型性和深刻性。我们阅读这些作品，通过了解古代的人性、人生、人世，就能加深对一般人性、人生、人世的理解，进而对自己的内心世界、人生道路和生活状态有更清醒的认识。它们就像一面面镜子，照亮了我们的心灵。我们走进了古人的内心世界和生活，也就走进了自己的内心世界和生活。人不同于动物之处，就在于有反思能力；人的生活不同于动物的生活，就在于除了物质生活外还有精神生活。因此文学可以说是人类天生的需要。我们每一次以宁静的心情阅读古代文学作品，都是在反省自己，都是在重温做人的感觉，都是在一点一点地丰富自己的精神世界，让我们的生活多少具有一点诗意。在这个喧嚣嘈杂、物欲横流、容易让人迷失、忘却自我的商业化时代，这尤为必要。

从社会的角度看，如果每个人对自己的内心世界、人生道路和生活状态有深刻认识，就不仅能更好把握自己的人生，做到"知者不惑、仁者不忧、勇者不惧"，而且能更敏锐地洞察他人的内心，和这个让人眼花缭乱的世界。只有认识自我，才能理解他人，进而尊重他人。如果连自己是一个什么样的人都不清楚，怎么可能理解他人？如果对他人连基本的理解也谈不上,又如何可能尊重他人?所以认识自我是一切的前提;所以西谚说最重要的是"认识你自己",中国的格言也说"人贵有自知之明"。文学的首要作用,就是帮助我们认识自己,理解他人。如果这个世界上的每个人都比较有反省能力,比较有自知之明,能够互相理解,彼此尊重,就能构建一个相对和谐美好的社会。因此,与科学、技术、经济、法律、军事、政治等学科对社会的作用相比,文学的作用看起来好像很虚,但实际上至实至大。它作用于人,作用于人的心灵,而人是整个社会的基石,心灵又是人的主宰,所以文学乃是根本之学,对人类社会的存在和发展至关重要。

从国家和民族的角度看,学习古代文学,有利于加强民族文化记忆、增强民族认同感、提高民族凝聚力和竞争力。能够使用语言文字,是人类的根本特征;使用不同的语言文字,则是不同民族的主要标志。文学是艺术化的语言,是语言的高级形态。因此语言是一个民族的根,文学是一个民族的魂。中国自古就是一个多民族国家,中国古代文学记录了中华民族形成和演进的历史,蕴含着我们共同的世界观、价值观和情感,这些都隐藏在每个中国人的灵魂深处,流淌在每个中国人的血液中。如果你是中国人,无论你身在何处,只要说起汉语,读到中国古代文学中的那些经典篇章,就会引起共鸣,就会强烈感受到我们都是中华民族大家庭的一员,呼吸相通,命运与共。当代世界全球化浪潮势不可挡,有人认为再强调民族特性已不合时宜,这种看法相当幼稚。当代世界实际上是全球化和民族认同两种潮流并行。全球化越发展,各个民族在融入整个人类大家庭的同时,就越意识到加强本民族认同的重要性。珍视本民族的文学宝藏,加强民族文学教育,是加强民族认同的重要手段。俄罗斯以其伟大的思想家、诗人罗蒙诺索夫命名其最好的大学(莫斯科罗蒙诺索夫国立大学),乌克兰以其伟大的诗人谢甫琴科命名其最好的大学(基辅国立塔拉斯—谢甫琴科大学),英国人对莎士比亚、德国人对歌德,法国人对雨果的崇敬,都超出我们的想象。相比之下,中国人对本民族文学的重视,还远远不够。我们传承中国古代文学,是在守护中华民族的根基和灵魂,这是一项无比神圣的事业。

从实用的层面看，学习古代文学，有助于培养一个人的想象力和创新能力。文学创作和文学欣赏都离不开想象，想象可以说是文学艺术之母。想象不同于逻辑推理，想象具有感悟性、跳跃性、新奇性。虽然科学技术研究主要运用逻辑推理，但有时候也非常需要想象，否则难以取得突破。爱因斯坦、钱学森、谢家麟等著名科学家的亲身经历，无数次证明了科学技术与文学艺术有相通之处，文学艺术的熏陶可以培养一个人的想象力，激发科学研究的灵感。近代以至当代，中国的科学技术取得了一些具体的成就，但在一些重大科学技术领域的突破不明显，人们反复追问其中的原因。在我看来，其中一个重要原因，就在于我们的教育过于实用主义，注重专业知识和技能的教育，而忽视人文教育特别是文学艺术教育。基础教育过早分科，使青年人的知识结构存在重大缺陷。从事科学技术研究的人，很少有比较好的文学艺术修养，因而缺乏想象力和创新能力。这种状况亟待改变。

学习古代文学还有一项重要效用，就是提高语言表达能力，包括口头表达和书面写作能力。语言学家早就指出，我们实际上生活在一个语言的世界里，所有人共同的最重要的生活和工作内容就是语言表达和交流，很多时候还需要通过写作来表达和交流。语言表达能力及写作能力对每个人的重要性不言而喻。浙江大学原校长潘云鹤院士曾说："要写好现代汉语文章，就要多读古文和外文。"这真是一种经验之谈。古代书写和传播的条件有限，文学作品大多篇幅短小，古代作家都惜墨如金，往往精心谋篇布局，锤炼字句。因此每一篇古代文学经典，都可以说字字珠玑。诵读这些作品，无疑是提高我们的口头表达能力及写作能力的有效途径。

与为什么要学习古代文学的追问相比，我遇到的更多的提问，是如何才能学好古代文学？经过多年摸索，我提出了一种"文本—文章—文学—文化"四位一体、"感受—想象—分析—考证"四步并进相结合的教学思路。前者可以说是学习古代文学的四个方面，后者可以说是学习古代文学的四种方法，这四个方面和四种方法，可以构成学习古代文学的"四梁四柱"。

所谓"文本",指作品的文献形态和语言形态。欣赏古代文学作品,必须对与文本相关的问题进行考订,如作者是谁,作于何时、何地,针对何人、何事,文本的来龙去脉如何,各种版本之间是否存在差异,等等。进而要弄清作品中字词的读音、语义,典故的出处和含义等。这是文学欣赏的基础。只有弄清楚了这些问题,文学欣赏才会准确可靠。有时候作品的真实内涵,就隐藏在它的创作时间、创作地点、版本差异等信息中。考辨这些因素的过程,实际上就是加深对这些作品的认识的过程。如果我们对作品的作者、创作背景、版本源流和文本差异以及字词音义等都没有弄清楚,即开始自由想象和发挥,就很可能郢书燕说,离题万里,闹出笑话。

所谓"文章",指作品的写作技巧,即字法、词法、句法、章法等。如前所述,任何一篇古代文学名作,都堪称写作的典范。我们要认真分析,看它如何谋篇布局、遣词造句,如怎样开头、过渡、结尾,怎样前后呼应、层层推进,怎样运用声调、对仗、押韵、谐声、连绵、双关、顶针、排比、倒装、对比、夸张、用典、白描、通感等技巧,又怎样调整角度、转换笔法,如以景写情、以动写静、时空交错、有声有色、点面结合、虚实相生、疏密相间、欲扬先抑、有张有弛,等等。只有充分领略古代文学名作的这些特点,我们才能达到提高口头表达能力及写作能力的目标。

所谓"文学",主要指作品所包含的思想感情。古代文学经典作品,往往包含着比较重要的思想观念,表达了某种比较深挚的情感,或描绘了某种美好的景象,塑造了某种人物形象,叙述了比较曲折动人的故事情节。我们必须调动感受能力和想象能力,设身处地,还原作者营造的艺术境界,深入作者本人或作品所塑造的人物形象的内心世界和生活环境,体验其复杂微妙的情感,捕捉其思想情感波动的轨迹和矛盾冲突,把握作品所表达的精神,认识人性、人生、人世的复杂性和丰富性,使心灵受到陶冶。这是文学欣赏活动的主体部分。

所谓"文化",是指作品包含的更深广的文化内涵。凡是文学经典,往往不仅仅是一篇文学作品,同时还是一个文化的典型样本,反映了某个民族文化的某些本质性和规律性的东西,即反映了该民族生产生活方式、思想观念和思维习惯的某些重要特点。欣赏中国古代文学作品，就不能仅就作品论作品，就文学论文学，而应该将它们看作中国古代文化的重要载体，把它们放到整个中国古代文化的大背景中进行审视，从而更深刻地理解它们的文化内涵和文化意义；同时又把这些作品当作观察和剖析中国古代文化的标本，通过解读这些作品，了解中国古代文化的某些特点，进而思考它们与当代中国的关系。从微观透视宏观，从宏观审视微观，做到由表及里，由此及彼，以小见大，见微知著。

一般来说，只有覆盖上述四个方面，做到"四位一体"，我们才能对古代文学经典作品做出全面深入的解读。当然，就具体作品而言，它们往往各有偏胜，故欣赏活动的侧重点又各有不同。

所谓"感受、想象、分析、考证"四种方法，也只是欣赏古代文学作品常用的几种方法，而不是全部。它们与欣赏古代文学作品的几个方面有所对应，但也不完全对应。如感受和想象主要对应文学，分析主要对应文章和文化，考证主要对应文本，但在文章、文学、文化部分也不排除有所考证，在文本、文学部分也不排除有所分析。

至于四种方法的运用次第，也没有一定之规。欣赏者不同，欣赏的作品不同，这四种方法的运用次第都会有所不同。专业研究者很可能会从考证开始。我这里排出的次序，是对一般爱好者而言的。对他们来说，我的建议是从感受开始。拿到一篇作品，首先认真阅读一遍，看第一印象如何，自己是不是喜欢，是不是受到某种触动，是不是有某些地方引发了自己的兴趣。如果是，就进一步去想象、体会，然后进行深入分析，看究竟是什么触动了自己，为什么会触动自己，让自己的认识上升到理性的高度。如果需要，再进行相关的考证，弄清有关事实和背景信息，使自己的感受、想象和分析变得更加精确可靠。如果一个普通读者也像专业研究者一样，一开始就进行考证和分析，有可能把欣赏活动弄得索然寡味。毕竟对他们来说，获得审美的愉悦，是欣赏古代文学作品的主要目的。当然，这种次第是就整个欣赏活动过程的大致轮廓而言的。在任何欣赏活动中，这四种方法的运用都不可能次第井然。随着欣赏活动的推进，它们实际上是四步并进、交互为用的。往往感受中已夹杂着想象，分析中已包含考证。总体而言，欣赏者对这几种方法应全面掌握，在欣赏活动中综合运用。

中国古代文学名篇佳作琳琅满目，何止千万。每一篇都精美绝伦，大有壶奥，值得细细分说。我前后讲解过的作品至少过百篇，本书仅选了其中十八篇。虽然数量有限，但也具有一定代表性：时间上从先秦到近代；文体上涵盖诗（楚辞、乐府诗、古体诗、歌行体诗、律诗）、词（怜、长调）、文（赋、古文、骈文、小品文）、戏曲、小说（短篇、长篇）等中国古代文学的主要文体，真可谓尝鼎一脔。

本书所谓"精读"，不是自诩有多么精辟，主要意思是尽可能讲得细致一点。一般的选本只作注释和点评，一些鉴赏辞典多为对作品的印象式描绘，本书力图与它们有所不同。将根据所谓"四位一体""四步并进"的理念，对作品的字、词、句及思想内容和艺术技巧作尽可能详尽的分析，以求在欣赏方法上对读者起到一定的示范作用。

收入本书的讲解文章，有的在书刊上发表过，语言比较简洁，但生动活泼性有所减弱；有些是在课堂或讲座讲授内容的基础上整理而成，比较活泼，但又不够精炼。两者各有利弊。当然最好是做到既简练又生动活泼，可惜这不是那么容易的事情。

附录的两篇演讲稿，一篇谈大学中文系本科新生如何读书，中国古代文学作品当然是阅读的重点内容之一；另一篇是对古代文学专业的研究生谈研究古代文学应具备的几种意识，所有古代文学研究都必须从阅读作品开始。所以，这两篇文章虽然不讲具体的作品，但都与阅读古代文学作品有关，故为收录，聊供读者参考。

感谢贵阳孔学堂书局苏桦总编辑、张发贤副总编辑的盛情邀约，感谢责任编辑杨翌琳女士的热情催促和细心编校。他们的美好情谊，是本书得以整理出版的重要动力。

人鬼之舞——屈原《山鬼》[1]

屈原（约公元前340—前278），中国古代伟大的文学家。名平，字原，战国末期楚国人，楚王宗族。"明于治乱，娴于辞令"，曾得到楚怀王高度信任，任左徒，"入则与王图议国事，以出号令；出则接遇宾客，应对诸侯。"（《史记·屈原贾生列传》）主张联齐抗秦。后被怀王疏远，被流放到汉水以北一带。怀王被诱骗至秦国客死，其子顷襄王即位，屈原又遭到奸臣陷害，被流放到长江以南地区。闻楚国都城郢都被秦军攻破，悲愤交集，在今湖南境内投汨罗江而死。《史记》卷八十四有传。

屈原的作品最早编集于《楚辞章句》，共收二十五篇，分别为《离骚》，《九歌》（十一篇），《天问》，《九章》（九篇），《远游》，《卜居》，《渔父》。后三篇作品是否屈原所作存在一定争议。

若有人兮山之阿[2]，被薜荔兮带女罗。[3]既含睇兮又宜笑，[4]子慕予兮善窈窕。[5]

乘赤豹兮从文狸，[6]辛夷车兮结桂旗。[7]被石兰兮带杜衡，[8]折芳馨兮遗[9]所思。

余处幽篁[10]兮终不见天，路险难兮独后来。表[11]独立兮山之上，云容容[12]兮而在下。杳冥冥兮羌昼晦，[13]东风飘兮神灵雨。[14]留灵修兮憺忘归，[15]岁既晏兮孰华予？[16]

采三秀[17]兮於山间，石磊磊兮葛蔓蔓。怨公子兮怅忘归，君思我兮不得闲。

本篇选自〔宋〕朱熹：《楚辞集注》，上海古籍出版社1979年版。

山中人兮芳杜若，饮石泉兮荫松柏。君思我兮然疑作。雷填填[18]兮雨冥冥，猿啾啾兮又夜鸣，风飒飒兮木萧萧，思公子兮徒离忧。[19]

注　释

[1] 山鬼：山中的神灵。《史记·五帝本纪》张守节《正义》："天神曰神，人神曰鬼。又云圣人之精气谓之神，贤人之精气谓之鬼。"马茂元《楚辞选》："山鬼即山中之神，称之为鬼，因为不是正神。"此诗是祭祀楚国山神的歌曲，至于是哪一座山，则历来说法不一。

[2] 山之阿（ē）：山坳处。

[3] 被（pī）：通"披"。带：意动用法，以为带。薜荔、女罗，俱植物名。王逸《楚辞章句》："女罗：兔丝也。言山鬼仿佛若人，见于山之阿，被薜荔之衣，以兔丝为带也。薜荔、兔丝皆无根，缘物而生。山鬼亦晻忽无形，故衣之以为饰也。"

[4] 含睇：含着深情微微注视。宜笑：微笑露齿，笑得恰到好处。

[5] 慕：爱慕。窈窕，身姿苗条优美。《诗经·关雎》："窈窕淑女，君子好逑。"

[6] 赤豹：红毛的豹子。洪兴祖《楚辞补注》引陆机云："毛赤而文黑，谓之赤豹。"从：使动用法，使……跟从。文狸：身上有花纹的狸。狸，又作貍。《尔雅翼》卷二十一"貍"条："貍者，狐之类。狐口锐而尾大，貍口方而身文。黄黑彬彬，盖次于豹。"

[7] 辛夷车：洪兴祖《楚辞补注》"以辛夷香木为车"。辛夷：香木名。《汉书》卷八十七《扬雄传》："列新雉于林薄。"颜师古《注》："新雉即辛夷耳，为树甚大，非香草也。其木枝叶皆芳，一名新䴡。"结桂旗，用桂树枝叶绾结成旗帜。

[8] 被（pī）：通"披"。石兰、杜蘅：均香草名。黄灵庚《楚辞章句疏证》："石兰，谓山兰"；"杜蘅，谓芍药"。

[9] 遗（wèi）：送。

[10] 幽篁：《六臣注文选》吕向注："幽，深也。篁，竹丛也。"

[11] 表：本指物体之上的标志物，此处形容特别突出貌。

[12] 容容：形容云雾浓盛，云团翻滚飘动的样子。

[13] 杳（yǎo）：遥远。冥冥：同"瞑瞑"，昏暗貌。羌：当时楚国方言中的发语词，一般无义，有时表示强调语气。昼晦：白天变成了夜晚。

[14] 东风句：《楚辞章句》"言东风飘然而起，则神灵应之而雨"。

[15] 留：留念。灵修：楚国当时方言词汇，屈原作品中多用之，指美好之人，这里应指山神。憺：心情平淡宁静。

[16] 晏：晚。孰：谁。华予：使动用法，使予华，使我保持青春芳华。

[17] 三秀：《楚辞章句》"谓芝草也……"，或曰芝一年三次开花，故又称三秀。

[18] 填填：雷声。

[19] 徒：只。离：通"罹"。离忧，犹"离骚"，遭受忧伤也。

赏　析

先秦的诗歌，我没有选《诗经》，而是选了《楚辞》中的一篇作品。之所以这么安排，是考虑到人们一般对《诗经》比较熟悉，对《楚辞》相对陌生。造成这种陌生的缘故，主要是大家觉得《楚辞》的语言"光怪陆离"，很不好懂，望而生畏。其实《楚辞》并没有那么难懂，无非是其中夹杂了几个当时楚国方言的词汇。这几个词汇也不难懂，接触几次就熟悉了。《楚辞》与当代汉语之间的差别，肯定远远小于现在的北方话与广东话、香港话的区别，更远远小于汉语与英语的区别。我们的年轻朋友们，广东话、香港话可以说得很地道，英语也学得很好，怎么就不能懂《楚辞》呢？只要稍微平心静气，舍得花一点点功夫，认真读一下《楚辞》中的作品，进入诗人的情感世界，你就会觉得《楚辞》一点也不难懂。我之所以选这首《山鬼》，用意之一，就是要帮助大家打破对《楚辞》的神秘感、陌生感。《山鬼》是写鬼神的，够神秘了吧。但只要我们认真读一读，就会发现它一点儿也不神秘。作者写的事情，与我们今天的日常生活竟然如此相通，诗人的心灵竟然跟我们如此贴近。

在正式讲解屈原的这篇作品之前，有个问题需要说明一下，就是历史上是否真有屈原这个人，《楚辞》中的作品是不是一个叫屈原的人写的？我提出这个问题，大家可能会感到很奇怪，甚至震惊。但否定屈原的真实存在的说法，很早就有了，现在也还有人对此将信将疑。最早提出这个说法的，是清末民初的四川学者廖平，这是一个很有个性的人物，他在20世纪20年代提出这种观点。后来著名学者胡适、还有丁迪豪、何天行等人，都写过论著，认为屈原并不存在。直到20世纪60年代，复旦大学的著名学者朱东润还坚持这种观点。廖平、胡适等人之所以产生这种看法，与清末民初盛行的"疑古"学术思潮有关。当时顾颉刚等人提出了"层累地造成的中国古史"学说，认为后来关于中国早期历史的记载，都是战国至汉代的学者们逐步编造出来的，一层一层加上去的，越到后来编得越完善，也就越不可靠，因此流传下来的汉代以上的书籍大多靠不住。按照这种思路，他们对关于中国早期历史的记载——"解构"，屈原也就被盯上了。他们的说法传到日本，日本的学者很是兴奋。从20世纪60年代到80年代，先后有冈村繁、铃木修次、白川静、稻畑耕一郎、三泽玲尔等学者论证屈原不存在，《楚辞》中的作品不是屈原写的。

"屈原否定论"的依据主要有两条：一是现存关于屈原的最早记载见于《史记·屈原贾生列传》，假如屈原曾经那么有名，为什么战国至秦汉之际的其他文献中都没有提到他呢？二是在《楚辞》之前，中国的诗歌主要保存在《诗经》里，其中除个别作品提到了是谁写的，绝大部分都是民间和文人集体创作的。也就是说，当时还没有"个人诗人"。往后看，两汉时期最流行的是乐府诗，也主要是民间集体创作，仍然没有"个人诗人"。现存最早的可靠的文人诗，是西汉初年韦孟作的《讽谏诗》，形式接近《诗经》，是四言体，但缺乏文采。直到东汉末年的建安年间，大家都知道的，出现了"三曹""建安七子"，他们写出了数量可观的非常完美的诗歌，才真正有了"个人诗人"。往前看，作为"个人诗人"的屈原可谓空前，是中国古代第一个诗人；往后看，屈原身后五百年也没有出现"个人诗人"。屈原在其间孤峰耸立，一下子就写出了那么多精美绝伦的诗歌，这难以置信。另外还有一些从属性的论据，如《楚辞》中有些内容重复或自相矛盾，屈原热爱祖国，忠于君王，这种思想在战国年间还没有产生等。

如果历史上真没有屈原这个人，《楚辞》中的作品真不是屈原写的，那么是谁写的呢？"屈原否定论"者多认为是西汉初年的淮南王刘安及其门客写的。因为《史记·屈原贾生列传》引用了刘安作的《离骚传》，他实际上是最早赞美屈原及其作品的人。刘安是汉高祖刘邦之孙、淮南厉王刘长之子，很有才华，也很有野心，遭到汉武帝和朝廷的猜疑。他觉得自己很委屈，就和王府门客编写了《楚辞》，并向汉武帝呈上《离骚传》，以表明心迹。当然，刘安最后还是因起兵造反不成自尽了。《史记》的作者司马迁也是个受了巨大委屈的人，他也想借屈原及其作品表达自己的痛苦和悲愤，于是他在撰写《史记》时，就采用了刘安的《离骚传》，写了《屈原贾生列传》，屈原及其作品从此就着实了。还有一些"屈原否定论"者认为《楚辞》是战国至秦汉间楚地的民间歌曲，汉代学者将它们收集起来，虚拟了屈原这么一个人，放在他的名下。另有一些学者干脆连《史记·屈原贾生列传》也怀疑，认为不是出自司马迁之手，是当时一些文人编造了屈原其人其诗和《屈原传》，掺进《史记》中。因为秦末造反的刘邦、项羽都是楚人，刘邦建立汉朝后，朝廷上下都流行楚地的歌曲，当时的文人要编造一些楚辞作品并非难事。

当然，上述说法遭到了中国国内楚辞研究界的大力反驳，其中用力较多的有郭沫若、汤炳正、黄中模、赵逵夫等人。关于那些"屈原否定论"者提出的疑点，他们大体上是这样解释的：屈原虽然曾在楚国占有很高地位，发挥重要作用，但为时短暂，加上现存战国至秦汉的文献以北方所记录的为主，其中没有提到屈原并不奇怪。当时还有好些著名人物，也是在《史记》等汉代文献中才第一次提到。屈原的《楚辞》作品，虽然基本上是个人创作，但实际上是有所本的。当时楚国就流行《九歌》《九辩》

之类的乐曲，《楚辞》中就多次提到。屈原的大部分作品，很可能是在这些乐曲基础上，依托已有乐曲的框架创作的。例如屈原的《九歌》，根据《楚辞章句》："昔楚国南郢之邑，沅湘之间，其俗信鬼而好祠。其祠必作歌乐鼓舞，以乐诸神。屈原放逐，窜伏其域，怀忧苦毒，愁思沸郁，出见俗人祭祀之礼，歌舞之乐，其词鄙陋，因为作《九歌》之曲。上陈事神之敬，下见己之怨结，讬之以风谏。故其文意不同，章句杂错，而广异义焉。"则《九歌》在很大程度上属于屈原的改编之作，这可以在一定程度上解释屈原为什么能创作那么多优秀作品。因此，屈原的诗歌创作空前绝后，前不见古人，后不见来者，这不能成为否定屈原的理由，反而更证明了屈原的伟大。

至于爱国忠君思想，先秦确实基本上还没有成型。当时人还只有"天下"的概念，认为中国就是天下，士人到哪个诸侯国去效劳都是合理的。所以孔子、孟子都曾周游列国，寻找可以实现自己政治理想的地方。但这也不排除到战国末期，各个诸侯国之间界限分明，士子们逐步开始有了朦胧的爱国忠君思想。何况屈原生活在相对独立的南方的楚国，本土意识可能更强；屈原又属楚国王族，因此对楚国的感情不同一般，他有爱国忠君的思想是完全有可能的。至于怀疑《史记》相关记载的真实性等，都属猜测想象之词，不值得详辩。顺便说一句，现在有人说楚国也属于中国，屈原爱楚国不能说成是爱国主义，我看这种说法也有问题。国家是一个变化发展的概念，现代中国是逐步形成的。春秋战国时期中国分成很多诸侯国，这是一个客观事实。屈原爱自己的国家，未尝不可以视为爱国主义。正是因为当时有了小的爱国主义，后来才会发展成大的爱国主义。这样说来，屈原不仅是中国历史上第一个大诗人，也是中国历史上第一个爱国主义者。他一个人就占了中国历史上两个重要的第一名，够了不起的吧？

《山鬼》是《九歌》中的一篇。前面所引《楚辞章句》已说明，《九歌》中的作品，都是屈原在楚国南方（今湖南境内）民间祭祀鬼神的乐曲的基础上改编而成的。古人认为万物皆有灵有神，山有山神，水有水神，甚至一棵树、一株花也有神。为了祈求保佑，避免祸殃，人们对各种各样的神都要祭祀，凡祭祀都要有所奉献、礼赞，以让神灵满意高兴，这就是所谓"娱神"。此种风俗由来久远，只是有很多祭祀活动慢慢地就变了味道。最初可能是虔诚祭祀神灵的，后来逐渐变成了一种习俗，一种娱乐活动，就相当于民间的狂欢节了。带有宗教性的活动是古代人主要的群体活动，宗教性活动场所也是古代人主要的公共活动空间。古人也只有在这种地方、这种活动中，才能乐一乐。祭祀活动的目的和功能，就由娱神逐步演变为既娱神也娱人，再发展为以娱人为主。除了娱乐，有些宗教性活动和宗教性场所，还兼有了社交、游览、商贸等功能。中国各地的所谓庙会，就是因此形成的。外国的情况其实也差不多，如日本东京著名的浅草寺等，很早就成为游览、商贸中心。

在祭祀活动和祭祀场所的性质和功能发生变化以后，祭祀活动本身的内容也发生了变化。关于神灵的内容越来越少，世俗性的内容越来越多。连神灵本身也逐步被世俗化。人们会根据自己的生活去想象神灵，塑造神灵，如认为它们也有七情六欲，也有喜怒哀乐，也要娶妻生子，也要升官发财之类，于是神灵的生活内容和世俗的生活内容几乎就融为一体了。当然，它们也还保留那么一点点神灵的特点，如有神奇的法力等等，不然它们就不好被奉为神灵了。

《山鬼》所描写的，就是这样一场带有浓厚世俗色彩、娱乐性质的祭祀活动。按照古代祭祀的惯例，既然祭祀的是山神，那么就要用一个人扮演它，站在那里一动不动，接受祭祀，这个角色叫"尸"。扮演者可能是男孩或女孩，也可能是成年人，也可能是专门从事祭祀活动的巫或觋（xí）（女曰巫，男曰觋）。再由一个巫或觋代表人们向它舞蹈歌唱，表示礼赞，因为巫觋被视为是可以与神灵对话、沟通人神的人。由于祭祀活动的世俗化，人们便把巫觋与神灵（尸）之间的关系，想象成一种男女情爱关系。把巫觋对神灵的礼赞，刻画成一种表达爱恋的过程。在本篇中，山神是否在场；女巫扮演的是山神，还是代表人们向山神表达爱恋；历来解读者有不同的理解。我认为，本篇中山神被拟定为男性，它可能没有出场，也有可能出场了但一动不动，通篇主要是女巫向它表示思恋之情。作为山鬼的恋人，女巫实际上也就化成了另一个山鬼，即女山鬼。诗中的"君""公子""灵修"，均指男山鬼；"余""我""予"等第一人称，则指娱神的女巫，即女山鬼。这样理解似乎比较说得通。

开头一句"若有人兮山之阿"，就非常巧妙。我们可以想象，当时在山脚下的空地里，挤满了前来观赏祭祀表演的民众。他们之中的很多人，肯定好久没见面了，重逢难免兴奋，家长里短，有说不完的话。整个场面闹闹嚷嚷，人声鼎沸，秩序混乱。这时，眼尖的人突然发现，女巫似乎已经上场了。她出现在祭祀舞台的一角，若有若无，似进还退。个别人的惊呼，引起了大家的注意。人们朝舞台方向望去，有的说是，有的说不是，将信将疑。慢慢地，大家都确信女巫是上场了，于是整个场面不知不觉就安静下来了。

为什么说这个开头很巧妙呢？首先，诗人笔下的女巫不是一下子蹦到台上的，而是缓慢舞上台的。女巫这样的出场，就给人一种优雅、曼妙的美感，同时也有几分神秘感。其次，女巫上台是要吸引人的注意的，但她并没有刻意用夸张强烈的动作或声音吸引观众，而是自顾自地悄然上场，让观众在疑惑中逐步自觉地安静下来。本来她是被动的，但她化被动为主动。不是她要让观众关注她，而是变成了观众主动来关注她。我们现在观看表演，尤其是音乐会，也会经常碰到类似情形。指挥和演奏员都上场了，观众席上仍然不太安静。这时指挥和演奏员并没有站出来叫大家安静，而是自顾自地慢慢挥动指挥棒，微微拉动琴弓。细心的观众发现了，提醒大家说开始了。大家凝神谛听，音乐声若有若无，如缕缕微风，丝丝细雨，轻轻飘过来，越来越明朗，听众也就渐渐被吸引住了，心神开始随着音乐起伏跌宕。这也是化被动为主动，古今演出者深谙同样的道理。

由此我们还可以领悟到作文的开头之法，因为音乐与文章的结构规律和技巧等是相通的。作文的开头很重要，一定要一下子就引起读者的注意，让人眼前为之一亮。那么如何才能做到这一点呢？常用的无非两种办法。一种是开门见山，直奔主题。或用耀眼的字词，或用别致的句法，或用不同凡响的说法，一下子就震撼读者。所以中国古代作文法中有所谓"凤头、猪肚、豹尾"的说法，就是说要起得漂亮、过得浩荡、结得响亮。为了达到这个目标，有人还出怪招。话说有位民国元老吴稚晖，出身于江苏武进书香门第，是晚清秀才，早年写的文章典雅规矩，但无甚特色。后来文风忽然大变，成为民国年间的辩论高手。据说他是因为在无锡地摊上买到一本名曰《何典》的吴语小说，该小说开头几句就是："不会谈天论地，不喜咬文嚼字，一味臭喷蛆，且向人间搗鬼。放屁，放屁，真正岂有此理。"吴稚晖忽然间大彻大悟，从此知道说话写文章，就是要想说什么就说什么，开头尤其要别出心裁，语不惊人死不休。这算是一种开头法。顺便说一句，除了吴稚晖、鲁迅、胡适、林语堂等人也很喜欢这本《何典》。另一种开头法，就是干脆不理睬读者，只管自顾自有一搭没一搭说起来，若有意若无意，似乎是在扯闲篇。读者看惯了那种装腔作势、陈词滥调的开头，看到这种开头反而会觉得新鲜，觉得有点意思，于是主动看下去，才发现后面渐入佳境，越来越精彩。《山鬼》一诗及它所描绘的女巫的舞蹈表演的开头就属于这一类。两种开头法各有千秋。

第二句"被薜荔兮带女萝"。女巫走得更近了，所以大家看得更清楚了。前一句只看到她的身影轮廓，到这一句就能看清楚她的装束打扮了。只见她披着薜荔香草编成的草裙，腰里系着用菟丝子束成的带子。这种打扮说明了什么呢？一是这都是些芳香的花草，我们仿佛可以感受到巫女浑身散发出来的芬芳，给人以一种美好愉悦的感觉。古人又有以芳草比拟人的美德的观念，穿戴了这么多香草的女巫，人品也应该是美好的。二是女巫此时已化身为山鬼的恋人，也就是女山鬼了，那么她就不同于一般人。她不穿衣服，而是穿戴着各种花草，就显示出她非凡人，而是住在山野中的一个山鬼。这一句就写出了女巫即女山鬼的神异性，给人以新奇感。第三，人们观看女巫的祭祀动作，实际上是同时在观看一场舞蹈表演，自然希望女巫漂亮动人，赏心悦目。巫女只穿戴一些花草，自然会露出她美丽的身段，这一点给观众带来了感官愉悦。谁不愿意看到一个美女呢？谁看到美女会不愉快呢？这是人之常情，无可厚非。在这里，我们不禁联想起当代夏威夷美女的草裙舞。

第三句"既含睇兮又宜笑"，看得更清楚了，看到女巫的表情了。因此，前面三句从写身影，到写装束，再到写表情，是次序井然、步步推进的。女巫舞至舞台中央，来了一个造型，眼光扫向全场。只见她眼睛明亮，眼神脉脉含情，脸上盈盈而笑，微露出洁白的牙齿和浅浅的酒窝，美丽动人，所有人都被她的美丽震慑住了。女性之美，美在眼神，眼睛要大，而且黑白分明，同时要有神。所以历来做演员的，都很重视练自己的眼神。许多演员为了让自己的眼睛黑白分明，亮而有神，还根据民间的土方子，经常吃活蛇胆，据说蛇胆有祛毒亮眼的功能。除了保养眼睛，演员还要学会用眼。站在台上朝观众一看，每个观众，包括各个角落的观众，都觉得演员是在看自己，因此感到兴奋满足，实际上演员谁都没有看，这是有技巧的。这一句不仅写出了女巫的眼神之美，而且把她的整个美写活了，即写出她的"媚"。静态之美为美，动态之美为媚，媚当然更加动人，勾魂摄魄。巧的是，比《楚辞》早而且诞生在北方的《诗经》，其中《卫风》中有一篇《硕人》描写美女，也是这么写的："手如柔荑，肤如凝脂，领如蝤蛴，齿如瓠犀，螓首蛾眉，巧笑倩兮，美目盼兮。"纵情赞扬美女浑身上下每一处都完美至极，比拟新奇生动，但最传神的还是最后两句"巧笑倩兮，眉目盼兮"，写美女微笑的神态和灵动的眼神，把美女写活了。

前面四句是本诗的第一个段落，写女巫的出场和女巫之美。"子慕予兮善窈窕"，是这个段落的最后一句，要做一个小结。这样这个段落就完整了，它与下面段落之间的界限就分明了，整个诗篇的层次就清晰了。那么作者是怎么做这个小收束的呢？前面三句都是从观众的眼中看女巫，都是用观众的语气说的。作者这时调换了角度，变成从女巫的角度看观众，说话的主体变成了女巫。她对山神说："我是如此优美动人，你肯定是爱慕我的吧。"当然，女巫对山神说，也就是对观众说了。诗人保持全知视角，他不仅知道观众眼里心里如何看女巫，也知道女巫眼里心里如何看观众。他懂得女巫的心事，因此在尽情描绘了女巫之美后，便设想，女巫既然如此美丽动人，她对自己的美丽是心中有数的，她从观众的反应中也看到了自己的美丽具有多么强大的征服力，她肯定是为此感到骄傲的。于是猜度女巫会在心里颇为得意而且有几分调皮地说：我知道我是美丽的，知道你们喜欢我，喜欢我的美丽！这样一来，不仅写了女巫的美丽，而且写出了她的性情。女巫就不仅外表美丽，而且天真活泼，聪明伶俐，并含有几分少女的娇嗔，显得更加可爱了。

从写作手法看，诗人的这个角度转换，可谓神来之笔。如果一直从观众的角度写下去，就呆板单调了。现在换到女巫的角度，笔法就显得灵活多变。既写了观众的所见所感，也写了女巫的心理活动，彼此之间就形成了一种反馈互动，整个场面的气氛就显得更融洽了。近现代西方文艺理论大谈所谓第一人称视角、第二人称视角、全知视角、内聚焦、外聚焦之类，其实中外古典文学艺术里面就包含着许多这样的例证。古代文学艺术家既领悟了这些技巧的奥秘，又不为某种理论观念束缚，自由灵活运用，效果更好。

紧接着舞台上的气氛突然转变。只见女巫乘着红色的豹子在舞台上奔跑，身后跟着浑身花纹的狸。然后又跳上用辛夷木做成的车子，在舞台上驰骋，车上用桂树枝叶编成的旗子呼呼生风。舞台上不仅动静很大，而且赤豹、文狸、辛夷车、桂旗色彩耀眼，也令人眼花缭乱。首先，这写出了女巫（山鬼）的神奇。上一段中所写的女巫，除"被薜荔兮带女萝"有点特别外，几乎与现实生活中的女子没有什么差别。尤其是后来写到她"既含睇兮又宜笑，子慕予兮善窈窕"，如此美丽俏皮、温柔可爱，几乎就是邻家女子模样，差不多让人忘记了她本是个女巫（山鬼）！这里画风突变，女巫（山鬼）展现出她狂野神奇的本来面目。普通人怎么可能"乘赤豹兮从文狸"呢？至于女巫当时在舞台上究竟是怎样表演这种动作的，我们不能确知，但可以想象。让真正的豹子、狸上台，即使上古之人比较质朴勇猛，这么做恐怕也有难度。那么只剩下两种可能：一种是用身段动作加一点道具来表现，让观众去体会，就像后来传统戏曲舞台上的表现手法，演员挥动一根小马鞭，就代表乘着骏马了；在舞台上东倒西歪，就意味着遇到狂风暴雨了。另一种办法就是让其他演员披上动物的皮毛，扮演赤豹、文狸。古人的表演技巧，似乎还不大可能达到后来戏曲舞台上那种象征写意表演手段的水平，因此用后一种办法可能性更大。如果是这样，似乎也更有趣，我们可以设想，谁最有可能扮演赤豹、文狸呢？应该是十里八乡里比较机灵的小伙子。得到这次机会，能背着、尾随着美丽的女巫，他肯定乐不可支，心甘情愿在舞台上卖力地爬来爬去。后来民歌中有这样的唱词："我愿做一只小羊，跟在她身旁。我愿她拿着细细的皮鞭，不断轻轻打在我身上。"挨皮鞭都是一种享受，何况让美女骑在自己身上呢。而下面的观众，可能有人认得出那是谁家的小子，于是指指点点，议论纷纷，兴致盎然，于是整个现场的气氛就更热烈欢快了。

其次，无论是舞台上的表演，还是本诗的写作，这样一变，速度、节奏就跌宕起伏了。第一段主要是静态的，节奏比较缓慢，现在则节奏突然加快，整个舞台上都动起来了。舞台表演也好，诗文写作也好，速度节奏都要不断变化，才能不断提振观众和读者的兴趣。慢一段了就要变快，老是慢就太沉闷了；快一段了就得变慢，老是快也会让人喘不过气来。只有快慢相间，冷热相生，才能恰到好处。

女巫在舞台上奔驰了一阵，就停下来了，下车了，扮演赤豹、文狸的小伙子也该下场了。女巫也不能老奔驰下去不是？新奇的舞台动作和舞台效果让观众眼前一亮，兴趣大涨。但老奔驰下去，观众也会厌倦的。现在舞台上又只剩下女巫一人了，只见她弯下腰去，采撷山下路边的兰草、杜蘅，一一将它们插缠在自己身上。女巫又是那个文静的女子了。她不知不觉间仿佛有了心事。她擎着采下的香草，若有所思，她想起了自己的心上人。是啊，她到这里来，并不是来玩耍的，而是来找他的。她想把香草赠给他，以表达自己的心意。

"折芳馨兮遗所思"一句，是前面女巫一系列动作的延续，同时又开启了后面的内容，起着承上启下的作用，是整个演出过程和整篇诗歌转折的枢纽。拿人体来比方，它的功能相当于脖子。由此描写的角度也由外转内，此前主要写女巫的外部动作，当然也伴有一些心理活动；此后则主要写她的内心活动。虽然还描写了一些外部动作，但描写这些外部动作主要是为表现她的内心活动。一旦想起自己不顺利的情感经历，女巫的情绪也由喜转悲，舞台气氛转入深沉悲怆。

"余处幽篁兮终不见天"一句，有九个字，是这首诗中最长的一句，在整个《楚辞》中也是少见的长句。女巫好像是从内心深处发出这一强烈的呼唤，不用这么长的一个句子，似乎就不足以表达她此时此刻强烈的情感。句子的长短安排也是一种修辞手段，高明的作者会充分利用这一点，如利用短句表示急促紧张、干净利落，利用长句表示委婉平静或感情深长等，实际效果因具体的语境而定。女巫来到约会地点，却不见山鬼，她想是不是因为自己迟到，山鬼走开了。她为自己辩解，说自己住在深山的深林里，路途遥远而崎岖，因此才来迟了，希望山鬼不要见怪。同时，这一句也写出了她内心的痛苦。没想到如此美丽、天真的一个女孩，竟然居住在这样一种幽暗险恶的地方，有如此伤心的经历。她长年不能与自己心爱的人见面，多么盼望这一次的相聚。

见不到自己的心上人，女巫开始急切地到处寻找。她的动作肯定又变得急促起来。她爬上高山，因为登高可以望远。山势异常高峻，山下云团翻滚。这时候天公又不作美，转眼间白天变得像黑夜。紧接着斜风夹杂急雨，一阵阵猛袭过来。环境如此险恶，可她作为一个少女，却毫不害怕，心情非常平静。那是因为她对心上人有着强烈的爱，使她对周围环境的险恶浑然不觉，忘记归去。

这一段在写法上有几个特别值得注意的地方。一是衬托手法的运用。女巫爬上了高山，那么这山有多高呢？只要从云团都在她的脚下滚动就知道了。过去有个传说，说是有个财主，请很多画家给他画山，谁画得最高就奖赏谁。各位画家都把山画到了纸张的顶端，可纸张就那么大，即使画到顶端又能有多高呢？只有一位画家很聪明，他只把山画到纸上接近顶端的位置，然后在山腰画了一道云彩。山腰都有云彩了，山之高就不言而喻了。这就是一种智慧，用的就是衬托手法，用云彩来衬托山之高，本诗的写法与此相通。但写出山之高还不是目的。写云团是为了衬托山之高，山越高越说明女巫的勇敢，女巫越勇敢就越证明她对爱情的执着。巫女站在高高的山顶，就像山顶上树立的一个标志。这一幕很有画面感。她就像传说中的望夫石，矗立在山巅，成为人世间追求坚贞爱情的象征。这里用了一连串的衬托，里面就存在这样一种逻辑关系。

二是特殊词汇的运用，主要是"容容"这个词很有特点。据姜亮夫《楚辞通故》，"容容"一词《楚辞》以前未见，《楚辞》中共出现五次，不知是当时楚语中有这个词，还是屈原发明了这个词。在本诗中它是"盛"的意思。这应该是一个联绵词，形容云雾很浓盛的样子。很难说清楚它好在哪里，但用它来形容又浓又轻、翻滚飘动的云团，既有视觉感，又有触摸感，还有动感，似乎再贴切不过了。后来我们形容云彩，除了乌云密布、白云飘飘等之外，好像再也想不出什么新词。其实不见得就真的没有新词了。如果我们向屈原学习，不满足于运用一些大家用惯了的词汇，而是仔细观察体会云彩及各种事物的情态，我们就可能会发明创造新颖的词汇，达到更好的效果。

三是对人物情感的准确把握。女巫因为怀有强烈的爱，所以对周围险恶的环境浑然不觉，说自己心情非常平静。但尽管表白自己心情平静,其实是已经有点感到不平静了。如果真的完全平静,是没有必要也不会想到要表白自己心情平静的。所以,当女巫说出这一句后,马上就感叹道,我虽然心情平静,但这次如果见不到心上人,岁月又白白流失了,我也又变老了,谁能让我保持青春芳华呢?人的情感就是这样复杂,一方面确实是平静,另一方面又不免隐隐含有伤感。诗人对女巫复杂情感的把握极为细腻,表达得丝丝入扣。我们阅读并理解了这样的作品,对人的感情就会有更深入细致的理解。假如说你有了什么失误,你的男朋友(或女朋友)原谅你,说一点也不生气。你就真的以为他(或她)一点也不生气,你也就一点都不当回事,那就有点傻了。他(或她)因为爱你,确实没生气,但心里还是会隐隐有一丝不快的。你如果既感激他(或她)的不生气,同时又有所表示,比如道歉之类,他(或她)就会更觉得你懂他(或她)的心事,就会让两颗心变得更近。

女巫刚提到这些不开心的事情,马上转念一想,还是不要去想它了。她立即回头,重新开始采撷香草。人们遇到不开心的事情时,会有意做别的事情,以转移注意力,这是一种消除烦恼的办法,古今一理。

关于"采三秀兮於山间"一句,还有一桩公案,牵涉到这个"山鬼"所居的山是哪座山,也就牵涉到作品中的主人公究竟是谁。郭沫若说:《楚辞》中的"兮"字具有"於"字的作用,如果说"采三秀兮於山间"中的"於"字也是介词,那就重复了。因此这个"於"字应别有含义。他认为"於山即巫山。如於山非巫山,则'於'字为累赘";"'於山'即'巫山',因为'於'古音'巫',是同声假借字"。因此本诗中的山鬼,就是传说中的"巫(於)山神女"。其实最早把山鬼与巫山神女联系起来的,是清代学者顾成天。《四库全书总目提要》引述其《九歌解》:"《山鬼》篇云:楚襄王游云梦,梦一妇人,名曰瑶姬,通篇辞意似指此事。"郭沫若此说一出,"山鬼即巫山神女"说即在楚辞研究界迅速流行起来。当代楚辞研究家如陈子展、聂石樵、金开诚、汤炳正等,无不认定《山鬼》中的山鬼就是巫山神女。然而,古人认为凡物皆有神,凡山皆有神，对任何一座山神都可能有祭祀活动。郭沫若的主要证据，就是作为介词的"於"字不该与"兮"字相重，其实这种句式在《楚辞》中多处存在，本诗中即有，如"云容容兮而在下"，"兮"与"在"亦不妨相重。则"於"不一定是"巫"的通假字，此山鬼也不一定就是巫山神女。

女巫为了抛开烦恼，重新开始采香草，片刻间似乎也真的忘却了烦恼。可不知不觉间，烦恼又悄悄回到她的心中。真可谓才下眉头，却上心头。何以见得？因为她要采的是香草，可映入眼帘的却是层层累积的石头，纠结缠绕的葛藤。这说明了什么呢？就人的意识活动而言，一般是感觉影响意念，有什么感觉，然后形成什么意念。但主观意念反过来对感觉又有主导作用，对感觉对象的选择和感觉的倾向有影响。人的心里在想什么，就会不知不觉选择关注那些与此相关的对象，并倾向于关注对象中那些与主观意念一致的特点。比方说，如果你今天高兴，你会觉得晴天阳光灿烂，雨天则很有情调；如果你今天遇到烦心事，你就会觉得晴天太嘈杂，雨天又太麻烦。同一个环境，你急着赶车肯定注意的是车站，饿慌了肯定注意的是饭店。甚至对同一个对象，你高兴时看它，觉得丑也丑得可爱；你不高兴时看它，觉得美也美得俗不可耐。这就是王国维《人间词话》中说的："以我观物，故物皆着我之色彩。"因为女巫此时心中烦恼，所以她本来要采的是香草，可看到的却是层层累积的石头，纠结缠绕的葛藤，给人以沉重的压抑感和纠结感，这不正是她此时心理状态的外化和映现吗？

想到此处，女巫知道通过转移注意力抛开烦恼是徒劳的，她不由得真的对还不露面的山鬼有了一些埋怨，心情也变得更沉重了。然而女巫是多情而又善良的，她不忍心责备自己的心上人，更不愿意怀疑他。她刚对山鬼有了一丝责备，马上又朝好的方面想，"公子"肯定也是思念我的，只是现在有什么缘故不得闲吧。善良的人，对别人的失误，总是先朝好的方面想，而不是朝坏的方面想。这个女巫是多么善解人意啊！

女巫这样想，不仅体现了她的善良，也反映了她的希望。她希望自己的心上人是美好的,是忠诚的。一旦朝这个方向想,她的心上就重新映现了所爱的人的美好的样子,重新想起了两人在一起的美妙的时光。她于是沉浸在美好的想象和回忆之中。在她的眼里心上,他是如此的完美。不仅他本身让人爱不够,而且他周围的一切都蒙上了一层美丽的光泽。他像山中的杜若香草一样,浑身散发着迷人的芬芳。他饮的是山中石上流淌的清泉,那可是晶莹透明的,不同于一般河沟中的水;他只在松柏之下歇阴,从不倚靠那些普通的树木。他的身姿和品格就像松柏一样挺拔坚贞。这是一种常见的心理现象。凡是有过真心相爱经历的人,都有过这样的体验。因为挚爱某个人,就觉得他(她)周围一切与他(她)相关的事物都变得美好了,包括他(她)住的那座房子,他(她)楼下的那株桂树,他(她)触摸过的那本书,等等,尽管这些东西与其他同类事物其实并没有什么两样。

想着想着,女巫突然从陶醉中清醒过来。或许是想到山鬼既然如此完美,就难免有很多人爱慕追求。或许是因为过去了如此长的时间,山鬼仍然没有现身,女巫突然对山鬼产生了怀疑。她说:我相信你是思念我的,但我现在也不能不产生怀疑了,你对我的感情是不是动摇了。

一旦想到有这种可能,女巫如遭轰雷击顶,整个精神就要坍塌了,觉得天旋地转。伴随着女巫感情激越的舞蹈动作,舞台上雷声轰隆,猿声哀嚎,风雨交加,树木摇撼,整个表演迎来了最后一次猛烈的高潮,女巫的感情也升腾到了最高点,给观众以强烈的震撼。

最后,伤心欲绝的女巫逐步平静下来,缓缓走向舞场的边沿。女巫或伴唱者唱出低沉幽怨的唱词:我思念公子一场啊,只是遭受了无穷的忧伤!台下的观众被女巫的真情和痛苦深深感动,久久回不过神来。

这篇《山鬼》篇幅不长,加上作为语气词的"兮"字,总共才191个字,但内容丰富。从舞台表演的气氛来看,开头是"若有人兮山之阿","既含睇兮又宜笑,子慕予兮善窈窕",曼妙轻柔;接着是"乘赤豹兮从文狸,辛夷车兮结桂旗",热闹喧腾;然后是"被石兰兮带杜蘅,折芳馨兮遗所思",优美空灵；紧接着又是"表独立兮山之上，云容容兮而在下。杳冥冥兮羌昼晦，东风飘兮神灵雨"，惊险紧张；既而又转变为"采三秀兮于山间"，"山中人兮芳杜若，饮石泉兮荫松柏"，平静甜蜜；最后是"雷填填兮雨冥冥，猿啾啾兮又夜鸣，风飒飒兮木萧萧"，强烈震撼。中间经过了多次曲折回旋，起伏跌宕。从开头女巫天真活泼地上场，到最后她伤心欲绝地退场，由喜到悲，前后迥然不同，发生了极大的变化。

从诗中对女巫形象的塑造来看，她对公子的态度，开始是"思"（折芳馨兮遗所思），然后是"留"（留灵修兮憺忘归），不久变成了"怨"（怨公子兮怅忘归），然后产生了"疑"（君思我兮然疑作），最后是"忧"（思公子兮徒离忧），条理清晰，历历可见。作品次第写出了女巫外表的美丽、聪明、天真、活泼，后面又一层层写出了她内在的多情、勇敢、善良。这个形象就变得越来越丰满了。她不仅让人觉得可爱可亲，而且让人觉得可钦可敬。

屈原的作品中，最了不起的还是旷世奇作《离骚》《天问》。即使在《九章》《九歌》中，《山鬼》也不算最出色的作品。但它表达的感情之深挚，塑造的人物形象之完美，结构语言之精巧，已足以使我们惊叹。顺便说一下，现在一般认为，《山鬼》是现存的中国古代第一部独幕歌舞剧，这种看法有一定道理。我们将它当作一场歌舞剧来欣赏，而不是仅仅当作一首诗来欣赏，确实比较能领会它的精妙之处。不过，《诗经》《楚辞》中的还有不少作品，也都有场面，有人物，有情节，有动作描写，也都相当于歌舞剧，不独《山鬼》为然也。

至于此诗与屈原本人改革变法的政治理想及个性的关系，我们应该作比较灵活通达的理解。过去有些屈原研究者，根据后代忠君爱国的观念来理解屈原，强调屈原的每一篇作品、甚至每篇作品的每一句话，都与忠君爱国有关，不免穿凿附会。这篇作品本质上还是一首祭祀神灵的乐歌。屈原在改编这首乐歌、塑造女山鬼的形象时，自然会把自己的思想情感和个性渗透进去。因此我们可以说，女山鬼对男山鬼既爱又怨的情感，与屈原对楚怀王的态度不无相通之处；女山鬼对爱情如此痴迷执着，百折不回，与屈原坚持自己的政治理想、坚守自己的高尚人格之间，也存在某种内在的联系。说到这个地步，大致就可以了。如果一定认为男山鬼就是影射楚怀王，女山鬼就是屈原本人的化身，甚至要索解诗中每个词句与屈原的思想、生平及当时历史事件之间的关系，那就是求深反惑了。

如果我们进入《山鬼》所营造的艺术境界，深入诗中人物形象的内心，我们是否会感觉到，两千多年前诗人所塑造的山鬼，与今天的我们心灵相通，女巫就像我们的邻家女儿。时间的间隔，人鬼的区别，都没有造成任何感知的障碍。《山鬼》借鬼写人，深刻写出了人类普遍的情感，直到今天仍鲜活如新，这就是天才诗人的伟大之处，也是经典的伟大之处。

英雄情怀——曹操《蒿里》

曹操（155—220），字孟德，东汉末谯县（今安徽亳州）人。中国古代著名政治家、军事家、文学家。其父曹嵩是大宦官曹腾的养子。初举孝廉，历任洛阳北部尉、顿丘令、议郎。汉灵帝中平元年（184）参与剿灭黄巾军有功，迁济南相，征为典军校尉。初平元年（190）起兵，与袁绍等讨伐董卓。建安元年（196），曹操迎汉献帝，迁都许昌，任司空，执掌朝政。先后消灭吕布、张绣、袁术、袁绍、刘表、马超、韩遂等军阀势力，基本统一北方。汉献帝封其为魏公，继封魏王。曹操死后其子曹丕取代汉朝，称帝，国号魏，追尊曹操为武皇帝，庙号太祖。有《魏武帝集》三十卷、《兵书》十三卷等，多已亡佚。近人辑有《曹操集》。

关东[1]有义士，兴兵讨群凶。[2]初期会盟津，[3]乃心在咸阳。[4]军合力不齐，踌躇而雁行。势利使人争，嗣还自相戕。淮南弟称号，[5]刻玺于北方。[6]铠甲生虮虱，[7]万姓以死亡。白骨露于野，千里无鸡鸣。[8]生民百遗一，念之断人肠！

注　释

[1] 关东：函谷关以东地区。函谷关在今河南省灵宝市南。

[2] 兴兵句：东汉中平六年（189），汉灵帝死，少帝刘辩即位。大将军何进等谋诛宦官不成，被宦官所杀。袁绍、袁术攻杀宦官，朝廷大乱。董

本篇选自〔三国〕曹操：《曹操集》，中华书局2018年版。

卓带兵进京，驱逐袁绍、袁术，废除刘辩，另立刘协为帝（汉献帝），自己把持朝政。汉献帝初平元年（190），袁术、韩馥、孔伷等关东各路军阀同时起兵，推袁绍为盟主，联兵讨伐董卓及其婿牛辅、部将李傕、郭汜等人，董卓迁都长安。

[3]期：期望。会盟津：在盟津大会诸侯。盟津即孟津，旧址在今河南省孟津县东。古史记周武王伐纣，东观兵于此，诸侯不期而来会盟者八百，故称盟津。这是以周武王伐纣，借喻袁绍等讨董卓。

[4]乃心在咸阳：咸阳，秦代都城，在今陕西西安市西。此句用秦末各路反秦军目标均指向秦都咸阳，借喻各路讨董军目标均指向已逃往长安（在今陕西西安市西北，位置接近秦都咸阳故址）的董卓。《尚书·康王之诰》："虽尔身在外，乃心罔不在王室。"此处化用其句法，而含义不同。

[5]淮南弟称号：汉献帝建安二年（197），袁术在淮南寿春称帝，建号仲氏，置公卿，祠南北郊。

[6]刻玺于北方：汉献帝初平二年（191），董卓挟持汉献帝西走长安后，袁绍等进入洛阳，拟抛弃献帝，另立汉宗室、幽州牧刘虞为帝，为刘虞所拒绝。因传国玉玺此时已遗失，故袁绍等另刻玉玺。

[7]铠甲生虮虱：指连年征战不息，士兵无暇脱掉铠甲，里面长出了虮虱。《韩非子·喻老》："天下无道，攻击不休，相守数年不已，甲胄生虮虱，燕雀处帷幄，而兵不归。"虮：虱卵。

[8]白骨两句：《孟子·梁惠王上》："庖有肥肉，厩有肥马，民有饥色，野有饿莩。"此处化用其意。

赏　析

因《三国演义》的缘故，人们对曹操都不陌生。他应该算得上是中国古代少有的全能型人物，是著名的政治家、军事家、文学家、艺术家。他一生戎马倥偬，好学不倦，曾著有军事学著作《孙子略解》、子学著作《孟德新书》等；并爱好文学艺术，擅长诗文、书法、音乐等。中华书局版的《曹操集》收录他的诗歌20多篇，文章150余篇，大部分都堪称一流佳作。

根据本诗中所写到的内容，此诗最早也应写于汉献帝建安二年（197）袁术在淮南称帝之后。当时全国正陷入军阀混战之中，遍地战火，满目狼烟，这是此诗写作的大背景。掌握这个大背景，对我们理解这首作品非常重要。但是否理解这种大背景就够了呢？不是的。我们读一首作品，除了要掌握该作品创作的大背景（时代环境）外，还要尽可能了解这首作品创作的小背景，包括作者创作这首作品时的处境、心境，甚至他当时的所见所闻等。因为这些因素是直接影响作者创作这首作品的。只有既了解这首作品创作的大背景，又了解这首作品创作的小背景，我们才能真正准确地读懂这首作品，才能体会到作者"压在纸背的心情"。当然，因为时代久远，古代很多作品的具体创作背景已经很难弄清楚了，甚至创作时间、地点也难以确定，我们在了解它的具体创作背景上也就只能尽力而为了。

就曹操本人而言，他创作这首诗的具体背景是怎样的呢？建安元年（196）八月，曹操迎汉献帝，自领司隶校尉，录尚书事。以旧都洛阳残破，迁都许昌。冬十一月，曹操"自为司空，行车骑将军事，百官总己以听"（《后汉书·献帝纪》），他成了朝廷实际上的统治者。了解这一点，对我们准确理解这首诗非常重要。对曹操来说，他的身份变了，个人和国家的历史都进入了一个新阶段。在这个时候，他自然要对前一时期的历史进行回顾反思，对局势进行整体观察，对未来做宏远考虑。他关注的不再是乘乱崛起，而是要结束这种乱局。他肩负起国家的重任，有强烈的使命感。这首诗，就是他在这一特定时间节点上观察、感受、反思的记录。

曹操这首诗实际上没有题目，只标明了一个曲调名。《蒿里》是汉乐府旧题，也就是一个曲调。"蒿"同"薧"，枯也。"里"指地方。人死则枯槁，所以"蒿里"指死人所处之地，就是墓地。《蒿里》是当时人们送葬时所唱的挽歌。汉乐府古辞《蒿里》尚存，见于宋人郭茂倩《乐府诗集》中的《相和歌辞·相和曲》，内容都比较哀伤。所以，曹操这首诗虽没有正式的标题，但实际上有了题目。它用了《蒿里》的曲调，这就决定了它的内容肯定是悲哀感伤的。

在曹操所处的东汉末年，五言诗已开始流行，七言诗也已露头。如著名的《古诗十九首》等都是成熟的五言诗，曹操的儿子曹丕所写的《燕歌行》是完美的七言诗。但曹操作品多采用乐府旧题，诗句多为四言和杂言，这反映出他的文学风格比较传统。不仅他如此，古今中外的政治军事领袖，文学艺术审美趣味一般偏向保守，比较喜欢旧体诗，而不太喜欢新诗；比较喜欢古典音乐绘画，而不太喜欢现代音乐绘画等。这是一个颇有意思的现象。

这是一首记述东汉末年历史的诗，那么从什么地方开始写起呢？这取决于作者的选择。曹操的选择，一是会考虑当时历史事件本身的重要性和因果关系，二是会考虑他本人的感受。东汉末年大故迭起，中平元年（184）黄巾军起义爆发，自然是东汉末年历史一个重要节点。但当时曹操地位还不够重要，参与度也还不够高，所以他没有从这件事情开始写起。中平六年（189）四月，灵帝崩，大将军何进执政，与司隶校尉袁绍等合谋诛杀当时在朝廷中权势极大的宦官，何太后不肯下诏。于是何进、袁绍等私召并州牧董卓率兵进洛阳，以威逼何太后。八月二十五日，何进等反被宦官诛杀，诸将捕杀宦官，宦官段珪等挟持汉少帝刘辩逃走。二十八日，董卓进入洛阳，执掌朝政。九月一日，废少帝刘辩，立刘协为帝，是为献帝。十一月一日，董卓自拜相国，封郿侯。何进、袁绍等谋诛宦官，董卓进京掌权，自然也是东汉末年的重大历史事件，但曹操仍然没有以此为叙述的起点。一是在这一事件中，曹操本人的地位和参与度仍然有限；二是如果从这里开始写起，主角就会是何进、袁绍、董卓这些人，这也是曹操不情愿的，他根本就看不起这些人。

中平六年（189）年底，张扬、曹操、桥瑁、张邈、刘岱等地方诸侯纷纷招兵买马，抵制董卓。初平元年（190）正月，关东诸侯共推袁绍为讨董盟主。二月，董卓提出迁都长安。二月十七日，朝廷开始迁移。三月五日，献帝刘协入长安未央宫，董卓则留守洛阳，抵御关东联军。曹操选择关东诸侯起兵讨伐董卓这一事件作为叙述的起点，一是因为这是东汉末年的又一重大历史事件，是当时历史发展的转折点：在此之前，东汉朝廷至少维持了表面的统一。自此之后，以讨伐董卓为名义起兵的各路诸侯，并没有因为董卓死去而罢兵，而是陷入长期的相互征战之中。东汉末年的分裂状态，实际上从此开始。二是诸侯当时以讨伐董卓、恢复少帝帝位为名义，可谓师出有名，这在当时算是一个正面的事件，比较值得叙述。三是曹操此时已成为关东诸侯之一，是这一事件的重要参与者，他自然对此事的感受更为强烈。由于上述因素的影响，曹操以"关东有义士，兴兵讨群凶"作为叙述的起点。

从笔法上看，这个开头非常平稳，好像只是平铺直叙地叙述了这一历史事实，没有采用什么修辞手法，这也是曹操诗作的一个特点。比如我们都很熟悉的《短歌行》，开头是"对酒当歌，人生几何"；又如他的《步出夏门行·观沧海》，开头是"东临碣石，以观沧海"，都是以简单地叙述事实为开始。曹操用这样的开头说明了什么呢？这反映了曹操作为大政治家、大军事家、大英雄的一种气度。他的理想是在政治、军事等方面建立不朽功勋，本无意于做一个诗人。他作诗只是想抒写自己的怀抱，因此不想在诗歌的开头技巧等这类细节上多费精神。同时这也体现了他的自信。他相信自己的作品有内涵，有高度，自有其价值，不必刻意寻章摘句，运用技巧，以获取读者的注意。这种没有技巧，不用技巧，恰恰体现出一种特别的大气、霸气，有一种特殊的效果，实际上也是一种特殊的技巧。反过来看其他诗人特别注意技巧，固然体现出一种匠心，让人佩服，但毕竟属于一种职业文人的手段，比起曹操这种大气磅礴，已不属于同一个量级了。如曹操之子曹植，十分有才华，南朝文学家谢灵运曾说"天下才有一石，曹子建独占八斗，我得一斗，天下共分一斗"，这就是成语"才高八斗"的出处；另一位南朝文学家钟嵘评价说"陈思（曹植）之于文章也，譬人伦之有周、孔，鳞羽之有龙凤"，评价可以说是无以复加了。曹植的诗就特别注意开头，一下子就抓住读者的注意力。如他的《杂诗七首》其一"高台多悲风，朝日照北林"，《杂诗七首》其四"南国有佳人，容华若桃李"，《七哀诗》"明月照高楼，流光正徘徊"，《白马篇》"白马饰金羁，联翩西北驰"，都有一个精彩的开头，让人眼前为之一亮，这确实是一种了不起的本事。但比起曹操的大巧若拙，气定神闲，终究只是一种文人的伎俩，已落下风。在这里我们不禁想起金庸先生的武侠小说《神雕侠侣》中，写杨过在独孤求败留下的"剑冢"发现了三把剑，第一把"凌厉刚猛，无坚不摧"，第二把"重剑无锋，大巧不工"，第三把是一把木剑，独孤求败留下的话是"不滞于物，草木竹石皆可为剑。自此精修，渐进于无剑胜有剑之境"。《倚天屠龙记》中，描写武当山大敌当前，张三丰用木剑教张无忌太极剑法，都是慢吞吞、软绵绵的招数，而且告诉张无忌要忘掉所有的招数，才能领悟到无招胜有招的道理，从而克敌制胜。如要类比，曹植只达到"凌厉刚猛，无坚不摧"的境界，曹操则已达到了"重剑无锋，大巧不工"甚至"无剑胜有剑""无招胜有招"的境界。

第二句末尾的"凶"字，读音应该是接近"xiáng"，因为这首诗的其他几句末尾的字分别是"阳、行、戕、方、亡、鸣、肠"，全篇押的是"áng"韵。其中"行"应该读"háng"。这个字现在的读音也还有两种，分别是"xíng"和"háng"，读"háng"比较好理解。另外一个"鸣"字，读音也应该接近"miáng"，这样才押韵。"凶""鸣"两字的读音与现在不同，这其实一点也不奇怪。曹操生活的年代距今近两千年，不少字的读音已发生较大变化，这两个字当时就有可能读"xiáng"和"miáng"。也有可能曹操是按照他的家乡话读的。现在有些方言，比如我自己的家乡湖南的有些方言中，"凶""鸣"的读音就还接近"xiáng"和"miáng"，与现在的普通话发音差别较大，其实有可能保留了古音。

"初期会盟津，乃心在咸阳"二句，写出当时关东诸侯们起兵会盟时的良好愿望。他们把自己的行为想象成周武王伐纣，诸侯们在孟津这个地方会合结盟，大家的目标一致，都指向董卓及其党羽。当人们激于义愤，或出于某种理想，刚开始从事某件事情时，一般都是慷慨激昂的，也确实可能是比较真诚的。但随着事情的发展，人们就会慢慢冷静下来，理想和激情逐渐消退，让位于对种种实际利益的考虑，这时各种矛盾就会显现出来，甚至逐步激化。《诗经·大雅·荡》中说："靡不有初，鲜克有终。"曹操这里用了一个"初"字，就已经表达了他深沉的感慨。因为他创作这首诗时，距诸侯起兵已经六七年了，他知道后来事实的发展完全背离了初衷。

以上四句是一段，写关东诸侯起兵。以下六句是另一段，写诸侯起兵后互相猜忌以至演变成混战的经过。这六句又分三层，每两句一层。"军合力不齐，踌躇而雁行"两句，是写起兵初期的状况，大家热情消退，并不齐心，畏畏缩缩，谁都不敢向前；"势利使人争，嗣还自相戕"两句，则写事态进一步恶化，由彼此你推我让，到互相之间残杀起来；"淮南弟称号，刻玺于北方"，则写局势恶化到极点，诸侯们的野心充分暴露，竟然开始称帝称王。三个层次之间递进关系非常清晰。

初平元年（190）关东诸侯起兵之初，分为三路人马：酸枣联军为兖州、豫州两路人马；河内联军为冀州人马；鲁阳联军为荆州人马。各路人马均畏惧董卓凉州军的彪悍勇猛，不敢向前，唯有曹操、鲍信、孙坚等比较积极主动。曹操、鲍信率领酸枣联军，试图占领成皋，董卓派徐荣率军迎战，在荥阳汴水边大败联军。十一月，董卓率军渡过孟津，击败河内太守王匡军。长沙太守孙坚率领荆州、豫州军队北上洛阳，也在梁县东被徐荣击败。曹操曾主张诸军齐心协力，主动进攻，却遭到诸侯的冷遇，他对此记忆深刻。"踌躇而雁行"一句，非常生动地描写了当时诸侯迟疑不前的情景。一般来说，以这样篇幅短小的一首诗，写如此重大而复杂的历史事件，只能用高度概括的笔法进行叙述。但曹操好整以暇，犹有余力，在叙述过程中加以细节描写，刻画当时诸侯的军队像大雁一样排成行，慢吞吞移动，谁也不愿意主动向前，生动展现了当时的历史场景，给读者以具体可感的印象，增强了表达效果。

诸侯会盟之初，冀州牧韩馥留邺，负责供给军粮。他担心袁绍势力扩大，将来对自己不利，因此故意减少军需供应，企图饿垮袁绍军队。诸侯西进遇阻后，袁绍欲图冀州，挑动幽州公孙瓒出兵攻讨韩馥，袁绍趁机逼韩馥交出冀州。初平二年（191）冬，袁术任命孙坚为豫州刺史，屯兵阳城。孙坚再次率军北上，董卓派胡轸、吕布迎战。他们在阳人聚被孙坚击败，胡轸部下华雄也被斩杀。董卓派李傕劝降孙坚，被孙坚严词拒绝。董卓亲自率军与孙坚交战，兵败逃入长安，孙坚得以进入洛阳。董卓派牛辅、李傕、郭汜、张济、董越等分守三辅各地，阻挡孙坚继续西进。在孙坚出兵与董卓交战时，袁绍借机任命周昂为豫州刺史，派兵袭取阳城。袁术派公孙瓒的弟弟公孙越协助孙坚回救阳城，公孙越在作战时中流矢而死，公孙瓒大怒，于是出兵攻打袁绍。从此诸侯之间陷入混战。"势利使人争，嗣还自相戕"，写的就是这一过程。

"淮南弟称号"指的是袁术。袁术出身东汉世家——号称四世三公的汝南袁氏，是司空袁逢的嫡长子。袁绍是袁逢的庶长子，袁术的庶兄。由于袁绍过继给了其伯父袁成为养子，因此史书称袁术为袁绍的堂弟，其实两人是同父异母的亲兄弟。因袁绍母亲仅是个婢女，袁绍早年在家中的地位颇低微，袁术一直对他不服气。后来军阀混战中，袁术与公孙瓒以及陶谦结盟，与袁绍相互争霸。但群雄大多依附袁绍，袁术怒骂他们宁可追随自己"家奴"（指庶出的同父兄长袁绍）也不追随自己，还写信给公孙瓒说袁绍不是袁氏子孙。

袁术一直认为袁姓出自于陈，陈是舜之后，以土德承汉朝的火德，得应运之次。又以为谶文云"代汉者，当涂高也"，就是指自己。孙坚进军洛阳时，从城南甄官井里捞出了传国玉玺。后来袁术得到了这块传国玉玺，更认为天命有归，于建安二年（197）在寿春（今安徽淮南市南）称帝，号仲氏，置公卿，祠南北郊。

袁术很快成为众矢之的，孙策、吕布、曹操三方叛盟。首先是孙策上书袁术，反对他称帝，从此绝交，在江东脱离袁术自立，逐走袁术任命的丹杨太守袁胤。广陵太守吴景、将军孙贲（两人皆是孙策亲戚）弃袁术投孙策，使袁术丧失广陵、江东等大片土地，势力为之一挫；其次是吕布大败袁术军，在淮北大肆抄掠；第三是曹操在袁术入侵陈郡时，大败袁术，袁术再度奔逃到淮南。建安二年（197）冬季，淮南地区碰上大旱灾与大饥荒，江淮之间处处可见人吃人的惨剧，袁术实力严重受损。后来又发生了部曲陈兰、雷薄叛变，掠粮草奔于潜山的事件。袁术最终难以支撑，于建安四年（199）归帝号于袁绍，想投奔袁绍长子——时任青州刺史的袁谭，却在路上被曹操派来的刘备军截住去路。袁术不得过，又退往寿春，中途想要前往潜山投奔他以前的部曲陈兰、雷薄，却为雷薄等拒绝，留住三日，士众绝粮，于是又退军至江亭。当时军中仅有麦屑三十斛，时当六月盛暑，袁术欲得蜜浆解渴，又无蜜；叹息良久，乃大咤曰："袁术至于此乎！"最后呕血斗余而死。

"刻玺于北方"，指的是袁绍等人欲尊刘虞为帝事件。刘虞字伯安，东海郯（今山东郯城）人。东汉末年汉室宗亲，官至太傅、幽州牧。他镇守幽州时为政宽仁，颇得人心。初平二年（191）董卓西走长安后，袁绍等进入洛阳，准备抛弃献帝，另立新君，以便于驾驭，他们选中了软弱的刘虞。于是冀州刺史韩馥、渤海太守袁绍以及山东诸将商议，以皇帝年幼且被董卓控制为理由，想立刘虞为新皇帝，刘虞坚决不肯；韩馥等人又请刘虞领尚书事，以便按照制度对众人封官，刘虞再次拒绝。初平四年（193）冬，刘虞部属公孙瓒不听命，刘虞率诸将屯兵十万人攻打公孙瓒。州从事公孙纪夜告公孙瓒。公孙瓒召集锐士数百人，因风纵火，直冲突之。刘虞兵不习战，"遂大败，与官属北奔居庸县。瓒追攻之，三日城陷，遂执虞并其妻、子还蓟，犹使领州文书"（《后汉书·刘虞传》）。这时汉献帝遣使者段训增刘虞封邑，令其督统六州事；同时升迁公孙瓒为前将军，封易侯，假节督幽、并、青、冀四州。公孙瓒诬陷刘虞前与袁绍等欲称尊号，迫使段训斩刘虞于蓟市。

人们一般都认为"刻玺于北方"就是指袁绍等人于初平二年（191）欲立刘虞为帝事件，但这件事远在袁术于淮南"称号"（建安二年，197）以前，那么曹操为什么要先提后者再提前者呢？这有几种可能。第一种可能是曹操与袁绍有比较深的交情，也比较欣赏袁绍；对袁术则似交情较浅，也不大看得上他。如果本诗确实写于建安二年（197）袁术称帝之后不久，则曹操当年已与袁术大战于陈郡，彻底翻脸。而曹操直接与袁绍发生冲突，是建安五年（200）的官渡之战，应该在此诗写作之后。所以曹操此诗先提袁术，含有指责他是罪魁祸首之意。

第二种可能，是曹操认为这两件事情严重程度不同。袁绍等拥立刘虞虽不合法，但毕竟推举的是刘氏宗族。袁术称帝虽在后，但为自己称帝，是彻底的反叛。曹操此时站在朝廷执政者的位置，自然要首先指斥这种行径。

第三种可能，则"刻玺于北方"就是指袁绍。袁绍实际上有自己称帝的念头。史书记载，袁术内外交困、众叛亲离、走投无路之际，于建安四年（199）表示愿把帝号让给袁绍。袁绍没有声张，心里却是求之不得。他指使主簿耿苞为自己当皇帝寻找根据，耿苞私下对他说："赤德已经衰败，袁氏是黄帝后裔，应该顺天意、从人心。"这几句话的意思是，按"五德相生"的理论，汉朝是所谓火德（即赤德），火德要由土德代替；黄帝就是土德，而袁家为黄帝的后代，所以袁氏取代汉朝是"天意"。袁绍故意向军府僚属公开了耿苞的这些鬼话，本指望大家同声拥戴，没想到僚属们都认为耿苞妖言惑众，混淆视听，应当杀头。袁绍知道时机还不成熟，唯恐露出马脚，急忙令人杀了耿苞。由此可见，袁绍在袁术失败后，曾有过称帝的打算，并可能有所准备。曹操对袁绍的动向应该是了解的。如果这一句指的就是袁绍，那么此诗就可能作于建安四年（199）。

还有第四种可能，很简单，就是为了押韵。当时曹操想到了南方和北方分别发生的事情，为了押韵，就把"刻玺于北方"作为下一句了，没怎么考虑事件的时间先后。有时候，我们会反复探求作者那样写的原因，或分析这么写的巧妙之处。实际上作者之所以那么写，可能就是出于一个偶然的简单的原因。我们分析文学作品，要充分考虑到这种可能性。有些话就不能说得太满，说得太死，只能说有某种可能，以免闹笑话。

"铠甲生虮虱"以下五句，是全诗的第三段，写朝廷大乱、军阀混战造成的严重后果。元代散曲家张养浩的《山坡羊·潼关怀古》说得好："兴，百姓苦；亡，百姓苦。"连绵不断的战争，给普通民众带来了深重的灾难。军士们长年穿着铠甲，身上都长了虮虱。设身处地体会一下，这是一种什么样的感受？其实他们还不是最不幸的，因为许多人都在战争中死亡了。"白骨露于野，千里无鸡鸣"两句，又运用了描写手法，前一句写视觉，白骨森森，极富于视觉冲击力；后一句写听觉，千里之内都是死一般的静寂，共同构成一幅人间地狱的悲惨景象。善于在宏观的叙述中穿插细节的描写，宏观与微观结合，点面结合，这是本诗的一大特点。更具体地说，诗人运用的是不加修饰的白描手法，即不使用什么辞藻和修辞手段，只是将现实状况如实地描绘出来，这样给人一种更真实的感觉，比那种运用很多辞藻和修辞手段的写法更为感人，因为这种事实本身就够令人震撼了。当然，不运用技巧，并不意味着真的没有技巧。使用白描手法，实际上对作者提出了更高要求。他不能依赖辞藻和修辞手段，必须对客观事物观察得更细腻，把握得更准确，才能够用最简单而又最准确的语言，把客观事物的特点揭示出来，这需要深厚功力。这两句诗所描绘的深刻而鲜明的意象，成为人们脑海中东汉末年社会状况的定格图景。这一时段在各种历史书中留下了丰富的记载，但给人的印象都不如它深刻，这就是文学的特殊作用。

除了"白骨露于野，千里无鸡鸣"以外，诗中还写到"生民百遗一"，人们也许会觉得这有些夸张。既是文学作品，有所夸张本不妨，但这几句其实并没有怎么夸张。只要了解东汉末年到三国年间中国人口数量变化的情况，就知道当时确实人口锐减。中国古代历朝历代人口数缺乏准确统计，现在要知道某个时间节点全国人口的数量，只能从史书的《地理志》等相关记载推断。根据葛剑雄主编《中国人口史》，秦始皇三十七年（前210），全国人口约为3000万。汉高祖元年（前202），经过秦末战乱，全国人口减至约1650万。汉平帝元始二年（2），全国人口达到约5700万。汉光武帝建武元年（25），经过西汉末年的动乱，全国人口又减至2800万左右。汉灵帝光和七年（184），全国人口约5500万。汉献帝建安二十二年（217），全国人口减至1500万左右。至魏灭蜀时的（263），全国人口约在820万—830万之间。从汉灵帝光和七年（184），到曹操写作此诗的汉献帝建安二年（197）前后，十几年间，全国人口就可能减少了三分之二到四分之三。如此多的人死亡，给人的刺激是非常强烈的，刺激的强度肯定会超过客观事实本身变化的程度。文学是反映人的感觉和印象的，本诗的描写根本上符合艺术的真实。

  从内容上讲，最后一句"念之断人肠"单独构成一段。前面都是叙述和描写客观事实，这一句是表达诗人的主观感慨。对战争给社会造成的严重破坏，和给人民造成的深重灾难，曹操深为悲痛。我相信曹操说这话在一定程度上是真诚的。他是一个自私自利、把个人利益放在首位的军阀，这是没有疑问的，所以他才会说出"宁我负人，毋人负我"的话。但曹操与其他大多数军阀不同的地方，就在于他还有一定的理想和原则，想建功立业，造福于民，具有一种英雄情怀。特别是当他成为朝廷的实际统治者的时候，更有了一种责任感和使命感。曹操之所以能在众多军阀中脱颖而出，取得成功，与此有关。可以说他在一定程度上把个人的野心与社会的责任结合起来了。他要建功立业，实现个人的宏伟抱负，就要平定战乱，造福于民，这两者在一定程度上是可以统一的。这句诗以至这首诗，反映了曹操为人的一个侧面，即对国家有责任感，对老百姓有同情心，值得我们敬佩。

  由于这是一首记叙历史事件的诗，所以我们征引了较多的历史记载，用来与诗作相对照，以了解此诗的写作背景，以及诗人如何选择历史事件，又运用了何种艺术手法表现历史事件等。诗人仅以寥寥十六句八十字的篇幅，就记叙了如此大的一个国家从190年到197年之间的历史，其中包括那么多重大的历史事件。既有高度的概括性，又有细节的生动性，具有强烈的感染力，给人留下极为深刻的印象。明代文学家钟惺在《古诗归》中说这首诗是"汉末实录，其诗史也"，评价非常精当，称它为"诗史"，确实当之无愧。这需要有大政治家、军事家的宏大气魄，能高瞻远瞩，把握纷繁复杂的历史事件的主线及其内在联系，还需要深厚的语言功力。如果不相信，你可以试试，也写一首诗，也就这么大的篇幅，也要写一个国家大故迭起的数年间的历史，你就知道这有多么不容易了。

癯而实腴——陶渊明《归园田居》

  陶渊明（约365—427），又名潜，字元亮，号五柳先生，东晋末至南朝宋初文学家，浔阳柴桑（今江西九江）人。曾任江州祭酒、镇军参军、建威参军、彭泽令等职，弃官归隐而终，友人私谥曰"靖节"。他是中国古代第一位田园诗人，有《陶渊明集》，收诗歌一百二十余首、文十二篇。《晋书》卷九十四、《宋书》卷九十三、《南史》卷七十五皆有传。①

  少无适俗韵[1]，性本爱丘山。误落尘网中，一去十三年[2]。羁鸟恋旧林，池鱼思故渊。[3]开荒南野际，守拙归园田。方[4]宅十余亩，草屋八九间。榆柳荫后檐，桃李罗堂前。暧暧远人村，依依墟里烟。狗吠深巷中，鸡鸣桑树巅。[5]户庭[6]无尘杂，虚室有余闲。久在樊笼里，复得返自然。

注　释

[1] 韵：有的版本作"愿"。

[2] 十三年：有的版本作"三十年"。

[3] 羁鸟二句：羁鸟：关在笼子中的鸟。池鱼：养在小池中的鱼。陆机《赠从兄车骑》："孤兽思故薮，离鸟悲旧林。"《六臣注文选》卷十三潘岳《秋兴赋序》："譬犹池鱼笼鸟，有江湖山薮之思。"

本篇选自袁行霈笺注：《陶渊明集笺注》，中华书局2011年版。

[4] 方：周围。

[5] 狗吠二句：汉乐府《鸡鸣》："鸡鸣高树颠，狗吠深宫中。"

[6] 户庭：门口，庭院。

赏　析

这篇作品人们都很熟悉，它是陶渊明辞官归家时写的，所以叫《归园田居》。本是一组诗，共五首，这里选的是第一首。它是伟大诗人陶渊明的代表作，也是中国古代山水田园诗歌的开创之作。

陶渊明本来出身于官宦家庭，他的曾祖陶侃是东晋名将,官至侍中、太尉、荆江二州刺史、都督八州诸军事、封长沙郡公，卒赠大司马。一生可谓叱咤风云，大有作为，《世说新语》等书中留下了很多关于他的动人传说。外祖父孟嘉，晋代名士，娶陶侃第十女。祖父名字有二说，或名岱，或名茂，做过太守。父亲在陶渊明的心目中是个"寄迹风云，置兹愠喜"（《命子》）的人，也就是说性格比较潇洒。其具体事迹已不可考。有一庶妹，小陶渊明三岁，后嫁给武昌程姓人家，故陶渊明诗文提及她时称程氏妹。既然他的父亲还能娶一妾，陶渊明最初的家境应不算太坏。八岁时陶渊明父去世，家境逐渐没落。十二岁时庶母辞世，大概家里的情况就变得更糟了。陶渊明后来作《祭程氏妹文》，回忆这段往事时写道："慈妣早世，时尚孺婴。我年二六，尔才九龄。"二十岁时家境尤其贫困："弱年逢家乏"（《有会而作》）；"少而穷苦，每以家弊，东西游走"（《与子俨等疏》）。

陶渊明自幼修习儒家经典，《荣木》序曰"总角闻道"，《饮酒二十首》其十六称"少年罕人事，游好在六经"。另一方面，当时老庄思想盛行，士大夫们都喜欢谈玄，他也受到道家思想的熏陶，喜欢自然，又爱琴书："少学琴书，偶爱闲静，开卷有得，便欣然忘食。见树木交荫，时鸟变声，亦复欢然有喜。常言五六月中，北窗下卧，遇凉风暂至，自谓是羲皇上人。"（《与子俨等疏》）总之，在他身上同时具有道家和儒家两种修养。

陶渊明二十岁时开始游宦生涯，以谋生路。可能担任过一些低级职务，具体情形已难确考。二十九岁时，他出任江州祭酒，不久便辞官归家。接着州里又召他做主簿，他又辞却了，依旧在家闲居。隆安二年（398），陶渊明加入江州刺史桓玄幕府。隆安五年（401）因母丧回浔阳居丧。三年丁忧期满，陶渊明已是四十岁左右的人了。孔子曾经说过："后生可畏，焉知来者之不如今也。"这两句话大家都很熟悉，年长者常以此表达对年轻人的期待和鼓励，年轻人也常以此表达自己的自豪和信心。但孔子接着说的两句话，人们就不那么熟悉了，他说的是："四十五十而无闻焉，斯亦不足畏也已。"（《论语·子罕》）就是说，年轻人固然可畏，但如果到了四十、五十还没有什么出息，还没有什么名声，那也就没什么可畏的了。这两句话足以让年轻人警醒，甚至出一身冷汗啊！前面说了，陶渊明早年深受儒家思想影响，对孔子的这段话自然很熟悉。于是，他怀着"四十无闻，斯不足畏"（《荣木》）的紧迫感，再度出仕，出任镇军将军刘裕参军。这也表明，直至此时，他仍然是想有所作为的。

义熙元年（405）三月，陶渊明为建威将军刘敬宣参军。当年八月，陶渊明最后一次出仕，为彭泽令。十一月，程氏妹卒于武昌，陶渊明极为悲痛。其时适有"郡遣督邮至，县吏白应束带见之，潜叹曰：吾不能为五斗米折腰拳拳事乡里小人邪。即日解印绶去职"（《宋书·陶潜传》）。这次在任仅80多天。督邮这个官名，我们在《三国演义》里看到过，小说中写到，刘备与关羽、张飞讨伐黄巾军有功，但因为奸臣当道，刘备只得到了一个安喜县尉的官职，相当于现在的县公安局长。刘备到任，与百姓秋毫无犯。不久郡督邮来到安喜，对刘备的态度极为倨傲，并勒索贿赂，张飞大怒，抓住督邮，将他狠狠鞭打了一顿。历史上实有其事，但打督邮的不是张飞，而是刘备本人（见《三国志·蜀志·先主传》）。小说中为了塑造刘备仁慈的形象，突出张飞刚猛的性格，就移花接木把这件事写到张飞身上了。为什么刘备、陶渊明都不待见督邮呢？原来督邮是从西汉中期起设置的一个官职，是郡太守的属吏。从字面上看，似乎只管邮政和运输，其实不是这样。这个官职负责传达太守命令、监察一郡官员、审查刑狱案件等，可以随时提出降调或罢免官员，因此是个官小权重的职位。因为官阶低，所以担任此职的多是一些小人物；因为权力大，一郡的官员都很怕他，他也往往趾高气扬。这就难怪刘备、陶渊明这类心气高的人忍受不了他了。至于"我不能为五斗米折腰向乡里小人"这句话，历来的理解是说县令俸禄很低，陶渊明不愿意为那么一点俸禄，向督邮这种小人低头。这就牵涉到东晋时期县令的俸禄到底有多少的问题。其实当时官员的俸禄问题很复杂，它不是一次性发放，一般是一部分发粮食，一部分发钱。有时朝廷缺钱粮，又给官员分一块地，让官员自己收取这块地的收成，以补充俸禄。所以陶渊明当时的俸禄是不是每个月五斗米左右，现在已很难确定。另有学者觉得，不管怎么说，陶渊明做县令每月的俸禄只有五斗米左右，说不过去。这个"五斗米"不是指俸禄，而是指当时流行的"五斗米道"。研究陶渊明的专家逯钦立教授指出，这句话在《晋书·隐逸》中写成"吾不能为五斗米折腰拳拳事乡里小人邪"，这应该是两句话，应读作"吾不能为五斗米折腰，拳拳事乡里小人邪"。前一句是说过去的事情，后一句才是说现在的事情。原来陶渊明最初出任江州祭酒时，顶头上司荆州刺史王凝之与其父大书法家王羲之一样，是个虔诚的五斗米道徒，在官府里传播五斗米道，希望大家信从，陶渊明看不惯，不久就辞职了。陶渊明这里的意思是，当初官高权重的荆州刺史王凝之搞五斗米道我都不能忍受，现在能奉承你这个小小的督邮吗？这也可备一说吧。

陶渊明辞官后，开始似乎过得还不错，但不久即因为遭受火灾，宅院尽毁，又迭遭水灾、旱灾，生活越来越艰难，以至"夏日长抱饥，寒夜无被眠"（《怨诗楚调示庞主簿邓治中》），即衣食不继的地步。虽然朝廷和一些人士还几次请他出来做官，他都拒绝了，隐居了二十二年，直到元嘉四年（427）去世。

陶渊明的辞官，固然与程氏妹的去世、督邮的到来这些偶然性事件有关，但这些都只是这件事发生的具体契机和触媒。根本的原因，还在于陶渊明的主观个性和当时的客观历史环境。从主观个性来说，陶渊明是一个爱自由、有品格、又有理想和抱负的人。这种个性的形成，可能主要有如下几个方面的原因：一是他天性比较爱自由，不愿意受束缚；二是他可能受到外祖父孟嘉和父亲的个性的影响；三是受到当时流行的道家思想和玄学的影响。如前所述，陶渊明的思想构成，既有儒家思想的因素，也有道家思想的因素。儒家追求积极用世，道家讲求恬淡自适，这两种倾向之间是存在矛盾的。陶渊明的前半生其实也一直处于矛盾纠结之中，因此多次出仕，又多次辞官。但真正的儒家思想和道家思想，又有一个基本共同点，那就是对自我人格和信念的坚守，在这一点上真正的儒家和道家是相通的。陶渊明之所以终于放弃了积极用世的理想，转而追求保持自己的人格，追求个人的自由，这就与当时的客观历史环境有关了。

陶渊明生活在东晋末年和南朝宋初，这是一个政治极度黑暗混乱的时期。东晋末年，朝中的王、谢、庚、桓、殷等几大家族为争权夺利陷入恶斗，各地的军阀也朝三暮四，合纵连横，混战不已。太和六年（371），当时陶渊明还处于幼年，朝廷就发生了一件大事：权臣桓温废掉司马奕帝位，另立司马昱为帝，是为简文帝。桓温的心思路人皆知，就是准备篡晋自立，但还没来得及实现，就在宁康元年（373）七月病死。元兴二年（403）十一月，桓温的小儿子桓玄继承其父遗志，篡晋自立，建立桓楚，改元永始。次年（404）二月，大将刘裕起兵讨伐桓玄，进入都城建康，扶安帝复位，五月桓玄兵败被杀。从此朝廷大权落入刘裕之手。此后到元熙元年（419），刘裕终于废晋建宋。陶渊明最后一次辞官，就发生在桓玄篡晋自立、刘裕掌权之后。陶渊明祖上一直仕晋为臣，眼看晋朝已经朝不保夕，肯定感到悲哀，他又无能为力，只好辞官。陶渊明作品中一直喜欢用皇帝的年号注明时间，直到晋安帝的最后一个年号"义熙"。从刘裕废晋建宋后，他就不用新朝皇帝的年号，而只是用干支纪年（如庚申、辛酉之类）注明时间了。《宋书·隐逸》："自高祖（刘裕）王业渐隆，不复肯仕。所著文章，皆题其年月。义熙以前，则书晋氏年号。自永初（刘裕年号）以来，唯云甲子而已。"古代人认为这体现了陶渊明对晋朝的忠诚，这是有一定道理的。当然，更重要的原因还在于，陶渊明之所以做官，除了因为家庭经济原因外，主要还是想有所作为，实现自己的抱负，并非为了做官而做官。看到朝政日非，世事越来越乱，已经不可能有什么作为了，他就彻底失望望甚至绝望了。

总之，后代人有的侧重强调陶渊明辞官是因为对晋朝的忠诚，这是以偏概全。更多的人侧重强调陶渊明辞官是因为他天性恬淡，这种看法也比较片面。陶渊明固然有天性恬淡的一面，但他曾经"猛志逸四海，骞翮思远翥"（《杂诗十二首》其五），也曾"少时壮且厉，抚剑独远游"（《拟古九首》其八）。他热情讴歌"精卫衔微木，将以填沧海。刑天舞干戚，猛志固常在"（《读〈山海经〉十一首》其十），对"君子死知己，提剑出燕京……雄发指危冠，猛气冲长缨"（《咏荆轲》）的荆轲不胜向往。也就是说，陶渊明的性格实际上有非常坚毅果敢的一面。世界上那么多人都感叹人世艰难，仕途险恶，都向往辞官归隐。但正如唐代诗僧灵澈所说的："相逢尽道休官好，林下何曾见一人。"（《酬韦丹刺史》）而陶渊明之所以能说到做到，毅然决然做出归隐的选择，与他的这种坚毅果敢的性格有关。南宋大思想家朱熹曾说过："隐者多是带气负性之人为之。陶欲有为而不能者也，又好名"；"陶渊明诗，人皆说是平淡，据某看，他自豪放，但豪放得来不觉耳。"（《朱子语类》）南宋著名词人辛弃疾也认为："看渊明风流酷似，卧龙诸葛。"（《贺新郎》）鲁迅先生对陶渊明的为人和诗作也做过分析："就是诗，除论客所佩服的'悠然见南山'之外，也还有'精卫衔微木，将以填沧海。刑天舞干戚，猛志固常在'之类的'金刚怒目'式，在证明着他并非整天整夜地飘飘然。这'猛志固常在'和'悠然见南山'的是一个人，倘有取舍，即非全人；再加抑扬,更离真实。"(《〈题未定〉草(六)》)只有英雄才能真正理解英雄。朱熹、辛弃疾、鲁迅等人的评价,应该是洞中肯綮的。陶渊明的伟大,并不在于他天性恬淡,而在于他本有远大抱负和宏伟志向,但在发现已无法实现自己的理想的情况下,毅然决然地辞官归隐,以保持自己的高尚人格,追求人生的自由,特别是心灵的自由,不肯为了一点利益而随波逐流,同流合污。既然不能兼善天下,那就不如独善其身。而世界上的人,发现现实很肮脏,不符合自己的理想,很多人就会放弃理想,甚至同流合污;更多的人是提不起也放不下,既不愿意同流合污,也不能独善其身,在矛盾苦恼中随波逐流。一转眼一生就过去了,结果是既没有实现自己的理想,也没有坚持自己的人格,获得人生的自由,特别是心灵的自由。就这么窝窝囊囊过了一辈子,最后带着苦恼和遗憾离开这个世界。陶渊明了不起的地方,就在于他毅然做出了选择,按照自己的意愿生活。这好像是一件很简单的事情,实际上是一件极不容易的事情,几乎没有什么人能做到,而陶渊明做到了,他因此成为一个伟大的楷模,成为中国文化的一个标志性人物,甚至成为整个人类文化的一个偶像。只有这样看,才能准确理解陶渊明其人、他的归隐和他的诗歌。陶渊明做出的这一选择,我们很多人实际上都做不到,我也不要求你们能做到,但是我们应该知道有这样的人格,有这样的境界,我们在自己的生活中有时候适度地保持一点操守,知道生活除了苟且,还有诗和远方,这还是有可能的,这就是我们现在学习陶渊明的意义。

陶渊明义熙元年(405)十一月辞官,当时即作了《归去来兮辞》。该文的小序末尾注明"命篇曰《归去来兮》,乙巳岁十一月也"。这相当于正式退出官场的宣言。他生动描绘了自己辞官归家的愉快心情:"舟遥遥以轻飏,风飘飘而吹衣";"乃瞻衡宇,载欣载奔。僮仆欢迎,稚子候门"。《归园田居》描写的是春天的景色,应该是次年春天所写。此时他的感情已稍微平静一些,但仍然处于轻松愉悦之中。因为关于辞官这件事,陶渊明已经矛盾很久了,也就是被这件事折磨很久了。从陶渊明几次就职、又几次辞官的经历看，关于是否做官，他肯定是非常矛盾的。做官有利于养家糊口，解决全家人的生计问题，同时也有可能施展自己的才华，实现自己的人生理想，证明自己人生的价值，但因此就要忍受很多琐碎无聊甚至痛苦屈辱。不做官就可以避开这些无聊的事情，按照自己的意愿生活，比较自由轻松，但从此也就与自己的社会理想无缘了，而且要承受经济上的贫困。人最大的困惑和痛苦，是选择的困惑和痛苦，何况这是一个决定人的命运的选择。摊到谁的身上，这都是一个非常艰难的选择。而陶渊明又不是一般的人，他具有非凡的才华、远大的理想、宏伟的抱负，同时又具有高洁的品格、鲜明的个性、对自由的强烈渴望，对他来说，这种矛盾就更加剧烈。现在他终于做出了最后的决定，这种矛盾终于得到解决。此时陶渊明未尝没有失落感，对将来的困境未尝没有预感，但压在心头的一块大石头终于放下，他有一种如释重负的解脱感，心里会感到特别轻松。他最终选择了尊重自己的本性，维护自己的人格，追求人生的自由。就具体生活方式而言，他现在终于不用每天上班了，可以睡到自然醒了。他不必再操心那些琐碎的事情，再与那些无聊的人打交道，面对的都是自己的亲人和熟悉的家园，自然感到从来没有过的惬意。

开头两句"少无适俗韵，性本爱丘山"，是陶渊明经历过人生一次重大转折之后，冷静下来对自己的一种反省。"韵"字，有的版本作"愿"。中国古代的书籍，早期都是靠抄写流传的，直到唐宋以后，雕版印刷术出现，才开始印书，但很多书的传播仍然靠抄写。既然抄写，就难免出现很多变化。后代的人根据早期的抄本继续抄写或印刷，就会出现很多异文，这就是所谓版本差异。陶渊明的诗文集，古代抄写、刊刻的次数特别多，异文也就特别多，这个"韵"与"愿"的差异只是其中之一。袁行霈先生《陶渊明集笺注》认为，"韵"本指和谐之声音，引申为情趣、风度、风雅、气韵、神情，乃六朝时期的常用语，带有褒义，不应该与"适俗"相连，"适俗"不能称"韵"；"韵"乃天然生成，"适俗"则属于一种主观愿望，故应该与"愿"字相连，所以他认为应该作"愿"。这种看法很有道理。但此处或许也可以作另外一种理解。"性""韵""愿"是三个层次的东西。"性"指人的内在本性，"韵"指人表现出来的一种气质、风度、风格、神情，"愿"则指人的主观心理愿望。一个人的"韵"与他的"性"有关，但并不等同。有的人表面上很超脱，也很想表现得超脱，但其实本性很在乎荣辱得失；有的人则相反，表面上积极进取，也很想表现得积极进取，但其实本性很向往人格独立和心灵自由。因此一个人的"韵"和"性"有时并不一致，甚至是矛盾的。人们外在的表现往往与内在的本性不一致，并因此而纠结，甚至痛苦。每个人对自己的气质、风格等是比较容易知道的，这在与人交往的过程中就会明显感觉到，但自己的内在本性到底是怎样的，则不容易认识清楚，往往把外在的自我当作本来的自我。认清真正的自我是什么样子，是选择人生的前提，也是决定人生成功还是失败、快乐还是痛苦的关键。所以中国谚语说"人贵有自知之明"，西方谚语说人最重要的事情是"认识你自己"。陶渊明对自己"少无适俗韵"是清楚的，但对自己"性本爱丘山"，则开始并不一定清楚。至于"适俗愿"，即让自己适应这个世界以求有所成就的主观愿望，则陶渊明早年未尝没有，因为他曾经很想有一番作为，他不可能不知道，要实现这个理想，就必须做出一定的妥协以适应这个世界。所以，他如果说自己"少无适俗愿"，就不太真实；说自己"少无适俗韵"，就比较准确。经过在官场多年的体验后，他才终于明确地认识到自己"性本爱丘山"。这是一个自我认识的过程。这两句诗对我们的启迪，就是一个人要不断反省自我，认识真正的自我，不能把外在的自我当成真正的自我。

在"韵"与"愿"两个字中，我倾向于"韵"字，还有一个旁证，即每个诗人写诗，安排音节、用韵等往往有一定的习惯。如果这里首句末尾用"愿"字，则与第二句末尾的"山"字押韵。但《归园田居》其余四首的第一句和第二句的末尾的字，都不押韵。第二首分别是"事"和

"鞅",第三首分别是"下"和"稀",第四首分别是"游"和"娱",第五首分别是"还"和"曲",都不押韵。如果第一首第一句末尾是"韵"字,也与第二句末尾"山"字不押韵,就与其他几首一致了。当然,这只是一个带有一定可能性的旁证。

接下来是"误落尘网中,一去十三年"两句。陶渊明现在终于完全认识到自己不适合做官、"性本爱丘山"了,回过头来看,自己竟然在官场上来来回回耗费了那么长的时间,这完全是一个错误,真是不值。这两句话虽然平易,但包含了诗人的无限感慨!"十三年",很多版本都作"三十年"。宋代吴仁杰《陶靖节先生年谱》云:"按太元癸卯先生初仕为州祭酒,至乙巳去彭泽而归,才甲子一周,不应云'三十年',当作'一去十三年'。"明代何孟春注陶渊明诗,也说:"按《靖节年谱》,太元十八年起为州祭酒,时年二十九,正合《饮酒诗》'投耒去学仕,是时向立年'之句。以此推之,至彭泽退归,才十三年。此云'三十年',误矣。"吴、何说得似乎比较有道理,所以后来的文本一般都作"十三年"。当然也还有不同看法,有学者仍然认为应该作"三十年",这又牵涉到对陶渊明生卒年的判断。

前四句是对"归园田居"以前的生活的总结和告别,接下来四句是写此次"归园田居"的原因和经过。诗人称自己之所以辞官归家,只是本能使然,就像被关在笼子里的鸟怀念原来栖息过的树林,被养在池子里的鱼思念原来曾经畅游的江河。这里是把自己、把人降低到了动物的层次,这是完全想明白了的结果。其实在天地之间,人与动物同样极为渺小,其间一点点区别真是微不足道。在陶渊明以前,就有很多作家以鸟和鱼怀念原来的生活环境,来比喻人怀念家乡和自由自在的生活。如西晋时潘岳《秋兴赋序》即写道:"譬犹池鱼笼鸟,有江湖山薮之思。"陶渊明也常用这个比喻,如《赴镇军参军》中,就还有"望云惭高鸟,临水愧游鱼。真想初在襟,谁谓形迹拘"的句子。鸟关在笼子里,无风雨飘摇之患,无饥寒交迫之苦;鱼养在池子里,无大风大浪之险,无四处觅食之劳。但它们还是向往树林和江河,就是因为这里没有自由,而那是一片自由的天地。当然了,正像庄子说的,我们不是鱼,我们又怎么知道鱼是怎么想的呢?这只不过是我们人类所理解的鸟和鱼而已。既然鸟、鱼都把自由看得比物质享受更重要,何况有思想有意志的人呢?陶渊明没有高调宣称自己辞官有多么了不起,是为了追求什么理想,是因为多么不能忍受现实世界的丑陋和黑暗等等,而是显得非常平静,只说出于本能,只说这适合自己"拙"的本性,这恰恰是他真正想明白了、真正下定了决心的表现。最劝不转的人,就是那些情绪特别冷静、语气特别平和的人。如果一个人说要寻死,情绪特别激动,语气特别夸张,那倒可能是他还没有真正下定决心。高调的东西往往不可信。"外有余者,中必不足。"又比方现在如果有人跑到寺庙里,说要出家,长老(庵主)会问他(或她)为什么要出家,他(或她)如果说这个社会太黑暗太肮脏了,我实在忍受不了,所以我铁了心要出家,要追求佛门清静,那么长老(庵主)十有八九会说,施主您还是回家去吧,或者说您先住两天再说吧。如果他(或她)说我没什么原因,就是想出家,那么长老(庵主)也许会说,那么您就留下吧。其实社会永远都差不多,没有什么好愤愤不平的,关键在于自己是怎样的一个人,自己选择什么。

"开荒南野际,守拙归园田"两句,表明陶渊明的辞官归隐与其他人的辞官归隐不一样。中国古代也有一些人辞官,但辞官后是在家里当老爷享清福。陶渊明的家庭条件没那么好,他是要亲自参加农业劳动的。陶渊明后来写的很多诗歌,都描写了他参加农业劳动的情况,证明他不是偶尔为之。他在一定程度上由一个士大夫变成了农民,这在等级森严的古代社会,是极为少见的。陶渊明辞官之所以特别不容易,特别了不起,原因也在这里。顺便说一下,中国古代诗歌中有所谓"田园山水诗派",开创者就是陶渊明,后来王维、孟浩然、韦应物、杨万里、范成大等诗人也属于这个诗派,但他们之间存在很大区别。王维、孟浩然等人主要写的实际上是地主庄园的风光,而不是真正的农村田野。杨万里、范成大等人写到了真正的农村田野，但他们都是农民和农业生活的旁观者。就像鲁迅先生所说的那样，是以一个城里人、一个士大夫的眼光，欣赏所谓"田家乐"。他们对农民生活的辛劳和贫苦，是没有多少感觉的。在他们之前的陶渊明，则是亲自参加劳动的。他对农业劳动的辛苦、农民的忧愁和喜悦等等，是有亲身体验的，所以他的田园诗描写农村风光、农民生活和农业生产活动特别真切。当然，这么说并不意味着陶渊明就完全变成农民了，他毕竟是有士大夫身份的。

为什么是"开荒南野际"？这里暗用了《诗经·豳风·七月》里的典故"馌彼南亩，田畯至喜"。《诗经》中的这首诗就说到种田的地方是"南亩"，那是因为它描写的是周朝豳地的情形。豳位于现在陕西的彬县一带，属于高原缓坡地带。这里只有朝南的坡地才能种庄稼，朝北的坡地日照时间太短，就不能种庄稼。陶渊明的家乡九江属于丘陵地带，也是这种情况，所以只能"开荒南野际"。

接下来"方宅十余亩"以下四句，描写"园田居"的具体情况。据袁行霈先生《陶渊明集笺注》考证，"园田居"是陶渊明家的一处居舍，地近南山（即庐山）。陶渊明少时即居于此。陶渊明家另外还有"下潠田舍"等居舍。"方"是动词，围绕的意思。"方宅十余亩"，是说围绕宅子的整个院子，一共有十余亩。现在看起来，这个宅院是够大的了。但我们要考虑两个情况，一是古代地广人稀，有个十余亩的宅院不足为奇；二是作为面积单位的"亩"，现在约是666平方米，但古今大小不同，就像作为长度单位的"尺"，和作为重量单位的"斤"，古今长短、轻重也都不同一样。程颐曾说："古者百亩，止当今之四十亩"；王应麟《玉海》一七六《食货·田制》引五代窦俨之说曰："小亩步百，周之制也；中亩二百四十，汉之制也；大亩三百六十，齐之制也。"关于中国历史上不同时期一亩究竟有多大面积，情况很复杂，但总体上是比现在的一亩的面积要小，这是肯定的。所以陶渊明这处田舍周围共有十余亩，是很正常的。

"草屋八九间",是具体写院子中的房子了。为什么说"八九间"?要是我们现代人,如果问你家房子有多大,一般都会准确地回答有几室几厅,多少平方米。这又是古代人与现代人生活状况的差别了。我小的时候住的就是茅草房,我经常说,我们这一代人小的时候的生活环境与生活方式,与秦始皇的时候没有多少差别,所以我们比较能读懂陶渊明及其他古代人的作品。现在的年轻人就不一样了,生活在现代工商业社会,与古代人的生活环境和生活方式隔阂就大了。在我们看来,说"草屋八九间"是完全可以理解的,因为我们小的时候农村里的房子,以泥糊壁,以草盖顶,除了有几间正屋外,还有一些转弯抹角的部分,算不算房间,算多少房间,是很难说的。

当然,陶渊明说"十余亩""八九间",除了院子面积和房屋间数客观上比较难以精确统计外,还与他的主观心境态度有关。这体现出他对这些无所谓,不计较,透露出一种诙谐调侃的语气,反映出他轻松随意的心态。是啊,做官不做官都无所谓,院子面积究竟有多大,房屋究竟有几间,又何必在乎呢?所以,我们看诗人的作品,不仅要注意他所描绘的对象如何,还不要忘了隐藏在这些景象背后或之外的诗人形象本身,他是一种怎样的情态,他是怎样观察这些景象的,他所描绘的这些景象上,折射出他怎样的心态和神情。这就是王国维在《人间词话》中说过的:"一切景语皆情语也";"以我观物,则物物皆着我之色"。

"榆柳荫后檐,桃李罗堂前",是写房子前后的景象。前后都种了树,掩映着房屋,显得特别和谐,这是一幅典型的南方民居的图景。北方总体上比较寒冷,也比较干燥,因此建房子主要考虑保温,不太注意通风,也不太注意房子的朝向,所以喜欢建四合院,现在也喜欢建塔楼。陶渊明的家乡九江处于南北之间,冬冷夏热,比较潮湿,所以建房子必须是坐北朝南,这样有利于通风、吸收阳光。那么为什么一定是"榆柳"栽在屋后、"桃李"栽在屋前呢?因为"榆柳"可以长得比较高,如果栽在屋前,就可能遮住南面照过来的阳光;栽在屋后,则没有这个问题。至于榆柳本身,因为可以长得高,超过屋顶,阳光可以照到,它们的生长就不会受到影响。榆柳栽在屋后,还可以挡住冬天北面吹过来的大风,不仅有利于保温,还可以减少茅草屋的屋顶被吹掉的危险。茅草盖在屋顶并不牢固,是完全有可能被大风吹走的。杜甫《茅屋为秋风所破歌》不就写到"八月秋高风怒号,卷我屋上三重茅,茅飞渡江洒江郊"吗?至于桃李树,是长不了很高的,因为它们要结果实,营养都集中到果实上去了。长得太高的桃李树,就结不了多少果实。因为桃李树长不高,所以栽在屋前,就不会有挡住阳光的问题。相反,如果桃李树栽在屋后,因为它们长不高,就会被屋挡住阳光,没有光照就结不了果实了。同时,桃李树开花的时候,鲜艳灿烂,也是一种景致,人们走出大门,眼前就是如此妍丽的景色,心情也会比较愉快。另外,桃李栽在堂前,还有一个原因,就是桃李结果后,家里人方便照看果子,避免被别人偷走。古代的人,特别是孩子们,偷点别人家的瓜果,是常有的事,有点游戏的性质,主人家习以为常,一般也不会特别较真。杜甫的《又呈吴郎》诗,不就写到他的邻居,一个贫穷的老妇人,经常偷偷打他家的枣子,杜甫不忍心点破她:"堂前扑枣任西邻,无食无儿一妇人。不为困穷宁有此,只缘恐惧转须亲。"当然了,一般情况下,自己家的果实,还是要尽量避免被人偷走的,所以桃李树一般都栽在堂前。这种坐北朝南、"榆柳荫后檐、桃李罗堂前"的建筑模式,是中国中部和南方的人民根据自然环境气候摸索出来的一种经验,包含了一种朴素的生存智慧。陶渊明无意中将它描绘出来了。

"方宅"以下四句将自家院子和宅子的情况描写完了,这时陶渊明的目光自然而然地伸向远处,"暧暧远人村"以下四句,就是写周边的环境。如果说"方宅"四句是近景,那么"暧暧"以下四句就是中景或者说远景。"暧暧"是模糊朦胧的样子。远处的人家和村庄看得见,但看不太清楚。古代农村地广人稀,"鸡犬之声相闻,老死不相往来",是一种普遍的状态,其实这也可能是人生活的最佳状态。人是一种群居动物,希望与其他人生活在一起。现代人口剧增,大城市里尤其人口众多,非常拥挤,彼此之间存在竞争、冲突,人们往往向往人少甚至没人的地方,图个清静轻松。鲁迅先生说得更绝,说每个人的真实想法,是世界上的人都死绝,只剩下自己,再加一个美女。当然,对一个女人来说,那就是除了自己,还剩下一个帅哥。西方存在主义也说,他人即地狱!但真要把你放在一个杳无人烟的地方,你开始还觉得真清静,但不出三五天,你就会觉得无聊、孤独。据说有些华人移民新西兰南岛上,住在山里,终日甚至连月不见人影,孤独无聊之极。只要远处高速公路上有汽车开过,都会感到激动兴奋。所以,人与人相处,既不能太近,有压迫感;也不要离得太远,有孤独感。陶渊明这里描写的,就正是这样一种状态。邻居们彼此望得见,知道对方的存在,心里不觉得孤独,就感到安心、踏实;同时又保持适当距离,给每个人留下了自由空间,这样彼此之间反而有一种亲近感。相反,如果彼此距离太近,产生竞争、逼迫感,彼此心理上反而有排斥、疏远的感觉。

"暧暧远人村"是平面的成块状的景象,"依依墟里烟"则是立体的呈直线的景象。前一句是静景,后一句则有一丝动感。其实"墟里烟"袅袅升起,变动非常有限,这里是通过写动的景物,进一步写出田野村落的静谧。也就是说,除了这一丝炊烟,其他没有什么动态的东西可以引起人的注意,田野村落的静谧自可想见,这叫"以动写静"。有炊烟证明那里有人在生活,它蕴含着生机,所以袅袅炊烟是一个美好的意象,让人感到温馨亲切。这两句描绘了一幅生动逼真的水墨乡村图画,具有浓郁的乡村气息。当然这是中国南方乡村的景象。南方空气湿度大,远远望去总是朦朦胧胧的,山里面水雾就更重了,所以南方的建筑物多是白墙黑瓦,就是因为周围已经够朦胧的了,白墙黑瓦就显得醒目一点。白墙黑瓦的轮廓与周边的水雾相互映衬,就构成了南方乡村特别是山村特有的那种水墨山水画的效果,让人赏心悦目。

"暧暧远人村，依依墟里烟"两句写的是物体，是色彩，"狗吠深巷中，鸡鸣桑树巅"则是写动物，写声音，这就更使整个画面富有生机了。注意，狗是在深巷中吠，这与在路上或原野上吠，声音效果是不一样的。在路上或原野上吠，声音一下就散掉了。在深深的巷子里面吠，回声特别悠长，就比较有美感。可以说陶渊明这里是把狗吠声艺术化了。鸡怎么会在桑树顶上叫？现代人可能觉得很奇怪，难以理解，因为现代人看到的基本上都是养鸡场养的鸡，肥肥的，别说飞到桑树顶上，连飞离地面都很困难了。有些不良商人养鸡，为了节约成本，把鸡笼弄得很矮很狭小。为了尽快养大，给鸡喂各种激素，结果鸡站也站不起来。即使是农家养的鸡，也是经过充分驯化了的，身体肥肥的，虽然还能走能跑，但也不大能飞起来了。但鸡有一个驯化的过程，以前的鸡不是这样。我小时候看到的鸡还是瘦长瘦长的，尾巴很长，被赶急了就会飞起来，而且飞得很高很远。至于更早的鸡，从野鸡演化过来的，就更瘦、更长、更能飞了。现在日本的餐馆的菜单上，写作"鸟"的就是鸡，鸡最初确实就是鸟，日语倒还保留这种历史事实。《诗经·王风·君子于役》就写到当时的鸡，"鸡栖于桀，日之夕矣，羊牛下括"。"桀"就是供鸡栖息的木架子，到了傍晚，鸡就飞上去，准备过夜了。可见当时的鸡是要栖息在高高的木架上的。为什么呢？据说是因为鸡从鸟驯化而来，虽然被驯化了，但还保留了一些鸟的习性，只有在高高的木架上才能入眠。据说人也有类似表现，比如很多人会梦见自己从树上掉下来，就是因为人从猿猴进化而来，猿猴原来都在树上的。人虽然进化为人了，但意识深处还潜藏着从树上掉下来的恐惧，做梦时被唤醒了。总之，陶渊明这里写到"鸡鸣桑树巅"，是非常真实的，表明当时鸡的驯化程度还没有现在这样高。狗在深巷中吠，鸡在桑树巅叫，打破了周围的寂静，洋溢着活泼的生命的气息，富于乡村特色。在写作手法上，这里是以有声写无声，以闹写静。除了狗吠鸡鸣声，整个乡村几乎万籁俱寂。狗吠鸡鸣声反衬出乡村无比宁静。同时又是以物写人，只见狗、鸡，不见人影，可以想见人们都去田野劳动了。狗、鸡们如此自由自在，也可以想见村子里的人同样自由自在，都在按照自然的规律和生命的节奏，自然而然地生活着。

"狗吠深巷中，鸡鸣桑树巅"两句，因十分亲切逼真地描绘出乡间村落的风光，千百年来传诵不衰。然而它们并非陶渊明的原创，而是化用古乐府诗《鸡鸣》篇"鸡鸣高树巅，犬吠深宫中"之句而来。《鸡鸣》篇载郭茂倩编《乐府诗集》卷二十八。这两组诗句非常相似，只有三个字和两个句子的顺序不同，然而却一传一不传，其原因在哪里呢？换句话说，陶渊明这两句诗的妙处何在呢？

首先不能不指出的是，一首诗中每个句子的命运，是与整首诗的命运相关联的。一两个名句可以使整首诗增色不少，甚至整首诗即因此而传，这样的例子并不少见。反过来，整首诗的整体水平高，其中的名句就好似绿叶衬托的红花，更加引人注目。古乐府《鸡鸣》篇写的是一家"兄弟四五人，皆为侍中郎"；"五日一时来，观者满路傍"的情景，反映了世人对富贵仕宦之家既予以一定讽刺揭露又不无歆羡的心理。这是乐府诗中的一个老话题，《相逢行》《长安有狭邪行》（《乐府诗集》卷三十四、三十五）等也是写的这一题材，而且都比《鸡鸣》篇写得好。如《长安有狭邪行》中描写道："大子二千石，中子孝廉郎。小子无官职，衣冠仕洛阳。三子俱入室，室中自生光。大妇织绮罗，中妇织流黄。小妇无所为，挟瑟上高堂。"就非常生动形象，诙谐有趣。相形之下，《鸡鸣》篇的描写缺乏条理，又填塞进了"桃生露井上，李树生桃傍。虫来啮桃根，李树代桃僵。树木身相代，兄弟还相忘"之类与本题关联并不紧密的说教，不免黯然失色。而陶渊明的田园诗，特别是作为其代表作的《归园田居》等作品，不仅开创了中国古典诗歌中田园诗这一重要流派，而且在用平淡朴素而又生动准确的语言描绘田园风光、表达诗人旷逸情怀方面，也达到了很高的水平，因此为历代读者所喜爱。总之，前述两组诗句一传一不传，显然与它们所属的两首诗的总体水平高下不同有关。

但既然一两个名句便可能使整首诗因之而传，那么这两组诗句一传一不传的主要原因就还在它们本身。先让我们来看两组诗句用字上的区别。《鸡鸣》篇中的"犬"字，陶渊明换成了"狗"字。"犬"字古雅，"狗"字通俗。文学作品的语言风格，应与它所表达的内容相一致。描写乡间村落的风光，词句应以朴素通俗为宜，所以"狗"字显然比"犬"字合适，它能给人以自然亲切的感觉。其次，广为流传的诗句，往往是最明白易懂、妇孺皆能了然于口耳的诗句，这可称作为文学传播规律中的通俗性原则。陶诗显然符合了这一原则。在陶渊明的时代，以"狗"字入诗文者尚不多见。陶渊明以之入诗，体现了他的艺术个性。

《鸡鸣》篇中的"宫"字陶诗换成了"巷"字。陶诗写的是乡村民居，无所谓"宫"可言。因此他易"宫"为"巷"，是合理的。《鸡鸣》篇写声势显赫的兄弟们同时回到高门大院的家中，引起庭院内外一阵骚动，鸡犬不宁。说"犬吠深宫中"，自无不可。就两字所在的一句之内来看，似难轩轾。但一首诗以至一联诗，都是大小不等的一个整体。其中每句之间，在意象情调上应力求和谐统一，以造成一种共同的艺术效果。这也可以说是诗歌美学中的一条原则。从这个角度来看，两组诗的优劣便显现出来了。《鸡鸣》中的"鸡鸣高树巅"一句，情调意象十分朴野。下一句用了一个"宫"字，意象过于富丽堂皇，情调也显得庄严凝重，两个句子的意象情调就存在着矛盾。而且"宫中"是一种封闭式的意象，"犬"在"深宫中""吠"，而"鸡"在"高树巅""鸣"，就给人一种相互隔绝、而不是浑然一体的感觉。陶诗易"宫"为"巷"，两句的情调意象便不再龃龉。鸡鸣狗吠，彼倡此应，叫成一团，活画出乡间村落中一派朴野而又生机盎然的景象。

两组诗句第三对不同的字是"高"与"桑"，它们的优劣一见便晓，因为文学作品应尽量用生动的形象而不是抽象的概念说话，这是人尽皆知的一条原理。"高树"是一个比较抽象的概念，"桑树"则是一个具体的物象，而且是具有鲜明乡村风物特征的物象，它能勾起人们对乡村景色的回忆与想象。接触到这个词，遍地桑麻的田野风光就仿佛在我们眼前浮现。

用字的不同，还带来了声律上的变化。《鸡鸣》篇两句诗的平仄是"平平平仄平，仄仄平平平"。陶诗易"宫"为"巷"，两句的平仄变成了"仄仄平仄平，平平平仄平"。前者为七平三仄，后者为六平四仄；后者只有一个三平相连处，前者则有两个，且第二个处于第二句末尾，成为所谓"三平调"。我们知道，诗歌的声律应该平仄大体均衡，低昂互节，富于变化，读起来才会顿挫有致，悦耳动听。平仄过于悬殊，特别是过多的三个平字相连，会给人以声调单一平直之感。"三平调"固为古体诗所不忌，甚至成为古风的特征之一，但毕竟不如将之变为平仄互节者错落美听。律诗在声律方面比古诗进步，避免"三平调"即是其中的一个因素。在这方面，陶诗也胜过《鸡鸣》篇。

至于陶渊明改变两句诗的语序，似乎别无深意，而仍只是出于声律上的考虑，即为了使后一句诗的韵脚"巅"与全诗的用韵相一致。因为从事理上看，是"鸡"先"鸣"引起"狗吠"，抑或相反，并无一定之规。

总之，陶渊明经过一系列的改造加工，把前代作品中写另外题材的十分普通的两句诗，点化成了描绘田园风光的千古名句，并与全篇完美地融为一体，不露斧凿痕迹。两组诗句一传一不传，并不是偶然的。

陶渊明之所以做这样的改动，可以从两个方面来理解。一方面，陶渊明当时游目所及的就是"巷"和"桑树"，而不是"宫"和一般的"高树"，他只是如实写出而已。因此这两句诗也就与陶渊明的其他许多名句一样，乃是"境与意会"（苏轼《题渊明饮酒诗后》），得之无心。但另一方面，据《鸡鸣》篇注，此曲乃"魏晋乐所奏"，则陶渊明很可能亲耳听过这首歌曲的演唱，无疑对它很熟悉。根据两组诗句如此相似的状况来判断，陶渊明写作此诗时，肯定联想到《鸡鸣》篇中的那两句，并有意以它为蓝本。既然以前代作品为蓝本，而又对之做了一系列改动，那么其间便不仅仅是"意与境会"，而是有一个比较、推敲的过程。加工的结果又是如此完善,则诗人当时很可能颇费匠心。人们常说陶诗的风格特征是平淡自然,但这种平淡自然决不等于浅率粗疏,它是诗人精心琢磨而后又返璞归真的结果,"看似寻常最奇崛,成如容易却艰辛"(王安石《题张司业诗》),这话很有道理。"狗吠深巷中"两句诗,无疑为此提供了一条生动的例证。

最后四句,诗人的目光又从远处收回,再次打量自己的这个园子。"户"是大门,"庭"是从大门到院门之间的地方。诗人一路看去,一切都是那样井井有条,干干净净,没有一个地方不顺眼。再回到房间里,感觉到房子里真安静,自己真悠闲,安静、悠闲得都似乎太多了,自己都有点无所事事了。"虚室"用了《庄子·人间世》中"虚室生白,吉祥止止"的典故。庄子是用空虚的房间,比拟一个人空清的心灵,说空虚的房间,会让人产生增生白色的幻觉,那真是虚之又虚了。能达到这样一种境界,人就没有什么祸患和苦恼,就会感到吉祥安宁了。陶渊明这里所写的"虚室",是实指空白寂静的房间。在这样的房间里,他产生了闲得多出来了的感觉。这与当初在官场上每天应付不暇的情形,形成了多么强烈的对比。

我在这里还要再重复一次,"一切景语皆情语"。我们不能只注意陶渊明所写的景物如何,还要想象诗人本身的情形。他之所以饶有兴致地一一打量家里的一草一木、一器一物,之所以觉得这一切都那么顺眼、那么可爱,是因为他热爱这个家,喜爱现在这种无忧无虑、自由自在的生活。在他所写的这些事物上面,渗透了他的主观情感。他的主观情感,也就通过他所写的这些景物呈现出来。是否感觉到"虚""闲",其实主要是由主观心境决定的。如果你内心虚静,即使周边环境比较嘈杂,你也会感觉客观环境是虚静的。就像陶渊明在《饮酒》其五中所说的那样:"结庐在人境,而无车马喧。问君何能尔,心远地自偏。"如果你内心充满思虑,躁动不安,则嘈杂的外在环境固然会让你倍感嘈杂,虚静的环境也可能让你心猿意马,无端心事涌上心头,这就是谢灵运《登池上楼》所说的"索居易永久，离群难处心"。所以佛教讲"诸法唯心，万缘唯识"，也就说人的所有烦恼是非，其实都是主观心灵造成的，即境由心造，这话有一定道理。好多事情、好多烦恼，都是因为自己放不下。你真心放下了，那些烦恼就不存在了。陶渊明之所以能够如此的轻松，就是因为他的心此时此刻真的放下了。

最后两句"久在樊笼里，复得返自然"，是陶渊明情不自禁地抒发感慨。他在享受此刻的清静与轻松的同时，不由得发出深深的感叹：我为什么无谓地浪费了那么多的时间，好在现在终于回来了，回归了自然而然的生活状态！"悟已往之不谏，知来者之可追。实迷途其未远，觉今是而昨非。"（《归去来兮辞》）"樊笼"句与前面的"羁鸟"句相对应。袁行霈先生在《陶渊明集笺注》中指出，"自然"不是指自然环境，而是指自然而然、自由自在的生活状态，这是魏晋南北朝时期士大夫经常谈论的一个概念。这两句是这首诗中表达感情最为集中强烈的地方。我们如果要咏诵这两句诗，必须充分体会诗人的深沉感喟，"久在"两字要予以强调。

关于陶渊明诗的艺术风格，苏轼概括得最好，就是"质而实绮，癯而实腴"（《和陶诗序》）。就是说语言非常平淡，但内容非常丰厚，用很平淡的语言表达了非常深刻的意蕴，这是文学创作的最高境界。文学创作，以至所有的创作，都有几种境界。第一种是词汇量有限，语法不规范，颠三倒四，没有章法，逻辑混乱，不会使用修辞手段，这种状况当然是最差的。第二种是词汇量丰富，甚至特别喜欢使用华丽的辞藻，或写得艰深晦涩，或使用夸张的语气，非常善于使用各种修辞手法，如前后照应、跌宕起伏、一唱三叹、对仗排比等等。这种状况当然比前一种好。社会上有很多人非常佩服这样的作者，认为这就是最好的文章。其实这并不是写作的最高境界，说到底还比较俗。写作的最高境界，就是用最浅近的语言，准确地表达非常深刻的思想情感。陶渊明的这首诗，涉及人对自我的反思、人生道路的选择、对乡村风光的描写等重大主题，表达了一种高远的人生境界，用语非常平淡，表达极为准确到位，这就达到了写作的最高境界。当然，陶渊明之所以能在写作上达到这种境界，根本上是因为他具有高尚的品格和情怀。我们不仅要借鉴他的这种写作风格，更应景仰他的伟大人格，以之作为我们思考人生意义和选择人生道路的坐标。

移步换形——白居易《钱塘湖春行》[1]

白居易（772—846），字乐天，唐代著名诗人。祖籍山西太原，其曾祖父迁居下邽（今陕西渭南市境内），生于新郑（今属河南）。贞元十六年（800）进士，中书判拔萃科，授秘书省校书郎。元和初任翰林学士，迁左拾遗，因上表谏，忤权贵，贬江州司马，累迁杭州、苏州刺史。后召还，授太子少傅。晚年居洛阳香山，号香山居士。著有《白氏长庆集》，《旧唐书》《新唐书》皆有传。

孤山寺北贾亭西[2]，水面初平云脚低。
几处早莺争暖树，谁家新燕啄春泥。
乱花渐欲迷人眼，浅草才能没马蹄。
最爱湖东行不足，绿杨阴里白沙堤[3]。

注释

[1] 钱塘湖：即杭州西湖。

[2] 孤山寺：在西湖中孤山上。贾亭：唐代贞元年间，贾全任杭州刺史，于西湖造亭，被称为贾公亭。

[3] 白沙堤：西湖中的一道长堤。曾以白沙铺路，故名。

本篇选自谢思炜校注：《白居易诗集校注》，中华书局2006年版。

赏　析

　　世间有一种美妙不过的事情，那就是天才诗人与奇妙山水的遇合。碧水青山本是大自然的杰作，但它就像养在深闺的处子，有待天才诗人去发现。天才诗人才高八斗，锦心绣肠，但他们涌泉般的才思必须找到一个最佳喷发口。前者一直在默默等待，后者也在苦苦寻觅。一旦他们相遇，碧水青山将成为激发诗人创作激情和灵感的绝好对象，而天才诗人也将以与世人不同的慧眼灵心和生花妙笔发现并生动传神地描绘出它的绝世风姿。于是，作为他们美满结合的结晶，璀璨夺目的诗章诞生了。因此，天才诗人与奇妙山水的遇合，实在是山水的幸事、诗人的幸事，也是诗坛及后世读者的幸事。

　　唐代著名诗人白居易与杭州著名的西湖之间，就曾有过这样一段因缘。长庆二年（822），因国事日非，朝中朋党倾轧，屡次上书又不被理睬，正任中书舍人的白居易请求外任，出为杭州刺史。已值"知天命"之年的白居易不再是那个"惟歌生民病，愿得天子知"（《寄唐生诗》）的愤激的青年，他的人生态度多了一份恬淡、超然与从容，从而有了更适宜的心情静观世事、领略山水、品味人生。对于杭州，白居易并不陌生。青少年时代，因河南家乡藩镇战乱不休，他曾南下投奔在杭州做县尉的堂兄，在这里生活过一段时间。这段早年时种下的情愫，使他对杭州除了向往之外，更多了一份亲切感。三十多年过去了，西子湖畔的一花一木都还风景如旧否？这一切无疑一直令他魂牵梦绕。出刺杭州的任命，对他来说可谓正中下怀。他怀着极其轻松喜悦的心情赴任，途中就写下了《暮江吟》"一道残阳铺水中"这样的写景佳制。到杭州后，他更是诗兴大发，留下了一系列描绘杭州佳丽风光的不朽佳作，《钱塘湖春行》就是其中之一。

　　白居易来到杭州的时候，正赶上杭州快速发展的时节。在唐代以前，今浙江地区的政治、经济、军事、文化中心一直在会稽（今浙江绍兴）。在春秋时代，当越国建都会稽时，今杭州地区还是一片随江潮出没的滩地。秦始皇统一全国后，始设置钱唐县，属会稽郡。南朝梁太清三年（549），始升钱唐县为临江郡，南朝陈祯明二年（588）改钱唐郡，属吴州。隋开皇九年（589），废郡为州，始设杭州。隋大业六年（610），杨素凿通江南运河，从江苏镇江起，经苏州、嘉兴等地到达杭州，全长400多公里，自此杭州成为京杭大运河的南端，成为人员、物资汇聚的重要交通枢纽，杭州城迅速发展起来。唐置杭州，治钱唐，因避国号"唐"讳，于武德四年（621）改"钱唐"为"钱塘"。唐中叶"安史之乱"之后，北方长期处于战乱之中，受到严重破坏，江南地区相对安宁，发展水平后来居上。在白居易来任杭州刺史之前十余年的元和八年（813），朝廷任命卢元辅为杭州刺史，制文中已经出现了"江南列郡，余杭为大"的表述。

　　随着杭州的发展，西湖也变得越来越引人瞩目。它本是一个潟湖，钱塘江在这里绕山而过，在山的另一面，江水冲刷带来的泥沙逐步堆积，形成沙坝，将西湖所在的洼地与外部隔开，遂成为湖泊，这样形成的湖泊就叫潟湖。现发掘所见西湖沙坝约形成于2600年前，则西湖约正式形成于此时。相传汉代有金牛见于湖中，以为朝廷明圣之瑞，故名金牛湖或明圣湖。以其在钱唐境内，又名钱唐湖。（顺便指出，既然唐武德四年（621）为避国号讳改"钱唐"为"钱塘"了，那么白居易此诗的题目也只能是《钱塘湖春行》）这个湖最初的功能主要是蓄水灌溉周围的农田。早期的杭州城先后建在灵隐山麓和凤凰山麓，与钱唐湖也没有什么关系。隋唐以后，因为大运河开通，杭州城迅速扩展，人口大幅度增加，至开元年间，人口已近10万户。因城市外围是钱塘江入海口，水质咸苦，城内淡水水源不足。大历年间，李泌任杭州刺史，组织市民在城内挖了六口井，在钱塘湖与六井之间铺设管道，引钱塘湖水入井，钱塘湖始与城市关系密切。因钱塘湖在城市西面，故称西湖。因为越来越庞大的市民群体需要有一个游玩娱乐的场所，西湖的主要功能，又逐渐从蓄水灌溉、为城市提供淡水，转变为供市民游玩娱乐，相关设施也逐步建立起来。总之，白居易这次来杭州所面临的，已是一个朝气蓬勃的杭州，一个充满生机的钱塘湖。

此诗当作于长庆三年（823）春。白居易于上年年底到达杭州，大约有许多公务急需交接处理，加上西湖的冬景毕竟稍逊其他季节的景致，所以白居易没有留下游赏之作。好不容易等到第二年的春天来临，大自然才刚刚吐露出些许春的消息，白居易就迫不及待地来到了西湖边。

全诗第一句"孤山寺北贾亭西"，交代了诗人观赏西湖的立足点，也是诗人此次"春行"的起点，为以下整个画面的展开确定了角度。孤山在西湖的里湖与外湖之间，因与其他山不相连接，故名。据宋代王谠《唐语林》卷六："贞元中，贾全为杭州刺史，于西湖造亭，为'贾公亭'。"白居易此次春行距贾全造亭不过二十余年，贾公亭当还存在，但现在已难觅它的踪迹。据白居易此诗，则贾公亭大致也在孤山的西北侧，则白居易此行的起点大约在今里西湖西岸的北山路中段。到过西湖的人都知道，这是观赏西湖景致的颇佳角度。从这里人们的视野可作扇面展开，既能一目了然地看清里西湖，又可透过白堤看到外西湖更开阔澹远的湖面，有近有远，虚实相参，西湖的美景可尽收眼中。

第二句"水面初平云脚低"是总写。诗人来到湖边，首先自然是放眼四望，以求对西湖此时的景象有一个完整把握。只见春水方生，湖面一改冬日的浅涸，变得满满当当，似蕴含着无限生机。"初平"不一定最满，但意味着它方兴未艾，还有一种继续上涨的势头，这是比已达到稳定的饱和更能唤起观赏者兴奋之情的景象。因为事物最美好的时光不一定是它达到盛满状态的时刻，而往往在于它蓬勃向上之时。云脚低垂也正是春天特有的景象，似乎随时都有可能霈然作雨，催生万物。总之，春天来了，大自然的一切都从冬眠中苏醒过来，都变得那么活跃，瞬息万变。

更值得玩味的是诗人的笔法。无论是交代观赏的立足点，还是总体描绘湖上景象，都不是呆板地描叙。写位置，忽北忽西；写景致，忽高忽低。左右变幻，上下呼应，跌宕多姿，隐约透露出诗人既兴奋又闲暇、既深情又从容的观赏心态，并为全诗定下了轻松活泼的情感基调。

如果说首联是长镜头似的总写西湖的山寺云水，那么颔联两句"几处早莺争暖树,谁家新燕啄春泥",则是目光收回,进行局部特写,着意刻画早春西湖的花鸟。诗人仍然不做呆板静止的描绘,而是换以疑问的语气出之。写早莺争树,问"几处",可见不是处处;写新燕啄泥,问"谁家",可见不是家家。这不仅极有分寸地准确描绘了早春时节特有的景色,而且诗人自身那种忽而为争树的早莺所迷,忽而又为掠过的燕子所吸引,完全沉浸在这一派莺歌燕舞的早春景色中,时惊时疑、时喜时笑的姿态神情,也栩栩如生地展现在读者目前。方东树评此诗"象中有兴,有人在,不比死句"(高步瀛《唐宋诗举要》引),深得此中三昧。

颈联两句"乱花渐欲迷人眼,浅草才能没马蹄",诗人将目光再次稍稍推开,有似中距离的观照,转而重点写早春西湖的花草。上联中的莺燕是灵巧飞动的,而诗人则基本不动,在那里左顾右盼,四处打量。本联中的花草是静止不动的,而诗人仍不肯做静止的描写。他反客为主,让自身动起来,走马观花,于是不动的花草也动了起来。不了解诗人与景物之间这种动与不动位置的变化,就不能理解花为何是"乱花",花怎能"迷人眼"?为何是"浅草"来"没""马蹄",而不是"马蹄"踏"浅草"?其实花并不"乱",也没有有意来"迷人眼",这只是诗人骑马一路穿行而产生的主观感觉。前四句画面中的景物都是动的,但整个画面本身没有动。这一联则画面中的景物基本不动,而整个画面快速切换,构成一种动静交错之致。同时,"渐欲""才能"与"初平"等相呼应,再次突出了早春景色的特点。

尾联两句"最爱湖东行不足,绿杨阴里白沙堤",诗人将视线重新推向远处的白沙堤和湖东,描绘西湖的总体轮廓,以与首联相照应,使全诗的内容更加完足。西湖上有白沙堤,将西湖分为里西湖和外西湖,不知筑于何时,本为储蓄湖水灌溉农田而筑,因以白沙铺路而得名。古代杭州另有苏堤,为苏轼任杭州知州时所筑,故人们多误以为白堤为白居易任杭州刺史时所筑,其实白居易来任杭州刺史之前,白沙堤就已存在。如果说前六句都是实写,那么这两句是虚写;如果说前六句是景中含情,那么这两句是情中有景。诗人终于抑制不住心中的喜悦依恋,坦言自己的"最爱"。同时,它也将读者的目光引向一个更广阔的境界,那里堤痕隐约,绿树掩映,一切是那样的清丽,又带着一层朦胧。读者在欣赏前面各种景致的基础上,可以发挥自己的想象力,展开丰富的联想。虚实相生,全诗的意境得到了拓展。

这首诗的题目是《钱塘湖春行》,所以全篇牢牢抓住西湖的春景来写,又紧扣一个"行"字做文章,移步换形,视点移动,从而逐步展现西湖春天的美景,同时表达诗人不断有所发现的欣喜。我们不妨顺便看看白居易另外一首著名的写西湖的诗《春题湖上》,对比二者的不同,就更能看出此诗以"行"为线索的表达方法:

> 湖上春来似画图,乱峰围绕水平铺。
> 松排山面千重翠,月点波心一颗珠。
> 碧毯线头抽早稻,青罗裙带展新蒲。
> 未能抛得杭州去,一半勾留是此湖。

这首诗既然名曰"题",就有如一首题画诗。诗人是把西湖当作一幅天然图画,在这幅画上题一首诗。题画诗要对画中的内容予以描绘概括,其笔法犹如作画。既然是作画,那么画家的立足点是不动的,这就与《钱塘湖春行》不同。第一句"湖上春来似画图"是点题,为全诗确定基调,下面就完全按绘画的方式来写。"乱峰围绕水平铺"一句勾勒出整幅画的框架格局,"水平铺"是平面,"乱峰围绕"是立体,平面、立体兼具,这属于远景,也可以看成这幅画的纵深背景。颔联在已绘就的立体和平面上加工,乱峰上有松排山面,颜色深浓;水面上有月亮的倒影,仿佛一颗明珠。平面与立体相映衬,繁多的景物与单一的景物相映衬,浓暗的色彩与明亮的色彩形成对比,突出焦点,富于构图和色彩的美感,这属于中景。颈联近距离凝视,在湖面的角上添加一片像碧毯线头的早稻,和几枝像美女的翠色裙带摇曳伸展的新蒲，生趣盎然。前三联的写景，有勾，有涂，有点，有染，有补。尾联则表达主观感受，有景有情，相当于绘画的题词、落款。

　　由此可以看出，诗人在不断地变换手法，寻找呈现西湖之美的最佳角度和方式。我们能够分析的是这两首诗的技法，诗人也很可能或经过精心地谋篇布局，或不假思索地运用了这些技法。但仅靠技法写不出好诗。白居易的不朽才思及其对大自然的无比热爱与西湖美丽风光的完美结合，才是作为歌咏西湖最优美乐章的这两首诗问世的根本原因。杭州西湖名闻天下，与众多文人学士对她的动人赞美是分不开的。在这个行列中，我们忘不了白居易，也不会忘记这两首诗。

逆笔之力——王安石《明妃曲》

王安石（1021—1086），北宋著名政治家、文学家。字介甫，号半山，抚州临川（今属江西）人。庆历二年（1042）进士，嘉祐三年（1058）上万言书，主张变法。熙宁二年（1069）任参知政事，推行农田、水利、青苗、均输、保甲、免役、市易、保马、方田诸新法，遭到旧党反对。熙宁七年（1074）罢相，次年复任宰相，熙宁九年（1076）再次罢相，为镇南军节度使、同平章事、判江宁府。熙宁十年（1077）改集禧观使，封舒国公，后改封荆国公。神宗死，太皇太后高氏临朝听政，司马光入相，尽罢新法。王安石晚年退居江宁（今江苏南京）。于诗、词、文均取得很大成就，著有《临川集》。《宋史》卷三百二十七有传。

明妃[1]初出汉宫时，泪湿春风[2]鬓脚垂。
低徊顾影无颜色，尚得君王[3]不自持。
归来却怪丹青手[4]，入眼平生几曾有。
意态由来画不成，当时枉杀毛延寿[5]。
一去心知更不归，可怜着尽汉宫衣。
寄声欲问塞南事，只有年年鸿雁飞。
家人万里传消息，好在毡城[6]莫相忆。
君不见咫尺长门闭阿娇[7]，人生失意无南北。

本篇选自王水照主编：《王安石全集》，复旦大学出版社2016年版。

注　释

[1] 明妃：即王昭君，西晋时避司马昭讳，改昭为明，故称明君，又称明妃。

[2] 春风：指美女的面容。杜甫《咏怀古迹五首》其三写王昭君，其中有"画图省识春风面"的句子。

[3] 君王：指西汉元帝刘奭，公元前48年至公元前33年在位。

[4] 丹青手：指画家。因绘画常使用丹砂、青䧹两种矿石制成的颜料，故名。

[5] 毛延寿：据旧题刘歆撰《西京杂记》卷二，为汉元帝时画工，因绘王昭君不实被杀。

[6] 毡城：古代匈奴等游牧民族所居毡帐集中地。多借称其王庭所在之处。

[7] 长门闭阿娇：陈阿娇为西汉开国功臣堂邑侯陈婴的曾孙女，堂邑夷侯陈午与大长公主（汉武帝姑母）刘嫖之女。汉景帝年间嫁与太子刘彻为太子妃，建元元年（前140）立为皇后。汉武帝得立为帝，刘嫖出过力。陈皇后出身高门，因此骄横傲气。无子。武帝宠卫子夫，卫子夫生一男三女，陈皇后愤恚欲死。元光五年（前130），以"惑于巫祝""挟妇人媚道"等罪名被废黜，退居长门宫，卫子夫得立为皇后。以上是《史记》卷四十九《外戚世家》和《汉书》卷九十七上《外戚传上》中的记载。带有一定小说性质的《汉武故事》则曰："帝以乙酉年七月七日生于猗兰殿。年四岁，立为胶东王。数岁，长公主嫖抱置膝上，问曰：'儿欲得妇不？'胶东王曰：'欲得妇。'长主指左右长御百余人，皆云不用。末指其女问曰：'阿娇好不？'于是乃笑对曰：'好！若得阿娇作妇，当作金屋贮之也。'"《文选》卷十六《长门赋序》又云："孝武皇帝陈皇后时得幸，颇妒。别在长门宫，愁闷悲思。闻蜀郡成都司马相如天下工为文，奉黄金百斤为相如、文君取酒，因于解悲愁之辞。而相如为文以悟上，陈皇后复得亲幸。"

赏　析

这是一首咏史诗。咏史诗与怀古诗、边塞诗、咏物诗、爱情诗等一样，是中国古代诗歌的重要题材类型。其中咏史诗与怀古诗比较接近，但两者还是有区别的。咏史诗一般是指就史书上记载的人物和事件进行分析，做出评论，表达感慨；怀古诗一般是诗人到某个历史遗址，对在这里发生的历史事件和出现过的历史人物进行分析，做出评论，表达感慨。每一种题材的诗，都有特定的写作要求。比方说咏物诗，如咏梅花、咏雁等，它的特定要求是什么呢？主要是两条。首先要把所咏的那个物本身描绘得非常准确、细致，抓住它的特点，包括外在的特征和内在的神韵，让人一看就知道咏的是什么。如果写的是牡丹，结果别人以为是菊花；写的是大雁，别人以为是麻雀，那当然就不行了。苏轼曾说过："诗人有写物之功，'桑之未落，其叶沃若'，他木殆不可以当此。林逋《梅花》诗云.'疏影横斜水清浅，暗香浮动月黄昏'，决非桃李诗；皮日休《白莲花》诗云。'无情有恨何人见，月晓风清欲坠时'，决非红莲诗。此乃写物之功。若石曼卿《红梅》诗云.'认桃无绿叶，辨杏有青枝'，此至陋语，盖村学究体也。"（《东坡志林》卷十）第二要有寄托。不能仅仅是咏物，而应该在准确地咏物的基础上，寄托比较深刻的思想情感，甚至反映人性、人生、人世的某种规律性的东西。如果连所咏的对象也没有描写准确，那就不是一首合格的咏物诗；如果仅仅描写得很准确，而没有寄托，那也不能算是一首优秀的咏物诗。只有既描写准确、手法巧妙，又有比较深刻的寄托，有内涵，才算是成功之作。

那么写作咏史诗的特殊要求又是什么呢？就是诗人必须对人们所熟知的、已有通行定论的历史人物和历史事件，别出手眼，找到新的角度，做出新的分析和评价，让人耳目为之一新，使人感觉到，原来这个人和这件事还可以这样看。达到这个要求，就是好的咏史诗，反之就是失败之作。如历史上对隋炀帝的评价极差，连他开通大运河的举措也遭到否定和忽视。其实这一工程构建了中国的南北大通道，促进了南方的大发展和全国一体化,可谓功在千秋。唐代诗人皮日休《汴河怀古》诗写道:"尽道隋亡为此河,至今千里赖通波。若无水殿龙舟事,共禹论功不较多。"这种见解就让人耳目为之一新。元代诗人刘因有一首《白沟》诗:"宝符藏山自可攻,儿孙谁是出群雄。幽燕不照中天月,丰沛空歌海内风。赵普元无四方志,澶渊堪笑百年功。白沟移向江淮去,止罪宣和恐未公。"原来人们都认为北宋灭亡只是宋徽宗(年号宣和)的责任,刘因则指出,北宋的开国皇帝太祖赵匡胤、太宗赵光义和当时的宰相赵普没能跨过白沟(在今河北省,上游为拒马河。北宋时宋、辽以此河为界河),收复战略要地燕云十六州,为后来金兵南下、宋朝无险可守埋下祸根。因此北宋灭亡,南北分裂,宋金以淮河为界,他们也有责任。关于岳飞被冤杀,历来人们都认为罪在秦桧。明代文人文徵明的《满江红·拂拭残碑》则指出,实际上宋高宗赵构才是主谋,他是担心北伐成功,迎回徽宗和钦宗,他的皇位就难保了,秦桧只不过深谙其心理并迎合之而已:"岂不念,疆圻蹙;岂不念,徽钦辱。念徽钦既返,此身何属。千载休谈南渡错,当时自怕中原复。笑区区、一桧亦何能,逢其欲。"这样的咏史诗就见识高超,发人深省。历来歌咏杨贵妃故事的诗文作品不胜枚举,都痛惜杨玉环花容月貌玉殒香消的结局,或感叹唐玄宗贵为皇帝不能保护自己的妃子:"如何四纪为天子,不及卢家有莫愁。"(李商隐《马嵬二首》)清代诗人袁枚的《马嵬》诗则指出,唐玄宗、杨贵妃二人的遭遇是咎由自取,倒是因他们荒淫误国,造成安史之乱,像杜甫《石壕吏》中所描写的老夫妻那样的普通平民,深受其害,是完全无辜的,更值得同情:"莫唱当年长恨歌,人间亦自有银河。石壕村里夫妻别,泪比长生殿上多。"这样的作品就见地深刻,引人深思。如果诗人只是将人们所熟知的历史人物和历史事件及相关评论重复演绎一遍,那就完全没有写作的必要。因此,写作咏史诗经常是做翻案文章。如何既翻出新意,提出新的见解,这种见解又站得住脚,给人以启迪,这对写作者是一种严峻的考验。

王安石恰恰就是一个具有鲜明个性、独特眼光的诗人。大家都知道,王安石是北宋中叶著名的政治家。《宋史》卷三百二十七《王安石传》称他"少好读书，一过目终身不忘。其属文动笔如飞，初若不经意，既成，见者皆服其精妙"。稍长，他跟随父亲宦游各地，广泛接触社会现实。文章立论高深奇丽，旁征博引，抱有移风易俗之志。庆历二年（1042）王安石中进士后，历任各地地方官，政绩卓著。同时也更充分了解了宋代社会的真实状况和下层民众的疾苦，逐步形成了改革变法的思想主张。他的诗文创作皆有为而发，内容充实，见解深刻。这里仅举大家可能都很熟悉的《登飞来峰》一诗和《游褒禅山记》一文为例。《登飞来峰》作于皇祐二年（1050）夏，王安石在浙江鄞县知县任满回江西临川故里，途经杭州，写下此诗。此时王安石才30岁，正值壮年，充满抱负。第一句"飞来峰上千寻塔"写山峰上古塔之高，正写出自己立足点之高，迥出世人；第二句"闻说鸡鸣见日升"描绘旭日东升的辉煌景象，又透露出诗人朝气蓬勃、对前途充满信心的精神状态。后两句"不畏浮云遮望眼，自缘身在最高层"更是不同凡响，表现出诗人高瞻远瞩、充满自信、蔑视流俗、坚毅果敢的气质。《游褒禅山记》则是王安石34岁时从舒州通判任上辞职，在回家的路上游览了褒禅山，三个月后以追忆的形式写下的。该文记叙了自己一行人游褒禅山，愈往深处愈加艰难，但所得也愈奇的经历，从而得出如下结论："古人之观于天地、山川、草木、虫鱼、鸟兽，往往有得，以其求思之深而无不在也。夫夷以近，则游者众；险以远，则至者少。而世之奇伟瑰怪非常之观，常在于险远，而人之所罕至焉，故非有志者不能至也。有志矣，不随以止也，然力不足者，亦不能至也。有志与力，而又不随以怠，至于幽暗昏惑而无物以相之，亦不能至也。然力足以至焉，于人为可讥，而在己为有悔；尽吾志也而不能至者，可以无悔矣，其孰能讥之乎？此余之所得也。"凡此皆充分体现出王安石卓尔不群、语不惊人死不休、务求见人之所未能见、为人之所不敢为的个性。这些都为他后来坚定不移地推行变法埋下了伏笔。

当时北宋朝廷内部冗官太多，效率低下；外部有辽国和西夏不时侵扰，边防压力巨大。朝廷既要负担大量冗官的俸禄，又要承担巨额的军费和送给辽国、西夏的财物，财政极度紧张。当大多数士大夫还在因循守旧、得过且过，甚至陶醉于表面的太平无事时，王安石就深刻洞察了宋王朝所面临的严重问题和潜藏的巨大危机。他的《明妃曲》二首作于嘉祐四年（1059）。就在此前的嘉祐三年（1058），他上了长达万言的《上仁宗皇帝言事书》，尖锐指出宋王朝积贫积弱的现实，系统提出了变法改革的建议，但没有得到积极回应。此后他长时期在家闲居，一直拒绝到中央馆阁部门任职。直到与其在改革变法上有共识的宋神宗登基，王安石才进入权力中枢，于熙宁二年（1069）担任参知政事，开始推行变法。因为变法不符合众多士大夫因循守旧的思维方式和行为习惯，又触动了大量权贵的利益，所以遭到旧党强烈抵制。王安石力排众议，甚至提出了"天变不足畏，祖宗不足法，人言不足恤"的著名言论。（《宋史》卷三百二十七《王安石传》）为此当时很多人都认为王安石个性执拗，都称他为"拗相公"。明代白话短篇小说集《警世通言》中，就有《拗相公饮恨半山堂》一篇。

在个人日常生活方面，王安石也极有个性。《宋史》卷三百二十七《王安石传》称他不注意自己的饮食和仪表，"性不好华腴，自奉至俭，或衣垢不浣，面垢不洗"。有人告诉王安石的夫人，说她丈夫喜欢吃鹿肉丝，吃饭时不吃别的菜，只把那盘鹿肉丝吃光了。夫人问，你们把鹿肉丝摆在什么地方了？大家说，摆在他正前面。第二天夫人把菜的位置调换了一下，鹿肉丝放得离他最远。结果，人们才发现，王安石只吃离他近的菜，桌子上照常摆着鹿肉丝，他竟完全不知道。因为他的心思全部放在政治、学术、文学等方面，根本没有心思理会别的。他的小儿子有先天性精神病，结婚后儿媳痛苦不堪。王安石主持他们离婚，将儿媳妇改嫁。这在今天看来是具有人道关怀的善举，但在当时士大夫看来，则觉得不可思议、骇人听闻。总之，王安石凡事都有自己独到的判断，往往出人意表。

介绍这些情况，都是为了说明，咏史诗这种诗歌类型与王安石的个性之间，有一种天然的契合。咏史诗最适合由王安石这样的诗人来写，王安石这样的诗人最适合写作咏史诗，他的《明妃曲》二首取得巨大成功，绝不是偶然的。

王昭君的故事我们也很熟悉。古今中外的人们似乎有一个共同的偏好，即当历史的滚滚硝烟已经远去之后，人们特别感兴趣的，似乎只是与美女有关的那些情节。除此之外，无数悲壮惨烈、可歌可泣的人物和事件，人们都基本淡忘了。如关于夏、商、周时期的历史，人们津津乐道的，主要是与妺喜、妲己、褒姒有关的故事；关于汉代和唐代的历史，人们也对吕后、杨贵妃的传奇经历最感兴趣。法国大革命改变了整个世界历史，但人们最喜欢谈论的，也是路易十六的皇后安托瓦内特的故事。匈奴曾是称雄草原的伟大民族，在从先秦到南北朝的漫长岁月中，曾与内地民族发生极其复杂而重要的关系。但时过境迁，这些都渐渐被人遗忘，只有王昭君的形象，历久弥新，在历史的天空闪耀着凄艳的光芒。

关于王昭君和亲一事，《汉书》卷九《元帝纪》的记载是："竟宁元年（前33）春正月，匈奴呼韩邪单于来朝，诏曰：匈奴郅支单于背叛礼义，既伏其辜。呼韩邪单于不忘恩德，向慕礼义，复修朝贺之礼，愿保塞传之无穷，边垂长无兵革之事。其改元为竟宁，赐单于待诏掖庭王樯为阏氏。"

《汉书》卷九十四上《匈奴传上》和卷九十四下《匈奴传下》记载得更详细。汉朝初年，匈奴族出了一位枭雄冒顿单于，统一匈奴各部，"控弦之士三十余万"。当时中国内地刚经过秦末的大动乱，实力受到严重损害。公元前200年，汉高祖刘邦亲率32万大军与冒顿单于作战，被包围在白登（今山西省大同市东北马铺山），差点做了俘虏。靠陈平出奇计，以珠宝贿赂冒顿的阏氏，吹枕旁风，劝冒顿与汉朝讲和，汉高祖才得以脱险。此后汉朝一直处于守势，以宗室女与匈奴和亲。汉高祖死，吕后当政，冒顿单于写信羞辱她，说你没了丈夫，我没了老婆，不如我俩一起过。因为汉朝实力不够，吕后也只好忍了，回信说自己年老色衰，不堪相伴，还是两家和好为上。直到汉武帝时，汉朝强大了，汉武帝雄才大略，决心举全国之力，一雪前耻，遂派卫青、霍去病等率军向匈奴发起大规模进攻，连获大捷，将匈奴驱至漠北，终于基本消除了匈奴对汉朝的威胁。至汉宣帝时，匈奴握衍朐鞮单于暴虐，一些部族另立呼韩邪单于。不久握衍朐鞮单于死，匈奴各部自立，出现五单于，互相残杀。其后呼韩邪单于之兄左贤王呼屠吾斯亦自立为郅支单于，势力渐盛，并击破呼韩邪单于。甘露元年（前53），呼韩邪单于向汉朝称臣，向汉求助，遣子右贤王铢娄渠堂入侍。郅支单于亦遣子右大将驹于利受入侍。甘露三年（前51）和黄龙元年（前49），呼韩邪单于两次入汉朝见汉宣帝，汉朝给予隆重礼遇。郅支单于也遣使奉献，汉朝亦遇之甚厚。汉元帝即位，郅支单于杀汉朝使者，汉都护甘延寿与其副将陈汤发兵康居斩之。呼韩邪单于且喜且惧，上书愿入朝见。竟宁元年（前33），呼韩邪单于复入朝，"自言愿婿汉氏以自亲。元帝以后宫良家子王墙字昭君赐单于，单于欢喜，上书愿保塞上谷以西至敦煌，传之无穷；请罢边备塞吏卒，以休天子人民"；"王昭君号宁胡阏氏，生一男伊屠知牙师，为右日逐王"。呼韩邪立二十八年，建始二年（前31）死。其子雕陶莫皋立，为复株累若鞮单于，复妻王昭君，生二女，长女为须卜居次，小女为当于居次。公元2年王莽专政，为取悦王太后，曾厚赏复株累若鞮单于，令其送王昭君长女须卜居次返回中原，进宫服侍王太后。

《后汉书》卷八十九《南匈奴列传》也提到王昭君，而且对王昭君和亲的经过有更生动的描绘，称呼韩邪单于死后，诸子以次立为单于。至孝单于舆时，其弟右谷蠡王伊屠知牙师以次当为左贤王，左贤王即是单于储副。孝单于舆想传位给自己的儿子，遂杀伊屠知牙师。"知牙师者，王昭君之子也。昭君字嫱，南郡人也。初，元帝时，以良家子选入掖庭。时呼韩邪来朝，帝敕以宫女五人赐之。昭君入宫数岁，不得见御，积悲怨，乃请掖庭令求行。呼韩邪临辞大会，帝召五女以示之。昭君丰容靓饰，光明汉宫，顾景裴回，竦动左右。帝见大惊，意欲留之，而难于失信，遂与匈奴，生二子。及呼韩邪死，其前阏氏子代立，欲妻之，昭君上书求归,成帝敕令从胡俗,遂复为后单于阏氏焉。"

综合上述信息,王昭君名樯,或曰墙;又或曰名昭君,字嫱。南郡人,后人证实为南郡秭归(今湖北省宜昌市兴山县)人。汉元帝时的宫女。竟宁元年(前33),呼韩邪单于入朝,求为汉朝女婿,汉元帝以王昭君赐呼韩邪单于为宁胡阏氏。一说王昭君因长期不得见皇帝,主动请行。生一子,名伊屠知牙师。两年后呼韩邪单于死,按匈奴收继婚习俗,复为其子复株累若鞮单于妻,生二女,长女为须卜居次,小女为当于居次。伊屠知牙师后为其兄孝单于舆所杀。

很明显,王昭君和亲时,汉朝强大,而匈奴处于分裂之中。南匈奴的呼韩邪单于,为加强与汉朝的联系,得到汉朝的保护,主动提出愿做汉朝的女婿,这才有了昭君和亲之事。但当这一历史事实成为后人写作的题材后,人们就不完全按照这个历史事件本身的样子来描述,而是按照自己当下的处境和感受来理解和处理这一历史题材。由于古代中国大多数时间里都是北方游牧民族战斗力居于上风,内地汉族一直强烈感受到来自北方游牧民族的巨大压力,人们很难想象王昭君和亲的时候是匈奴弱小而汉朝强大,所以都把王昭君和亲理解为汉朝政权在匈奴逼迫下被动为之的屈辱事件,着重描写王昭君告别家国的痛苦和远嫁异域的悲哀。著名诗人杜甫的《咏怀古迹五首》之三可为代表:"群山万壑赴荆门,生长明妃尚有村。一去紫台连朔漠,独留青冢向黄昏。画图省识春风面,环珮空归夜月魂。千载琵琶作胡语,分明怨恨曲中论。"当然,各个朝代的具体情况有所不同,文学艺术家和历史学家处理这一题材的手法也存在差别。由于这一题材牵涉到中国古代北方少数民族与内地汉族政权的关系这一重大问题,人物的经历也富于传奇性,所以从魏晋南北朝到当代,以王昭君为题材的诗词文赋、戏曲小说、绘画雕塑、舞蹈音乐蔚为大观,完全可以构成一部专题的文学艺术史,从中我们可以真切感受到中国古代社会历史的变迁和人们的思想感情的脉动。相对来讲,凡是内地汉族政权比较强大,或北方少数民族入主中原的时候,文学艺术家们笔下的王昭君形象就不那么悲戚。如元朝和清朝艺术家塑造的"昭君出塞",有的就喜气洋洋,这自然是可以理解的,因为昭君就是嫁到"他们老家"去的。而在内地汉族政权受到北方少数民族巨大压力时,或在北方少数民族统治下的汉族文学艺术家的笔下,王昭君的形象就悲苦不堪了。顺便提一下,新中国成立以后,各族人民大团结,周恩来总理曾指示著名戏剧家曹禺写一个王昭君的剧本,要用新的思想观念写。曹禺也写了,剧中的王昭君为了各族人民的大团结,主动请求远赴塞外,慷慨激昂,那神情就与一个当代女党员差不多了。

王安石所处的北宋时期,内地汉民族政权承受着来自北方少数民族的巨大压力,他之所以对王昭君题材感兴趣,自然与这一背景有关。王安石写了《明妃曲》二首后,当时的著名文人梅尧臣、欧阳修、司马光、刘敞等都写了和作。他们之所以这样做,自然也与他们对当时民族矛盾的关注有关。欧阳修的和作中,就有"耳目所见尚如此,万里安能制夷狄"的句子,批评汉元帝连内宫之中的情况都弄不清楚,怎么可能制服万里之外的夷狄呢?这也是针对现实情况而发的,意在警示当代的皇帝。王安石的《明妃曲》二首,倒没有把重点直接放在如何制服夷狄方面,因为在他看来,要制服夷狄,关键是要富国强兵;要富国强兵,关键是要进行改革变法;要实行改革变法,关键是皇帝要充分信任主张改革变法的大臣。因此,他主要从君臣关系上着眼,这是他当时关注的焦点,也是本诗的主旨所在。

前四句"明妃初出汉宫时,泪湿春风鬓脚垂。低徊顾影无颜色,尚得君王不自持"是第一层,写王昭君离别汉宫时的情景。这几句主要根据《后汉书·南匈奴列传》的记载来写。王安石出手就不同凡响,他没有采用叙述手法,平平陈述王昭君远嫁匈奴这一事实,而是采用描写的手法,将此事处理为一个过程。"明妃初出汉宫时"一句,一下子就将读者带到那个特定场景,让读者仿佛亲临现场。只见王昭君缓缓出场,泪水打湿了她的脸庞,神情不胜哀伤。这一幕就很有镜头感、动态感。王昭君的故事非常丰富，可以从她出生写起，也可以从她入宫写起，还可以从她在宫中悲怨的情形写起。诗人选择从什么地方写起，很能看出他的匠心。杜甫的《咏怀古迹五首》其三写王昭君，开头是"群山万壑赴荆门，生长明妃尚有村"，就非常有气势，似乎王昭君汇聚了天地的精华，写出了她的不凡。王安石则选择了王昭君辞别汉宫的这个时间节点，这是王昭君人生的一个根本转折点，她满腹心事，百感交集，这从她的表情神态中就可以看出。就周围的人而言，包括汉元帝、呼韩邪单于在内的在场所有人，这时的反应也是最集中最强烈的。他们终于看到王昭君了，有的喜不自胜，有的后悔不迭，有的感叹不已。总之，对王昭君和所有人而言，他们此时的心情是极为复杂丰富的，这就是一个极富于表现力的时间节点，借此可以充分展现主人公和相关人物的内心世界。

文学艺术家如何选择表达的时间节点，与选择描写角度等一样，是文学艺术创作的一个基本问题。关于这一问题，德国美学家莱辛在他的经典名著《拉奥孔》中作了精辟的探讨。"拉奥孔"又名"拉奥孔和他的儿子们"，是公元前1世纪中叶古希腊雕塑家阿格桑德罗斯及他的两个儿子共同创作的一组大理石群雕，高约184厘米，现收藏于罗马梵蒂冈美术馆。该雕塑取材于希腊神话中的"木马计"传说。希腊人攻打特洛伊城十年，始终未获成功，后来建造了一个大木马，并假装撤退，而将将士暗藏于马腹中。特洛伊人以为希腊人已走，就把木马当作是献给雅典娜的礼物搬入城中。特洛伊城的祭司拉奥孔识破了希腊人的计策，告诫特洛伊人勿将木马拖入城中。拉奥孔一怒之下还把长矛向木马掷去，触怒了暗中佑助希腊的雅典娜。于是雅典娜派出两条巨蛇，将拉奥孔的两个儿子缠住，拉奥孔为救儿子也被蛇咬死。特洛伊人见拉奥孔已死，以为是拉奥孔当初的警告触怒了神灵，于是更加深信不疑地将木马运进城里，导致希腊人里应外合攻破了特洛伊城。雕塑家选取拉奥孔父子三人被毒蛇缠绕咬啮的那一瞬间，拉奥孔位于中间，神情处于极度的恐惧和痛苦之中。他使尽全身的力气，想把自己和两个孩子从两条巨蛇的缠绕中挣脱出来,双手紧紧地抓住一条蛇,但臀部已被蛇咬住,表情痛苦,似在吼叫,身体扭曲,肌肉强烈收缩,显得徒劳和绝望。在左侧,拉奥孔的长子被巨蛇缠住左腿右臂,似有逃脱生存的希望,还没有受伤,但却被眼前的景象惊呆了,正在奋力想把自己的左腿和右臂从蛇的缠绕中挣脱出来。右侧的次子则已被蛇紧紧缠住,绝望地举起右臂,难以动弹,左手依然死死抓住蛇的身体。拉奥孔和他的两个儿子的身体因苦痛而扭曲,身上所有肌肉的运动都已达到极限,甚至到了痉挛的地步,表现了在痛苦和反抗状态下的力量和极度的紧张,具有令人震撼的强烈感染力。看着这组雕像,人们似乎能感觉到痛苦流经自己全身,也跟着不自觉地紧张起来。莱辛根据这个雕塑写了一篇题为《拉奥孔》的美学论文,探讨绘画、雕刻与诗的美学关系。他认为古典雕刻和绘画比诗歌更适合于表现美,原因就在于作为空间艺术的雕刻和绘画,只能选取一个特定的时间节点来表现人物和事件,它们就会特别注意选择富于表现力的瞬间,将所有美的元素高度集中表现出来,并引发人们对这个时间节点之前和之后的种种情形产生丰富联想。而诗歌属于时间艺术,因为没有时间的限制,容易拖沓散漫,反而不可能达到这种效果。莱辛的见解自然有其道理。但诗画不仅有别,也有相通之处。诗歌创作其实也有选择表达时间节点的问题。王安石的《明妃曲》的开头,就是这方面的一个典型例证。

"明妃初出汉宫时"一句是展开场景,主人公出场。接下来两句,是刻画王昭君的形象。"泪湿春风鬓脚垂"是静态描写,古人常用"春风"来指美女粉嫩并洋溢着光泽的面庞。这个比喻很简单,但非常生动。脸本来是静态的,春风是动态的,说面如春风,仿佛脸上荡漾着春意,有一种和煦的春风吹过来的感觉,就把美丽容貌的感染力写活了。杜甫《咏怀古迹五首》其三写王昭君,其中就有"画图省识春风面"的句子,王安石这里应该是借用。"低徊顾影"是动态描写,刻画王昭君留恋徘徊、伤心哀婉的姿态。这两句不仅写出了昭君的外表,也写出了她的神情,非常传神。王昭君虽然是主动请行，但临行之际，心里仍然充满遗憾和悲伤。因为她主动请行是出于不得已，是因为长期深锁冷宫，任凭青春流逝，根本没有见到君王的机会，看不到人生的希望。而且她知道此去就是永别，那是一个充满艰辛和诸多未知的世界，不由得不悲伤。此时此刻，她根本无心注意保持自己的形象，将自己最美好的容貌展现在众人面前，所以"无颜色"。因为一般来说女孩子比较快乐的时候会显得更漂亮，更有神采。但"无颜色"并非真的完全无颜色，王昭君此时的美貌虽不在最佳状态，但仍然是美丽动人的，那是因为她那天生的美貌和姿态是掩盖不住的。而且她因为悲伤，泪湿春风，低徊顾影，还具有了另外一种楚楚可怜的美感。这么说，好像把女性当成观赏对象，有点男权主义，但请女士们不要生气，因为中国古代话语权主要掌握在男人的手里，描绘女性的美，大多是从男性的视角去说的。在当时的男性看来，女孩子长得美，而且神情愉悦，又打扮得漂漂亮亮，当然很可爱。但有时候女孩比较伤心的样子，男人也觉得很好看，这就叫楚楚可怜。甚至还有一种说法"女要俏，一身孝"，即女子本来就长得很漂亮，如果父母或丈夫死了，她肯定很伤心，她穿着孝服，你会觉得她比平时还要漂亮。为什么会有这种感觉？除了因为白色的衣服可以衬托女性的容貌，还可能因为男人有一种要显示自己强势、要保护女人的本能心理。女人如果落泪或显得很伤心，男人会觉得她更漂亮，更可爱。顺便说一下，在医院里，护士穿着白色护士服的时候，你会觉得她很漂亮，有些病人会对护士产生感情，为什么？因为人生病的时候最脆弱，护士那么轻声细语、无微不至地照料你，你很容易对她产生亲近感、依赖感。加上她头戴白帽，身穿白衣，只露出一双大眼睛扑闪扑闪的，就显得很好看。但当她把护士服脱掉之后，你会发现她们与其他女孩子没什么区别。

前三句是从正面描写王昭君，接下一句"尚得君王不自持"是侧面描写，从旁观者的反应来描绘王昭君惊人的美貌。"无颜色"是用逆笔，欲扬先抑，为后面的反弹埋下伏笔，然后"尚得君王不自持"一句反弹回来，这样表现就更为有力。王昭君最"无颜色"的样子,"尚得君王不自持",那么王昭君美到什么程度,就可以想见。这是全诗中出现的第一次转折。由一般诗人来写,很可能就是顺着写王昭君如何美貌,让君王如何惊讶,这样效果就比较平淡。王安石就要用逆笔,以更进一步写出王昭君之美,增强表达效果,这就是王安石凡事不欲与人同的个性和艺术风格的体现。这里描写君王的反应也很生动。君王大多时候都得端着个架子,以显示君王的威严。而且他不知见过多少美女,可谓饱览人间春色,已经很难有美女能够让他眼睛为之一亮了。结果一见王昭君,他竟然不能自持。"不自持"这个细节非常生动逼真。将历史事实过程化、情景化,还原历史场景,描写生动的细节,这正是文学艺术创作不同于历史写作的地方。我们仿佛看到当时汉元帝正一本正经坐在宝座上,看到王昭君出场,一下子就眼睛发直了,嘴巴不由自主张开,身体前倾,失态了。他完全被王昭君的美貌震撼了。

　　通过周围人物的反应来表现美女的美貌,是古今中外文学艺术作品常用的一种表现手段。汉乐府《陌上桑》写美女罗敷之美,在描写她本身"头上倭堕髻,耳中明月珠;缃绮为下裙,紫绮为上襦"等之后,接着写"行者见罗敷,下担捋髭须。少年见罗敷,脱帽着帩头。耕者忘其犁,锄者忘其锄;来归相怨怒,但坐观罗敷"。走路的见到罗敷,不由自主放下担子,摸自己的下巴和胡子,既是在饶有兴致地欣赏,也是为了掩饰自己看美女的行为;年轻的小伙子见到罗敷,下意识地脱去帽子,露出头巾,显示自己的年轻俊秀;耕田锄地的人见到罗敷,都忘记了自己手中的农具,回家之后互相埋怨,都是因为贪看罗敷,耽误了农活。这充分显示出罗敷美貌的吸引力,非常生动有趣。《西厢记》第一本《张君瑞闹道场》第四折,写崔莺莺上佛堂给父亲做法事,先描写她"恰便似檀口点樱桃,粉鼻儿倚琼瑶。淡白梨花面,轻盈杨柳腰。妖娆,满面儿扑堆着俏;苗条,一团儿衠是娇"。接着写周围人的反应,"大师年纪老,法座上也凝眺;举名的班首真呆僗,觑着法聪头作金磬敲。老的小的,村的俏的，没颠没倒，胜似闹元宵……击磬的头陀懊恼，添香的行者心焦。烛影风摇，香霭云飘；贪看莺莺，烛灭香消"，与《陌上桑》有异曲同工之妙。作为众人视线焦点的崔莺莺，真如一道瑰丽无比的闪电，放射出耀眼的光芒。《荷马史诗·伊利亚特》中，海伦是众神之王宙斯和勒达所生的女儿，是人间最美的女子。她嫁给斯巴达国王墨涅拉俄斯为妻。特洛伊王子帕里斯倾慕她的美貌，前往斯巴达，两人一见钟情，私奔到特洛伊。为了夺回海伦，希腊军队越过海峡，包围特洛伊，著名的特洛伊战争由此爆发。该书第十三卷写到，特洛伊的众多元老们正端坐在斯卡亚门的城墙上，"这些民众尊重的长者，由于上了年纪，已不再浴血疆场，但仍然雄辩滔滔……他们看到海伦，正沿着城墙走来，便压低声音，交换起长了翅膀的话语：'好一位标致的美人！难怪，为了她，特洛伊人和胫甲坚固的阿开亚人经年奋战，含辛茹苦——谁能责备他们呢？她的长相就像不死的女神，简直像极了。'"这些七老八十的元老们，都对海伦的美貌惊叹不已，甚至觉得因为她而爆发这场浩劫般的战争也可以理解，这就充分显示了海伦美貌的神奇魅力。

　　第一层四句写王昭君，接下来第二层也是四句，转而写汉元帝。这有如话分两头，各表一枝。"归来却怪丹青手，入眼平生几曾有。意态由来画不成，当时枉杀毛延寿。"这四句的主语是"君王"，而"君王"在上一层的末尾已经出现。从结构上看，上一层的最后一句"尚得君王不自持"，不仅从旁观者角度写出了王昭君惊人的美貌，也自然将叙述描写的线索转向汉元帝。所以此句对上一层来说是总结收束，又自然引出下文，在结构上具有过渡作用，诗人就是这样善于安排叙述的线索次第，使诗句前后勾连，转接自然，浑然一体。关于汉元帝不知道王昭君，是因为毛延寿将她画丑了的传说，最初见于旧题刘歆撰《西京杂记》卷二："元帝后宫既多，不得常见，乃使画工图形，案图召幸之。诸宫人皆赂画工，多者十万，少者亦不减五万，独王嫱不肯，遂不得见。匈奴入朝，求美人为阏氏。于是上案图，以昭君行。及去召见，貌为后宫第一，善应对，举止闲雅。帝悔之，而名籍已定。帝重信于外国，故不复更人。乃穷案其事，画工皆弃市，籍其家，资皆巨万。画工有杜陵毛延寿，为人形，丑好老少，必得其真。安陵陈敞，新丰刘白、龚宽，并工为牛马飞鸟众势，人形好丑，不逮延寿。下杜阳望亦善画，尤善布色。樊育亦善布色。同日弃市。京师画工于是差稀。"首先，这里只说画工将王昭君画丑了，后来一群画工都因此被杀，其中有一个叫毛延寿，但并没有明确说将王昭君画丑的就是毛延寿。后来的传说之所以指向毛延寿，大概是因为这条记载后面罗列被杀画工们各自的专长，说毛延寿最擅长于画人物肖像，因此他的嫌疑最大。其次，大家可以想想，这个故事可靠吗？凭常识我们就能判断，这种事情不可能发生。第一，无论怎样高明的画师，也不可能把人画得像真的一样。中国古代的画家追求表现人物的精神气质，不太注意细节的准确，尤其不可能把人画得像真人一样。我们现在看到的中国古代绘画，包括据说是特别擅长于"传神写照"画人物的画家如顾恺之、吴道子等人的画，也都只是画个轮廓，同类人物形象都大同小异。相信大家都有这样的体验，就追求具体可感的效果而言，看画不如看照片，看照片不如看视频，看视频不如看真人。汉元帝怎么可能会凭绘画来看美女呢？第二，汉元帝真要知道宫里哪些女子最美，发个指令，叫她们都过堂验看一遍，不就一清二楚了吗？画画，看画，不是也很麻烦，甚至更麻烦吗？中国古代存在大量这类故事，有传奇性，让人觉得新奇有趣，于是一代一代传下来。说久了，人们也就半信半疑甚至信以为真了，而不去考证历史事实，想不到用常识和逻辑去分析论证。为什么会这样，这就牵涉到中国古代文化的一个传统特色了。总的来看，中国古代文化追求善和美超过追求真。喜欢做道德评判、审美感悟，而不太强调观察、实验、统计和逻辑论证。那么我们又要追问，为什么会形成这种传统？这种传统又造成了什么样的影响和后果？这是更复杂、更宏观的问题，我们另找机会再讨论，现在我们不能扯得太远了。

具体到王昭君这个故事，人们为什么要创造出毛延寿作弊这样一个情节，而且这个情节得到后世之人广泛认可和接受，从而流传；这也与中国古代政治文化的一个特点有关。中国古代人的习惯是，如果一个皇帝已被认定是昏君、暴君，那么所有的罪名都可以加在他的头上。虽然也还有人清醒地知道"纣之不善，不如是之甚也"，但还是"天下之恶皆归焉"。（《论语·子张》）如果一个皇帝没有被认定为昏君、暴君，那么人们一般会将他往好的方向想象。如果出了什么问题，人们一般会认为这是有奸臣在其中捣鬼。人们之所以这样想，原因可能是，在古代中国，皇帝是无法选择的，不是这个人当皇帝，就是那个人当皇帝，反正是有皇帝，甚至是反正得有皇帝才行。既然如此，人们就只能希望皇帝好一点。因此，中国古代人乐于创造或接受"朝廷出问题是因为奸臣捣鬼"这种思维模式，反映的是中国古代人在不得不接受必须有皇帝的前提下，只能期盼皇帝不那么坏的心理愿望。正是在这种思维模式的主导下，毛延寿这个形象就被塑造出来并广泛流传开来。

这个传说虽然整体上不可信，但其中又包含了一些合理的因素。著名的传说往往如此，既不是完全可信，又不是完全没有一点合理因素。如果完全没有一点合理因素，就不可能广为流传了。那么这个传说的合理因素是什么呢？在这个世界上、据我的生活经验，最后比较成功的都不是长得最英俊的小伙子，或长得最漂亮的女孩子。所以最帅的小伙子和最漂亮的女孩子们，你们要小心了。长得最英俊的小伙子，或者长得很漂亮的女孩子，可能也很有才华，很有能力，但发展往往不是很顺利。大部分不顺利；少部分顺利，也往往达不到最高水平。为什么？因为这种人往往自信心比较强，自尊心也就比较强。他们觉得自己已经很优秀了，习惯于让别人来关注自己，而不太注意关注别人。不大注意察言观色，揣摩别人的心事，更不愿意委曲求全。而在这个社会上，你要成功，就必须注意与别人打交道，一定要仔细观察、揣摩别人的想法，照顾别人的感受和利益。如果太以自我为中心，别人就会看不惯你。本来你长得英俊或漂亮，又那么有才华，别人就难免嫉妒了。你还自高自大，还想取得成功，什么都是你的，谁乐意啊？于是你就被孤立，就成为众矢之的了。等到你迭遭挫折醒悟过来，已经晚了。王昭君就因为长得特别好，所以自信心和自尊心特别强。她觉得自己用不着贿赂画工，也不屑于干这种事情，结果就遭到了报复。我这么说，不是怂恿帅哥靓女们去动歪心思，只是建议大家要从王昭君的遭遇中明白一个道理，平日里为人不要心高气傲。

不管毛延寿作弊这个故事是否可靠，反正千百年来人们都是这样认为的，都认为这个悲剧的发生，责任在于毛延寿，可以说形成了一种思维定式。王安石则一反成说，避开毛延寿事件的真伪、毛延寿是否应该遭到谴责不谈，深刻指出，造成这个悲剧，起决定性作用的不是毛延寿，而是汉元帝本人，因为"意态由来画不成"，一个人的外貌可以画出来，而精神气质是画不出来的。即使毛延寿没有把王昭君画丑，汉元帝也不可能通过这幅画真正了解王昭君。汉元帝真要了解王昭君，必须亲自与她交流，才能真正理解她，懂得她的价值。所以，错失王昭君，根本责任在汉元帝，毛延寿被杀是冤枉的。这里是本诗第二次转折，也是第一个重要翻案。王安石的这种见解，就抓住了问题的实质，远比流行的看法深刻，引人深思。我前面提到，咏史诗一般都是做翻案文章，必须见人之所未见，发人之所未发，突破人们习以为常甚至当作天经地义的看法，对人们熟知的历史人物和历史事件做出新的分析和评价。这种见解最好是别人想不到的，至少是别人没有想到过的。当然也不能为标新立异而标新立异，这种见解必须是站得住脚的，至少是有一定道理的。一经揭示出来，就能让世人发现，原来这个事情是这样的，或者至少说原来这个事情还可以从这个角度来理解，我们怎么就没有想到。王安石的这个说法显然是站得住脚的。

王安石之所以能提出这一看法，或者说他之所以要提出这一看法，显然与他力图推行改革变法的理想有关。虽然在他写作此诗的嘉祐四年（1059），他还没有入相，所主张的改革变法也还没有正式推行，但在嘉祐三年（1058），他已经写了《上仁宗皇帝言事书》，系统提出了改革变法的主张，但没有得到仁宗皇帝的积极回应，他肯定感到失望。他也肯定听到了朝廷上下的各种非议。在当时君主专制的政治体制下，他非常清楚，要进行改革变法，必须得到皇帝的支持，因此取得皇帝的信任是关键。正因为他念兹在兹，所以王昭君的故事引发了他的强烈感概。为什么他认为毛延寿无关紧要？因为在他看来，世上总是小人、庸人多，这一点也不奇怪，也不值一提，他根本不放在眼里，更不会放在心上，关键是皇帝的态度如何。后来他曾对宋神宗说："后世所谓儒者，大抵皆庸人。"神宗曾问他，如何才能得到像诸葛亮、魏徵这样的名臣辅佐，王安石回答说，关键就在于皇帝本人："陛下诚能为尧、舜，则必有皋、夔、稷、契；诚能为高宗，则必有傅说"；"以天下之大，人民之众，百年承平，学者不为不多。然常患无人可以助治者，以陛下择术未明，推诚未至，虽有皋、夔、稷、契、傅说之贤，亦将为小人所蔽，卷怀而去尔。"（《宋史》卷三百二十七《王安石传》）可见治政的关键在于君臣知心，这是王安石一直的看法。顺便说一下，同学们将来在社会上，想干点什么事情，必然会遇到各种阻力，包括小人的挑拨陷害等，千万不要觉得奇怪，感到痛苦，要有王安石这样的胸怀，因为社会从来就是这个样子。你不能被这些所左右，而要抓住关键：一是你做的事情究竟对不对；二是谁具有决定权。至于其他人，或因为平庸而不理解，或出于妒忌而中伤，都可以一笑置之。

"一去心知更不归，可怜着尽汉宫衣。寄声欲问塞南事，只有年年鸿雁飞。"这四句又是一层，又回过头来写王昭君。当时也许有人宽慰王昭君，说有机会再回来，但王昭君冰雪聪明，心里明白，这些都是善意的谎言。对于王昭君当时的感受，我们一定要设身处地去体会。当时内地和匈奴之地的差异巨大。"胡地风沙一万里"，生活居住的环境都比较差。吃肉都没怎么煮熟，穿的都是粗糙的皮毛，住的是帐篷，病了也缺医少药。这与生活在温暖的南方，住深宫、吃美食、穿华服的生活相比，真有天壤之别。现代国际关系比较宽松，交通尤其发达方便，早晨在北京，晚上就到了伦敦或纽约，因此很难理解古代人远行和离别的痛苦。但对王昭君而言，此去就是永别，告别了家乡，告别了亲人，告别了自己所熟悉的一切。同学们可以设想一下，如果我们今天与亲人的告别就是永别，再也见不到了，会是一种怎样的感觉？

其他诗人写王昭君的离别之痛，写到"一去心知更不归"，一般也就到此为止了。但王安石不满足于此，还要更进一层。他认为王昭君辞别汉宫踏上长途时还不是最痛苦的，最可怜的是她在沙漠里，把从汉地带过去的衣服都穿完了的时候。这是本诗中的第三次转折。一般人想不到这一层，这里再一次体现了王安石凡事都要往深处想的个性。他这么说也有道理，因为离别时毕竟还在汉地，大家还在一起。到了匈奴那边以后，才真正与这边的一切彼此隔绝了。胡地终年风沙，汉地的衣服容易破损。《汉书》卷九十四上《匈奴传上》记载，冒顿单于死后，其子老上稽粥单于初立，汉文帝复遣宗人女翁主为单于阏氏，派宦官燕人中行说陪伴翁主。中行说不欲行，朝廷强使之。中行说回应道：一定要逼我去，我就要给汉朝带来麻烦。他到匈奴后，立即投降单于，大受宠信。单于喜欢汉地的缯絮和食物，中行说劝说道："匈奴人众不能当汉之一郡，然所以强之者，以衣食异，无仰于汉。今单于变俗好汉物，汉物不过什二，则匈奴尽归于汉矣。其得汉絮缯，以驰草棘中，衣裤皆裂弊，以视不如旃裘坚善也；得汉食物皆去之，以视不如重酪之便美也。"中行说告诫匈奴要保留自己的生活习惯和文化传统，这样才能保持战斗力，应该说他是比较有远见的，可惜这见识用在做汉奸上面了。由此看来，王昭君到匈奴一段时间以后，也只能穿匈奴人的衣服了。王安石想象王昭君最后把所有带过去的汉地衣服都穿完时的情景和心情，她最后保留下来的一点点能够勾起对汉朝的回忆，能够感觉到自己与汉朝的联系的东西都没有了，她对汉朝的思念无可寄托，那时该是何等的悲哀。

连最后一件汉地的衣服也穿没了，王昭君外表上就活脱脱变成一个胡地的妇女了。唯一没有改变的，只有她的内心。既然不能返回汉地，身边也别无寄托，往内地通个音讯也不可能，就只能遥望天上的大雁，寄托自己的思念。大雁是季节性候鸟，秋天由北往南飞，以逃避北方即将到来的寒冷；春天又由南往北飞，以逃避南方即将到来的炎热。中国古人有用大雁传递书信的说法。汉武帝时，苏武出使匈奴，被单于流放到北海放羊。多年后，汉朝又与匈奴和亲，单于仍不让苏武回汉。与苏武一起出使匈奴的常惠，把苏武的情况密告汉使，并设计让汉使对单于说：汉朝皇帝打猎射得一雁，雁足上绑有书信，说苏武在某个沼泽地带牧羊。单于听后，只好让苏武回汉。苏武前后在匈奴停留了十九年，节操不改。后来人们据此创造了鸿雁传书的传说。这里又将王昭君对汉朝的思念情景化，我们仿佛看见，在广阔无垠的草原上，出现王昭君孤独的身影。她年复一年日复一日地遥望天空，目送南飞的大雁，又等来它们的北归。她羡慕大雁，恨自己不能身生双翅，飞到南方去。她幻想大雁能带来南方的消息，可是等来的是一次又一次的失望。

"家人万里传消息，好在毡城莫相忆。君不见咫尺长门闭阿娇，人生失意无南北。"这四句是全诗的最后一层。这一层又转而写内地，写内地的家人。全诗总共十六句，四句一层。王昭君是主，所以占了一、三两层。汉元帝和家人是陪衬，各占一层，穿插其中。写汉元帝和家人同时也是写王昭君。作品的空间和焦点不断转换腾挪，灵动如飞。第三层末尾的"鸿雁飞"，自然引出第四层的首句"家人万里传消息"，转中有承，以承为转，转接非常流畅自然，凡此皆充分显示了王安石精心构思诗歌内部结构的匠心。在王昭君久久期盼之后，家人终于从万里之外传来了消息。什么消息呢？完全出乎王昭君和所有人的意料！家里人劝王昭君好好在匈奴过日子，不要忆念家乡，因为家乡没有什么好忆念的。人生最重要的是得到知音，如果没有得到知音，在南方和北方又有什么差别呢？你没见到汉武帝的皇后陈阿娇，失去了皇帝的宠爱，闭居长门宫，虽然与皇帝近在咫尺，但也不能见皇帝一面，又有什么意义呢？这些当然都是王安石借"家人"之口,表达自己的想法。上一层充分写足了王昭君对家乡的思念,是为下面的转折蓄力。这里陡然一转,转折如此剧烈,与预期反差如此之大,就特别具有震撼力。

王安石的这种说法,既出乎人们意料,也符合现实生活的实际情形;既发人之所未发,又揭示了生活中的某种真相和规律,这样的作品就最有意义和价值。古今中外,一个人在远离家乡的地方生活久了,特别是如果在那里生活得很不如意,甚至非常艰难痛苦,就会对家乡非常思念,对家乡的记忆会发生选择性的美化,将家乡好的方面放大,而逐渐淡忘家乡那些不好的东西。这么做是出于一种心理需要,他需要把对家乡的美好回忆当成一种自我安慰,一种精神支柱。而留在家乡的人,深切感受到家乡的种种不好,又不了解异域的种种问题,不了解他在异域的艰难处境,以为那里什么都好,至少没有那么坏,反而会产生向往、羡慕之情,会劝他在那里好好过,不要思念家乡。双方的想法会产生严重错位。现在很多人到外国留学,刚去的时候,会有很多不适应,包括学习、交流、衣食住行等。于是会非常想念家乡,想念妈妈的烙饼、村头的白杨树等等。于是也会写信给国内的亲人、老师、同学,诉说对家乡和母校的思念之情。我就接到过这样的来信。而留在国内的人呢,一般会回信说,你好不容易出国了,够幸运的,要珍惜这个机会,好好学习,同时也要好好享受生活。接到这样的回信,估计留学的人十有八九都不太满意,因为这样说就没有理解他们的心理,不知道这是他们排遣苦恼的一种途径。很抱歉,我也写过这样的回信。如果你对他的思念和痛苦表示理解,他便会觉得你理解他,他的表达得到了一种回应。当然了,过上一段时间,留学的人也就习惯了,就很少抒发这样的情感了,甚至有可能再度回国的时候,看到祖国和家乡的真实情形与自己记忆和想象中的不一样,感到非常失望。如现代著名诗人闻一多,20 世纪 20 年代留学美国时,因饱受种族歧视和凌辱,强烈的爱国主义思想感情日益增长,写下了许多怀念祖国的诗篇,把故乡写得那样的文明温馨,人民都那么淳朴、彬彬有礼,乡村景色都那么美好。但当他于1925年夏天愤然提前回国,踏上祖国大地时,看到军阀混战蹂躏之下的祖国破败不堪的情形,不禁发出悲怆的呼唤:"我来了,我喊一声,迸着血泪。这不是我的中华,不对,不对!"(《发现》)

世人都认为王昭君应该思念家乡,都认为王昭君远嫁匈奴不如留在汉宫,王安石却说"好在毡城莫相忆","人生失意无南北",这是本首诗中的第四次转折,也是全诗中的第二个翻案,而且这个翻案比前面"当时枉杀毛延寿"那个翻案具有更重大深远的意义。按照中国古代正统的道德观念,臣民必须对君王保持无条件的绝对忠诚。在他看来,君王信任你,你要感恩戴德,积极为之效劳;君王不信任你,甚至冤枉你,你也不能有怨言,首先应该反省自己的过错和责任,同时应该待在合适的地方,时刻等待君王的召唤。王安石在这里表达的则是一种新的君臣关系的观念,其中包含了某些近现代人际关系原则的因素。君王与臣民是一种平等的契约关系,臣民也有自己的独立人格、尊严、权利和自由。君王信任我,我就为君王服务;君王不信任我,我就可以远走高飞。王安石在《明妃曲》其二中,把这个意思说得更明白:"汉宫侍女暗垂泪,沙上行人却回首。汉恩自浅胡自深,人生乐在相知心。"这在王安石所处的时代,是一种振聋发聩的思想。在当时比较保守的士大夫看来,更属于大逆不道。南宋李璧《王荆文公诗笺注》卷六《明妃曲》其一下引黄庭坚语,黄称自己非常赞赏这首诗,认为它"词意深尽,无遗恨矣";王安石凭此"可与李翰林(白)、王右丞(维)并驱争先矣"。但王深父(回)独不以为然道:"孔子曰:'夷狄之有君,不如诸夏之亡也。''人生失意无南北',非是。"黄庭坚为之辩护说:"先生发此德言,可谓极忠孝矣。然孔子欲居九夷,曰:'君子居之,何陋之有?'恐王先生未为失也。"黄庭坚的这种说法得到王深父认可,认为黄"年甚少,而持论知古血脉,未可量也"。由此可见,在北宋时就有士大夫对王安石的说法提出非议。到了南北宋之交,因为北宋灭亡前的执政者章惇、蔡京等都是拥护王安石新法的人，所以很多人都把北宋灭亡的责任归到王安石及其主持的变法上，对王安石的评价急遽下降。名儒杨时上书宋钦宗，谓"蔡京用事二十余年，蠹国害民，几危宗社，人所切齿，而论其罪者，莫知其所本也。盖京以继述神宗为名，实挟王安石以图身利，故推尊安石，加以王爵，配飨孔子庙庭。今日之祸，实安石有以启之……安石挟管、商之术，饰六艺以文奸言，变乱祖宗法度。当时司马光已言其为害当见于数十年之后，今日之事，若合符契。其著为邪说以涂学者耳目，而败坏其心术者，不可缕数。"（《宋史》卷四百二十八《杨时传》）于是王安石被撤除配祀孔庙的待遇，连宋徽宗年间给他封的舒王的爵位也被剥夺，对王安石此诗的抨击就更严厉了。南宋李壁《王荆文公诗笺注》卷六《明妃曲》其二下注云："范冲对高宗，尝云：臣尝于言语文字之间，得安石之心，然不敢与人言。且如诗人多作《明妃曲》，以失身胡虏为无穷之恨，读之者至于悲怆感伤。安石为《明妃曲》，则曰：'汉恩自浅胡自深，人生乐在相知心。'然则刘豫不是罪过，汉恩浅而虏恩深也。今之背君父之恩，投拜而为盗贼者，皆合于安石之意。此所谓坏天下人之心术。孟子曰：'无父无君，是禽兽也。'以胡虏有恩而遂忘君父，非禽兽而何？"李壁虽然认为范冲之语"固非"，"傅致（即罗织罪名）亦深矣"，欲回护王安石，但也认为王安石此语不妥当，"诗人务一时为新奇，求出前人所未道，而不知其言之失也"。

现在看来，当时保守士大夫们对王安石的恶毒攻击，恰恰证明了他这一思想的超前性和难能可贵。王安石的这一说法，其实也反映了当时社会上人们思想观念的微妙变化，因而在思想史上具有重要的意义。中国古代社会长达数千年，人们的生产生活方式虽然变化比较缓慢，但一直在变，人们的思想观念，包括对皇帝的态度也不可能不变。早期人们对皇帝确实比较敬畏，可能真以为他受命于天，与一般人有所不同。比方说唐代画家阎立本画的《历代帝王图》，把皇帝的躯体画得比周围的人都要大很多，就是当时人们这种观念的反映。但到后来，特别是宋代以后，随着经济的发展和教育的普及，民众文化水平得到提高，人们的独立思考能力逐步增强，各种信息传播越来越便捷，人们对皇帝的真实情况越来越了解，就越来越将他"去神圣化"。与此同时，个人的独立自主意识、权利意识也慢慢萌生滋长起来。人们内心深处的意识已经在慢慢变化，开始朦朦胧胧意识到，皇帝也是人，没有什么了不起。把他放在那个位置上，其实也只是因为要维护社会秩序，没有别的更好的选择而已。但是这些变化在表面上还看不出来，人们还只是心里有这些模糊的想法，没有真正想明白，没有达到理性自觉的状态。而且，按照社会生活的惯性，人们也都还在说"君王圣明，微臣有罪"，甚至因为要掩饰心里已经不怎么相信，嘴上说得更响。你们发现没有，越是一个虚伪的东西，慑于威胁，或诱于利益，人们越要装得像真的一样。中国古代哲人早就指出"信言不美，美言不信"（《老子》八十一章），"外有余者，中必不足"。越虚伪的越夸张，越夸张的越虚伪。我们可以看到，进入宋元明清以后，人们内心深处其实越来越不怎么把皇帝当回事了，可口头上表示对皇帝的忠诚敬畏却越来越夸张了。

但既然人们内心深处已发生了这种变化，已萌生了这些朦朦胧胧的想法，总会有意无意地透露出来。只不过这些表达非常隐晦，表达者自己可能都没有意识到。这些微弱的声音隐藏在无穷纷繁嘈杂的信息中，需要我们仔细敏锐地去捕捉。举一个例子，苏轼的《寒食帖》是一幅非常著名的书法作品，写于他贬居黄州时，现藏于台北故宫博物院。我个人认为，苏轼的书法与二王、颜、柳、张旭、怀素、米芾、黄庭坚、赵孟𫖯等人的书法相比，不算漂亮，因为苏轼在笔法等方面并没有特别用心。但是苏轼的书法有一个重要特点，就是它反映了书法的本质。书法虽然要讲布局、间架、线条、笔法等，但本质上应该是人的情感和个性的一种表达。苏轼的《寒食帖》就是这样一幅典范之作。他因"乌台诗案"差点被杀，被贬到黄州这么一个偏远荒凉的地方，远离朝廷和故乡，恰逢寒食这个缅怀故去亲人的节日，又连遭暴雨，心情极度沮丧，《寒食帖》就表达了他此时的心理状态。这幅书法非常生动地反映他的情绪的变化,可谓历历在目。开始他写"自我来黄州,已过三寒食"时,心情还相对平静,用笔也比较和缓;待写到"春江欲入户,雨势来不已"时,情绪越来越激愤,似乎与江潮急雨相呼应,笔势也趋于狂放;再写到"那知是寒食,但见乌衔纸"时,情绪低落至谷底,笔法显得摇晃凌乱。最后两句"也拟哭途穷,死灰吹不起",心情仍然沉重,但自我控制,稍稍平复,笔法又回归相对稳定。我要特别提到的是,中间有两句"君门深九重,坟墓在万里",其中那个"君"字,是整幅书法中写得最小、最潦草的一个字。这说明了什么呢?我们知道,有一门专门研究书写与人的个性、情绪、心态等之间关系的学问,叫"笔迹学"。人写字的时候,会受到自己的意识和潜意识的支配。你内心的秘密,会通过你的书写暴露出来。这与我们现在经常分析一个人的肢体语言是一个道理。比方你喜欢某个人,你写他或她的名字,甚至与他或她有关的字,都会写得认真漂亮一些。如果你不喜欢某个人,或者心底里没把某个人当回事,你写他或她的名字,甚至与他或她相关的字时,就会带有一种厌恶或轻蔑,字就自然会写得丑陋草率一些。苏轼无意中把"君"字写得如此小而潦草,这反映了当时在他心目中,皇帝并不怎么样!

  总而言之,至迟在宋代,在社会生活中,尤其在少数杰出的士大夫心目中,皇权意识已经发生一定变化,自我独立人格意识已经萌生滋长。苏轼的《寒食帖》是一个例证,王安石的《明妃曲》又是一个例证。这种迹象并不是偶然的,也不是孤立的。当然,苏轼未必知道自己表达了什么,王安石也未必明白自己这种想法背后的深远意义。他们也都表达得不够明晰,相比较而言,王安石表达得更明晰一点。王安石的这一思想萌芽非常宝贵,他走到了时代的最前面,达到了当时在这一方面思想进步的最高水平,我们必须予以充分重视,对它的历史意义给予高度评价。当然,我们也不必过分夸大。如果说王安石的这一思想等同于现代意义上的人权观念,或说王安石有南北无别、民族一家的思想,都属于人为拔高。像范冲那样，说王安石是主张哪里对我有恩我就去哪里，有奶便是娘，毫无民族气节忠义观念，那又是深文周纳。王安石的本意，只是说人与人之间贵在相知，他为汉朝的皇帝对王昭君的恩情还不如匈奴单于感到痛心，目的是提醒当时的皇帝，要尽可能理解和信任大臣，是在表达对皇帝知心和信任的渴望。只是在客观上，在无意中，在一定程度上，反映了那个时代人们思想观念的某种变化，其中蕴含了某种新意识的因素。

  最后，我们以曹雪芹在《红楼梦》中借薛宝钗之口说出的一段话作结。《红楼梦》第六十四回中，薛宝钗说："做诗不论何题，只要善翻古人之意。若要随人脚踪走去，纵使字句精工，已落第二义，究竟算不得好诗。即如前人所咏昭君之诗甚多，有悲挽昭君的，有怨恨延寿的，又有讥汉帝不能使画工图貌贤臣而画美人的，纷纷不一。后来王荆公复有'意态由来画不成，当时枉杀毛延寿'，永叔（欧阳修）有'耳目所见尚如此，万里安能制夷狄'，二诗俱能各出己见，不与人同。"

尺幅波澜——柳永《望海潮》

  柳永（约985—约1053），原名三变，字景庄；后改名永，字耆卿；因排行第七，故称柳七；官终屯田员外郎，故又称柳屯田。福建崇安人，北宋著名词人。出身官宦世家，父亲柳宜仕南唐为监察御史，南唐灭亡后仕北宋，历任雷泽、费县、任城县令、全州通判、国子博士等职。柳永累试不第。景祐元年（1034）与兄三接同登进士榜，授睦州团练推官，调浙江定海晓峰盐场监，作《鬻海歌》，描述盐工的艰苦劳作并表示同情。又调泗州判官。庆历三年（1043），已为地方官三任九年，且皆有政绩，按宋制理应磨勘改官，遇阻，经投诉，改著作佐郎、转著作郎、太常博士。官终屯田员外郎，致仕卒。有《乐章集》传世，存词200余首。

  东南形胜[1]，江吴[2]都会，钱塘[3]自古繁华。烟柳画桥，风帘翠幕，参差十万人家。云树绕堤沙。怒涛卷霜雪，天堑[4]无涯。市列珠玑，户盈罗绮竞豪奢。

  重湖叠巘清嘉。有三秋桂子，十里荷花。羌管[5]弄晴，菱歌[6]泛夜，嬉嬉钓叟莲娃。千骑拥高牙[7]。乘醉听箫鼓，吟赏烟霞。异日图将好景，归去凤池[8]夸。

本篇选自薛瑞生校注：《乐章集校注》，中华书局1994年版。

注　释

[1] 形胜：指地理位置险要、地形地貌独特之处。《荀子·强国》："其固塞险，形势便，山林川谷美，天材之利多，是形胜也。"

[2] 江吴：地名。或作"三吴"，郦道元《水经注》卷四十《渐江水》条以吴兴、吴郡、会稽为"三吴"；杜佑《通典》卷一百八十二《州郡十二》以吴兴、吴郡、丹阳为"三吴"；周祈《名义考》卷三《地部》以苏州、润州、湖州为"三吴"。也可泛指长江下游一带。

[3] 钱塘：杭州的旧称。秦始皇统一全国后，始设钱唐县，属会稽郡。南朝梁太清三年（549），升钱唐县为临江郡。南朝陈祯明二年（587）改钱唐郡，属吴州。隋开皇九年（589），废郡为州，始设杭州。唐置杭州，治钱唐。因避国号"唐"讳，于武德四年（621）改"钱唐"为"钱塘"。

[4] 天堑：宽而深足以隔断交通的天然沟壑，本多指长江。《南史·孔范传》："长江天堑，古来限隔，虏军岂能飞度？"这里指钱塘江。

[5] 羌管：即羌笛，乐器，有指孔，竖吹。原出于古羌族，故名。后世泛指笛。

[6] 菱歌：采菱女子所唱之歌。《玉台新咏》中收录南朝梁简文帝《棹歌行》："妾家住湘川，菱歌本自便。"后泛指歌唱男女情爱的民歌。

[7] 千骑：指州郡一级地方长官的仪仗随从。汉乐府《陌上桑》："东方千余骑，夫婿居上头。"高牙：指牙旗，即将军之旗，以象牙为饰。汉朝张衡的《东京赋》："戈矛若林，牙旗缤纷。"三国吴薛综注："兵书曰：牙旗者，将军之旌。谓古者天子出，建大牙旗，竿上以象牙饰之，故云牙旗。"封演《封氏闻见记·公牙》则谓："《诗》曰：'祈父予王之爪牙。'祈父、司马掌武备，象猛兽，以爪牙为卫。故军前大旗谓之'牙旗'。"

[8] 凤池：凤凰池的简称，原指魏晋南北朝时掌管机密和决策的中书省。《晋书》卷三十九《荀勖传》："以勖守尚书令。勖久在中书，专管机事。及失之，甚罔罔怅恨。或有贺之者，勖曰：夺我凤凰池，诸君贺我邪？"谢朓《直中书省诗》："兹言翔凤池，鸣珮多清响。"这里指宋朝宰执们处理政务的中书门下政事堂。

赏　析

　　这首词的词牌是《望海潮》，这个词牌首见于柳永的《乐章集》，应该是柳永创制的。柳永精通音乐，创制了大量乐曲，尤其是创制了大量长调慢词，这是柳永对中国古代词的发展的第一个重大贡献。词诞生于隋唐，起源于民间。最初词的体式以小令为主，慢词非常少。所谓小令，一般是单片或两片（即一段或两段）的曲子，字数在58字以内。慢词则是指节拍比较缓慢、曲调变化丰富多彩的曲子，一般都有两片或两片以上，字数在58字以上。人们一般把59—90字的词称为中调，91字以上的称为长调。现存唐五代词中，慢词总共不过10多首。到了宋初，词人擅长和习用的仍是小令。略晚于柳永时期的张先、晏殊和欧阳修，仅分别尝试写了17首、3首和13首慢词，慢词占其词作总数的比例很小。至柳永才开始大量创制新的词调，尤其是长调慢词。据统计，在宋词现存880多个词调中，属于柳永首创或首次使用的就有130个左右。而就柳永本人而言，现存柳永词200余首，用到16个宫调的150多个词牌，除10多个是沿用唐宋以来的旧词牌外，其余全是他本人新创的词牌。由此可见柳永在音乐创作方面巨大的创新精神和创造能力。柳永是第一个大量创制慢词的人。他使用的慢词词调，有些是新创的，有些是将原来的小令改编延长而成的。柳永大力创作慢词，改变了唐五代以来词坛上小令一统天下的格局，使慢词与小令两种体式平分秋色，齐头并进。词至柳永，体制始备，令、引、近、慢、单调、双调、三叠、四叠等长调短令，日益丰富，为词的发展提供了基础。小令固然轻巧灵活，但毕竟篇幅短小，表现力有限。长调慢词则篇幅扩大，容量增加，有利于表现丰富复杂的社会生活和思想感情。我们知道，柳永是当时最红的"大明星"。南北宋之交的胡寅称："词曲者，古乐府之末造也……柳耆卿后出，掩众制而尽其妙，好之者以为不可复加。"（《向子諲〈酒边词〉序》）基本同时的叶梦得在《避暑录话》中也说柳永"为举子时，多游狭邪，善为歌辞。教坊乐工每得新腔，必求永为辞，始行于世，于是声传一时。余仕丹徒，尝见一西夏归朝官云：'凡有井水处，即能歌柳词'"。这两条记载都说明，柳永在当时之所以如此受欢迎，除了他的歌词写得好，也因为他编创了那么多新奇优美、悦耳动听的乐曲。因为词在当时主要是用来唱的，本质上是一种音乐文学。就歌曲听众的感受来说，音乐即使不比歌词更重要，也至少是同等重要。我们一般都说柳永是个词人，其实用现在的话来说，还不如说他是一个音乐人更准确。顺便说到，柳永对词的发展的第二个重大贡献，是铺叙手法的运用，这也与他大量创制长调慢词有关。以往的小令因为篇幅短小，无论是写景还是抒情，往往寥寥数语点到即止。柳永运用长调慢词，将赋体敷陈其事的手法移植于词：如写景，则全方位把握，多角度观察，层层推进，次第展开，有点有染，以达到全景式的展现；如抒情，则力图将情感发生、发展、高潮、结束的转折回旋、跌宕起伏的全过程，淋漓尽致地描述出来。这就大大丰富了词的表达技巧，提高了词的艺术水平。柳永对词的发展还有第三个大的贡献，那就是对词的内容的拓展。唐五代时期，词主要表现男欢女爱，主要用于侑酒，即为人们喝酒时助兴。五代至北宋前期，在冯延巳、李煜、张先、晏殊等词人笔下，词开始用于表达士大夫的人生感慨。而至柳永，才开始大量用词描写士大夫羁旅行役的经历感受，描写城市风光和歌伎等市井小民的生活，大大拓展了词所表达的社会生活面。他之所以能做到这一点，也与他大量创作长调慢词有关，或者说两者是相互影响的。因为运用了长调慢词，所以才能表达如此广阔的社会生活内容；因为要表现如此丰富的社会生活内容，所以必须对词体进行改造扩展。

  总之，创制大量长调慢词、善用铺叙手法、描写市井风光，是柳永对词发展的三大主要贡献，而这三点在《望海潮》中都得到了体现。从这首词末尾"千骑拥高牙"以下一段来看，这首词是为投赠杭州地方长官而作。但究竟是什么时候写的，献给哪位杭州地方长官，则研究者们的意见尚有分歧，这又与对柳永生平的不同看法有关。柳永虽然当时名满天下，但是以谱写"流行歌曲"知名，这在当时并不被看成是一种高尚的事业。他虽然也做过官，但只担任过一些低级职务，所以正史中没有关于他的记载。他的词作中写到自己曾到过许多地方，但都写得很艺术化，空灵缥缈，很少留下具体的时间线索。所以关于他的生卒年、少年时代在汴京生活还是在福建崇安老家度过、成年以后的行踪、中科举的名目、任职的次第等，现在都还存在很多疑团。南宋杨湜《古今词话》首倡柳永此词为投赠两浙转运使孙何之作："柳耆卿与孙相何为布衣交。孙知杭州，门禁甚严。耆卿欲见之不得，作《望海潮》词，往谒名妓楚楚，曰：'欲见孙相，恨无门路。若因府会，愿借朱唇歌于孙相公之前。若问谁为此词，但说柳七。'中秋府会，楚楚婉转歌之，孙即日延耆卿预坐。"（《岁时广记》卷三十一引《古今词话》）。南宋罗大经《鹤林玉露》卷一"十里荷花"条也说："孙何帅钱塘，柳耆卿作《望海潮》词赠之。"据《宋史》卷三百○六《孙何传》，孙何于咸平三年（1000）至景德元年（1004）初任两浙转运使，还京判太常礼院，旋卒。既然杨湜又说本词为中秋时所作，近代词学专家唐圭璋据此认为柳永此词作于咸平六年（1003）中秋。唐氏又以这一推断为基础，参考其他文献中关于柳永之父柳宜生平的记载，推断柳永生于雍熙二年（985）左右，因此反过来称柳永是"冠年（即20岁）作《望海潮》"。其后词学专家罗忼烈等对此说提出质疑，指出孙何于淳化三年（992）登进士第，此时柳永尚为数岁幼童，谈不上"与孙相何为布衣交"。此后研究者的目光逐渐集中到那一时间段另一位杭州地方长官孙沔身上。据《宋史》卷二百八十八《孙沔传》，孙沔曾任枢密副使，张贵妃薨，追册为皇后，按惯例应由翰林学士读册，帝命孙沔读册。因张氏生前恃宠而骄，颇招物议，孙沔拒绝，遂求罢职，以资政殿学士知杭州。据《宋史》卷二百四十二《后妃传上》，张贵妃"皇祐初，进贵妃。后五年薨，年三十一。仁宗哀悼之，追册为皇后，谥温成"，则张氏进贵妃当在皇祐元年（1049），其薨及孙沔出知杭州当在至和元年（1054）。词学专家吴熊和断《望海潮》即作于至和元年（1054）中秋。

"东南形胜，江吴都会，钱塘自古繁华"三句，相当于整首词的序曲。先从整体上介绍杭州,让听众对杭州有一个总体印象。也是给听众一个明确的提示,即将要吟唱的是杭州。具体而言,"东南形胜,江吴都会"两句是从空间着眼,其中前一句是从自然地理着眼,后一句则是从人文地理着眼。作者似乎乘着直升机在高空俯拍,镜头从高远的角度开始,先扫过整个东南沿海地区,广阔的平原、浩瀚的大海一晃而过。然后范围逐渐缩小,鸟瞰环绕太湖的江吴(三吴)区域,只见这里人烟稠密,水网密布。最后聚焦到杭州城上面。随着歌唱者舒缓悠远的歌声,广阔而流动的画面次第展现在听众的脑海中。在一个广阔的背景下,逐渐将杭州托出。"钱塘自古繁华"则是从时间着眼,把人们的思绪从眼前引向遥远的过去,说钱塘自古以来就是如此繁华。这个开头层层展开,从容不迫,浑厚大气。好像一部介绍杭州的专题风光片的开头,随着画面拉开,解说员的画外音从旁响起:"杭州,是我国东南沿海的一颗明珠,是江吴(三吴)地区的政治、经济、文化中心之一,她历史悠久,物产丰富,经济发达,人文荟萃,社会繁荣……"

如果把这个开头比为人的头部,则"繁华"一词相当于人的脖子,是全词的枢纽。它上承开头对杭州城的总体介绍,下启对杭州城的具体描绘。"繁华"二字也是这首词的"词眼"之一,是整个上片的关键词。它确定了此词对杭州城的描写将以"繁华"为主题,下面就将围绕"繁华"来写。唱到这里,歌唱者当作一顿,以示强调,给听众一个清晰的引导,让听众为下面接受对杭州繁华景象的具体描绘做好心理准备。

顺便再强调一次,读北宋以上的词,特别是柳永的词,一定要时刻注意,这些词当时主要是歌曲,而不是一般的诗;主要是供歌唱的,不是供阅读的。我们一定要想象它歌唱的效果,要按照歌曲的特点和规律来理解。很多诗都能成为歌词,很多歌词在一定程度上也可以算是诗,所以"诗歌"往往连言。但歌词与一般的诗还是有区别的,并不是一回事,这两个概念并不完全等同。有的诗能成为歌词,有的就不能成为歌词;有的歌词算得上是诗,有的就算不上是诗。这个问题比较复杂,这里不能细说，只能谈谈其中的一个方面。歌词与诗的主要区别之一，就是歌词主要诉诸人的听觉，诗主要诉诸人的视觉。诗可以多读几遍，一遍读不懂还可以回过头来反复读。歌曲中如果有哪个地方没听懂，就过去了，不可能叫演唱者停下来，再重唱或解释一遍。一个地方听不懂，后面的往往也就听不明白了，这样欣赏的效果就会大打折扣。所以诗有时不妨写得比较深奥，甚至晦涩，但歌词必须写得明白易懂，比较专业的说法叫"入耳即融"，即一听到耳朵里就马上明白了。歌词的写作还要特别注意每个字词的声、韵、调，以及开口闭口、尖音团音等，不然唱起来可能就不清晰，不流畅，不悦耳，口型不美观，不便于歌唱者展示他（或她）的演唱技巧和个性风格。诗虽然也要讲究声、韵、调等，但要注意的东西没有这么复杂。除了字眼、字音、词汇等方面的要求外，整个歌词的内容也不能太复杂，否则听众接受起来就比较吃力，感觉也就不好了。歌曲一般唱一遍还不过瘾，还没有充分表达感情，所以往往要唱两至三遍，但两至三遍的歌词不能完全不相同，一般大多数都是重复的，只是其中换了几个词汇，这也是为了减轻听众接受的难度，让听众听得轻松，听得明白。一篇歌词之内，要在适当的地方有提示，有收束，清晰地告诉听众，下面要说什么了，前面说了些什么，这同样是为了让听众听得明明白白，舒舒服服。诗则一篇之内要尽量避免重复，也用不着做这样明确的提示和总结。高明的歌词作家，如当代比较有名的乔羽、阎肃等，都深悉歌词创作的这些规律，也熟谙这一套技巧。好的诗人并不一定能成为好的歌词作者。柳永堪称歌词创作的天才，这应该与他长期流连于青楼勾栏、听歌度曲的经历有关。

既然序曲的结尾处已经点出了"繁华"，那么紧接着就开始描绘杭州的繁华。但接下来的几句，"烟柳画桥，风帘翠幕，参差十万人家"，还是一种整体性描写。因为杭州范围很大，它的繁华体现在很多方面。如果一开始就盯住一个具体的方面和细节来写，难免取小遗大，并给人以支离破碎的印象。所以开始还得对杭州的繁华景象做一个整体概观，这也符合听众的心理期待。很多地方都可以称得上"繁华",但每个地方的"繁华"是不一样的。应该说,这三句高度准确地写出了杭州"繁华"的特点。"烟柳"是指杭州到处都是树,特别是杨柳树,可见作为南方城市的杭州森林覆盖率高,自然环境优越。不仅柳多,而且是"烟柳",这是因为南方空气中水分高,所以南方的所有景物,包括树木,都笼罩在像烟雾一样的水雾之中,远远望去,隐隐约约、朦朦胧胧,视觉上比较淡雅清丽,增添了诗情画意。这是南方,特别是堪称南方风貌之代表的杭州所特有的景致。"画桥",是指有很多桥梁,而且桥上都有精美的雕塑,绘有精美的图案。因为城中多水,河溪纵横,人家多临水而居,所以杭州城里桥梁很多。不仅桥多,而且是"画桥",这也是杭州特有的景象。北方人造桥,大多能通行就成。杭州人造桥,不仅讲究实用,而且追求美观,因此要加上一些装饰。加这些装饰,自然要提高造桥成本。能做到这一点,自然以杭州经济比较发达为基础。所以,有众多画桥,本身就反映了杭州的富庶。当然,杭州人之所以乐于这么做,也与此地文化发展水平较高、整个社会比较有审美眼光有关。其实自魏晋南北朝以来,北方战乱不休,很多世家大族相继迁移南方,如大书法家王羲之所属的琅琊王氏就迁到了今浙江杭州、绍兴一带,他们有比较高的文化修养,提高了这些地方的物质生活和精神生活水平,并逐步超过了北方和其他地区。

由其他地方的人看来,像杭州这些地方的日常生活就显得特别讲究。我谈一点个人的经历和感受。我是湖南人,20世纪80年代到杭州,发现杭州人用的扫垃圾的簸箕,都做成一只鹅的形状,手柄正好是鹅头,竖杆恰好是鹅的长长的脖子,下面装垃圾的盒体正好是鹅的身体,底下的面板稍稍伸出,以便扫进垃圾,又正好像鹅的尾巴。实用与美化结合得如此巧妙。由这一个细节,我不由得感叹杭州人生活的精致。

"风帘翠幕",是指家家户户的门、窗都有帘,室内有幕,风一吹起,纷纷飘动。这同样是杭州富庶的表现,同样会令外地人感到惊讶羡慕。时至20世纪中叶,北方和其他地区很多地方的人家,住房都是土坯茅草房,连个像样的门窗都没有,"瓮牖绳枢",即拿个破罐子当窗户,用根绳子拴住破门。很多人连穿的衣服都没有,哪里有布匹做帘幕?宋代时杭州人就"风帘翠幕",怎不令人震撼?

"烟柳"二句是描绘,"参差十万人家"是概括。写出杭州不仅家家富庶,而且城市规模大,到处都是如此,这当然就更了不起。"参差",有时是差不多的意思,或曰参差错落之意,这里以作后一种理解为佳。与柳永基本同时的欧阳修在《有美堂记》中记载:"独钱塘,自五代时……不烦干戈,又其俗习工巧,邑屋华丽,盖十万余家,环以湖山,左右映带,而闽商海贾,风帆浪泊,出入于江涛浩渺烟云杳霭之间,可谓盛矣!"如果说这还是带有文学性的描写的话,那么作为历史著作的南宋潜说友《(咸淳)临安志》卷五十八载杭州户口沿革云:"陈置钱唐。隋改杭州,户一万五千三百八十。唐贞观中,户三万五千七十一,口一十五万三千七百二十九。唐开元中,户八万六千二百五十八。皇朝《太平寰宇记》钱塘户数,主六万一千六百八,客八千八百五十七。《元丰九域志》:主一十六万四千二百九十三,客三万八千五百二十三。《中兴两朝国史》:户二十万五千三百六十九。《乾道志》:户二十六万一千六百九十二,口五十五万二千六百七。《淳祐志》:主客户三十八万一千三百三十五,口七十六万七千七百三十九。今主客户三十九万一千二百五十九,口一百二十四万七百六十。"其中北宋王存等撰《元丰九域志》,记录的是元丰年间的数据,比较接近柳永写作此词时(1054)的情况。当时主客户已过二十万。《宋史》卷八十八《地理四》载临安府"(北宋徽宗)崇宁户二十万三千五百七十四,口二十九万六千六百一十五",与《元丰九域志》的记载也基本一致。当然,这是就杭州一府而言,包括下属各县的户口。按大的府城和与府城连为一体的附郭县的户口,一般可占到一府总户口数的一半以上,则北宋中后期杭州城的户数应在十万以上。可见柳永说"参差十万人家"并非夸张,基本是写实。顺便说一句,南宋定都临安(杭州)之后,临安人口大幅增加。上引《（咸淳）临安志》称咸淳年间，已有户三十九万一千二百五十九，口一百二十四万七百六十。当时临安应该是全世界最大的城市，相当于今天的纽约。

"云树绕堤沙，怒涛卷霜雪，天堑无涯"这三句写钱塘江。杭州襟江带湖，左倚钱塘江，右抱西湖。钱塘江也是杭州的重要自然景观之一，在隋代大运河开通、杭州城大发展、西湖地位迅速提高之前，钱塘江更是杭州首要的自然景观，因此写杭州不能不写钱塘江。词人在以"烟柳画桥"三句总写杭州繁华景象之后，本可接着写杭州繁华的具体细节，这也很自然顺畅。但作者陡然一转，转而写杭州城外的钱塘江，笔势就更显得夭矫如龙，富于变化。

钱塘江主要以钱塘潮闻名，钱塘潮是由钱塘江特有的地理位置和入海口形状造成的。潮汐由月亮和太阳对地球表面海水的吸引力造成。农历每月初一和十五前后，太阳、月亮与地球排列在一条直线上，太阳和月亮的吸引力合在一起，所以每月农历初一和十五的潮汐比较大。特别是每年中秋节前后，是一年中地球离太阳最近的时候，因此这时候的潮汐又是一年中最大的。钱塘江入海口形如喇叭，由西南向东北方向入海，外口宽达100公里，到接近杭州的地方只有几公里，河床又突然抬高，由东海涌进的潮水，冲向西岸，潮水拥挤，又与钱塘江上游流下的江水相碰撞，形成潮头，加上沿海一带常刮东南风，风向与潮水方向大体一致，助长了潮势。世界上有涌潮的河流很多，但由于地理位置、入海口形状、河床、河流、风向等因素，只有钱塘江潮和亚马孙河潮最为威猛，而钱塘江河口河道摆动频繁，涌潮景象变化万千，因此可以说独占鳌头，是举世无双的自然奇观。钱塘江之名最早见于《山海经》。据《史记》卷六《秦始皇本纪》："三十七年……过丹阳，至钱唐，临浙江（即钱塘江），水波恶，乃西百二十里从狭中渡，上会稽，祭大禹。"可见当时钱塘江就以"水波恶"知名。后来钱塘江还因此被称为"罗刹江"，唐代罗隐《钱塘江潮》诗："怒声汹汹势悠悠，罗刹江边地欲浮。"

"云树绕堤沙"句谓钱塘江边树木葱茏，也为云雾所笼罩，沿着江岸和沙滩蜿蜒伸展，直达天海之际。"怒涛卷霜雪"句写钱塘江潮水涌来时，涛声轰鸣，有如怒吼，浪花飞溅，形似霜雪。"天堑无涯"谓钱塘江既阔且深，直达东海，形成了东南地区的地理分界线，难以跨越。三句把钱塘江的景观写得有声有色，气象宏伟。如果说此词其他部分都是写杭州优美的一面，那么这里写钱塘江，则写出了杭州自然景观壮美的一面。

"市列珠玑，户盈罗绮"两句，是具体描写杭州繁华的情形。如果是经济不太发达的城镇，市场上摆列销售的，一般都是粮食、蔬菜、鱼虾、柴火等日常生活必需品。只有经济发达的城市，人们衣食无忧，手中有钱，消费已经升级，市场上才会摆列销售"珠玑""罗绮"这一类奢侈品。写到这里，杭州城的富庶繁华已不言而喻。从描写的角度看，如果说"东南形胜"三句相当于高空俯拍，"烟柳画桥"三句相当于低空扫拍，"云树绕堤沙"三句又属于盘旋到高处摇拍，那么这两句就好像由直升机航拍改为乘采访车进入街道巡拍。采访车不快不慢地从街道穿过，只见一家家商店、摊位鳞次栉比，商品琳琅满目，晶莹光鲜，让人目不暇接。柳永的时代自然没有直升机和采访车，但令我们感到吃惊的是，他所运用的表现手法，怎么与现代人利用现代技术的表现手法如出一辙呢？

前面已经提到，为了让听众听得清楚明白，歌词中要随时提示和总结，"竞豪奢"一句，就是对上片内容的总结，同时也是词人对杭州人生活状况的主观评价。他告诉听众，关于杭州繁华的景象就写到这里为止了。听众们可以根据词人的提示，对上述内容做一个小结，表达一点感慨，同时也稍作停顿，暂时放松一下。杭州由于地理位置优越，处于太湖之滨的杭嘉湖平原，适合种植水稻、桑麻，江湖河海水产丰富，兼产海盐，交通便利，贸易发达，因此这里的人历来生活比较富庶，甚至养成了一种以奢侈相尚的风气，柳永的评价是非常准确的。古人对此多有评说，这里仅引一条类似记载，可与柳永的评价相对照。陶宗仪《南村辍耕录》卷十一"杭人遭难"条记载元末杭州的情况：

杭民尚淫奢，男子诚厚者十不二三，妇人则多以口腹为事，不习女工。至如日常饮膳，惟尚新出而价贵者，稍贱便鄙之，纵欲买又恐贻笑邻里。至正己亥（1359）冬十二月，金陵游军（指朱元璋的军队）斩关而入，突至城下，城门闭三月余，各路粮道不通，城中米价涌贵，一斗直二十五缗。越数日，米既尽，糟糠亦与常日米价等。有赀力人则得食，贫者不能也。又数日，糟糠亦尽，乃以油车家糠饼捣屑啖之。老幼妇女，三五为群，行乞于市，虽姿色艳丽而衣裳济楚，不暇自愧也。至有合家父子、夫妇、兄弟结袂把臂共沉于水，亦可怜已。一城之人，饿死者十六七。军既退，吴淞米航凑集，藉以活，而又太半病疫死。岂平昔浮靡暴殄之过，造物者有以警之与？

词的下片专写西湖，也只有从下片开头起才写到西湖。有评论者看到上片中"烟柳画桥""云树绕堤沙"等句，即联想到西湖的白沙堤、苏堤，和白堤上的断桥、锦带桥、西泠桥，以及苏堤上的"跨虹、束浦、压堤、望山、锁澜、映波"等六桥，想当然地以为这些句子已经是写西湖。这是一种误解。如前所述，"烟柳画桥"与接下来的"风帘翠幕，参差十万人家"都是写城里。杭州不仅西湖上有烟柳画桥，城里亦多有运河、溪流，因此也有很多烟柳画桥。现在的杭州城虽已非旧貌，但大运河、中河、东河、西溪、沈塘河等依然宛在，还保留有宝善桥、打索桥、沈塘桥、石桥、菜市桥、贯桥、狮虎桥、石灰桥、六部桥、拱宸桥、祥符桥、永宁桥、八字桥、章家桥、里横河桥、始板桥、龙翔桥、望仙桥、卖鱼桥、娑婆桥、上宁桥、下宁桥、柴垛桥、铁佛寺桥、小车桥、水漾桥等地名。唐宋时城里溪河肯定更多，沿岸的烟柳画桥也就更多。如以"烟柳画桥"写西湖，则与其下显然写城里的"风帘翠幕，参差十万人家"两句无法衔接。同样，"云树绕堤沙"一句是写钱塘江。如以此句写西湖，则与接下来显然是写钱塘江的"怒涛卷霜雪，天堑无涯"两句也不相衔接。

更重要的是，如果按照前述某些人的理解，就埋没了柳永谋篇布局的匠心。在柳永看来，杭州城当时已经非常繁华，值得浓墨重彩描写。钱塘江也是天下奇观，更是杭州以前的主要景观，也必须写到。但西湖此时已经是杭州景观的重头戏，其地位已经超过钱塘江。杭州一城的精华神韵，也在于西子一湖。所以写杭州必须以写西湖为重点。于是他以上片总写杭州城及钱塘江，另外专辟下片，集中写西湖。所以下片开头"重湖叠巘清嘉"一句，即点出西湖，概写西湖的特点，以作提示，表明下面就专门写西湖了。这样全篇的结构就是上城下湖，有面有点，有主有次，毫不紊乱。

由此我们应该体会到写作的谋篇布局之法。如何安排文章的结构，实际上取决于对所表达的内容的认识和把握。只有对所表达的内容有整体的把握和透彻的认识，知道哪些内容最重要，哪些不能不提到，它们之间有何内在联系，才能相应处理好篇章结构的安排。写作最应避免条理不清，各种内容夹杂缠绕。要把每部分内容都放在最适合的位置，写什么时就专写什么，尽量不要牵扯进其他内容。做到一层一个意思，一段一个分主题，步步推进，前后勾连，逻辑严密。

"重湖叠巘清嘉"一句，高度准确地概括了西湖的外在形态和内在气质。西湖之美，首先是自然景观与人文景观的完美结合。就自然景观方面而言，西湖之美，不仅在水，而且在山，以及湖中、湖边、山上的树木花草。西湖的水碧波荡漾，迷蒙空灵；西湖的山远远近近，高高低低，层层叠叠，错落有致；西湖的树木高矮青绿，疏密相间，四季葱茏；西湖的花春有桃杏，夏有荷，秋有桂菊，冬有梅，美不胜收。更妙的是，这些元素都那么自然而恰到好处地组合在一起。有人说，画西湖的画都不成功，因为西湖本身已美到极致，就是一幅天然图画。画得再像也只是模仿，画得稍有不似就遗失了西湖的美。

所以，写西湖，既要写水，也要写山，才能充分展现它的"湖山胜概"。就西湖的湖本身而言，在大小、方圆、里外、深浅等方面均有特点，日夜、阴晴、风雨、月雪各不相同；就湖周围的山而言，也有方位、高低、险夷之不同。柳永仅用一个"重"字，一个"叠"字，就把西湖湖山最重要的外部特征揭示出来了。白堤和苏堤等堤坝，将西湖分割成了几块，所以说"重湖"；西湖周围的山由近而远，层层推开，所以说"叠巘"。柳永用词高度凝练、准确，由此可见他观察把握客观事物特征的非凡能力和提炼字词的高超水平。

"清嘉"二字，尤其抓住了西湖的内在气质，体现了柳永杰出的审美眼光。"清嘉"，就是美而不艳，就是清秀、清丽、清淡、清和、清雅。西湖与其他湖泊或景观相比，特点确实就是"清嘉"，美在山清水秀，草木依依，空灵和谐，而不在富贵华丽、热闹俗艳，这是它的气质神韵所在。在我看来，杭州、西湖之所以在中国人的心目中具有那样重要的地位，从根本上说，就是因为它集中体现并生动诠释了中华民族在长期的农耕文明生活中积淀形成的一种审美观念，即人与人、人与环境、城市与山林湖泊和谐相融，人工与天然完美结合。也就是说，杭州、西湖实际上代表了中华民族在长期农耕文明基础上形成的生活模式和生活理想，是中华民族的一个精神家园。只要你是中国人，从小接受中国传统文化的熏陶，来到杭州、西湖，她那难以言说的内在神韵，就会悄然拨动你内心深处的那根琴弦。很多外国人不理解，中国人为何如此钟情于杭州西湖。他们实在看不出西湖有什么好，总是说，像这样的湖，他们那里有好多。与西湖相比，他们更喜欢桂林那种外形特征鲜明的山水，这是因为他们不能理解所谓东方文化、东方美学。"清嘉"，这是伟大词人柳永对西湖审美特征的精辟概括，我们一定要牢牢记住这一点。2011 年，"中国杭州西湖文化景观"已经正式列入联合国教科文组织的"世界文化遗产"名录，在以后的保护和建设中，我们也一定要保持西湖的这种特点，决不能把西湖弄得热闹俗艳，那就偏离西湖的精神气质和内在神韵了。

"清嘉"是这首词的又一个"词眼"，唱至此处，歌者也应该稍稍一顿，以示强调，提醒听众，下面描绘西湖将主要围绕它的"清嘉"来写。所以，接下来词人描绘西湖的景色，没有夸饰寺观楼台如何富丽堂皇，湖边车水马龙如何热闹，湖上如何游人如织，等等，而是特意描绘"三秋桂子，十里荷花"这种自然景致。据说此词是中秋前后所写，"三秋桂子"正当其时，"十里荷花"虽已凋落，但刚刚过去，所以词人连带写出。写一个人、一座城市、一处景观，选择它的什么来写，怎么写，取决于作者的思想境界、品格情怀和审美眼光。只有具备较高思想境界、品格情怀和审美眼光的人，才能判断这个人、这座城市、这处景观真正的价值在什么地方，才善于发现最能体现其独特价值的特征。如写一个人，平庸俗气的作者会强调他的富贵荣华，志趣高远的作者会看重他的精神气质。如写西湖，平庸俗气的人会关注它的热闹繁华，而认为桂子、荷花乃村野常见之物，没什么稀奇；志趣高远、眼光独到的作者如柳永，则认为热闹繁华不过是表面现象，"三秋桂子，十里荷花"才是它的神韵所在。这就是一种眼光，一种境界。关于这一点，北宋吴处厚《青箱杂记》的一则记载可供参阅：

晏元献公（殊）虽起田里，而文章富贵出于天然。尝览李庆孙《富贵曲》云："轴装曲谱金书字，树记花名玉篆牌。"公曰："此乃乞儿相，未尝谙富贵者。"故公每吟咏富贵，不言金玉锦绣，而唯说其气象，若"楼台侧畔杨花过，帘幕中间燕子飞""梨花院落溶溶月，柳絮池塘淡淡风"之类是也。故公自以此句语人曰："穷儿家有这景致也无？"

杭州的桂花确为一绝，不仅遍布山上、湖滨，而且路边街边、墙角院落，无处不有。有金桂、银桂、丹桂、紫桂、月桂等品种。每到秋天，各种桂花次第开放，金桂金黄，银桂银白，丹桂丹红，紫桂深紫，色泽夺目，芬芳浓郁，真可谓"满城桂花香"。我在杭州工作期间，每当下班或小憩，走出办公室或家里的房间，来到校园或院子里，桂花的香味就扑鼻而来。我只是到了杭州，体验到桂花的芬芳，才体会到什么叫"沁人心脾"。西湖的荷花也是一绝，每当春夏之间，片片荷钱开始露出水面。一到夏天，里西湖满湖荷叶，一望碧色，荷丛中的荷花亭亭玉立，点缀其间。微风吹来，花叶摇曳，清香袭人。

早在唐初，诗人宋之问的《灵隐寺》诗就写到了杭州的桂花："桂子月中落，天香云外飘。"在柳永之后，南宋诗人杨万里《晓出净慈寺送林子方》诗也写到西湖的荷花："毕竟西湖六月中，风光不与四时同。接天莲叶无穷碧，映日荷花别样红。"西湖上的景致数不胜数，后来有所谓"西湖十景"，其中雷峰夕照、南屏晚钟、平湖秋月、断桥残雪、双峰插云等景观，柳永写作此词时应已存在，它们无一不景色优美，令人叹赏。但与它们相比，"三秋桂子，十里荷花"的景观更加清丽，更富于生机。不仅触动人视觉，而且触动嗅觉，意象更加鲜明，给人的印象更加鲜活深刻。据罗大经《鹤林玉露》丙编卷一载，南宋初年，柳永此词传播到了北方，金国皇帝完颜亮闻歌，"欣然有慕于'三秋桂子，十里荷花'，遂起投鞭渡江之志"。如果属实，则此词挑动了完颜亮兴兵南侵，引发了宋金大战。虽然它给苍生带来了不幸（其实完颜亮侵宋是迟早的事，没听到这首词他照样会发兵），但它的感染力由此可见。

接下来"羌管弄晴，菱歌泛夜，嬉嬉钓叟莲娃"三句，是写西湖上人的活动。前面是写视觉兼嗅觉，这里是写视觉兼听觉；前面是写景，这里主要是写人，以写人来写景；前面是静景，这里是动景。其中"羌管弄晴"是写白天，"菱歌泛夜"是写夜晚；人则有老人，也有小孩。有声有色，有动有静，有景有人，有老有小，整个西湖的景象就更完美生动了。

这里要特别注意的是"弄""泛"两个字。说湖面上白天传来悠扬的笛声，晚上又响起优美的情歌，我们一般会用"传""飘"等字眼来描写，这也未尝不可。但作者选用的是"弄""泛"。仔细玩味，就会觉得妙不可言，不得不惊叹词人对客观物象特点超常的感受、捕捉能力和选字炼词的用心。人们一般只会注意到笛声在阳光下传播，歌声在湖面上飘过，那么阳光、湖面只是笛声、歌声传播的空间，两者之间是没有直接发生关系的。但词人用"弄""泛"二字，两者之间就发生关系了，就把笛声、歌声写活了。词人仿佛感觉到，笛声与太阳的光线互相缠扰，歌声也被夜晚湖上的水雾压得很低，只能贴着水面传过来。这是词人的一种敏锐的直觉。到底笛声与阳光的光线之间、歌声与水雾之间会不会发生互动作用？这是不是作为文学家的柳永在那里胡思乱想？多年来，我请教过好些理工科的同学，都没有得到确切答案，摇头的人居多。但我仍然固执地相信，它们之间或许会发生神秘的互动，柳永的观察和体会是有道理的。光线是一种物质能量，声波、水雾也是一种物质能量，它们相互碰撞时，声波或会对光波、水雾有某种干涉，让它弯曲；光波、水雾也会阻碍声波，使它波动。两者之间，很可能产生互相缠扰的情形。无论这般猜测有没有科学依据，我们不能不对柳永天才的观察入微的能力和丰富的想象力表示无限的敬佩。当时没有今天这些科学知识，他却能想到这一点，就跟前面提到的，他在当时并没有相关工具和技术的情况下，观察杭州的视角和手段，却与现在的飞机俯拍技术如出一辙，他怎么会想到这些的呢？就算关于声波与光波、水雾之间的这种互动关系被证明是不存在的，也无碍柳永创作文学作品时做这样的想象。

"千骑拥高牙，乘醉听箫鼓，吟赏烟霞。异日图将好景，归去凤池夸"五句，都是赞美这首词的投献对象，杭州知州孙沔的。前三句描写他此时出行时的情形，只见队伍前面打着高高的将军旗，随从簇拥着他，威风凛凛。他骑在马上，醉态摇晃，一路观赏湖边的烟霞美景，口里还喃喃吟诵着诗句，真像神仙中人。按宋代州长官（知州）的全称为"权知某军州事"，兼管军民，重要州府的长官还另兼管内军职。如苏轼于元祐四年（1089）三月任杭州知州，官职全称是"龙图阁学士、充浙西路兵马钤辖、知杭州军州事"。待到元祐八年（1093）八月出任定州知州，苏轼的官阶更高了，官职全称是"端明殿学士兼翰林侍读学士、充河北西路安抚使兼马步军都总管、知定州诸军事"。孙沔此时自然也兼了本辖区的军职，故这里称他"千骑拥高牙"。但这里可不仅是说孙沔日子过得潇洒，而是对孙沔最巧妙的赞美。在中国古代士大夫心目中，官分三等,一种是治理无方,或贪赃枉法,或者两者兼而有之,这自然是最低一档;第二档是兢兢业业,勤政爱民,这当然是好官了,但还不是最高水平;第三档是精明强干,举重若轻,稍费一点功夫,就把所管辖的地方或部门治理得井井有条,剩余大量时间,可以与友朋轻松地谈诗论文,饮酒下棋,游山玩水。这里赞美孙沔"乘醉听箫鼓,吟赏烟霞",是在赞许他为人风雅、情趣高尚的同时,赞美他才能出众,治理杭州绰有余力,是大材小用,应该升迁,担当大任,才能充分发挥他的作用。实际上前面描写"三秋桂子,十里荷花"时,就已经在为这里描写孙沔"乘醉听箫鼓,吟赏烟霞"作铺垫,前后相互照应。正因为有这样的优美环境,孙沔才可能有如此风雅的举动。至"羌管弄晴,菱歌泛夜,嬉嬉钓叟莲娃"等句,则实际上已在暗中赞美孙沔,开始向下面直接赞美孙沔的内容巧妙过渡了。杭州城里和西湖上一派笙歌,老百姓安居乐业,老人孩子在无忧无虑地嬉戏,真是好一派祥和的景象。这除了进一步表明杭州和西湖的景色优美、富庶安康外,不就是在说明孙沔把杭州治理得非常好吗?

"异日图将好景,归去凤池夸",是对孙沔今后官位高升的祝愿。"凤池"是中书省的代称,这里是说孙沔不日就将归朝为相。但作者不这么明说,明说就太俗了。作者仍就西湖的美景做文章,将对西湖的赞美与对孙沔的祝愿巧妙结合起来,说孙沔归朝为相时,可以将西湖的美景画下来带去,向中书省的同僚们夸耀,称自己曾在如此美丽富饶的地方为官一任,饱览湖光山色,可谓不愧此生,这么说就比较含蓄而雅致了。

柳永赞美孙沔的巧妙之处,还不仅限于此。他总共赞美了孙沔四个方面:将帅身份、才能出众、个性风雅、前程远大。了解孙沔的生平为人,我们就知道这些都不仅是泛泛之语,而都是有针对性的。据《宋史》卷二百八十八《孙沔传》,孙沔字元规,越州会稽(今浙江绍兴)人,中进士第。"材猛过人","后以秘书丞为监察御史里行"。刚直敢言,"黜知衡山县,道上书言时事,再贬永州监酒。移通判潭州。知处州,复为监察御史,再知楚州,所在皆著能绩。召为左正言,论事益有直名"。后以起居舍人为陕西转运使,又以天章阁待制为都转运使。又迁礼部郎中,为环庆路都总管、经略安抚使、知庆州,抗击西夏。历知陕州、河东都转运使,又知庆州。"凡三知庆州,边人服其能。迁龙图阁直学士,又迁枢密直学士、知成都府,未至,以母丧罢。服除,为陕西都转运使。求知明州,会京东多盗,乃以知徐州,明购赏,严诛罚,盗遂止。"继为湖南、江西路安抚使,以便宜从事,加广南东、西路安抚使,与狄青共平"南蛮"侬智高之乱。随以知杭州,至南京而召为枢密副使。以拒绝为张贵妃追尊皇后读册,遂求罢职,以资政殿学士知杭州。上述记载展示在我们眼前的,是一个正直敢言、能文能武、才能出众的官员形象。他长期镇守边关,历经战阵,功勋卓著,是真正的将帅,与一般知州兼任地方军事长官者不同。柳永称他"千骑拥高牙",突出他的将帅身份,想必他是高兴的。他历任多处地方长官,有气魄,有手段,"所在皆能著绩",柳永赞美他把杭州治理成一方乐土,这也符合事实,他听了也应该是满意的。他知杭州以前,早已担任多处地方大员,且曾升任枢密副使,离入朝拜相只有一步之遥。柳永祝愿他"归去凤池夸",应该也是正中其下怀。夸人一定要夸到点子上,这样效果才好。

至于"乘醉听箫鼓,吟赏烟霞"二句,刻画孙沔个性风雅,情况就比较复杂。《宋史》卷二百八十八《孙沔传》开头称孙沔"跌荡自放,不守士节",就是说这个人比较风流狂放,不大遵守清规戒律。更严重的还在后头:孙沔以资政殿学士知杭州后,又"迁大学士,徙知青州。又迁观文殿学士、知并州,而谏官吴及、御史沈起奏沔淫纵无检,守杭及并所为不法,乃徙寿州"。皇帝命令对谏官、御史的弹劾展开调查,御史调查后回奏:"沔在处州时,于游人中见白牡丹者,遂诱与奸。及在杭州,尝从萧山民郑昊市纱,昊高其直,沔为恨。会昊贸纱有隐而不税者,事觉,沔取其家簿记,积计不税者几万端,配隶昊他州。州人许明有大珠百,沔妻弟边珣以钱三万三千强市之。沔爱明所藏郭虔晖画《鹰图》,明不以献。初,明父祷水仙大王庙生明,故幼名'大王儿'。沔即捕按明僭称王,取其画鹰,刺配之。及沔罢去,明诣提点刑狱,断一臂自讼,乃得释。杭州人金氏女,沔白昼使吏卒舆致,乱之。有赵氏女已许嫁莘旦,沔见西湖上,遂设计取赵女至州宅,与饮食卧起……"另外还列举了孙沔的不少罪状。"奏至,乃责宁国节度副使。"虽然后来孙沔还几度任官,但他的政治前途在这时已基本宣告终结了,"归去凤池夸"的指望也落空了。本传最后的总结是:"沔居官以才力闻,强直少所惮。然喜宴游女色,故中间坐废。妻边氏悍妒,为一时所传。"从这一部分记载来看,孙沔又是一个问题很多的人。除了贪赃枉法外,他见到"白牡丹""遂诱与奸";又把"金氏女""白昼使吏卒舆致,乱之";并把在西湖上看到的已许配人家的"赵氏女""设计取至州宅,与饮食卧起";并设计巧夺州人许明所藏的郭虔晖画的《鹰图》。以那个时代士大夫的眼光来看,这些欲望都与所谓"风雅"沾点边。看来孙沔的个性中是有所谓"风雅"的一面。柳永自然是拣好的说,孙沔想必也是以为真知我者。

顺便说一句,将柳永词中的相关描写与史籍中对孙沔生平的记载对照起来看,两者若合符契。再看《宋史》卷三百〇六《孙何传》,孙何与孙沔判然不同,纯粹是一个儒者的形象,"十岁识音韵,十五能属文,笃学嗜古,为文必本经义"。中进士前就"尝作《两晋名臣赞》《宋诗二十篇》《春秋意》《尊儒教仪》,闻于世"。"淳化三年(992)举进士,开封府、礼部俱首荐,及第又得甲科。"累官至两浙转运使,"加起居舍人。景德初,代还,判太常礼院",不久即以病重,上朝时两次将奏牍、朝笏遗落在地上,有司劾以失仪,真宗诏释之,孙河请求改职养疾,卒丑年四十四。他没有真正的军伍经历,本传总结说:"(孙)何乐名教,勤接士类,后进之有词艺者,必为称扬。然性卞急,不能容物。在浙右专务峻刻,州郡病焉。"看来也不见得能干,个性也谈不上"风雅"。他只做过一任两浙转运使,距入朝拜相差距甚远。凡此皆与柳永词中所写不合。这样看来,柳永此词确实以作投献孙沔为宜。

柳永此词,篇幅不长,却精心布局,大开大合,尺幅波澜,层层铺叙，展现了杭州及西湖的方方面面，真可谓一篇以词写成的"杭州赋"，成为赞美杭州及西湖的经典之作。千百年来，关于杭州、西湖的历史记载汗牛充栋，可是都没有白居易、苏轼、杨万里等人的诗，柳永等人的词，张岱的小品文等那样脍炙人口，深入人心，影响巨大。可见文学的描绘更生动，更能传之久远，更有生命力。

要说这篇作品还有什么不足，留下了什么遗憾，当然是那个奉承投赠对象的结尾。如果没有这个结尾，作者利用腾出来的篇幅，把杭州及西湖的景色再多写几笔，描绘得更完足，那就更理想了。但反过来说，要是柳永不为投赠而作此词，则这一篇经典之作也许就不会诞生。那么，那个投赠对象对此词的功过，就要另当别论了。

似梦非梦——苏轼《江城子》

苏轼（1037—1101），字子瞻，号东坡居士，眉州眉山（今属四川）人，北宋著名文学家、书画家。嘉祐二年（1057）进士，嘉祐六年（1061）授大理评事、签书凤翔府判官。英宗时判登闻鼓院、直史馆。神宗熙宁时王安石推行新法，苏轼上书论其不便，自请外任，先后任杭州通判，密州、徐州、湖州知州。元丰三年（1080）因"乌台诗案"贬黄州团练副使。哲宗即位，英宗高皇后被尊为太皇太后柄政，起知登州，以礼部郎中召还，任翰林学士、知制诰，兼侍读，以龙图阁学士出知杭州、颍州、扬州，召为兵部尚书兼侍读，寻迁礼部尚书兼端明殿、翰林侍读两学士。哲宗亲政，复行新法，再次自请外任，以两学士出知定州。绍圣中贬惠州、儋州。徽宗时赦还，卒于常州。南宋高宗时追赠太师，孝宗时谥"文忠"。苏轼在诗、词、散文和书画方面均取得巨大成就。诗与黄庭坚并称"苏黄"；词与辛弃疾并称"苏辛"；散文与欧阳修并称"欧苏"，为"唐宋八大家"之一；书法与蔡襄、黄庭坚、米芾并称"北宋四家"。有《苏文忠公全集》一百一十卷。《宋史》卷三百三十八有传。

十年生死两茫茫，不思量，自难忘。千里孤坟，无处话凄凉。纵使相逢应不识，尘满面，鬓如霜。

夜来幽梦忽还乡。小轩窗[1]，正梳妆。相顾无言，惟有泪千行。料得年年肠断处，明月夜，短松冈。[2]

本篇选自张志烈等校注：《苏轼全集校注》，河北人民出版社2010年版。

注　释

[1] 轩窗：轩本指周围有帷幕的车，引申指房屋周边的栏杆或回廊。轩窗指有回廊的房间的窗户。

[2] 料得三句：孟启《本事诗·征异第五》："开元中，有幽州衙将张姓者，妻孔氏，生五子，不幸去世。复娶妻李氏，悍怒狠戾，虐遇五子，日鞭棰之。五子不堪其苦，哭于其葬，母忽于冢中出，抚其子，悲恸久之。因以白布巾题诗赠张曰：'不忿成故人，掩涕每盈巾。死生今有隔，相见永无因。匣里残妆粉，留将与后人。黄泉无用处，恨作冢中尘。有意怀男女，无情亦任君。欲知肠断处，明月照孤坟。'五子得诗，以呈其父，其父恸哭，诉于连帅。帅上闻，敕李氏杖一百，流岭南，张停所职。"

赏　析

这首词的词牌是《江城子》，有的版本作《江神子》。实际上很多词牌都有别名，如我们所熟悉的《忆江南》，又名《梦江南》《望江南》《江南好》《望江梅》《梦江口》《归塞北》《春去也》《谢秋娘》等；另一个词牌《相见欢》，又名《乌夜啼》《上西楼》《西楼子》《月上瓜州》《秋夜月》《忆真妃》等。《江城子》除又作《江神子》外，还名《水晶帘》《村意远》等。之所以出现这种现象，首先是因为有些词调最初就有不同的名称，如《木兰花》又名《玉楼春》之类；第二种是古代人对同一个词牌传写不同，如《江城子》又写作《江神子》，《贺新郎》又写作《贺新凉》之类；更多的则是因为古人喜欢标新立异，往往取名家名作中的字词，作为该词词牌的别名，如苏轼《贺新郎·夏景》词首句为"乳燕飞华屋"，后来人们就将《贺新郎》又叫作《乳燕飞》等。

反过来，也存在词调不同而同用一个词牌名的情况。有的是因为不同宫调中有同一个词牌名，词牌名虽然相同，词调完全不同，如署温庭筠撰《金奁集》中，"越调"下有"荷叶杯"，"双调"下也有"荷叶杯"，前者为单片小令，后者为双调小令，句格也不相同。有的则是因为词牌的别名造成与其他词牌名相同，如《相见欢》《锦堂春》俱别名《乌夜啼》；《浪淘沙》《谢池春》俱别名《卖花声》；有《子夜歌》词牌，《菩萨蛮》也别名《子夜歌》；有《上林春》词牌，《一落索》也别名《上林春》等。有的同一个词牌名，有单片和双片之别，如《江城子》；有的词牌有押平韵和押仄韵之别，如《满江红》，词牌名虽同，实为不同词调。另外有一些相近的词牌名，如《诉衷情》与《诉衷情近》，《木兰花》与《木兰花慢》《减字木兰花》等，则词牌名不完全相同，词调也不同。

苏轼这首词有标题"乙卯正月二十日夜记梦"，为怀念亡妻王弗而作。据《苏文忠公全集》之《东坡集》卷三十九《亡妻王氏墓志铭》："治平二年（1065）五月丁亥，赵郡苏轼之妻王氏卒于京师……轼铭其墓曰：君讳弗，眉之青神人，乡贡进士方之女。生十有六年而归于轼，有子迈……其死也，盖年二十有七而已。"则王弗当生于宝元二年（1039），至和元年（1054）与苏轼（时年十九岁）结婚，卒于治平二年（1065）五月。此词作于熙宁八年（1075）乙卯正月二十日，距王弗卒正十年。苏轼时年四十岁，正在密州（今山东诸城）知州任上。

首句"十年生死两茫茫"，是梦醒后回忆梦中景象，生出的总体感慨。这里有三层意思：一是自己现在异乡山东密州为官，而妻子葬在四川彭山老家，空间距离遥远；更重要的是一在人间，一在幽冥，彼此之间有无法跨越的鸿沟；三是词人梦醒后屈指一算，当时已迈入熙宁八年正月，王弗已经去世十个年头了。十年的漫长时间，好像也会让空间的距离变得更长。随着时间的流逝，已逝去的亲人似乎也离我们越来越遥远。

首句表达了人世间的一种普遍的感觉，同时又为下句作铺垫。既然如此"茫茫"，那么很可能就已经渐渐遗忘了，不会经常想起了。而下句说的是不仅经常思念，而且不需要思念，自然而然就难以忘怀。因"茫茫"而渐渐淡忘了，是一种情况；因为经常思念，所以没有忘记，是另一种情况。这种情况潜藏着一种可能，即思念是一种有意识的行为，似乎要主动思念才能想起，不思念的时候也就忘记了。而词人属于第三种情况，不需要思念，时时刻刻都不会忘记。首句与二、三两句之间构成一种反向递进关系：已经"十年生死两茫茫"了，还能"不思量，自难忘"，可见感情之深。二、三句之间，又构成一种反向递进关系：不仅会经常思念难忘，而且"不思量，自难忘"，时时刻刻都自然在心间，更可见感情之铭心刻骨。所谓反向递进关系，就是指从语意逻辑来讲，后一句是对前一句的否定。但从内在的意涵来讲，则后一句恰恰是对前一句所表达的意义的进一步强调，构成一个"能（好）—不能（不好）—更能（更好）"语意关系，以加强表达效果。高明的作者，总是不甘心停留于一般的写法，而要表达得更深入。当然，这不仅仅是一个表达技巧问题。苏轼之所以能做到这一点，关键还在于他对王弗怀有真挚的爱。

　　"不思量，自难忘"两句，表达的是在"十年生死两茫茫"的情况下，词人自身的感受。接着词人马上想到对方，她会是怎样的呢？她应该比自己更悲伤。"千里孤坟，无处话凄凉"，与前三句的叙述和抒情不同，改用了一种情景化的描写手法。词人想象，自己还生活在人间，还有这么一大家子人陪伴，还要与那么多人打交道。而王弗呢？她在千里之外一座孤零零的坟头之下，无人陪伴。她满腹的凄凉，又能向谁诉说呢？苏轼在王弗去世后的第三个年头，即熙宁元年（1068）的十月，娶王弗堂妹王闰之为继室，十二月携家返京，将家宅田亩、山林树木皆托付堂兄苏子明管理。此后苏轼再未回到眉州彭山故居。也就是说，自七年前离开故乡，告别王弗的墓地，苏轼就再也没有回去看望过她，她该是何等的孤独凄凉啊！据苏轼《亡妻王氏墓志铭》："（王弗）始死，先君命轼曰：妇从汝于艰难，不可忘也。他日汝必葬诸其姑之侧"；"六月甲午，殡于京城之西"。次年四月，父苏洵卒于京师；六月，苏轼与弟苏辙扶父丧归里，带上了王弗的灵柩。"六月壬午，葬于眉之东北彭山县安镇乡可龙里先君、先夫人墓之西北八步。"关于苏轼父、母及王弗的墓址，苏轼另外一处的表述是"（眉州）蟆颐山之东二十余里。地名老翁泉"。

这里所说的应该是同一个地方。王弗虽然与公婆葬在一起，但世间与她关系最亲密的自然是她的丈夫。两人之间的心事，又怎么对公婆说呢？况且，世人虽然对亲人合葬在一起，在阴间还能相依相伴，抱有良好的愿望。但阴间人们究竟是否还有灵魂，还能相互往来交流？则从来没有被证实过。所以，人们下意识里，是认为死去的人在阴间是无法往来交流的，则在阴间的人是非常孤独的。苏轼由此不禁对王弗产生深深的痛惜之情。表达对一个人的感情，相别或永别之后，说不思念或不太思念是一种情况；说自己如何思念对方、如何因思念对方而感到孤独痛苦，是另一种情况；还有一种情况，是不仅感到自己如何思念对方、如何因思念对方而感到孤独痛苦，而且能体会到对方如何思念自己，能设身处地想象对方如何因思念自己而痛苦孤独，这才是怀有最深挚的感情的表现。杜甫的《月夜》诗写于天宝十五年（756）八月，当时他被安史叛军所拘，困在长安城中，特别想念、担心寄居鄜州羌村的妻小。在诗中他没有多说自己如何想念、担心妻子，而全是在想象妻子如何想念自己，从而表达出对妻子的一片深情："今夜鄜州月，闺中只独看。遥怜小儿女，未解忆长安。香雾云鬟湿，清辉玉臂寒。何时倚虚幌，双照泪痕干。"苏轼此词与杜甫之诗所运用的表现手法一致。

"纵使相逢应不识，尘满面，鬓如霜"，这三句与上两句"千里孤坟，无处话凄凉"之间，又构成一种反向递进关系。此处已是该词上片寥寥数语中第三次反向递进了。词人为什么（或者说为什么不自觉地）反复运用这种表现手法？这只能说明词人愁肠百转，情思缠扰，不由得在心里反复体会自己对王弗深挚的情感和无尽的思念。上两句本为不能相见话凄凉而伤感，进而一想，即使能见面，恐怕也认不出"我"了。我长期奔走于道途，满面尘土，一片憔悴，两鬓已霜。这是通过写自己的变化，写出王弗对自己有多么重要，离开了她，自己的生活变化有多大。

那么苏轼与王弗共同生活的十一年间，苏轼的生活状况是怎样的呢？苏轼十九岁即至和元年（1054）与王弗结婚，二十岁即离开彭山，游学成都。

二十一岁即嘉祐元年（1056），与父亲苏洵、弟弟苏辙赴京参加礼部秋试，九月，中第二名，苏辙亦中。二十二岁即嘉祐二年（1057）进士试，礼部侍郎兼翰林学士欧阳修知贡举，国子监直讲梅尧臣等为编排、评定等官。梅尧臣得到苏轼《刑赏忠厚之至论》，推荐给欧阳修，欧阳修大喜，"欲冠多士，犹疑其客曾巩所为，抑置第二。复试《春秋》对义，居第一"。是科苏轼、苏辙俱中进士，苏轼上书感谢欧阳修，欧阳修以书示梅尧臣，曰："读轼书，不觉汗下，快哉，快哉，老夫当避此人，放出一头地。"已而复曰："汝曹识之，更三十年无人道着我也。"文坛领袖欧阳修的延誉，使宰相文彦博、富弼、枢密使韩琦等朝廷重臣都对苏轼父子赞赏不置，对苏轼期以"国士"。四月，母程太夫人卒，兄弟仓皇返里。二十四岁即嘉祐四年（1059）服除，十月赴京，是年生长子苏迈。次年至京，授河南福昌县主簿，未行。二十六岁即嘉祐六年（1061），苏轼、苏辙参加制科考试，苏轼得入第三等，苏辙入第四等。自宋朝开设制科考试以来，只有吴育和苏轼得入第三等，当时称为"百年第一"，再次轰动京师。仁宗皇帝也甚为赏识。《宋史》卷三百三十八《苏轼传》："仁宗初读轼、辙策，退而喜曰：朕今日为子孙得两宰相矣。"是年冬授大理评事、签书凤翔府判官。至二十九岁即治平元年（1064）十二月，罢凤翔府签判赴长安。次年即治平二年（1065）返京，判登闻鼓院、直史馆。英宗在藩邸时，即闻苏轼大名。欲以唐故事召入翰林知制诰。宰相韩琦以为苏轼年少资浅，未经试用，故且与馆职。五月二十八日，王弗卒于京师。

显然，与王弗一起生活的这十一年，是苏轼一生中非常顺利、蓬勃向上的十一年。虽然期间母亲去世，但总的来看，苏轼经历了新婚、初为人父的喜悦，特别是他由一个出生四川偏僻之地的普通人家的年轻人，二十出头即连续两度科举得隽，轰动京华，名满天下，得到皇帝和众多元老重臣的高度赏识，举国皆期以国士，可谓前程似锦。授大理评事、签书凤翔府判官，对新科进士来说算是比较好的任命。这是他第一次做官，他也比较兴奋。与此同时，父亲苏洵以一介布衣，得交当时朝廷著名公卿，被召入朝廷修《太常因革礼》。弟弟苏辙也同中进士，同中制科。一家可谓鲜花着锦，喜气盈门。

那么在这些年里，他与王弗的夫妻感情生活如何呢？据苏轼《亡妻王氏墓志铭》：

君之未嫁，事父母；既嫁，事吾先君、先夫人，皆以谨肃闻。其始，未尝自言其知书也。见轼读书，则终日不去，亦不知其能通也。其后，轼有所忘，君辄能记之。问其他书，则皆略知之，由是始知敏而静也。

从轼官于凤翔，轼有所为于外，君未尝不问知其详，曰："子去亲远，不可以不慎。"日以先君之所以戒轼者相语也。轼与客言于外，君立屏间听之，退必反复其言，曰："某人也，言辄持两端，惟子意所向，子何用与是人言？"有来求与轼亲厚甚者，君曰："恐不能久。其与人锐，其去人必速。"已而果然。将死之岁，其言多可听，类有识者。

这里着重强调了两个方面：一是王弗的聪慧，"其始，未尝自言其知书"，因为苏轼读书，她陪伴着，后来竟然达到"轼有所忘，君辄能记之。问其他书，则皆略知之"的程度。我们知道，苏轼是真正的天才，记忆力惊人，能达到苏轼忘记、她还能记得的水平，可见王弗不是一般的"敏"。而从"见轼读书，则终日不去"这个细节，可见她总是陪伴在苏轼身旁，夫妻鹣鲽情深。"敏而静"这个评价也很值得注意。有的妻子不关心丈夫，不能参与和理解丈夫的精神世界；有的妻子虽然关注丈夫，但又干预太多，难免让丈夫心烦。王弗是"敏而静"。对男女双方来说，这就是最理想的伴侣。时刻陪伴在你身旁，需要时他（她）就会悄然出现，你忙时他（她）又安安静静，给你留下空间，不打扰你。这既是深情的流露，也是智慧的表现。第二个方面是王弗的见识。王弗与苏轼年龄相近，是结发夫妻，既是夫妇，也是朋友。她不仅关心他的生活，也关心他的工作。

她特别有知人之明，凭自己的冰雪聪明和女性的直觉，能判断人情的真伪，给年轻刚踏上仕途的苏轼很多忠告，苏轼也相信她，依赖她，感激她。可以相信，因为王弗的聪慧和有见识，苏轼对王弗的感情，除了亲密外，还有敬重，这是一种最完美的夫妻关系。总之，无论是那十一年的科举和仕途经历，还是两人的夫妻情感，给苏轼留下的，都是美好的回忆。

王弗死后十年来，苏轼又经历了什么呢？在王弗去世的次年，即治平三年（1066）四月，父亲苏洵卒于京师。这对苏氏兄弟自然是一个沉重打击。六月，苏轼、苏辙扶父丧归里。熙宁元年（1068）免丧家居。十月，娶王弗堂妹、王介幼女王闰之（时年二十一岁）为继室。十二月携家返京。熙宁二年（1069）二月，苏轼到达京师。就在同月，富弼同中书门下平章事，王安石参知政事，陈升之、王安石同制置三司条例司，宋神宗和王安石主持的轰轰烈烈的"熙宁变法"正式开始。这是影响苏轼一生的主要政治事件，也是苏轼人生道路的重要转折点。当年十月，富弼罢相，陈升之同中书门下平章事。十一月，韩绛同制置三司条例司。闰十一月，置诸路提举常平惠仓，行青苗法，变法的一系列重大举措次第推开，新党与旧党的对垒迅速形成并日益尖锐。

苏轼因与王安石历来议论不同，返京后即遭到打压，以殿中丞、直史馆抑置判官告院。八月，翰林学士兼翰林侍读学士司马光荐苏轼为谏官，不果。熙宁三年（1070）三月，吕惠卿任考官，苏轼任编排官，吕惠卿等人欲取消科常之法，苏轼非常愤慨，作《拟进士对御试策并引状问》上奏神宗，苏轼与新党开始直接发生冲突。是年，王闰之生苏迨。熙宁四年（1071），韩绛、欧阳修、富弼相继罢官。苏轼与新党矛盾加剧，两上神宗皇帝书，论新法不便，遭到新党嫉恨。命摄开封府推官，意欲以多事困之，不果。御史谢景温诬奏苏轼过失，经调查都不属实。苏轼不予置辩，请求外任。六月，遂以太常博士直史馆通判杭州。熙宁五年（1072）九月，闻欧阳修去世。是岁，王闰之生苏过。熙宁七年（1074）三月，王安石罢相，出知江宁府。韩绛同中书门下平章事，吕惠卿参知政事。吕惠卿等坚持推行新法。五月，天章阁待制李师中建议诏求如司马光、苏轼、苏辙辈置左右，未允。吕惠卿摘其语激怒神宗，以李师中知瀛洲。在苏轼任杭州通判期间，朝廷正雷厉风行地推行青苗、免役、市易之法，浙西还兼行水利、盐法等新法，产生很多弊端。苏轼在力所能及的范围内加以变通，"以便民，民赖以少安"，然职权有限，大势所趋，难有作为，非常苦恼。同时，他并没有一直待在杭州城里，经常要到各属县处理各种事务，有时还要到相邻州县出差，风尘仆仆。九月，奉命以太常博士、直史馆知密州。是时王安石为吕惠卿排斥，曾布亦被逐。苏轼作《王莽》及《董卓》诗。十一月到密州。熙宁八年（1075），在密州任。正月二十日夜，作《江城子·十年生死两茫茫》。

很明显，王弗去世后的十年，苏轼的生活相当不顺利。不仅经历了对他有重要影响的父亲的去世，更重要的是王安石开始推行新法，苏轼因与之意见不合，在政治上陷入非常艰难的境地，感受到巨大压力，不得不自请离开京师，到地方任职。与和王弗生活在一起的那十一年朝气蓬勃、蒸蒸日上的情形相比，真可谓天壤之别。

那么在这一时期内，苏轼与继妻王闰之的感情生活如何呢？苏轼于熙宁元年（1068）十月娶王闰之为继室，时年苏轼三十三岁，王闰之二十一岁，则王闰之当生于庆历八年（1048）。苏轼比王闰之大十二岁，两人之间有较大年龄差距，应该有一定代沟。苏轼于熙宁七年（1074）九月在杭州纳侍妾王朝云，此时朝云才十二岁，开始应只是一个丫鬟的角色。至苏轼作此词时，朝云才十三岁，尚年幼天真，也谈不上理解苏轼。后来王闰之卒于元祐八年（1093）八月一日，年四十六岁，时年苏轼五十八岁。朝云于绍圣三年（1096）七月卒于惠州，年三十四，时年苏轼六十一岁。值得注意的是，苏轼对王弗的记载，重点描述她"敏而静"、能"知书"、有见识。朝云死后，苏轼为她写了《朝云墓志铭》，称她"事先生二十有三年，忠敬若一"（《苏文忠公全集》之《东坡续集》卷十二）；又写了《惠州荐朝云疏》；又作《悼朝云诗"并引"》："苗而不秀岂其天，不使童乌与我玄。驻景恨无千岁药，赠行惟有小乘禅。伤心一念偿前债，弹指三生断后缘。归卧竹根无远近，夜灯勤礼塔中仙。"其引云："绍圣元年十一月，戏作《朝云诗》。三年七月五日，朝云病亡于惠州。葬之栖禅寺松林中，东南直大圣塔。予既铭其墓，且和前诗以自解。朝云初不识字，晚忽学书，粗有楷法。盖尝从泗上比丘尼义冲学佛，亦略闻大义。且死，诵《金刚经》四句偈而绝。"（《苏文忠公全集》之《东坡后集》卷五）这里也提到了朝云好学、聪慧。但他在王闰之去世次日写的《祭亡妻同安郡君文》中，就只强调她"妇职既修，母仪甚敦。三子如一，爱出于天"；"我实少恩，惟有同穴，尚蹈其言"。（《苏文忠公全集》之《东坡后集》卷十六）没有夸王闰之好学。苏轼的其他几篇与王闰之有关的文章，都是为王闰之募画佛像、募写佛经而作。赵德麟《侯鲭录》载：

元祐七年正月，东坡先生在汝阴，州堂前梅花大开，月色鲜霁。先生王夫人曰："春月色胜于秋月色。秋月令人惨悷，春月令人和悦。何如召赵德麟辈来饮此花下？"先生大喜曰："吾不知子亦能诗耶，此真诗家语耳。"遂召与二欧饮。先生用是语作《减字木兰花》，有"不似秋光，只与离人照断肠"之句。

在这条记载中，王闰之表现出风雅的一面。但所谓"春月色胜于秋月色"云云，只是一般人的常识，谈不上有多少见识，这与王弗、王朝云的"知书""晚复学书，粗有楷法"等不可同日而语。苏轼为此大喜，可见其平日没说过类似的话。王闰之对苏轼的学术、才华以及人格、思想等的理解程度，可通过下面两条材料略见一斑。元丰二年（1079）三月，苏轼由徐州知州转任湖州知州，四月二十九日到任。言事者以其湖州到任谢表为谤讪。七月二十八日，中使皇甫遵到湖州追摄，友人王子立兄弟送苏轼出城郊，又返回城中，送苏轼家小往南都。苏轼《东坡志林》卷六记录了与家人离别时的情景：

昔年过洛，见李公简，言真宗既东封，访天下隐者，得杞人杨朴，能为诗。召对，直言不能。上问临行有人作诗送卿否，朴曰"唯臣妻有一首云：更休落魄耽杯酒，且莫猖狂爱咏诗。今日捉将官里去，这回断送老头皮。"上大笑，放还山。余在湖州，坐作诗追赴诏狱，妻子送余出门，皆哭，无以语之。顾谓妻曰："独不能如杨处士妻，作一诗送我乎？"妻子不觉失笑，余乃出。

这里还写得比较幽默。作于元丰五年（1082）四月的《黄州上文潞公书》中的描写则是：

轼始就逮赴狱，有一子稍长，徒步相随。其余守舍，皆妇女幼稚。至宿州，御史符下，就家取文书。州郡望风，遣吏发卒，围船搜取，老幼几怖死。既去，妇女恚骂曰："是好著书，书成何所得，而怖我如此！"悉取烧之。比事定，重复寻理，十亡其七八矣。（《苏文忠公全集》之《东坡集》卷二十九）

由此可见，王闰之对苏轼可能也很有感情，对家庭也很尽力，但可能没有什么文化，对苏轼的精神世界并不怎么了解，彼此之间缺乏交流沟通。如前所述，王弗去世后的十年，是苏轼非常艰难的十年。对古代人来说，从二十几岁到四十岁左右，是人生中最富有活力的时期。四十岁是一个重要节点，古代人一般都觉得自此已进入老年。苏轼作于同年十月的《江城子·密州出猎》，虽然称自己"酒酣胸胆尚开张。鬓微霜，又何妨！持节云中，何日遣冯唐？会挽雕弓如满月，西北望，射天狼"，但也已有"老夫聊发少年狂"之叹。在这个时候，苏轼肯定也有很多人生感慨，想向人倾吐。在这一点上，王闰之可能无法与王弗相比。总之，人很得意的时候，有可能忘了亲情；越是不得意的时候，越需要得到亲人的理解、安慰与支持，就越想念亲人。苏轼在这里称自己"尘满面，鬓如霜",表达的就是这样一种情感。

"昨夜幽梦忽还乡"一句,引出对昨晚的幽梦的描写。本词采用的是倒叙手法,即先写梦醒后的感想,再回过头去回忆梦境。表面上看这颠倒了时间顺序,实际上人们从梦中醒来后,头脑中正在盘旋的是梦醒后的想法。从做梦到梦醒这一过程的最后环节,恰恰是回溯梦境的思维活动的起点。因此这种次序安排符合人们意识活动的规律,所以很多人写梦境都采用这种倒叙手法。所谓"幽梦",既指梦境之悠远,与已入幽冥且在千里之外的亲人相接触,也指做梦行为之隐蔽。因为毕竟现在与继妻王闰之在一起生活,要考虑她的感受,所以自己的心事,包括所做的梦,只能藏在心里。

苏轼善做梦,诗词文中也多记梦。他经常梦回故乡,在梦中故乡的一草一木都历历在目。如元祐八年(1093)八月十一日,即继妻王闰之去世后的第十天,他"将朝尚早,假寐,梦归(彭山)縠行宅,遍历蔬圃中。已而坐于南轩,见庄客数人方运土塞小池,土中得两芦菔根,客喜食之。予取笔作一篇文,有数句云:'坐于南轩,对修竹数百,野鸟数千'。既觉,惘然怀思久之。南轩,先君名之曰'来风'者也"。(《东坡志林》卷十》)

这一次梦回故乡,梦见的是前妻王弗,梦中的情景是"小轩窗,正梳妆"。按苏轼十九岁与王弗结婚,二十岁即离开彭山老家前往成都游学,二十一岁更远赴京师应考,两人在彭山故居只生活了一年多的时间。这是他们新婚燕尔的时候,小夫妻必定处于无比的喜悦和甜蜜之中。很可能有这样一幅场景:贤惠的王弗早早起床,正在梳妆,苏轼则可能还躺在床上,映着窗户照进的晨曦,看到妻子优美俏丽的身姿,长发如瀑,这是一幅多么美丽动人的剪影,苏轼可能都看呆了。第六感告诉王弗,丈夫正在背后看自己梳妆。她回眸嫣然一笑,秋波盈盈,作为新婚少妇,又还比较羞涩。这是最富于家庭日常生活气息的一种场面,又是一种岁月静好、令人陶醉的情景。它深深铭刻在苏轼的脑海里,不时回味。十年后在梦境中重现，仍让他倍感温馨。

"相顾无言，惟有泪千行"两句，继续写梦境，但画风已变。不知不觉之中，"小轩窗，正梳妆"的温馨画面，就转换成了两人相顾无言、唯有无声的泪水潸然而下的图景。这是本词中描摹梦境最准确、最传神的一笔。人们做梦梦见故去的亲人，往往会出现这样的情形：开始好像亲人还活着，与生前没有什么两样，与我们一起说话，一起做事；但随着人的大脑渐渐清醒，梦境逐步淡化，就觉得故去的亲人仿佛还活着，又好像已经死去了。忽生忽死，似真似幻。苏轼此处就描写了这样一种情形。两人还在"相顾"，则还处于梦中；但已"无言"，且"惟有泪千行"，则已经朦朦胧胧意识到彼此一生一死，已经人天两隔了。这时正处于梦境将醒未醒之际，词人的描写非常逼真。

两人好不容易见面，应该有千言万语需要倾诉，为何反而"无言"？是因为两人都不知道说什么。在苏轼这一方面，王弗卒后已续娶王闰之，又纳王朝云，据《朝云诗（并引）》，苏轼"家有数妾，四五年相继辞去，独朝云者随予南迁"（《苏文忠公全集》之《东坡后集》卷四），则苏轼除朝云外尚有数妾。虽然这都不足以否定苏轼对王弗的深情，但想起以前与王弗许下的"执子之手，与子偕老"的诺言，苏轼只能无言以对。在王弗这一方面，她对此也能理解，但不可能不感到悲伤。至于其他方面，物是人非，更是万语千言不知从何说起，因此只能未语泪先流。无声的泪水，默默倾诉着发自内心深处的悲伤。

"料得年年肠断处，明月夜，短松冈"三句，写苏轼完全从梦境中清醒过来，回到现实世界，意识也回归到理性状态。两人在梦中相聚，随着梦慢慢清醒，王弗的身影也渐渐淡去，又返回到她所属的那个世界中去了。词人追寻着她的踪迹，思绪也飞到了千里之外的王弗墓地。这就与前面提到的"千里孤坟，无处话凄凉"前后照应了。苏轼从梦中醒来时应该还是夜晚，正月二十日是下弦月，当时外面可能月色微明。苏轼不禁想到，在那遥远的故乡的墓地里，月光也当如这般朦胧，月光下松影稀疏，显得凄凉而恐怖。就在那里，王弗的灵魂孤独而处，无人与语，该是何等的悲伤啊！这里也是运用情景化的手法，写出了苏轼的想象之真切，表达了他的关切之深。

这两句既是用孟启《本事诗》中的典故，也是写实。苏轼年少时特别爱种松树。他有《戏作种松》诗："我昔少年日，种松满东冈。初移一寸根，琐细如插秧。二年黄茅下，一一攒麦芒。三年出蓬艾，满山散牛羊。不见十余年，想作龙蛇长。"（《苏文忠公全集》之《东坡集》卷十一）又有《送贾讷倅眉二首》诗："老翁山下玉渊回，手植青松三万栽。"（同上卷十六）四十九岁时，他重会十七岁时所交友人刘仲达，作《满庭芳》词："三十三年，漂流江海，万里烟浪云帆。故人惊怪，憔悴老青衫……家何在，因君问我，归梦绕松杉。"（《东坡词》）这里的"东冈""玉渊""归梦绕松杉"，应该都是指苏轼父、母及王弗所葬的眉州蟆颐山之东二十余里的老翁泉。

让人觉得有点遗憾的是，苏轼死后并未与王弗同葬。建中靖国元年（1101）六月，苏轼中暑病甚，给苏辙留下遗嘱："即死，葬我嵩山下，子为我铭。"七月二十八日病逝于毗陵（今江苏常州）。明年（崇宁元年，1102）闰六月二十日，其子遵从遗命，葬于汝州郏城县（今河南省平顶山市郏县）钓台乡上瑞里嵩阳峨眉山。苏轼之所以选择汝州作为自己的归葬之处，主要是因为苏辙于绍圣元年（1094）任汝州知州，期间苏轼由定州（今属河北保定市）南迁，路过此地，两兄弟登上郏城县名胜黄帝钧天台，北望莲花山，山之余脉下延，状若列眉，酷似家乡峨眉山，遂议定以此作为归宿之地。后来苏辙也葬于此。元代郏城县尹杨允又将苏洵的衣冠葬于其处，遂成所谓"三苏坟"。至于苏轼兄弟不归葬故乡眉州彭山，与父母等葬于一处，还有哪些具体原因，已难确知。没能与自己深爱的王弗生同衾死同穴，想必苏轼是有遗憾和无奈的吧。

空白不空——秦观《鹊桥仙》

秦观（1049—1100），字太虚，改字少游，号邗沟居士，人称淮海居士，高邮（今属江苏）人。北宋著名词人。元丰八年（1085）进士，除定海主簿，未赴，寻授蔡州教授。元祐三年（1088）苏轼以贤良方正荐于朝，次年入京，为忌者所中，返蔡州。元祐五年（1090）范纯仁复荐，次年入京，除太学博士、秘书省校对黄本书籍，迁正字兼国史院编修官。绍圣元年（1094），新党章惇诸人当政，以名列党籍出判杭州，又以御史论其增损《实录》贬监处州酒税，继以谒告写佛书为罪徙郴州，又编管横州、徙雷州。宋徽宗立，复宣德郎放还，至藤州卒。与黄庭坚、晁补之、张耒合称"苏门四学士"，又与黄、晁、张及陈师道、李廌合称"苏门六君子"。有《淮海集》四十九卷（含《淮海集》四十卷、后集六卷、长短句三卷）传世。《宋史》卷四百四十四有传。

纤云弄巧，飞星传恨，银汉迢迢暗度。金风玉露[1]一相逢，便胜却人间无数。

柔情似水，佳期如梦，[2]忍顾鹊桥归路。两情若是久长时，又岂在朝朝暮暮[3]。

本篇选自徐培均笺注：《淮海居士长短句笺注》，上海古籍出版社2008年版。

注 释

[1] 金风玉露：指秋风和白露。古人以五行分主四时，木主春，火主夏，金主秋，水主冬，土分属四时，故秋风称金风。秋后露白如玉，故称玉露。晋张协《杂诗十首》之三："金风扇素节，丹霞启阴期。"南朝齐谢朓《泛水曲》："玉露沾翠叶，金风鸣素枝。"唐太宗《秋日二首》之一："菊散金风起，荷疏玉露圆。"唐李商隐《辛未七夕》诗："由来碧落银河畔，可要金风玉露时。"

[2] 柔情似水，佳期如梦：南唐李煜《虞美人》："问君能有几多愁？恰似一江春水向东流。"宋寇准《追思柳恽汀州之咏尚有遗妍因书一绝》："日落汀州一望时，愁情不断如春水。"唐杜甫《羌村三首》之一："夜阑更秉烛，相对如梦寐。"唐戴叔伦《客夜与故人偶集》："还作江南会，翻疑梦里逢。"

[3] 朝朝暮暮：云日日夜夜。《文选》战国楚宋玉《高唐赋·序》："昔者，楚襄王与宋玉游于云梦之台，望高唐之观，其上独有云气，崒分直上，忽兮改容，须臾之间，变化无穷。王问玉曰：此何气也？玉对曰：所谓朝云者也。王曰：何谓朝云？玉曰：昔者，先王尝游高唐，怠而昼寝，梦见一妇人，曰：妾，巫山之女也，为高唐之客。闻君游高唐，愿荐枕席。王因幸之。去而辞曰：妾在巫山之阳，高丘之岨。旦为朝云，暮为行雨。朝朝暮暮，阳台之下。旦朝视之，如言。故为立庙，号曰朝云。"

赏 析

秦观以词人著称，被奉为婉约词之正宗。但他在世时，他自己及世人更看重的是他的诗文。胡应麟《诗薮·杂编》卷五指出："秦少游当时自以诗文重，今被乐府家推做渠帅，世遂寡称。"宋刻本《淮海集》四十卷、《淮海后集》六卷，含赋一卷、挽词一卷，诗十四卷、文三十卷。当代学者徐培均《淮海集笺注》共收古近体诗430余首，辞赋10篇，文

257篇。《淮海集》《淮海后集》不收词，盖秦观及当时人仍然秉承传统观念，认为词乃小道，不足以称著作。他的词有《淮海居士长短句》三卷，单行。因为最初不太受重视，所以有些词作与欧阳修、黄庭坚的作品相混，难以确定归属。徐培均校注《淮海居士长短句》共收词80余首。

关于秦观的诗，最著名的评价是元好问《论诗三十首》之二十四："有情芍药含春泪，无力蔷薇卧晚枝。拈出退之山石句，始知渠是女郎诗。"前两句是秦观《春日五首》之二中的句子。元好问举这两句为例，以与唐代诗人韩愈的《山石》诗相比较，认为韩愈《山石》诗风格豪迈博大，相形之下，秦观的诗过于婉约，只能算是"女郎诗"了。其实在元好问之前，就有人对秦观的诗提出类似评价。如早在元祐七年（1092）秦观还在世时，友人王仲至即摘出秦观《西城宴集》诗中"帝幕千家锦绣垂"句，认为"入小石调"，即婉约柔靡之意。（胡仔《苕溪渔隐丛话前集》卷五十一引《王直方诗话》）南宋敖陶孙《臞翁诗评》也说："秦少游如时女步春，终伤婉弱。"后来有学者为秦观辩护，指出秦观诗中也有反映社会现实、风格沉郁的一面。南宋初吕本中《童蒙训》中还指出："少游过岭后（即遭贬后）诗，严重高古，自成一家，与旧作不同。"但秦观诗歌总体风格偏于婉约，则是不争的事实。元好问的评价，可谓一语中的。

但秦观在散文作品中，展现的完全是另外一种形象。《宋史》本传称秦观"少豪隽，慷慨溢于文词"；"强志盛气，好大而见奇，读兵家书与己意合"；"长于议论，文丽而思深"。陈师道《秦少游字序》记秦观自言："往吾少时，如杜牧之强志盛气，好大而见奇。读兵家书，乃与意合，谓功誉可力致，而天下无难事。顾今二虏（指辽和西夏）有可胜之势，愿效至计，以行天诛。回幽夏之故墟，吊唐晋之遗人。流声无穷，为计不朽，岂不伟哉！"（《后山居士文集》卷十六）苏轼《辩贾易弹奏待罪劄子》也说："秦观自少年从臣学文，词采绚发，议论锋起，臣实爱重其人。"（《苏文忠公全集》之《东坡奏议》卷九）元祐三年（1088），秦观应制科（贤良方正能直言极谏科）考试，进策三十篇，论二十篇，序一首，全面探讨宋朝政治、经济、军事等方面的重大问题，特别是如何应对西北边境与辽国、西夏的关系问题，雄辩滔滔，多中时弊，颇有见地。明代张绖《秦少游先生淮海集序》评价道："至于灼见一代之利害，建事揆策，与贾谊、陆贽争长。"（四部丛刊景明嘉靖小字本《淮海集》卷首）当代学者朱东润亦称："予于少游之书，尤喜读《进策》三十篇，观其所得，导源东坡，所见益卓。其论选举与役法者，皆深造而有得，不为世俗之言。《边防》上、下篇，虽贾谊、陆贽，何以尚之"；"独少游持论，大兴屯田，而分诸路之兵，岁必一出，如是三年，敌必大困。此真（赵）充国之遗计，破敌之上策。当时诸人，盖无有出其右者"。（《徐培均〈淮海集笺注〉序》）秦观之所以能写出这些文章，与他个性中具有豪迈慷慨的一面有关，也与宋代社会问题严重、士大夫喜侃侃言天下大事的风尚有关。

　　至于秦观的词，则历来评价很高。同时代的陈师道在《后山诗话》中提到："今代词手，唯秦七（观）、黄九（庭坚）耳，唐诸人不逮也。"《四库全书总目》卷一百九十八也说："（秦）观诗格不及苏、黄，而词则情韵兼胜，在苏、黄之上。"这里有必要提到苏轼对秦观词的评价。苏轼对秦观是极其欣赏的，对他的某些词也给予了高度认可。如释惠洪记载，苏轼"绝爱"秦观《踏莎行》词的末两句"郴江幸自绕郴山，为谁流下潇湘去"，"自书于扇，曰：少游已矣，虽万人何赎"。（胡仔《苕溪渔隐丛话前集》卷五十引《冷斋夜话》）但苏轼也不止一次表示对秦观词风的不满。据宋黄昇《唐宋诸贤绝妙词选》卷二："秦少游自会稽入京，见东坡，坡云：久别当作文甚胜，都下盛唱公'山抹微云'之词。秦逊谢。坡遽云：不意别后，公却学柳七（永）作词。秦答曰：某虽无识，亦不至是，先生之言，无乃过乎？坡云：'销魂当此际'，非柳词句法乎？秦惭服。然已流传，不复可改矣。"宋叶梦得《避暑录话》卷下也载：苏轼曾戏称"'山抹微云'秦学士，'露花倒影'柳屯田。"按"山抹微云"是秦观《满庭芳》中的句子，"露花倒影"是柳永《破阵乐》中的句子。以上两则记载，都是说苏轼认为秦观写词有追随柳永的迹象，颇不以为然。按苏轼当时有意丰富词的题材内容，扩大词的境界，提升词的品格，超越以柳永为代表的词的创作状态，"指出向上一路"（王灼《碧鸡漫志》卷二），为词的发展别开生面，这是一种文体发展到一定阶段以后必然出现的现象，自有其合理性。秦观则基本秉承唐五代以来词的传统，主要以词表现男女情爱和个人化的情绪，这也不无合理的一面。因为每种文体都有它的文体特性，比较适合表现某类题材，具有某种特定风格。王国维指出："词之为体，要眇宜修，能言诗之所不能言，而不能尽言诗之所能言。诗之境阔，词之言长。"（《人间词话》卷下）缪钺也指出："诗显而词隐，诗直而词婉。诗有时质言而词更多比兴，诗尚能敷畅而词尤贵蕴藉。"（《诗词散论》）如果完全放弃词的这种审美特性，词与诗没什么区别，那词存在的必要性和合理性也就不存在了。正因为如此，当时及后来的评论者，并没有因为苏轼的批评而否定秦观词的风格。据胡仔《苕溪渔隐丛话前集》卷四十二引《王直方诗话》载："东坡尝以所作小词示无咎（晁补之）、文潜（张耒）曰：何如少游？二人皆对云：少游诗似小词，先生小词似诗。"这就是说，即使是居于苏轼门下的晁补之、张耒，也认为诗、词有别，秦观的词更像词。明人张綖也认为秦观词乃是词之"正宗"："按词体大略有二：一体婉约，一体豪放。婉约者欲其辞情酝藉，豪放者欲其气象恢弘。盖亦存乎其人，如秦少游之作多是婉约，苏子瞻之作多是豪放。大抵词体以婉约为正，故东坡称少游为今之词手，后山（陈师道）评东坡词如教坊雷大使舞，虽极天下之工，要非本色。"（《诗余图谱·凡例》）

综上所述，文学作品体现了创作者的生活经历、思想感情和个性。我们要理解古人的作品，首先要了解作者的个性和人生经历。人又是生活在社会环境中，并被社会环境所塑造的，所以欲知其人，还得论其世，即了解当时的社会环境。这就是孟子所说的"知人论世"。对每个作者的思想感情和个性的理解也不能简单化。一个人的性格可能是多面的，而且还会不断变化。比如秦观，就既有多情伤感的一面，也有豪迈慷慨的一面。在他年轻时，或仕途比较顺利时，更多展现的是豪迈慷慨的一面。而在他人生失意或年老多病时，更多体现的就是多情伤感的一面了。文学还有不同体裁、题材等，适宜表达不同的思想感情和艺术个性。每个作者都有自己的文学观念，这也会对他的文学创作产生影响。秦观认为诗、词、文应严分畛域，坚持"诗庄词媚"的观念，主要用文表达自己对国计民生等重大问题的见解，用诗表达自己登临怀古、漫游交游等方面比较严肃的思想感情，而他的词则侧重于表达男女感情及个人闲情等方面的内容，诗、词、文构成秦观文学创作的不同侧面。我们只有综合起来看，才能完整把握秦观其人及其作品，从而对他的文学创作风格和成就做出准确的评价。

　　本词用的是《鹊桥仙》词牌，歌咏的是牛郎织女的故事，词牌与词的内容相关，这叫作"赋调名本意"。按词本诞生于民间，最初的词调都是从民歌中来的，什么词调就唱什么内容，如《渔歌子》一般与渔翁有关、《忆江南》一般与怀念江南有关，等等。唐五代文人写词，还在一定程度上继承这一习惯，写什么内容就选用什么词调，词的内容往往仍与词调名有一定关联，如《临江仙》多咏江畔仙女、《更漏子》多写夜深人静情景等。北宋以后，随着词的题材日益扩展，有限的词调名涵盖不了丰富多彩的生活内容，词人选词调一般只考虑其声调和情感色彩如何，不再考虑词调名与词的内容是否一致。如《贺新郎》词调最初应该是写喜庆之事的，后来则可能用它来表达慷慨悲愤的感情（也有人认为《贺新郎》本名《贺新凉》）。尽管如此，有些词人，特别是一些对词的造诣较深、对词的源流特征比较在意的词人，还会偶尔注意到词调与词的内容之间的对应关系。秦观就是这样的词人，本词就是一个例证，这种例子在北宋中期词坛已经比较少见了。

　　牛郎织女故事是中国古代著名神话传说之一。它由中国上古时期对星星的命名演化而来。中国古人为了认识星座，观测天象，将天上的恒星几个归为一组，每组合定一个名称，这样的恒星组合称为星官。各个星官所占的天区范围不同,所包含的星数多寡也不等,少到一个,多到几十个。在众多的星官中,有三十一个占有重要地位,这就是三垣和二十八宿。三垣是紫微垣、太微垣、天市垣。二十八宿分别是东方七宿:角、亢、氐、房、心、尾、箕;北方七宿:斗、牛、女、虚、危、室、壁;西方七宿:奎、娄、胃、昴、毕、觜、参;南方七宿:井、鬼、柳、星、张、翼、轸。

牛郎织女传说,就来自于对北方七宿中的牵牛星、织女星的观察和想象。牛宿由六颗星组成,位于银河的东岸,像两个倒置的三角形,一上一下,构成了一个头上有两角、却只有三足的牛的图案。上面的那个三角形稍大,其中一颗星较亮,被称为"牵牛星",两旁各有一颗小星。而下面的小三角形正好位于黄道上。这头"牛"的南面有九颗小星,组成"天田",是它耕作的地方。再向南看,在接近南方地平线的地方,是"九坎"九星,坎是蓄水的低地,用于灌溉农田。牛宿的东面紧挨着的是"罗堰"三星,类似水库的水利设施。女宿则由三星组成,位于银河的西岸,其中的"织女一"星较亮,旁边还有四颗小星,像织布的梭子,因此又常被直接称为"织女星",与牵牛星隔河相望。牛郎星和织女星都离地球非常遥远,牛郎星距地球 16 光年,织女星距地球 27 光年,它们之间的距离则是 16.4 光年。它们实际上比太阳还要大,只是因为遥远,从地球上看去就成了两颗不大的星星。(关于牵牛星、织女星究竟指现代天文学上的哪两宿,还有不同说法)

中国古代对牵牛、织女星最早的文字记载见于《诗经·小雅·大东》,该诗比较全面地展现了当时人对星星的认知:"维天有汉,监亦有光。跂彼织女,终日七襄。虽则七襄,不成报章。睆彼牵牛,不以服箱。东有启明,西有长庚。有捄天毕,载施之行。维南有箕,不可以簸扬。维北有斗,不可以把酒浆。维南有箕,载翕其舌。维北有斗,西柄之揭。"这里提到了很多星,包括牵牛星和织女星。今人以为,"跂"是指织女星三星鼎足的样子。"襄",《说文》解释为"织文也",即织成的图案。一种图案为一匹,"七襄"就是七匹。诗中的意思是:虽然终日织成的布有七匹之多，但终不成报我之文章（"文章"指斑斓绚丽的图案）。而对牵牛所说的是：你叫牵牛，却不能用来拉车。"箱"指车上的箱，代指车。这里已经有了牵牛、织女的星名，而且已将其人格化。中国古代"三垣二十八宿"的天官系统形成于何时，已难以确考。一般认为《诗经》中的《小雅》作于周朝前中期，即距今2500—3000年左右。但包括"牵牛、织女"的"三垣二十八宿"天官系统肯定形成于此前。因为在文字出现之前，人类已经生活了非常漫长的时期。可以想象，每当夜晚，人们无所事事，就可能会三五成群蹲在山头或其他空旷的地方，遥望天空，浮想联翩。那时空气干净透明，他们的眼睛也明亮锐利。年复一年，代复一代，人们便逐步形成了对天象和星星的比较系统的知识。当时的人虽然不如现代人对电子产品等那么熟悉，但凭肉眼观察天象以及分辨动植物等的本领，可能并不亚于甚至有可能高于现代人。由"牵牛、织女"这样的命名可推断，人们对它们的认识，可能形成于人类开始驯养牛并使用牛耕、开始织布的时候。根据现代考古发现，中华大地上农耕文化起源至迟在约一万年前。

在成书于西汉初年的《淮南子·俶真训》中，织女星已成为一个仙女："若夫真人，则动溶于至虚，而游于灭亡之野，骑蜚廉而从敦圄。驰于外方，休乎宇内，烛十日而使风雨，臣雷公，役夸父，妾宓妃，妻织女，天地之间何足以留其志。"而在成书于西汉中期的《史记·天官书》中，织女已成为天帝的孙女："河鼓大星……其北织女。织女，天女孙也。"东汉初班固《西都赋》"临乎昆明之池，左牵牛而右织女"，始以牵牛、织女并称。至东汉中期，崔寔《四民月令》中有"七月七日，河鼓、织女二星神当会"，则此时已有了牵牛、织女七月七日相会的说法。为什么是七月七日相会？大约是因为在此前后，牵牛星和织女星比较明亮，距离最近。至东汉后期，应劭《风俗通》中又出现了"鹊桥"："织女七夕当渡河，使鹊为桥。"（见唐代韩鄂《岁华纪丽》卷三所引）此后文学作品中就不断歌咏这个传说了。如《古诗十九首》有一首专咏此事："迢迢牵牛星，皎皎河汉女。纤纤擢素手，札札弄机杼。终日不成章，泣涕零如雨。河汉清且浅，相去复几许？盈盈一水间，脉脉不得语。"曹丕《燕歌行》中有"牵牛织女遥相望，尔独何辜限河梁"的句子。曹植《九咏》中有"目牵牛兮眺织女"的句子，其《洛神赋》中又有"叹匏瓜之无匹兮，咏牵牛之独处"的句子。晋葛洪辑抄《西京杂记》卷一中又有了人间妇女于七月七日向织女乞巧的说法："汉彩女常以七月七日穿七孔针于开襟楼，俱以习之。"关于牵牛、织女一年只能在七月七日一度相会的缘由，南朝齐梁间任昉《述异记》有了新的解释："天河之东，有美丽女人，乃天帝之子。机杼女工，年年劳役，织成云雾绡缣之衣，辛苦殊无欢悦，容貌不暇整理。天帝怜其独处，嫁与河西牵牛之夫婿。自后竟废织纴之功，贪欢不归。帝怒，责归河东，但使一年一度与牵牛相会。"南朝梁殷芸《小说》中也有类似说法。（见明朝冯应京《月令广义·七月令》所引）此后歌咏此事的文学作品更是层出不穷，有代表性的如杜甫《牵牛织女》："牵牛在河西，织女处其东。万古永相望，七夕谁见同"；杜牧《秋夕》："银烛秋光冷画屏，轻罗小扇扑流萤。天阶夜色凉如水，卧看牵牛织女星。"

本词是借牛郎织女的神话传说，来写人间男女夫妻之间的真情。但首先是根据人间的生活，来想象理解神仙的生活。其实哪有什么神仙呢？人们对神仙生活的描绘，都是以人间的生活为蓝本想象出来的。但为写神仙而写神仙也没有什么意义，写神仙实际上是为了写人，是为写人开辟一个新的角度。所以，将人间的生活投射到想象中的天上的神仙身上，又通过天上的神仙折射出人间的生活，以人间写天上，以天上写人间，这是神话文学创作的一般规律。本词句句是写牛郎织女，又句句是写人间情怀，我们必须牢牢记住这一点。

开头两句"纤云弄巧，飞星传恨"，人物还没有出场，先描绘环境，营造一种特定的氛围。这个环境氛围有两个特点：第一是空旷，整个夜空非常深邃遥远；第二是明净，整个天空几乎没有丝毫纤尘。七月初七的晚上，入夜时月亮已在半空中，深夜时月亮即将西坠，天空中不是太亮，也不是太暗。月亮太亮时,人们是看不清天空中包括牵牛星、织女星在内的其他星象的。月亮独自大放光彩,就把其他星星的亮光遮蔽了。当然,如果天空太暗了,比如乌云密布,人们自然也看不清天空的模样。此时天空似明似暗,所以人们对天上的星象看得比较清楚。只见整个天空有那么一丝云彩,在那里缓慢地变换着图案。这说明什么呢?说明天空中除了这一丝云彩,就什么都没有了。如果还有其他比较明显的迹象,人们自然会被那些迹象所吸引,就关注不到这一丝云彩了。人们连这一丝云彩都关注到了,这就证明天上碧空如洗,几乎什么都没有。通过写天空中"有"一丝云彩,更充分地写出天空的明净"无"物,这种手法叫作"以有写无"。同时,人们不仅关注到了那一丝云彩,而且对它缓慢得几乎难以察觉的图案变换都注意到了,这就说明天空中非常安宁,可谓万籁俱寂。如果天空中另有什么动静,人们是不会关注到一丝云彩在缓慢地变换着图案的。以天空中唯有一丝云彩在缓慢地变换着图案,更充分地写出夜空的宁静,这种手法叫作"以动写静"。我们刻画一种事物的特点,不仅可以从正面写,也可以从侧面或反面来写,有时后者效果更好。比如说原野上非常空旷,房子里安静极了,这么说还是比较抽象,给人的印象不深。如果写原野上只有一颗孤零零的树,房子里静得一根针掉在地上的声音都那么清晰可闻,那么原野的空旷和房子里的安静就不言而喻了。

"纤云弄巧"一句,还暗暗点出了即将上场的人物即织女的身份。本词写牛郎、织女相会,主要是从织女这边来写的。织女是主角,牛郎是配角。古往今来写男女之间的爱情,大多主要从女子这一方来写。为什么会这样?一般的解释是男子感情比较粗线条,女子感情更为细腻。而且在爱情中男子多处于主动地位,女子多处于被动地位。主动则想怎么做就怎么做,没有那么复杂的内心活动;被动则内心活动比较丰富。当然,就古代文学而言,还有一个原因,那就是古代爱情文学作品大多是男人写的,男人有自恋倾向,把女性当作想象的对象,想象女方是如何爱恋自己，因此喜欢从女性方面来写。神话传说中织女是织布能手，能织出精美的图案，人间妇女都向她乞巧。"纤云弄巧"构成美丽的形状，预示即将出场的是一位与编织图案有关联的人物，这就与织女的身份有了一种隐约的联系。文学艺术与科学技术的表达方式不一样。科学技术的表达讲究精确清楚，有就是有，没有就是没有。文学艺术则往往予以一种暗示，某种迹象与另一种事物之间仿佛存在某种联系，又不一定存在必然联系。利用语言和意象的模糊性，巧妙地搭建这样一种联系，是文学艺术家的一种常用技巧。欣赏者则可以凭自己的敏感，去感悟这种若有若无、可意会难以言传的联系，体会到一种发现的乐趣。必须强调的是，这种暗示虽然比较含蓄隐蔽，但应该具有一定的必然性，否则就会造成不必要的歧义，误导欣赏者。比方说一场戏开始时，如果场景的墙上挂了一把刀，这就是一个暗示。聪明的观众就会注意到这个细节，估计这把刀在后面的剧情中将起某种作用。究竟起何作用，则难以预料，这就造成了一个悬念。如果剧终了这把刀还没有发挥任何作用，那么挂上这把刀就是不必要的。例如曹禺的剧作《雷雨》中，周繁漪似乎不经意地对鲁贵提到"花园藤萝架上的旧电线落下来了，走电"，让他叫一个电灯匠收拾一下，"不要电了人"，敏感的观众就会捕捉到这个信息。后来，当剧情发展到高潮时，周萍开枪自杀，四凤在狂乱中冲进雨夜，被电击倒，周冲赶过去救她，一起触电身亡。这里就运用了暗示手法。

"飞星传恨"，相对于"纤云弄巧"来说，是一幅发生急促变动的画面。但流星刹那间飞速划过以后，天空又复归宁静，因此这属于静中之动，仍然是在以动写静。就是说，除了这短暂的一刹那有一点动静外，整个夜空都是宁静的。以这一刹那的动，更衬出夜空的静。总之，开头两句通过以有写无，以动写静，为主人公的出场营造了一种碧空如洗、夜凉如水、宁静优美的环境。这样的环境氛围与织女、牛郎的身份比较吻合，客观上起到了烘托他们美好形象的作用。

好不容易盼来了一年一度的相会，应该兴高采烈才是，为什么飞星仿佛还替他们传递着幽恨呢？这就写出了人物情感的丰富性和复杂性。头脑比较简单的人，终于等到相会了，就只知道一味高兴。牛郎、织女是有修养有内涵的人，内心情感比较丰富，不会如此浅薄，他们会想得更多。他们既为即将到来的相会感到喜悦，又为这样的相会如此难得感到悲伤。想起这一年经受的思念之苦，不禁感到辛酸。同时也清醒地意识到相聚将是短暂的，又不免感到无奈。可以说越喜悦，就越悲伤，因此百感交集。词人描写织女、牛郎即将相会，没有写他们如何喜悦期待，却写他们通过飞星传递幽恨，既出乎意料，又在情理之中，比一般的表面化的描写更准确地把握了人物的个性特征和心理轨迹。

"银汉迢迢暗度"，织女终于出场了。词人想象织女渡过银河的情景，只见银汉迢迢，朦胧幽静，浩渺空阔，写出了牛郎、织女相距之远，相会之难。织女的动作，则是"暗度"，即悄无声息，其移动难以察觉，几乎是飘然而过，有如曹植《洛神赋》中的洛神，"体迅飞凫，飘忽若神；凌波微步，罗袜生尘"。这表明织女身份不凡，她毕竟不是凡间女子，因此有此神奇的本领。同时也写出了织女的矜持和高贵。如果是一个平凡的女子，这时候可能不顾一切，飞奔而去，扑向自己的心上人，这当然也没有什么不好，也表现了爱情的炽热和性情的率真。但织女是神仙，是天孙，她不可能如此冲动。她虽然内心涌动着情感的波涛，但她能控制自己的情绪，保持自己的优雅，显示出自己的教养。这样一种炽热与冷静、情感与理智的完美结合，自然更具有美与崇高的双重价值。德国艺术史家温克尔曼在他的名著《古代艺术史》中，特别推崇希腊雕塑艺术那种"高贵的单纯和静穆的伟大"的审美品格，这里对织女的描写与之相通。

"金风玉露一相逢，便胜却人间无数"两句，节奏突然加快，使作品的节奏富于变化。节奏总慢不行，总快也不好，应快慢相间。当然，有意造成特殊效果的慢和快除外。前面的"弄巧""传恨""暗度"一直是慢，是积累蕴蓄，为后面作铺垫。到这里突然碰撞，前后造成巨大反差,就更突出了碰撞之强烈。因为分别太久,积蓄了强烈的情感,久别重逢,感情就无比炽热。一个"一"字,充分形容织女、牛郎刚相逢,就迸发出强烈耀眼的爱的火光,"一"是高度凝聚地表现人物情感的"词眼",力有千钧。我们吟诵到"一"字时,必须加强语气,以体现它的修辞效果。这个"一"字只是一个表状态的副词,属于虚词。一般来说,虚词的表达效果不如实词。但如果用得恰到好处,就比实词更富于表现力。杜甫的名诗《江南逢李龟年》巧用虚词的表现手法与此类似:"岐王宅里寻常见,崔九堂前几度闻。正是江南好风景,落花时节又逢君。"安史之乱之前,长安繁花似锦,杜甫和宫廷乐师李龟年风华正茂,躬逢其盛。安史之乱之后,两人不约而同流落到江南,不期而遇。此时大唐盛世不再,往日的繁华景象有如梦幻。两人也年老多病,漂泊流离,抚今思昔,感慨万端。这首诗的"诗眼",就在这个"又"字,也是一个虚词,千言万语尽在这个"又"字中。

"金风玉露"句化用李商隐《辛未七夕》中的一句:"由来碧落银河畔,可要金风玉露时。"古人以五行配四时,以金配秋,所以秋风称"金风",这就比较有美感,比"秋风"多了一点文学意味。那么其他季节的风称什么呢?春风一般称"薰风",夏风一般称"荷风",冬风一般称"朔风"。这一句表面上是写牛郎、织女相会的时间是在秋天,实际上也暗写男女之和合。中国古代文学中有大量对性爱的隐喻式描写手法,显得比较优美而含蓄。如宋玉《高唐赋·序》写阳台神女对楚襄王说自己"旦为朝云,暮为行雨。朝朝暮暮,巫山之下"等。现代艺术中也不乏这样的写法,如蒙古族歌曲《敖包相会》中"如果没有天上的雨水哟,海棠花儿不会自己开"的句子,就是一例。

对于牛郎织女一年只能相会一次,不同的诗人有不同的解读。唐代诗人杜牧《七夕》诗的说法是:"云阶月地一相过,未抵经年别恨多。"意谓他们虽然有这么一次相聚,但抵不上他们一年来经受的那么多痛苦。这也有一定新意。唐代李郢(《全唐诗》卷五百四十二又作赵璜,或又作欧阳修)的《七夕》诗则谓:"乌鹊桥头双扇开,年年一度过河来。莫嫌天上稀相见,犹胜人间去不回。"意思是不要为他们一年只能相会一次感到遗憾,这总胜过人间很多夫妻离别了就再也不能重逢。这种说法就更深沉了。秦观则提出了另外一个具有哲理性的命题,即像牛郎、织女那样,虽然一年只有一次相会,但他们感情真挚,爱意炽烈,这一次的相聚,就胜过了人间无数夫妇无数次的相聚。这么说不免有自我安慰的成分在内,但也并非没有道理。两个真心相爱的人,因为长期分别,积累了不尽的思念,而且知道马上面临的又是那么长时间的分别,下一次相见也不知道要在多久之后,于是一旦相聚,就特别珍惜分分秒秒。所体验到的那种感情的浓烈,那种浓得化不开的感觉,确实可能是很多感情平淡而长期厮守的夫妇所永远达不到的,从来没有体验过的。普通的夫妻感情尽管很好,但时间长了就可能没什么感觉了,麻木了,无所谓了,甚至厌倦了。因为天天能在一起,后面还有很多日子,很多机会,所以也没有一点危机感,对每次的相聚也不会特别珍惜,感觉也就不会特别强烈。也就是说,爱的体验,爱的幸福,不取决于相聚的时间之长短,欢会的次数之多少,而在于爱情真挚强烈的程度,这种观念无疑能给世人带来一定的启示。一篇好的文学艺术作品,往往不仅情美、景美、形象美,还包含某种人生的哲理,达到情、景、理的完美统一,秦观此词足以当之。

现代的人,已经很难体会到牛郎织女式的这种极致的感情。因为现在交通方便,相隔万里,也能朝发夕至。尽管也会有分别,也有思念,但思念不会强烈到那种地步,也就体会不到那种感情强烈爆发的感觉。这也算是一种遗憾吧。是天天厮守平平淡淡才是真,还是长久分别后体验一把要死要活的感觉,就让人们自己选择吧。估计大家还是会选择前者,宁愿舍弃后面这种体验,因为久别的思念太痛苦了。

当然了,说现代人就一定不能体会这样一种感情,也不尽然。如果你内心世界比较丰富,性格比较敏感,或者到了一定的年龄,你就会觉得人生真是渺小,真是短暂。就会发现,即使我们经常在一起,但总共在一起的时间又有多少呢？虽然说还有很多相聚的机会，但此时此刻、此情此景与此人的相聚，其实是不可重复的，是一去不复返的。因此，每一次相聚，在某种程度上都是唯一的一次。明白这一点，我们就会特别珍惜每一次的相聚，珍惜每一天的阳光和云彩，每一朵鲜花，每一个微笑，珍惜生活中每个美好的片段，每一个缘分。

词学专家陈祖美教授认为，秦观这两句就是化用自李郢的这首诗，是在借此表达自己的遭遇和感慨。意思是天上牛郎织女一年一度的相会，要比自己几经贬谪、抛妻舍子、有去无回、欲爱不能的遭遇强多了。"与其说是在歌唱天上牛女之爱，毋宁说是在表达人间之恨。"她认为世人将这两句理解为"在这样的时刻有一夕之会，要比人间朝夕厮守的夫妻强多了"，"显然是一种误解，从而把作者那种深沉愤懑的感情稀释淡化了"。（见陈祖美选注《淮海词》）这也可聊备一说，前提是要考定这篇作品写于秦观遭贬之后，而现有材料难以证明这一点。

"柔情似水，佳期如梦"两句，写两人完全沉浸在无边的爱意缠绵之中。宋代寇准《追思柳恽汀州之咏尚有遗妍因书一绝》有句云："日落汀州一望时，愁情不断如春水。"（见《两宋名贤小集》卷十《寇莱公集》。按该诗《宋诗纪事》卷四题作《江南春》，"愁情"作"柔情"。《全宋词》卷二题作《夜度娘》，"日落"作"日暮"，"愁情"亦作"柔情"。）秦观"柔情似水"一句应化用寇作。水是最普通的一个东西，但在这里拿来比喻他们之间此时此刻的情感状态，却最贴切不过。水的特点是柔软，可浸透人的整个身心。它几乎让你感觉不到它的存在，但它又无处不在，让你完全被包裹，整个躯体全被感情灌注，感情与身体已经融为一体。此时此刻他们的感情就正是这种状态。后一句化用杜甫《羌村三首》中的一句"夜阑更秉烛，相对如梦寐"，描写了因为相别太久、相聚太少、相聚太美好，而产生的一种如梦似幻、怀疑非真的心态，非常逼真传神。越美好，就越容易担心、怀疑。反过来，越担心、怀疑，就越证明他们此时感觉美好无比，因此怀疑这不是真的，担心这是假的。

写文章大致有三种境界：词汇量太少，缺乏技巧，这当然是最低境界；掌握很多词汇，特别会使用成语，能运用很多技巧，如跌宕起伏、对偶排比之类，写得花团锦簇，这比前一种情况要好，但还不是最高境界；用最普通、最简单的文字和词汇，最准确地写出某种思想、情感，或某个事件的过程，或某种事物的特点，这才是最高明的文章。前提是仔细观察，用心体验，深入思考，反复锤炼。绚烂至极归于平淡，平淡之中含蕴无穷。简洁准确本身就是一种巨大的力量，大音希声，大巧若拙。"柔情似水，佳期如梦"，就达到了这样的水平。第二种境界的文章比较讨巧，容易获得世人的喝彩。社会上比较流行的文章，大都属于这种类型。年轻人学习写文章的时候，模仿一下这类作品，学点套路，也未尝不可，但不能以为这就是最好的文章，否则你的文章永远不可能达到比较高的境界，你对文章的欣赏水平也高不了。鲁迅先生就曾嘲笑那些喜欢使用"崚嶒""巉岩""幽婉"之类莫名其妙词汇的文风。（《人生识字胡涂始》）第三种境界不容易达到，但我们必须知道有这种境界存在，必须尽可能向这个方向努力。

这里尤其值得注意的是，在上下片之间，从结构上看，本来是一个空白。如果是歌唱，也是一个停顿。对一般的作者而言，空白就是空白罢了。但高明的词人巧妙地利用了这个结构上的空白，使之形空而实不空。上片的末尾，牛郎织女"一相逢"，就相拥在一起，沉浸在无比甜蜜美好的柔情之中，周围的一切似乎也变得静止。这时来一个停顿，造成一个空白，有如拉上了窗帘，或如现代电影电视中的画面糊化淡出。过了一会儿，当窗帘重新拉开，或电影电视上重新有画面的时候，他们还是那样忘情地相拥在一起。让人们想象中间发生了什么，领会其中的情景，妙不可言。这就叫作"空白不空"。空白所蕴含的内容，比非空白处还要丰富。同时，上下片之间，也通过"金风玉露一相逢，便胜却人间无数"与"柔情似水，佳期如梦"之间的内在联系，形断意不断，前后贯通，浑然一体。

"忍顾鹊桥归路",牛郎织女从浓情蜜意中逐渐回过神来了。他们都是很聪明的人,心里清楚地知道,再次离别的时刻正在一步步逼近,又到了不得不分手的时候,鹊儿们已经铺成了归去的路。但是他们太珍惜当下了,谁都不愿意面对这个事实,谁都不愿意先提起这个话题。不仅不愿意踏上归去的路,甚至连回过头去看一下都不愿意,不忍因此破坏了眼前的美好气氛。两个人相亲相爱的时候,你如果提起要走的话题,那就证明你已经有点分心了。因此,两个人心里都明白,但就是不说,也不去望,怕让自己伤心,也怕让对方伤心。因为爱得深切,所以哪怕是一点点可能让对方伤心的事,都不会去做。真是"相见时难别亦难"(李商隐《无题》)。

这里对牛郎织女难分难舍情形的描写,采取了递进一层的写法。一般作者可能都只写到他们如何不忍分别、如何不肯踏上归途、踏上归途如何痛苦而止。此词则更进一层,写他们连回过头去望一下归途都不忍心,何况是真正的离别,这就更深入、更充分地写出了他们不忍离别的深情。词人对词中人物心理情感的体验把握极为细腻深入,这是以词人本身感情特别细腻深至为条件的,而秦观其人、其词正是以"古之伤心人也"(冯煦《宋六十一家词选·序例》)、"专主情致"(李清照《词论》)著称的。

"两情若是久长时,又岂在朝朝暮暮",词人从写难分难舍之情陡然一转。既然分别无法避免,徒为哀伤也实属无益,只能坦然面对,这才是一种积极的人生态度。这就是现在常说的,我们无法改变现实,能够改变的只有自己的心态。历来写牛郎织女的作品,以至所有写有情人离别的作品,都注重写难分难舍的哀伤,"黯然销魂者,唯别而已矣"。(江淹《别赋》)本词则超越了这种境界,另外开辟了一条思路,即如果两个人感情深长,岂只体现于朝朝暮暮的相守。即使分别,感情也丝毫不会改变,甚至还会加深,因此不必为了暂时的离别悲伤。这是本词提出的第二条具有人生哲理的见解,而且可能比前面"金风玉露一相逢,便胜却人间无数"的说法更重要，更有积极意义。这种说法表达了对爱情的坚定信念，为千千万万不得不承受离别之苦的人，带来了新的启迪，给予了积极的安慰和鼓励。明代李攀龙评曰："相逢胜人间，会心之语；两情不在朝暮，破格之谈。七夕歌以双星会少别多为恨，独少游此词独谓'两情若是久长'二句，最能醒人心目。"（《草堂诗余隽》卷三）

不能否认，在中国文学史上，最早对如何对待离别提出积极思路的，是唐代诗人王勃，他写出了"海内存知己，天涯若比邻。无为在歧路，儿女共沾巾"（《送杜少府之任蜀川》）的名句。另外，王维的"莫愁前路无知己，天下谁人不识君"（《渭城曲》），也提出了安慰离别者的一种方式。王勃之作具有巨大的开创性，后来的作者都不免受其影响，秦观写出"两情若是久长时，又岂在朝朝暮暮"的名句，应该也受到王勃之作的启发。但秦观也有新的创造：王作从空间着眼，秦作则从时间着眼；王作主要针对朋友，秦作则明确针对恋人。世间恋人的离别非常普遍。一般来说，恋人离别比朋友离别更痛苦。因此，秦观提出的这种说法，就具有独到的作用。当然，离别的恋人们即使这么想，也并不能完全抵消离别之苦，甚至作者本人也未必完全相信，因此这在很大程度上仍只是一种无奈之词。如果我们过分夸大这种说法的作用，以为懂得这两句词，就不会感到离别的痛苦了，那就太简单幼稚了。但它毕竟开辟了认识和对待人生难以避免的离别、痛苦、忧伤等的一条新思路，启发人们将离别的痛苦尽可能向积极的心态转化，价值巨大，因此成为千古名言。

递进之势——辛弃疾《摸鱼儿》

辛弃疾（1140—1207），字幼安，号稼轩，历城（今山东济南市历城区）人，南宋著名词人、军事家。他出生时金人已占领北方，其祖父辛赞教育他不忘自己是汉人。二十二岁起兵抗金，投入义军首领耿京麾下，任掌书记。回归南宋后向高宗献《美芹十论》《九议》等，陈说方略。先后任江西、湖北、湖南、福建等地守臣，力主北伐，屡遭弹劾，后来长期闲居江西上饶，抱憾而逝。存词六百多首，有《稼轩长短句》传世，其风格豪放，与苏轼并称"苏辛"。另存诗百余首，文二十余篇。后人汇编有《辛弃疾全集》。

淳熙己亥[1]，自湖北漕[2]移湖南，同官王正之置酒小山亭[3]，为赋。

更能消[4]、几番风雨。匆匆春又归去。惜春长怕花开早，何况落红无数。春且住。见说道、天涯芳草无归路。[5]怨春不语。算只有殷勤，画檐蛛网[6]，尽日惹飞絮。

长门事[7]，准拟[8]佳期又误。蛾眉曾有人妒[9]。千金纵买相如赋，脉脉此情谁诉。君莫舞。君不见、玉环飞燕[10]皆尘土。闲愁最苦。休去倚危栏，斜阳正在，烟柳断肠处。[11]

本篇选自邓广铭笺注：《稼轩词编年笺注》，上海古籍出版社2018年版。

注　释

[1] 淳熙己亥：即淳熙六年（1179）。

[2] 漕：转运使司的简称。时辛弃疾由荆湖北路转运副使调任荆湖南路转运副使。

[3] 同官王正之句：王正之，名正己，字正之，时任湖北转运司判官，是辛弃疾的同僚下属，故曰"同官"。亦能诗，著有《酌古堂集》，系南宋著名古文家楼钥的姑父。小山亭，在湖北转运使司衙门内，故址在今武汉市武昌区蛇山北麓。

[4] 更能消：还能承受得起。消：承受。

[5] "惜春"以下数句：化用苏轼词意。苏轼《虞美人影》："华胥梦断人何处。听得莺啼红树。几点蔷薇香雨。寂寞闲庭户。暖风不解留花住。片片著人无数。楼上望春归去。芳草迷归路。"

[6] 画檐句：苏轼《虚飘飘》诗"画檐蛛结网"。画檐：有雕饰图案的屋檐。

[7] 长门事：用汉武帝陈皇后失宠居长门宫事。据《文选》卷十六司马相如《长门赋序》："孝武皇帝陈皇后时得幸，颇妒。别在长门宫，愁闷悲思。闻蜀郡成都司马相如天下工为文，奉黄金百斤为相如、文君取酒，因于解悲愁之辞。而相如为文以悟主上，陈皇后复得亲幸。"

[8] 准拟：料定。本句暗用屈原《离骚》"初既与余成言兮，后悔遁而有他"句意。

[9] 蛾眉句：蚕蛾的触须细长而弯曲，用以比喻女子美丽的眉毛，代指美貌。屈原《离骚》："众女嫉余之蛾眉兮，谣诼谓余以善淫。"这里辛弃疾以美女遭妒比喻自己多次遭到弹劾。

[10] 玉环：即杨玉环，唐玄宗宠妃。《新唐书》卷七十六《后妃传上》：玄宗贵妃杨氏，始为寿王妃。开元二十四年（736），武惠妃薨，后廷无当帝意者。或言妃资质天挺，宜充掖庭，遂召内禁中，异之。即为自出妃意者，丐籍女官，号太真。更为寿王聘韦昭训女。而太真得幸，善歌舞，邃晓音律，且智算警颖，迎意辄悟，帝大悦，遂专房宴。宫中号娘子，仪体与皇后等。天宝初，进册贵妃。其远房堂兄杨国忠被任命为宰相，其

姊分别被封为韩国、虢国、秦国夫人。天宝十四年（755）冬，范阳、平卢、河东三镇节度使安禄山以清君侧、反杨国忠为名造反，次年六月攻破潼关，唐玄宗带杨玉环等逃离长安，前往西蜀避难。途径马嵬驿（今陕西兴平市西）时，禁卫军发动兵变，杀死杨国忠，逼迫唐玄宗赐令杨贵妃自缢而死，年三十八。飞燕：汉成帝皇后赵飞燕。《汉书》卷九十七下《外戚传下》：孝成赵皇后，本长安宫人，初生时，父母不举，三日不死，乃收养之。及长大，属阳阿公主家，学歌舞，号曰飞燕。成帝尝微行至阳阿公主家，作乐，见飞燕而悦之，召入宫，有大幸。有女弟赵合德，复召入，俱为婕妤，贵倾后宫。永始元年（前16）封为皇后，姊妹专宠十余年。绥和二年（前7）成帝去世，太子刘欣即位，是为哀帝，赵飞燕被尊为皇太后。元寿二年（前1）哀帝去世，被贬为孝成皇后。一个多月后被贬为庶人，当日自杀。按，史载杨玉环体貌丰腴，赵飞燕体型身轻如燕，故人们常以"环肥燕瘦"并称。

[11]"休去"以下三句：危栏：高而临空的栏杆。苏舜钦《春日晚晴》诗："谁见危栏外，斜阳尽眼平。"

赏　析

诗、词、曲是广义的中国古代诗歌的几种形式，其中诗的体裁丰富多样，适应性最强，写作起来似乎相对容易，当然是否写得好是另外一回事。词、曲则写作难度似乎稍大。因此，古代诗人存诗数量较多，而存词数量相对较少。今人编《李太白全集校注》收诗近千首，《杜甫全集校注》收诗1450余首，《白居易诗集校注》收诗2800余首。北宋苏轼存诗2700余首。南宋诗人陆游"六十年间万首诗"，今人编《剑南诗稿校注》收诗9000余首。杨万里一生作诗20000多首，传世作品有4200余首。至清朝乾隆皇帝，据统计一生作诗40000余首。至于词，北宋专力作词的词人柳永存词200余首，苏轼330余首，秦观80余首，周邦彦180余首，李清照40余首。中国古代存词最多的词人应该是清代的陈维崧，他的《湖海楼词》存词1600余首，号称"填词之富，古今无两"。辛弃疾存词600余首,是宋代词人存词数量最多的作家。

辛弃疾和陈维崧之所以能写作较多数量的词,一是与他们相对专力作词有关;二是他们都继承了苏轼开创的传统,突破了"词为艳科"的藩篱,不局限于写男欢女爱,而是凡现实社会生活中的各个方面,个人的各种经历和感受,均可以入词。艺术上也不拘一格,纵笔所之,挥洒自如,或庄或谐,无所不可。辛弃疾的词内容上丰富多彩,风格上也姿态横生,或慷慨豪迈,或沉郁顿挫,或自然轻松,或诙谐幽默。而这首《摸鱼儿》,在所有辛词中属于比较深沉郁怒的篇章。辛弃疾在创作这首词时,情绪处于比较激愤的状态,倾注了比较强烈的情感,属于特别用心用力之作。

据清代万树《词律》卷十九;"《摸鱼儿》调最幽咽可听",则该词调适合表现悲怨的情感。它一般以晁补之《摸鱼儿·买陂塘》为正格,双调116字,上片十句六仄韵,下片十一句七仄韵。总体上用韵较密,且上下片各有四处用短韵,在此词中即上片的"春且住""怨春不语",和下片的"君莫舞""闲愁最苦"处。既通篇押仄韵,又多用比较密集急促的短韵,容易给人一种低沉而急切的感觉。辛弃疾此词的句格与晁作基本相同,唯首句即押韵,全词十四仄韵,韵脚更密。而且首句即押仄韵,一开头即形成低徊压抑的情调。当然,它所表达的深沉郁怒的思想感情,更多体现于其文字。

起句"更能消、几番风雨。匆匆春又归去",突兀而来,似从半空中遽然坠落,让人顿时受到强烈震撼,可谓力有万钧。按一般语序,应该是"春又匆匆归去了,还能消几番风雨"。如果这样写,就绵软无力、平淡无奇了。词人将"更能消、几番风雨"提到首句说,就突出表达了词人已经历多番风雨,感情已积聚到了临界点,再也按捺不住的感觉。尤其是这个"更"字,表明此前词人经历了一个长时间忍受的过程,一忍再忍,已忍无可忍,此刻终于忍不住要爆发的情感状态。从此刻写起,但此前的很多情况已蕴藏在其中,这叫作"意在笔先"。"更"是一个去声字，属于舌根音，发音短促有力，更有利于传递情感的强度，有力地引领下面的句子。词是要歌唱的，起句非常重要，起字尤其重要，一般要能拖得动全篇。故高明的词人都特别注意打造首句，特别是锤炼首字，力求铿锵有力，唱起来如"乱石崩云，惊涛裂岸"，高亢嘹亮，气势饱满，这叫"发唱惊挺"。类似的例子如柳永《八声甘州》的起句"对潇潇暮雨洒江天"，也有这样的效果。

辛弃疾《摸鱼儿》的这个开头特色鲜明，富于感染力，给人以极为深刻的印象。这来源于作者强烈深厚的思想感情，也离不开词人谋篇布局、选词炼字的高超技巧。历代词评家对此都赞赏不已。清代陈廷焯《白雨斋词话》卷一谓："词意殊怨，然姿态飞动，极沉郁顿挫之致。起句'更能消'三字，是从千回万转后倒折出来，真是有力如虎。"近人陈匪石《宋词举》也说："起句破空而来，将前遍所说，全归纳其中，然后倒戟而入，便较使平笔者别饶姿势。盖几经风雨之后乃有此言。恐春之遽归也。曰'匆匆'，曰'又'，则竟留春不得。从'更能消'说来，为进一层。意虽忠爱，而语已含怨矣。"梁启超更以为："回肠荡气，至于此极。前无古人，后无来者。"（《艺蘅馆词选》丙卷眉批）

词人为什么要发出"更能消、几番风雨"的呐喊，他在此之前经历了哪些"风雨"呢？辛弃疾于绍兴三十一年（1161）冬在家乡起兵抗金，时年二十二岁。他投奔当时济南一带的抗金军首领耿京，任掌书记。绍兴三十二年（1162）年初，受耿京之命到建康（今江苏南京），与南宋朝廷接洽。当时宋高宗正好在建康巡察，闻讯大喜，随即召见，并给耿京以下两百多人封官晋爵。辛弃疾等人在回山东的路上，得知耿京已被叛徒张安国杀害，义兵已经溃散。辛弃疾毅然率领五十余人，潜入五万金兵营垒中，生擒张安国，将之送到南宋斩首。辛弃疾的壮举，使他在南宋朝野声誉鹊起。先被任命为江阴军签判，几年后转任建康府（今南京）通判。乾道六年（1170）赴临安（今杭州），受到孝宗召对，迁司农寺主簿。乾道八年（1172）出任滁州知州。两年后的淳熙元年（1174），在建康任江东安抚使司参议官，深受安抚使叶衡赏识。同年，叶衡回朝为相，举荐辛弃疾到朝廷任仓部郎中。淳熙二年（1175），叶衡又推荐辛弃疾任江西提刑，平定赖文正茶商军叛乱。淳熙三年（1176），调京西转运使司判官。淳熙四年（1177），差知江陵府兼湖北安抚使，同年冬迁知隆兴府兼江西安抚使。淳熙五年（1178），回朝任大理寺少卿，不久出为湖北转运副使。淳熙六年（1179）三月，改湖南转运副使，同年又改知潭州兼湖南安抚使。也就是说，从辛弃疾投奔南宋的绍兴三十二年（1162），到他写作此词的淳熙六年（1179），十七年间，他已经被更换了十三个职务。他也由二十三岁的青年壮士，变成了年届四十的中年人。《论语·子罕》说："后生可畏，焉知来者之不如今也。四十五十而无闻焉，斯亦不足畏也已。"何况辛弃疾是一个胸怀远大的人，对自己的人生有比一般人更高的期待。他本来希望而且相信，自己能在青春年少时就建立不朽的功勋，以傲视今古。没料到整整十七年过去了，他所期盼的北伐大业仍没有启动的消息，自己也频繁调动岗位。他一次次地燃起希望，又一次次地落空。此次由湖北转运副使移任湖南转运副使，级别没有升迁，距离前线还更远了，辛弃疾不禁非常失望，忍不住在同官好友王正之所设饯别宴上，一吐胸中块垒。

　　"漕"是宋代地方机构"转运使司"的别称。北宋建立后，鉴于唐中叶至五代藩镇割据的历史教训，不再像唐代那样设道和节度使一级的行政机构，而由中央直接统辖全国200多个州。但中央政府直接管理这么多的州，实在顾不过来，于是不得不在州以上再设管理机构。而朝廷无论如何也不希望这个机构变得像唐代的道或节度使那样，统管一个地方的经济、刑法、监察、军事大权，于是仿唐代后期设"路"负责转运国家赋税的办法，设置各道（路）转运使司，简称"漕司"，由转运使、副使主其事，负责征调一道（路）的租税以供国用，兼分巡所部，监察官吏；另设提点刑狱司，简称"刑司"，负责刑法；提举常平仓司，简称"仓司"，负责粮食储备和平抑物价；安抚使司，简称"帅司"，负责地方治安。让四个部门分权而治，而且有些漕、刑、仓、帅司的辖区还互相交错，都是为了让其互相牵制，防止地方官员权力独大。这四个部门互不统属，但其中转运使司的地位相对更重要一点，虽然名为"转运"，实际上不只负责转运租税，还负责"分巡所部，监察官吏"，有点像地方的最高行政长官。辛弃疾在调任湖北转运副使之前，曾任知江陵府兼湖北安抚使和知隆兴府兼江西安抚使，由正职改副职，这样的调动在当时虽非个例，也属正常，但绝非升迁。尤其是他此次改湖南转运副使后，同年又改知潭州兼湖南安抚使，他几年前就已两次担任过同类职务。转来转去，颇为无谓，难怪辛弃疾要忍无可忍了。

辛弃疾之所以被朝廷这样折腾来折腾去，之所以感到特别委屈，还有一个潜在的缘由，就是辛弃疾属于所谓的"归正人"。当时从北方金人占领区投诚归顺南宋的人，被叫作"归正人"。南宋前期，有些归正人从北方带些情报到南宋，领取一些奖赏后，又重返北方，首鼠两端，导致南宋朝野对归正人不太信任。辛弃疾也因此受到猜疑，不被重用。除此之外，辛弃疾是个有雄才大略、不拘小节的人，处事手段凌厉泼辣，容易被人抓住把柄。如淳熙二年（1175）他任江西提刑，平定赖文正茶商军叛乱。在赖文正率余部投降后，辛弃疾悔弃事先达成的协议，杀了赖文正，遭到朝廷官员的指责。辛弃疾淳熙六年（1179）到湖南转运副使任后所上《淳熙己亥论盗贼札子》中即说："臣孤危一身久矣，荷陛下保全，事有可为，杀身不顾"；"但臣生平刚拙自信，年来不为众人所容"。

接下来"惜春长怕花开早，何况落红无数"二语，也是此词中特别精辟的名句。他本来是怕花落，花落就意味着春天逝去了。因为太怕花落，以至于怕花开。花开了，就意味着将有花落；花开早了，就意味着花落的时刻要更早到来。这已是一种反常心理，但词人惜花、惜春就到了这种程度。看似反常，但实在情理之中。当一个人异常爱惜某种事物因而极度担心会失去它时，就会产生类似心理。美国电影《人鬼情未了》中有一句台词：似乎每次我的生活中有好事情发生，我都担心自己将会失去它。（It seems like whenever anything good in my life happens, I'm just afraid that I'm going to lose it.）话说得非常沉痛，表达了与辛弃疾此词同样的心理。我们如果不曾有过这种体验，或不能理解这种感觉，是因为我们爱一件事物还没有达到刻骨铭心的程度。"惜春常怕花开早"一句内部就构成了一种递进关系，更充分地表达了词人对春天的极度留恋。它与下一句"何况落红无数"之间，又构成一种反向递进关系。前句写词人惜春去已到了怕春来的地步，后句说何况现在已经"落红无数"，春天真的已经逝去。面对这一现实，词人将悲伤到何种程度。

花是春天的象征，词人惜花，根本上是惜春。那么在这里春天又意味着什么呢？它至少有三层含义：一是自然之春，二是人生之春，三是国家之春。自然的春天繁花似锦，光景明媚，词人自然也是爱之惜之的。但词人重点表达的，还是对人生之春、国家之春的珍惜，以及对它们逝去的焦虑和悲恨。他是借写对自然之春的爱与惜，来写对人生之春、国家之春的爱与惜。就词人自己的人生而言，二十几岁到四十岁，是精力最旺盛、最富于理想和朝气的阶段。他多么希望趁此大好年华，整顿乾坤，建功立业，实现自己的理想和抱负。想当年他"壮岁旌旗拥万夫，锦襜突骑渡江初"（《鹧鸪天》），气吞万里如虎，多少人钦佩他的豪迈英姿，期许他能成为一代豪杰，他自己也充满信心。没料到蹉跎至今，少有建树，眼看就过了四十岁，迈入中老年，人生的春天就永远逝去了。在这个时间节点上，他怎能不感到无限悲愤和惋惜。就国家之春而言，当初辛弃疾渡江南来时（绍兴三十二年，1162），北方金人政权尚未完全稳固，汉人不甘心受金人蹂躏，渴望王师北伐，各地起义军还此起彼伏。从北方南下的将士们思念故乡，急切盼望打回老家。整个朝野上下也不能接受"二帝被虏、北方沦陷"的奇耻大辱，群情激昂，军心民心尚为可用。等到辛弃疾写作此词的淳熙六年（1179），距北宋灭亡（1127）已经52年，北方金人政权已经完全稳固，北方新一代汉人已经习惯了在女真人统治之下的生活。从北方逃难到南方的军民或死或老，新生之人早已淡忘了亡国的痛楚，统治者更已"暖风熏得游人醉，直把杭州作汴州"（林升《题临安邸》）了。要发动北伐统一中原，已经错过时机，越来越难了。这样的机会，就像远去的春天，一去不复返了。

词人实在太留恋春天了，可"无计留春住"（欧阳修《蝶恋花》）。面对"落红无数"的景象，情急之下，他不由自主地喝道"春且住"。这种喝问自然无理，但它是词人感情的真实流露。当人在现实生活中的困惑不解达到非常强烈的状态时，往往会对自然现象发出呼唤和质问。如苏轼曾问月亮："不应有恨，何事长向别时圆？"（《水调歌头》）秦观曾问郴江："郴江幸自绕郴山，为谁流下潇湘去？"（《踏莎行》）辛弃疾此句也可以理解为，词人实在承受不了眼见"落红无数"的痛苦，而对春天发出祈求：春天啊，请你且留下吧！德国诗人歌德的《浮士德》中，主人公浮士德想象理想中的人间乐园已经造成，也曾情不自禁发出类似的呼唤："那时，让我对那一瞬间开口：停一停吧，你真美丽！我的尘世生涯的痕迹就能够永世永劫不会消逝——我抱着这种高度幸福的预感，现在享受这个最高的瞬间。"（《浮士德》第二部第五幕）

尽管词人万般留恋，喝问或祈求，但"无可奈何花落去"（晏殊《浣溪沙》），春天还是悄悄逝去了。词人没有把眼前的春光留住，只能追寻春天远去的踪迹。这时候，他联想起了前辈词人苏轼的《虞美人影》："华胥梦断人何处。听得莺啼红树。几点蔷薇香雨。寂寞闲庭户。暖风不解留花住。片片著人无数。楼上望春归去。芳草迷归路。""见说道"，就是听说有人这么说过的意思。"天涯芳草无归路"，与"楼上望春归去，芳草迷归路"是同一个意思，可以理解为词人的目光追寻春天的踪迹，直到遥远的天边，那里有丛丛芳草，挡住了词人的视线，也遮住了春天的去向。词人感到非常遗憾，不禁对春天产生了埋怨，因此"怨春不语"。这两句也可这样理解：词人想象，是春天带来了遍地芳草，现在春天匆匆归去，芳草也应会追随春天而去，一直追到天涯。但春天走得太快，芳草赶不上，也停留在天边的路上，陷入迷茫。芳草虽然胜于词人，能赶上一程，但最终也赶不上春天的脚步，于是与词人一样怅惘不已，似乎也在那里"怨春不语"。不管是词人自己追寻春天，最后"怨春不语"，还是词人追寻芳草，芳草追寻春天，芳草"怨春不语"，都进一步表达了词人对春天的无比留恋。因为即使写的是芳草，芳草也不过是词人的化身。

既然追寻春天的踪迹不得，词人的目光又收回到身边，寻找春天留下的痕迹。"算只有殷勤，画檐蛛网，尽日惹飞絮"，这几句仍然翻自苏轼词中的"暖风不解留花住。片片著人无数"等句。苏词说暖风没能把花（春天）留住，只吹起片片落花，遗落在人的身上而已。辛词则说只有绘着精美图案的屋檐上的蜘蛛网，殷勤留意，网住了一些春天花朵的飞絮，算是留下了一点春天的气息。词人现在能看到的，就是这么一点春色的残留而已。言下之意，是表明词人觉得实现自己心愿的希望越来越渺茫了。

按古代诗人写诗，一般要尽力回避前人写过的句子。即使借用其意，也往往要"夺胎换骨，点铁成金"，即加以改造，夺其胎而换其骨，用其意不用其句。而词人写词，则不回避，甚至有意大量化用前人诗词文赋（特别是诗）中的句子。为什么会这样？可能与两个因素有关。一是诗在词前。在词诞生以前，诗歌创作已经有了无比丰厚的积累，作词无法摆脱诗的强大传统的笼罩。反之，将诗歌已表达过的意思，改用词的形式表达一遍，能造成一种既熟悉又新颖的感觉。二是古人一直重诗而轻词，以诗为神圣事业，而视词为小道，因此觉得诗与前人雷同是大忌，但词化用前人成句不算什么，甚至还觉得这体现了一种博闻和机智。辛弃疾作词，尤其喜欢化用前人诗词文赋中的句子，甚至还将化用取材的范围扩展到经史子类著作。他几乎随手拈来，随心所欲，达到了出神入化的程度。因此辛弃疾的词几乎每句都有出典，这是辛弃疾词的显著特色之一。辛弃疾词化用的对象极其广泛，《论语》《庄子》《史记》、陶渊明诗、杜甫诗以及欧阳修、王安石等人的作品，出现频率都很高，而苏轼诗词文赋中的句子出现的频率最高。本词是一例，另外的例子可谓俯拾即是。如他的《念奴娇·西湖和人韵》："飞鸟翻空，游鱼吹浪"，"飞鸟翻空"就化用苏轼《鹧鸪天》"翻空白鸟时时见"；"望湖楼下，水与云宽窄"，又化用苏轼《六月二十七日望湖楼醉书》"望湖楼下水如天"。《声声慢》"枉学丹蕉，叶底偷染妖红"，化用苏轼《浣溪沙·徐州藏春阁园中》"化工余力染夭红"。《木兰花慢·滁州送范倅》"老来情味减，对别酒、怯流年"，化用苏轼《江城子》"对尊前，惜流年"。《菩萨蛮·金陵赏心亭为叶丞相赋》"青山欲共高人语"，化用苏轼《越州张中舍寿乐堂》"青山偃蹇如高人，常时不肯入官府"。《水龙吟·登建康赏心亭》"忧愁风雨"，出自苏轼《满庭芳》"思量，能几许？忧愁风雨，一半相妨"。《摸鱼儿·观潮上叶丞相》"截江组练驱山去，鏖战未收貔虎"，化用苏轼《催试官考较戏作》"八月十八潮，壮观天下无。鲲鹏水击三千里，组练长驱十万夫"；"人间儿戏千弩"，化用苏轼《八月十五日看潮》"安得夫差水犀手，三千强弩射潮低"。《菩萨蛮》"看公两眼明如月"，化用苏轼《台头寺雨中送李邦直赴史馆分韵得忆字人字兼寄孙巨源二首》"看君两眼明如镜"。《霜天晓角·赤壁》"半夜一声长啸"，化用苏轼《后赤壁赋》"划然长啸"。《念奴娇·书东流村壁》"垂杨系马"，化用苏轼《定风波·感旧》"垂杨系马恣轻狂"；"楼空人去，旧游飞燕能说"，出自苏轼《永遇乐》"燕子楼空，佳人何在，空锁楼中燕"；"行人曾见，帘底纤纤月"，化用苏轼《江城子》"门外行人，立马看弓弯"；"旧恨春江流不断，新恨云山千叠"，化用苏轼《书王定国所藏烟江叠嶂图》"江上愁心千叠山，浮空积翠如云烟"；"也应惊问：近来多少华发"，化用苏轼《念奴娇·赤壁怀古》"多情应笑我，早生华发"。《鹧鸪天·送人》"今古恨，几千般，只应离合是悲欢"，化用苏轼《水调歌头》"人有悲欢离合，月有阴晴圆缺，此事古难全"。《满江红·江行简杨济翁周显先》"楼观甫成人已去"，化用苏轼《送郑户曹》"楼成君已去，人事固多乖"。《满江红》"谈兵玉帐冰生颊"，化用苏轼《浣溪沙》"论兵齿颊带风霜"。《南乡子·舟行记梦》"欹枕橹声边"，化用苏轼《祝英台近·惜别》"欹枕听鸣橹"。《水调歌头》"二年鱼鸟江上，笑我往来忙"，化用苏轼《常润道中有怀钱塘寄述古五首》"二年鱼鸟浑相识"。《满江红·贺王宣子平湖南寇》"白羽风生貔虎啸"，化用苏轼《与欧育等六人饮酒》"苦战知君便白羽……引杯看剑坐生风"。《满江红》"叹诗书、万卷致君人，翻沉陆"，化用苏轼《沁园春》"胸中万卷，致君尧舜，此事何难"；"有玉人怜我，为簪黄菊"，化用苏轼《千秋岁·湖州暂来徐州重阳作》："美人怜我老，玉手簪黄菊"。

像这样的例子还可以举出一大堆。苏轼比辛弃疾早一百年左右，辛弃疾对苏轼的作品如此熟悉，可见苏轼在当时文坛的知名度和影响力，也可见出辛弃疾对苏轼非常尊敬，对苏轼的作品有偏好。后来词学研究都将"苏辛"连称，仅从这一现象来看，也确实不是没有道理的。苏、辛词之间确实存在内在联系，辛弃疾确实在一定程度上有意继承苏词的艺术风格。当然，苏、辛词风虽然有相近之处，又有不同，这是词学史上经常讨论的热门话题。

上片以直接抒情为主，同时写景，借景抒情。辛弃疾词有一个显著的艺术特征，就是具有强烈的主观性。无论是写景，还是引用典故叙述历史人物和历史事件，词人总是以我为主，将景物和历史人物为我所用。往往是强烈的主观情感裹挟着相关景物和历史人物，汇为滚滚洪流，在内在情感的驱动下，浩浩荡荡，一路向前。词人那豪气干云或幽愤深广的高大形象，始终居于作品所构筑的艺术境界的中心，或清晰映现在这一境界的背景画面上。他很少像有的诗人、词人那样，控制自己的情感，让自己隐身在景物或历史人物的背后，冷静细致地刻画景物，叙述历史事件，将主观情感巧妙地寄寓其中，通过客观景物或历史人物及事件含蓄自然地透露出来。这当然是因为辛弃疾不同于一般的文学家，具有强烈的英雄气质而造成的。在中国古代文学中，似乎只有曹操的诗歌具有同样的艺术特征，那显然也是因为曹操同样具有这种英雄气质所致。

下片以古写今。如前所述，辛弃疾不会让历史人物成为主角，他仍然要以我为主,以抒情为主,历史人物都被裹挟进强大的情感洪流之中。他就像一位指挥千军万马的统帅,历史人物都只是供他调度驱使的将士。也正因为如此,他一般不会专门写某一位历史人物。一旦进入历史的时空,他就会召唤起不同时代的多位历史人物,让他们络绎上场。他的另一首为我们所熟知的名作《水龙吟·登建康赏心亭》的下片,就连续提到张翰、许汜、刘备、陈登、桓温等多个历史人物,让他们像走马灯一样次第上场。本词下片也是如此,或明或暗先后写到了陈阿娇、屈原、司马相如、汉武帝、杨玉环、唐玄宗、赵飞燕等多位历史人物。利用这些历史符号所承载的文化意蕴,表达自己忧贯千古的思想感情。

"长门事,准拟佳期又误",是用汉武帝与他的皇后陈阿娇的故事。据《汉武故事》:"(武)帝年数岁,长公主遍指侍者:与作妇好否?皆不用。后指陈后,帝曰:若得阿娇作妇,当以金屋贮之。"所谓"准拟佳期",就是指汉武帝幼年时就如此喜爱阿娇,许下"当以金屋贮之"的诺言,这是多么富于传奇色彩、多么浪漫的一件美事。后来陈阿娇真被立为皇后,但十余年后即遭冷落。据《汉书》卷九十七上《外戚传上》,陈皇后被"罢退居长门宫",是因为"擅宠骄贵,十余年而无子,闻卫子夫得幸,几死者数焉,上愈怒。后又挟妇人媚道,颇觉。元光五年,上遂穷治之,女子楚服等坐为皇后巫蛊祠祭祝诅,大逆无道,相连及诛者三百余人,楚服枭首于市。使有司赐皇后策曰:皇后失序,惑于巫祝,不可以承天命。其上玺绶,罢退居长门宫。"也就是说,陈皇后被废,自己也有一定责任。但辛弃疾改造了这个典故,只取汉武帝对陈阿娇始爱终弃这一方面,影射自己与宋高宗的关系。当初辛弃疾受耿京之命南下,与南宋王朝接洽时,宋高宗正在建康巡察,闻讯大喜,亲自召见,想必许下必予重用的诺言,辛弃疾也一直充满期待。但十几年过去了,宋高宗似乎早已忘记了当初的许诺,辛弃疾难免非常失望。

当词人想到陈皇后"准拟佳期又误"的故事时,自然又联想到另一个"准拟佳期又误"的例子:屈原也曾抱怨楚怀王最初与自己约定一起变法强国，后来却改变了主意。《离骚》中写道："初既与余成言兮，后悔遁而有他。余亦不难乎离别兮，伤灵修之数化。"由《离骚》中的这几句，词人又联想到《离骚》中的另几句："众女嫉余之蛾眉兮，谣诼谓余以善淫。"于是自然写出下一句"蛾眉曾有人妒"。他认为，宋高宗之所以忘记或改变最初对自己许下的诺言，是因为有小人妒忌自己的才能，从中捣鬼。

在受到诬陷中伤的情况下，如何才能重新获得君王的理解和信任呢？词人继续运用陈皇后的典故。相传陈皇后被冷落在长门宫后，曾以千金请当时深受汉武帝推崇的赋家司马相如写了《长门赋》，描写自己独处冷宫的孤凄境况，以及对汉武帝的思念，感动了汉武帝，重新受到宠爱。辛弃疾认为，这种男女情爱的事情比较简单，所以司马相如的《长门赋》也许可以解决问题。而像君臣之间治国安邦的大事，靠旁人帮忙解说是不起作用的。"千金纵买相如赋，脉脉此情谁诉？"只有直接与君王接触沟通，君王亲自倾听，才可能真正建立与君王之间的理解和信任。辛弃疾这里所表达的，与王安石《明妃曲》中所说的"意态由来画不成，当时枉杀毛延寿"是同样的思路。

辛弃疾遭到冷落和误解，君王固然负主要责任，但君王周围的小人挑拨离间也起了重要作用。所以接下来两句"君莫舞。君不见、玉环飞燕皆尘土"，将笔锋转而指向这些小人。词人愤怒地指斥：你们不要太得意了！难道你们不知道，杨玉环、赵飞燕当初何等受宠，何等得意，最后或被逼自缢，或被迫自杀，都化为尘土了吗？写至此处，词人大概回想起历年来受到弹劾中伤的往事，想起朝中群小得意忘形的情形，不由得满腔愤恨，怒不可遏，因此这两句简直是在痛斥诅咒了。这话说得太直白了，可以想象，当这首词传播开去，那些本来就忌恨辛弃疾的人，将会如何地咬牙切齿，恨之入骨。辛弃疾不可能想不到，这样说会带来何等严重的后果，但他实在太激愤了，他已忍受得太久了，已经顾不得这么多了。他要一吐为快，稍解心中之恨。

词人通过回想古人、怨怼君王、指斥群小，发泄了一通愤恨，心头可能稍感轻松，但这并不能解决现实问题。于是词人的思绪，又从遥远的历史（时间）和遥远的朝廷（空间）回到自身。在一阵情绪激动之后，又陷入凄凉低落的心境之中，"闲愁最苦"。他告诫自己："休去倚危栏，斜阳正在，烟柳断肠处。"因为身处危栏会更感孤独，在高高的栏杆上看到一望无际萧瑟的暮景，会感到更悲哀。从词的意脉来说，这是呼应前面的"天涯芳草无归路"，使整首词的意境浑然一体。从艺术手法上说，是将抒情转入写景，以写景代抒情，情寓景中，内容更加含蓄悠远，耐人寻味。就具体表达的意义而言，则是表示对国家形势和前景的担忧。在辛弃疾看来，南宋王朝的情形，就像自然界的春光已经远去一样，已如斜阳烟柳，好时机已经过去了。他不仅对个人的前途感到迷茫，对南宋王朝的前景也很不乐观，或者说很悲观。

据罗大经《鹤林玉露》卷四载："辛幼安《晚春》词云：'更能消、几番风雨……'，词意殊怨。'斜阳、烟柳'之句，其与'未须愁日暮，天际乍轻阴'（见《二程文集》卷一程颢《陈公廙园修禊事席上赋》。"乍"作"是"）者异矣。使在汉、唐时，宁不贾种豆、种桃之祸哉？余闻寿皇见此词颇不悦，然终不加罪，可谓盛德也已。"所谓"种豆、种桃之祸"，前者指西汉时，司马迁的外孙杨恽（字子幼）为官清正，且揭发了权臣霍光之子谋反之事，得封为平通侯。因与太仆戴长乐失和，戴告发他"以主上为戏，语近悖逆"，被下狱，后被释放，免为庶人。杨居家大治产业，终日宾客满门，饮酒作乐，其友安定太守孙会宗写信劝他韬光养晦，闭门思过，杨不以为然，写了一封《报孙会宗书》，说自己"家本秦也，能为秦声；妇赵女也，雅善鼓瑟。奴婢歌者数人，酒后耳热，仰天抚缶而呼呜呜，其诗曰：'田彼南山，芜秽不治。种一顷豆，落而为萁。人生行乐耳，须富贵何时。'是日也，拂衣而喜，奋袖低昂，顿足起舞，诚淫荒无度，不知其不可也。"结果又遭告发，信中"田彼南山"几句，被认为是讽刺汉宣帝治国无方，被判"大逆不道"之罪，处以腰斩。一般认为这是中国古代文字狱之始。"种桃"是指唐代刘禹锡因参与"永贞革新"失败，被贬为朗州（今湖南常德市）司马，十年后被朝廷召回长安，游览以桃花闻名的玄都观，写了一首绝句《元和十年自朗州承召至京戏赠看花诸君子》："紫陌红尘拂面来，无人不道看花回。玄都观里桃千树，尽是刘郎去后栽。"被认为是讽刺朝廷新贵，远派为连州（今属广东）刺史。罗大经的意思是辛弃疾这里明显表达出对君王的不满和对南宋王朝前景的悲观，不像北宋理学家程颢所写的"未须愁日暮，天际是（乍）轻阴"诗句那样，对朝廷的批评非常含蓄。如果是在汉代或唐代，辛弃疾很可能免不了像杨恽、刘禹锡那样受到惩处。辛弃疾作品中，表达个人失意和对朝廷不满的词句还有很多，宋高宗唯独对这几句"颇不悦"，足见这首词在辛词中确实是比较特殊的一篇作品。

漂泊登临，千古同慨——王粲《登楼赋》

王粲（177—217），字仲宣，高平（今山东省微山县）人，东汉末文学家，"建安七子"之一。自少即有才名，为著名学者蔡邕所赏识。初平三年（192），因关中骚乱，前往荆州依附刘表。建安十三年（208），曹操南征荆州，刘表之子刘琮降，王粲归曹操，任丞相掾，赐爵关内侯，迁军谋祭酒，深得曹氏父子信赖。建安十八年（213），魏王国建立，任侍中。建安二十一年（216），随曹操南征孙权，次年正月病卒于途中，年四十一。《三国志·魏书》卷二十一有传。

王粲诗赋为"建安七子"之冠，又与曹植并称"曹王"。明人张溥辑《汉魏六朝百三家集》有《王侍中集》一卷。今人俞绍初校点《王粲集》收诗二十七篇，赋、文二十八篇，颂、赞、论等十八篇，另收录佚文若干条及王粲所撰历史著作《英雄记》佚文。

登兹楼以四望兮，聊暇日[1]以销忧。览斯宇[2]之所处兮，实显敞而寡仇[3]。挟清漳之通浦兮[4]，倚曲沮之长洲[5]。背坟衍之广陆兮[6]，临皋隰之沃流[7]。北弥陶牧[8]，西接昭丘[9]。华实蔽野[10]，黍稷盈畴[11]。虽信美而非吾土兮[12]，曾何足以少留！

遭纷浊[13]而迁逝兮，漫逾纪[14]以迄今。情眷眷而怀归兮，孰忧思之可任？凭轩槛[15]以遥望兮，向北风而开襟。平原远而极目兮，蔽荆山之高岑[16]。路逶迤而修迥兮[17]，川既漾而济深[18]。悲旧乡之壅隔兮，涕横坠而弗禁。昔尼父之在陈兮，有"归欤"之叹音。[19]钟仪幽而楚奏

本篇选自俞绍初校点：《王粲集》，中华书局1980年版。

166

兮[20]，庄舄显而越吟[21]，人情同于怀土兮，岂穷达[22]而异心！

惟日月之逾迈兮[23]，俟河清其未极[24]。冀王道之一平兮[25]，假高衢而骋力[26]。惧匏瓜之徒悬兮[27]，畏井渫之莫食[28]。步栖迟以徙倚兮[29]，白日忽其将匿。风萧瑟而并兴兮，天惨惨而无色。兽狂顾以求群兮，鸟相鸣而举翼。原野阒[30]其无人兮，征夫行而未息。心凄怆以感发兮，意忉怛而憯恻[31]。循阶除而下降兮，气交愤于胸臆。夜参半而不寐兮，怅盘桓以反侧[32]。

注　释

[1] 聊：姑且。暇日：闲暇的日子。《孟子·梁惠王上》："壮者以暇日修其孝悌忠信。""暇"，五臣注《文选》作"假"。

[2] 宇：楼宇。

[3] 仇：匹敌。

[4] 挟：带。清漳：清澈的漳河。漳：河流名，发源于湖北南漳，流经远安、当阳，与沮河会合为沮漳河，经江陵（荆州）注入长江。通浦：开阔的河面，与下文"长洲"相对。按另有清漳水，在山西省阳泉市境内；有浊漳水，在山西省长治市境内，与湖北境内漳河无涉。

[5] 曲沮之长洲：弯曲的沮河中间的长形陆地。沮河发源于湖北保康，流经南漳、远安、当阳，与漳河会合为沮漳河，经江陵（荆州）注入长江。按另有沮水，发源于陕西秦岭南麓留坝县与凤县交界处紫柏山，经略阳县、勉县，注入汉水，与湖北境内沮河无涉。

[6] 坟：高的土堆。衍：由高的土堆向下延伸处。广陆：广袤的原野。

[7] 皋：水边陆地。隰（xí）：临水湿地。沃流：充沛的水流。

[8] 弥：到达。陶牧：春秋时越国的范蠡帮助越王勾践灭吴后弃官来到陶，自称陶朱公。牧：郊外。湖北江陵西有陶朱公墓，故称陶牧。

[9] 昭丘：在今湖北宜昌当阳市东南，相传楚昭王的坟墓在此。

[10] 华：通"花"。实：果实。野：原野。

[11] 黍稷：泛指农作物。畴：农田。

[12] 信：确实。吾土：自己的故乡。

[13] 纷浊：纷乱混浊，比喻乱世。

[14] 漫：漫长。逾：超过。纪：古人以十二地支为一周期，称为一纪，即十二年。

[15] 轩：高。槛（jiàn）：栏杆。

[16] 蔽：被遮蔽。荆山：在湖北南漳县西北。岑（cén）：山头。

[17] 逶迤：曲折。修：长。迥：远。

[18] 川：河流。漾：水势荡漾。济：渡河。

[19] 昔尼父之在陈兮，有"归欤"之叹音：尼父即孔子，名丘，字仲尼，父是古人对老人的尊称，故称尼父。归欤：归去吧。"欤"为语气词。据《论语·公冶长》记载，孔子周游列国时，在陈、蔡绝粮，感叹道："归欤，归欤！"

[20] 钟仪：春秋时楚国乐官。幽：囚禁。楚奏：弹奏楚地的乐曲。《左传·成公九年》载，楚人钟仪被郑国作为俘虏献给晋国，晋侯让他弹琴，他弹出的是楚地的乐曲，晋侯称赞说："乐操土风，不忘旧也。"

[21] 庄舄（xì）：春秋战国时越国人，在楚国做官。显：地位显要。越吟：说越地的话。《史记·张仪列传》载，庄舄在楚国做官时病了，楚王说，他原来是越国的穷人，现在楚国做了大官，还能思念越国吗？便派人去看，原来他正在用越地的语言说话。

[22] 穷：不得志。达：显达。

[23] 惟：发语词，无实义。逾迈：跨越。《尚书·秦誓》："我心之忧，日月逾迈，若弗云来。"

[24] 俟：等待。河：黄河。河清：黄河水变清。古人以黄河水变清为天下太平之兆。未极：未至。

[25] 冀：希望。王道：实行仁义的政治。一平：国家统一。

[26] 假：凭借。高衢：大道。骋力：施展才能。

[27] 惧匏（páo）瓜之徒悬：担心自己像匏瓜那样被白白地挂在那里。《论语·阳货》："吾岂匏瓜也哉？焉能系而不食？"比喻不为世所用。

[28] 畏井渫（xiè）之莫食：害怕井淘好了，却没有人来打水吃。渫：淘井。《周易·井卦》："井渫不食，为我心恻。"比喻一个人洁身自持，而

不为世所重用。

[29] 栖迟、徙倚：都是徘徊、漫步的意思。

[30] 阒（qù）：静寂。

[31] 忉怛（dāo dá）：悲痛。憯（cǎn）恻：悲惨凄恻。憯，通"惨"。

[32] 怅：惆怅。盘桓：来回走动。反侧：翻来覆去。《诗经·关雎》："寤寐思服，辗转反侧。"

赏　析

相对于我们所选的其他作品，大家可能对王粲的这篇《登楼赋》稍微陌生一点。这主要是因为现在各种选本、教材较少选它。但在中国古代，这篇作品的影响特别大，知名度非常高。在文人创作的诗词文赋中，"王粲登楼"是最常用的典故之一。这里仅举唐代部分诗人作品为例。杜甫《短歌行·赠王郎司直》："欲向何门趿珠履，仲宣楼头春色深。"《夜雨》："天寒出巫峡，醉别仲宣楼。"《将赴荆南寄别李剑州》："戎马相逢更何日，春风回首仲宣楼。"李商隐《安定城楼》："贾生年少虚垂涕，王粲春来更远游。"李群玉《将之京国赠薛员外》："莫奏武溪笛，且登仲宣楼。"罗隐《寄张侍郎》："无路重趋桓典马，有诗曾上仲宣楼。"韦庄《江边吟》："若有片帆归去好，可堪重倚仲宣楼。"释齐己《怀体休上人》："仲宣楼上望重湖，君到潇湘得健无。"宋代以后，文学创作运用这一典故的例子更是数不胜数。在通俗文学中，元朝郑德辉有杂剧《王粲登楼》，其他小说戏曲中也经常提到这个故事。

古代文人为何对这个典故情有独钟？这是因为王粲此赋展现了中国古代文人生活中普遍存在的情形，即失意与漂泊。中国古代文人的基本人生理想就是读书明理、建功立业、光宗耀祖、致君泽民，常规人生道路就是读书、科举、做官。为了追求这一理想，他们就必须离家求学、赶考、赴任、履职，有的还不免贬谪、流放。所以在路上、在他乡，是他们生活的常态，而当时各地不像现在这样人烟稠密，大部分地方都荒无人烟，即使在城里也很冷清寂寞。另外，人生失意常八九，真正得意的人是很少的，即使得意的人得意的时刻也是有限的，因此大部分的人都会感到失意。漂泊与失意，就成为中国古代文学中常见的主题。中国古代文人好像总在怀才不遇，牢骚满腹，愤愤不平，叹老嗟卑。受其影响，现在的中国知识分子也经常还抱有一种壮志难酬的心态，一旦写点旧体诗词，更是满纸春愁秋恨。我们读外国古代文学作品，很少发现这种现象，这是中西文学的显著差异之一。

导致这种差异的原因，是因为中国古代政治制度和社会结构与西方不一样，文学创作主体也与西方不一样。中国商、周时期（特别是周王朝）实行分封制，导致春秋战国时期诸侯割据，造成几百年的战乱，给社会带来严重灾难。鉴于这一惨痛历史教训，中国自秦代以后即实行大一统的中央集权制。朝廷不容许有诸侯割据，由中央统一管理国家。但皇帝不可能独自管理如此庞大的一个国家，需要大量的官吏帮助他处理政务，治理地方，于是一整套培养、选拔、任用知识分子的制度应运而生，士大夫阶层由此形成。"士大夫"这个概念就很能说明问题。一方面他们是"士"，是知识分子；另一方面他们的目标指向是"大夫"，就是官。因此中国古代知识分子与政治关系极为密切，几乎都卷入政治的漩涡中，就难免经历漂泊与失意。中国古代文学主要由士大夫群体创作而成，因此表达政治上的失意与漂泊，就成为古代文学的一个传统。西方古代的政治制度、社会结构及文学创作主体的情况与此不同。西方长时期实行封建制，每个诸侯占有一块或大或小的土地，他和自己的亲属另加一些管家就可以管理，不需要大量官员。西方古代知识分子基本没有从政机会，一般只能从事宗教或音乐、绘画、雕塑、建筑等技术性工作。因此西方没有"士大夫"这样一个群体，西方文学中也自然没有形成表达政治上的失意与漂泊的传统。

总之，表达政治上的失意与漂泊，是中国古代文学中的常见主题。王粲的这篇《登楼赋》，就是表达这种主题的典范之作。作品中交织着漂泊与失意两个主题，两个主题的旋律既清晰可辨，又水乳交融，构成双重变奏，表达了中国古代知识分子的痛苦和梦想，反映了他们共同的心声，因此这篇作品特别能触动中国古代文人的心弦，引起他们的强烈共鸣。他们在王粲身上，看到了自己的影子。他们阅读这篇作品，既是一种情感的宣泄，也能使自己的心灵得到抚慰。我们要了解中国古代知识分子的生活状况和精神世界，很有必要阅读这篇赋。在现代人的生活中，漂泊感和失意感已大大减弱。因为漂泊感与远行的空间距离和时间长度有关。现代交通技术发达，大大拉近了远行的空间距离，缩短了远行的时间长度。现代知识分子可以有多种选择，不一定要"自古华山一条路"地去从政，失意的概率也降低了。所以现代人已很难体会漂泊与失意在古代知识分子生活和思想感情中的重要地位。但漂泊和失意的现象不可能完全绝迹。在我们的人生旅途中，有时也会泛起这样的感觉。这时读一读《登楼赋》，会觉得古今人的心灵是如此相通。

　　之所以选这篇作品，还有一个考虑，就是我们有必要有意识地阅读一些比较古雅朴拙的作品。一个人的文学欣赏能力和水平，在一定程度上可以从他喜欢或能够阅读什么样的作品看出。能够阅读现代戏曲小说的人，不一定能阅读古代戏曲小说；能够阅读古代戏曲小说的人，不一定能阅读唐诗宋词；能阅读唐诗宋词的人，不一定能阅读汉魏乐府诗、《古诗十九首》及辞赋；能阅读汉魏乐府诗、《古诗十九首》及辞赋的人，不一定能够阅读《诗经》《楚辞》。一般来说，越早的作品越古雅朴拙。它们写景、抒情、叙述，往往点到即止，比较简单。这就对读者的文学欣赏水平提出了更高要求，读者必须具有比较丰富的内心世界，有比较强的想象体验能力，能用自己的想象还原古人的生活场景和精神世界，填补因作品的简单而留下的巨大空白，并领略其精蕴。如果读者具备了这样的能力，再读后世写景穷形尽相、抒情淋漓尽致、叙事完备周详的作品,就可以高屋建瓴,势如破竹。如果读者有过这样的阅读经验,就会感觉到,其实越早的作品,越古雅朴拙的作品,一般来说内容更精粹,更耐人寻味。它们之所以成为永恒的经典,不是没有道理的。打一个比方,先秦两汉的作品就像高度白酒,质朴刚烈,你只能慢慢品尝,一小口即让你热遍周身;魏晋南北朝至唐宋的作品就像葡萄酒,色泽鲜艳,华美浓郁,让你感到醇和温润;元明清的作品就像啤酒,量大清淡,给人痛快淋漓的感觉。当然这也不是绝对的,但大体上这种区别是存在的。王粲的《登楼赋》是介乎白酒与葡萄酒之间的作品,品味起来要稍花一点功夫。

王粲出身高贵,曾祖父王龚,是汉顺帝时的太尉;祖父王畅,是汉灵帝时的司空。两代都位列三公,这与袁绍、袁术家"四世三公"差距也不大了。王畅不仅官做得大,当时还很有声望,他与名士李膺等友善,名在所谓"八俊"之列。王粲的父亲王谦,曾任大将军何进的长史,相当于秘书长。何进是当时朝廷的实际掌权者,据《三国志》卷二十一《魏书·王粲传》:"(何进)以谦名公之胄,欲与为婚,见其二子,使择焉。谦弗许。"这里有点没说明白,何进想与王谦结亲,"见(当读作'现')其二子",是男子还是女子?是想与王谦结儿女亲家,还是说两个女儿随王谦本人挑一个?反正王谦没答应,可见其心气之高。

《王粲传》中所展示的,活脱脱就是一个天才的形象:

初,粲与人共行,读道边碑,人问曰:"卿能暗诵乎?"曰:"能。"因使背而诵之,不失一字。观人围棋,局坏,粲为覆之。棋者不信,以帕盖局,使更以他局为之。用相比校,不误一道。其强记默识如此。性善算,作算术,略尽其理。善属文,举笔便成,无所改定,时人常以为宿构,然正复精意覃思,亦不能加也。

王粲不仅记忆力惊人,才思敏捷,善于作文,而且会下棋,懂算术,可谓文理全才。王粲的才华受到当时著名文人蔡邕的赏识:

献帝西迁，粲徙长安。左中郎将蔡邕见而奇之。时邕才学显著，贵重朝廷，常车骑填巷，宾客盈坐。闻粲在门，倒屣迎之。粲至，年既幼弱，容状短小，一坐尽惊。邕曰："此王公孙也。有异才，吾不如也。吾家书籍文章，尽当与之。"

按董卓挟持汉献帝从洛阳迁往长安在初平元年（190），当年王粲虚龄十四岁，而蔡邕已五十八岁，是当时全国的文坛盟主，却对他如此看重，足可见王粲之不凡。

王粲在长安，"司徒辟，诏除黄门侍郎，以西京扰乱，皆不就。乃之荆州依刘表"。这里的司徒应为王允。初平三年（192）四月，董卓为王允诛杀，蔡邕因曾受到董卓重用，亦被杀。五月，董卓部将李傕等围长安，八日城陷，六月入城，杀王允。王粲离开长安当在五月前。同行的有王凯、士孙萌等人。

因为曹操曾经称赞孙权，而贬低刘表："生子当如孙仲谋，刘景升（刘表）儿子，若豚犬耳。"（见《三国志》卷四十七《吴书·孙权传》裴松之注引《吴历》）加上影响广泛的《三国演义》对刘表颇多贬损，因此历来人们对刘表印象不佳，并认为王粲去投奔他是一大失策。据《后汉书》卷七十四下《刘表传》，刘表是山阳高平人；又注引谢承《后汉书》云刘表"受学于同郡王畅"。可见刘表不仅是王粲的同乡，还是其祖父王畅的学生，则王粲投奔他并非偶然。但王粲投奔刘表更重要的原因，还在于当时刘表其实一度是偶像级的人物。据《后汉书》卷七十四下《刘表传》，刘表出身刘汉皇族，是西汉鲁恭王刘余之后。"身长八尺余，姿貌温伟"，与张俭、范滂等为友。当时名士有所谓"八俊""八交""八友""八及""八顾"等名目，刘表都名列其中。因参加太学生运动，卷入党锢之祸，被迫逃亡。光和七年（184），党禁解除，大将军何进辟为掾。初平元年（190），董卓推荐他出任荆州刺史，他到任后斩除豪强，击杀孙坚，爱民养士，恩威并著，并开立学宫，组织撰写《五经章句》。当时北方陷入军阀混战，荆州相对安宁，许多北方士民都逃往荆州避难，诸葛亮和他的叔父诸葛玄、弟弟诸葛均亦在其内。《三国志》卷二十一《魏书·卫觊传》载卫觊与荀彧书："关中膏腴之地，顷遭荒乱，人民流入荆州者十万余家。闻本土安宁，皆企望思归。"可见当时北方人逃往荆州、投靠刘表是一种潮流。但刘表胸无大志，只图保有江汉，坐观中原群雄争斗，欲收渔人之利。待曹操统一北方后南征，刘表就大势已去了。

王粲是个名副其实的天才，但美中不足，长得寒碜，个子小，容貌丑。据《太平御览》卷七百二十二引《何颙别传》："王仲宣年十七，尝遇仲景（即著名医学家张仲景）。仲景曰：君有病，宜服五石汤，不治且成门后，年三十当眉落。仲宣以其贳长也，远不治也。后至三十，疾果成，竟眉落。"由此看来，他体质也差，所以后来只活到四十余岁。刘表也许因为本人长得太帅，对别人的相貌也特别在乎。据《三国志》王粲本传，王粲到荆州后，"表以粲貌寝而体弱通侻，不甚重也"。"貌寝"就是貌丑，"通侻"就是举止比较轻率。"不甚重"就罢了，刘表还当面恶心了王粲一把。据张华《博物志》卷四："初，粲与族兄凯避地荆州，依刘表。表有女，表爱粲才，欲以妻之，嫌其形陋用率，乃谓曰：君才过人，而体貌非女聓（同"婿"）才。凯有风貌，乃妻凯。"王粲是个高傲的人，估计气个半死。

建安十三年（208），曹操亲率大军南征，"八月，表疽发背卒"，其子刘琮继位，王粲与蒯越、韩嵩、傅巽等劝之投降曹操，时年王粲三十二岁，从此他的人生翻开了新的一页。《三国志》王粲本传："太祖辟为丞相掾，赐爵关内侯……后迁军谋祭酒。魏国既建，拜侍中。博物多识，问无不对。时旧仪废弛，兴造制度，粲恒典之。"裴松之注引《典略》云："粲才既高，辩论应机。钟繇、王朗等虽各为魏卿相，至于朝廷奏议，皆阁笔不能措手。"

关于王粲所登之楼在何处，向有异说。《六臣注文选》卷十一《登楼赋》题名下李善注引盛弘之《荆州记》曰："当阳县城楼，王仲宣登之而作赋。"刘良注则认为在江陵："仲宣避难荆州，依刘表，遂登江陵城楼，因怀归而有此作，述其进退危惧之情也。"俞绍初校点《王粲集》附《王粲年谱》以为，《六臣注文选》卷十一《登楼赋》李善注引《荆州图记》："当阳东南七十里有楚昭王墓，登楼则见所谓昭丘。"而王粲《登楼赋》云"西接昭丘"，则所登之楼在昭丘之东，所以不可能在当阳县城。江陵即今荆州，与《登楼赋》中写到的漳、沮二水了无关涉，也不可能是王粲登楼之处。俞《谱》引郦道元《水经注》卷三十二"沮水"云："沮水又东南迳驴城西、磨城东，又南径麦城西……又南迳楚昭王墓，东对麦城，故王仲宣之赋《登楼》云'西接昭丘'是也。沮水又南与漳水合焉。"又引同书"漳水"云："漳水又南迳当阳县，又南迳麦城东，王仲宣登其东南隅，临漳水而赋之曰'挟清漳之通浦，倚曲沮之长洲'是也。"俞《谱》据此认为：王粲所登之楼，应为今天当阳市东南部，漳、沮二水之间的麦城城楼。今天当阳市东有麦城遗址，附近有老湾，西来的沮河与北来的漳河在这里合流为沮漳河，王粲所登之楼应在此处。现在襄阳、荆州均建有仲宣楼，以为纪念。

关于《登楼赋》的写作时间，历来没有定论。俞绍初校点《王粲集》附《王粲年谱》以为作于建安十三年（208）。其依据是：据史载，是年九月刘琮降，曹操以江陵有军实，恐刘备据之，乃将精骑五千急追之，及于当阳长坂，大获其人众辎重。刘备走夏口，曹操进军江陵。时王粲已归曹操，必当从行。至长坂军事行动已基本结束，故得暇于道中登麦城之楼，从容作赋。赋言"向北风而开襟""风萧瑟而并兴"，时令正合。王粲虽有劝刘琮降曹之功，但曹操至江陵后方依韩嵩察品，擢用荆州名士，而前此王粲未有授任，前途未卜，既有忧虑，亦有希求，故赋所谓"惧匏瓜之徒悬兮，畏井渫之莫食"，乃是此种心情之写照。王粲自长安来荆州迄今首尾十六年，与赋"遭纷浊而迁逝兮，漫逾纪以迄今"亦合。

按俞说，刘表任荆州刺史时，治所在襄阳（后关羽督荆州，治所在江陵，即今荆州市）。王粲所登之楼既然不在襄阳，而在当阳麦城，他只有建安十三年（208）才有可能随曹操军队到达这里。按曹植《王仲宣诔》说王粲在荆州时"身穷志达,居鄙行鲜。振冠南岳,濯缨清川。潜处蓬室,不干势权"。可见王粲在荆州时不受重视,可能还居住于比较偏僻的地方,完全有可能离开襄阳,到过当阳麦城一带。且赋中明言"漫逾纪以迄今",则当作于到荆州十二年左右时。如已至十六年,则不会说"漫逾纪"。俞以十六年与"逾纪"为"亦合",颇为勉强。且此赋表达的感情忧伤不已,作者似乎看不到任何希望,这也与王粲归属曹操后大受赏识的情形完全不合。故俞说不可取。此赋当作于王粲流落荆州十二年左右,即建安九年(204)前后。

这是一篇骚体抒情小赋。按赋起源于先秦的古体赋和以屈原《离骚》为代表的骚体赋;西汉演变为铺张扬厉描写事物的大赋,如司马相如的《子虚赋》《上林赋》等;至东汉诞生一种继承骚赋体传统、篇幅较短的抒情小赋,张衡《归田赋》、赵壹《刺世疾邪赋》、蔡邕《述行赋》、祢衡《鹦鹉赋》等都属于此类。王粲文学创作诸体皆善,尤长于辞赋。曹丕《典论·论文》称"王粲长于辞赋……虽张(衡)、蔡(邕)不过也"。俞绍初校点《王粲集》所收25篇赋均为抒情小赋。

此赋内容分三段,凡三换韵,用韵与思想感情的变化一致。首段言登楼的过程及所见景色;第二段言因远望而思念故乡,是为愁之生;第三段言因处境凄凉、怀才不遇而感伤,是为愁转深。结尾重新回到眼前景色,悲伤之情与萧条之景相互映发,融为一体。最后以下楼、归屋、夜不能寐作结,语尽而意不尽。

开头"登兹楼以四望兮,聊暇日以销忧"两句,写得特别简单明白:我登上这座城楼四面张望,乘这个闲暇的日子来排遣郁闷。这几乎就是说大白话,没有运用什么技巧,但非常自然、大气,这是一种更大的技巧。比较早的文学作品,就有这样一种直言其事的质朴真淳。相形之下,我们反而会觉得后世很多讲究技巧的作品,显得很做作,很纤弱。我们阅读早期的文学作品,就要找回在运用表达技巧上返璞归真的感觉。掌握一些表达技巧是非常必要的,但我们不能在追求表达技巧的路上往而不返,为技巧而技巧。运用表达技巧的宗旨,还在于更充分地表达思想感情。同时,这样的开头,实际上为下文的展开提供了充分的空间。好的开头,应该能够自然引出下文。如果开头本身很漂亮,但不利于下文的展开,与下文没有有机联系,就不是好的开头。这里提到了"登楼""四望""销忧",以下就可以展现如何"登",如何"望","望"见了什么,销什么"忧"。它实际上把全文的内容都概括进去了,因此也能把全文的内容都带出来。曹操的《步出夏门行·观沧海》的起句"东临碣石,以观沧海",也是这样一种开头。曹操说:我来到了碣石这个地方,就是来看大海。这不跟普通人的口语一样吗?但诗人就有这种自信,根本不屑于装模作样,挖空心思,舞文弄墨。这两句诗自具一种如巨石坠顶、排山倒海的力量,向你碾压过来,势不可当,并自然引出下文对沧海的描写。《红楼梦》第五十回,林黛玉、薛宝钗、贾宝玉等在芦雪亭结诗社,为了让王熙凤赞助,请她也参加,并让她起句,本是出于礼貌,甚至可能还有看她笑话的企图在,因为王熙凤连字也不认识,更不懂什么诗词。谁想王熙凤天分极高,她推脱不成,凭直觉起了一句"一夜北风紧",一下把所有能诗会词的小姐公子们镇住了。因为这其实是一个非常好的开头,又自然,又有气势,更重要的是它为后面其他人续句打开了空间。《登楼赋》的开头与此类似。

  登上楼自然要四面眺望,所以下文以一"览"字领起,描写登楼后所望见的景色,非常顺畅自然。这里作者也是如实描绘,仍然没有运用什么技巧,但平易中有不平易,主要体现于作者描写的条理之清晰、刻画之准确。作者变换角度,上下、左右、前后、远近、旷野、田畴——写来,有条不紊,寥寥几句,就把此楼所处的位置、周围的景致,非常清晰地展示在读者面前。另外,写出了周围所见之远,也就凸显处此楼"显敞而寡仇"的特点。同时,写出楼的孤独,也为下面描写自己的孤独和因为孤独而产生的怀乡的感情埋下伏笔。楼是孤零零的,就会让作者产生孤独的感觉。作者自己感到孤独,反过来更觉得楼孤独,主观与客观之间相互激发。作者独自置身于陌生的异乡的一座高楼上，登高望远，就会强烈地感觉到自身的孤独，以及人生的短暂和渺小，自然就会产生"前不见古人，后不见来者。念天地之悠悠，独怆然而涕下"（陈子昂《登幽州台歌》）的感慨。

接下来的"清漳之通浦""曲沮之长洲""坟衍之广陆""皋隰之沃流"等，都是自然界的川原河流。"陶牧""昭丘"则是历史遗迹，"华实""黍稷"又是植物。写到历史人物和事件，就不仅有了空间的描写，还兼有了时间的维度，将人的思绪引向深邃的历史隧道，增添了文章的历史感。范蠡曾经建立不朽的功勋，楚昭王曾经贵为一国之君，现在也终归于一堆土丘，被湮没在历史的风烟之中，可见人生是何等的渺小和虚幻。但从另一个角度来看，他们至少还能留迹于天壤之间，后代有志之人如王粲者与之相比，不免感到惭愧。历史人物和事件又与前后的山川河流、植物庄稼等之间形成一种张力。人世有代谢，往来成古今，一去不复返，而自然界的山川河流永远静静地存在于那里，像是冷静的历史旁观者，看过了多少人世间的兴废存亡。原野的植物和田畴里的庄稼，年复一年地生长，长得那么茂盛，不知人间悲苦，甚至好像是在无情地嘲弄人生的短暂。所以，这里写在楼上望到的各种景色，喜中含悲，只不过此时暂时还以喜为主，喜显而悲隐。

作者写每一种景物与此楼的关系，都只用一个字，如"清漳之通浦"是一条河流，所以是"挟"；"曲沮之长洲"是一块河滩地，所以可"倚"。"坟衍之广陆"稍高，所以是"背"；"皋隰之沃流"较低，所以用"临"。"陶牧"是一个较大范围的区域，所以用"弥"；"昭丘"是一个点，所以用"接"。每组的两个词都不能互换，可见非常准确到位。作者写每种景物本身的特点，也都只用一个字，准确抓住该事物的主要特点，如漳河是"清"，浦是"通"；沮河是"曲"，洲是"长"；华实是"蔽"野，黍稷是"盈"畴。这些词也都不能移易。比方说换成"华实盈野，黍稷蔽畴"，就不合适。因为原野上植物毕竟稀疏一些，远望过去就是"蔽"的景象。田畴中的庄稼更密集，所以用"盈"。总之，作者用笔精省，要言不烦，这也是早期文学经典作品常有的特点。反观后世许多作品，因不惮辞费，写得很多，有时反而模糊了事物的主要特点。

"虽信美而非吾土兮，曾何足以少留"两句，是两段之间的过渡。"信美"是对上一段所写此楼周围景色的总结，"非吾土""曾何足以少留"则已开启下段抒写思乡之情。用韵上还属上段，内容已主要转入下段，承中有转，转中有承，转接自然，弥合了上下段之间的界限，使文章浑然一体。

从内容上看，开头部分的写景，相当于序曲，只是下面抒情的缘由，所以到这里戛然而止。下面的抒情部分才是文章的主体，因为此赋不是写物赋，而是抒情小赋。本来作者登楼的目的是为了"销忧"，登楼所见景致也"显敞"悦目，这里却突然一转，几乎只在一念之间，就由喜转悲。这似乎比较突兀，但符合人的情感发展逻辑。漂泊的人在异乡见到美好景色，首先自然感到赏心悦目，于是心底里自然产生与之建立某种联系的愿望，但马上就会意识到，这么美丽的景色不属于自己，我与它之间原来没有任何联系，于是迅速由力图建立联系的拥有感和亲近感，转变为意识到隔阂的疏离感和失落感。而且这种景色越是美好，这种失落感、疏离感就越强烈。相反，如果景色不美，就不会产生拥有和亲近的愿望，也就不会如此失落。所以在日常生活中，人们常有"美景生悲""乐景生哀"的感情体验，文学作品中也经常描写这种由喜转悲、越喜越悲的情感变化过程。宋代诗人王禹偁的《村行》诗云："马穿山径菊初黄，信马悠悠野兴长。万壑有声含晚籁，数峰无语立斜阳。棠梨叶落胭脂色，荞麦花开白雪香。何事吟余忽惆怅，村桥原树似吾乡。"同样是惆怅，一个因"似吾乡"，一个因"非吾土"。其思路看似相反，表达的却是相同的怀乡心理。元代诗人虞集《至正改元辛巳寒食日示弟及诸子侄》诗："江山信美非吾土，飘泊栖迟近百年。山舍墓田同水曲，不堪梦觉听啼鹃。"更是直接借用王粲此赋中的句意，表达"虽信美而非吾土"的感慨。

第二段开头,作者回忆起自己当初来荆州时的情景,想不到竟然已经超过十二年了。古人寿命短,这十二年对他是多么重要啊!同时,十二年又意味着他忍受了多少委屈,积累了多少悲怨!他现在想必颇感后悔,所悔的可能不在离开长安,而在投靠刘表。因为他们离开长安后,朝廷果然大故迭起,李傕、郭汜等作乱,王允等被杀,汉献帝先后被李傕、郭汜及杨奉等挟持。后来北方逐步落入袁绍、曹操两家之手。公元200年,袁绍在官渡被曹操击败,两年后死去。王粲作此赋不会早于204年,此时曹操已基本统一北方。如果此时北方仍战乱不休,王粲会因为自己能在相对安宁的荆州避难而感到欣慰。即使有怀乡的想法,也不会太强烈,因为归乡根本就不现实。现在就不同了。北方已经统一,相对安宁了,荆州倒是面临灭顶之灾。王粲是个有战略眼光的人,他应该已经看出,将来一定是曹操的天下。拿刘表与曹操相比,高下悬殊。他是否为自己当初没能投靠曹操而感到后悔,是否此时已有投靠曹操的念头或心理准备,"情眷眷而怀归""凭轩槛以遥望兮,向北风而开襟"的感情中是否含有向往北方的想法,不能完全排除。就算有,此时也不能明说。无论如何,他现在思念北方家乡的感情是更强烈了。

作者思念北方,于是在绕看高楼四周的景色后,停留在北望的方位。"向北风而开襟"是一个下意识的动作。作者解开衣襟,或让北风吹开衣襟,让北风吹到自己的胸怀里面,好像是想让它把自己胸中的这些忧愁都吹散掉,这个细节非常逼真。他努力把目光投向远处,即所谓"极目",似乎有一种潜在的心愿,即尽量望得远些,好像那样就可以拉近与故乡的距离。但远处就是荆山,它的山头挡住了作者的视线。于是作者放低视角朝下望,只见往北去的道路逶迤曲折,伸向远方,中间还有道道河流,水深流急,难以逾越。在当代交通技术发达的前提下,这点距离和河流是不成问题的。而在古代,这些都是很大的难题,我们一定要设身处地体会这些情况给古人造成的心理感觉。作者似乎在做各种努力。当人还在做某种努力以图改变不利的现实时,他是暂时无暇悲哀的。但王粲既望不到故乡，也无法前往故乡，于是感到无可奈何，不禁悲从中来，"悲旧乡之壅隔兮，涕横坠而弗禁"。

观览周围的景色是一个环节，专门朝北望家乡的方向是一个环节。能向外观望的都观望过了，作者的思绪必然转向内省，这是人们到达一个重要景点和著名遗址后行为和思维活动的一般规律。作者由自己强烈的思乡之情，自然联想到记忆中古往今来的人类似的故事。圣哲如孔子，完全达到了"知（智）者不惑，仁者不忧，勇者不惧"（《论语·子罕》）的境界。他为了实现自己的政治理想周游列国，辙环天下。当他在陈、蔡被围困陷入绝粮的处境时，也发出了"归欤，归欤"的感叹。钟仪和庄舄，一为楚人而被囚禁在晋国，一为越人而在楚国做高官，但随手弹奏出的还是家乡的曲调，自然发出的还是故乡的语音。作者想到这么多优秀的人物都像自己一样怀念家乡，这一来可证明自己产生怀乡之情是正常的，二来可证明自己与古代最优秀的人物的感觉是一样的。将自己加入这个行列之后，自我在某种程度上就变成了一个观察者，自己的思乡之情就变成了自己审视分析的一个对象，这样似乎可以在一定程度上减轻痛苦，仿佛得到了某种安慰。

第三段开头，作者由上段末尾写到的"人情同于怀土兮，岂穷达而异心"，联想到自己现在就正处于"穷"（不得志）的状态，于是自然转入对本赋第二个主题即"失意"的抒写。按人的思乡之情是一种普遍现象，也是一种很复杂的现象。现代人仍然会产生思乡之情，这往往与对父母亲人、家乡父老、青少年时代的师友的想念，对家乡景物、饮食、气候及青少年时代无忧无虑、轻松自在生活的怀念等有关。当代作家阿城曾写过两篇文章，一篇是《爱情与化学》，一篇是《思乡与蛋白酶》，他认为爱情主要是一种身体的化学反应，思乡主要是人的胃里面因从小的饮食结构形成的蛋白酶在起作用。这当然还是文学家的一种解释，但也并非完全没有一点道理。无论如何，现代人的思乡远不能与古代人的思乡相比。这与生产生活方式的变化有关。中国古代长期是小农经济社会，小农经济的主要生产资料是土地，以家庭为生产单位，所以人们特别依赖家庭，依赖土地。离开了家庭和土地，几乎什么都干不了，无法生存，所以就形成了家庭崇拜（包括祖先崇拜）和土地崇拜，对家庭、祖先和土地有很深的感情。家庭是很难搬走的，土地更是搬不走的，于是人们就形成了对家乡的依恋。这种基于现实利益关系的感情会被不断强化、深化，从而成为一种文化传统。现代人已进入工业文明和信息文明时代，人口流动极为频繁，对土地、家庭、家乡的依赖和依恋大为减弱，所以很难理解古人为何有那样强烈的思乡之情。

就古人而言，不同情况下思乡的程度也不一样。虽说人们对家乡的思念不因不得志与得志而或有或无，但不得志者对家乡的思念显然更强烈。作者之所以如此思乡，根子还在于他的失意，因此"失意"才是本赋的第一主题，是主旋律。前面已经提到，王粲有两个特点，一是家族地位高，二是才华高。这两点既是他可以有所作为的有利条件，也是一种压力。他因此更迫切地希望取得成功，未取得成功时更加苦闷焦虑，受到冷落时更加感到委屈。《三国志》王粲本传载：曹操平定荆州后，"置酒汉滨，粲奉觞贺曰：'……刘表雍容荆楚，坐观时变，自以为西伯可规。士之避乱荆州者，皆海内之俊杰也；表不知所任，故国危而无辅。'"这简直就是在说自己。他毫无疑问是以"海内之俊杰"自居的，因此对刘表的"不知所任"深为不满。"惧匏瓜之徒悬兮，畏井渫之莫食。"他与孔子一样，担心空有自己满腹才华，却像葫芦瓢被挂在墙上，徒有虚名，无人任用，一事无成；又与古代哲人一样，把自己比作不断掏挖出来的新鲜干净的井水，希望被人饮用，发挥应有作用，体现自身价值。但现在天下未定，自己屈身荆州，根本看不到任何希望，不由得陷入深深的怅惘之中。

待到作者从沉思中回过神来，发现不知什么时候天已向暮。白日即将西沉，天空一片昏黄，风也从各个方向刮起。远处的野兽似乎感到黑夜即将来临，横冲直突奔跑，急于找到兽群；鸟儿们也纷纷鸣叫飞起，似乎在相互打招呼返回巢中。这时原野上光线越来越暗，远处出现一个行人的身影，正在拼命赶路。作者描绘的景象越来越黯淡，语气越来越急促，情调越来越压抑，这是作者此时此刻心情的自然流露。作者的心境越悲凉，看到的景象就越凄怆；反过来，看到的景象越凄怆，他的心境就更悲凉，主观心境与客观景象之间形成了一种相互激发、相互呈现的关系。我们在屈原的《山鬼》中曾看到类似的描写。当女山鬼意识到男山鬼对自己的感情可能有变时，即觉得天塌地陷："雷填填兮雨冥冥，猿啾啾兮又夜鸣，风飒飒兮木萧萧。"

连兽、鸟都知道天黑了要回到自己的巢穴中去，行人也在急急赶往目的地，而自己却不能回到所思念的故乡去，这更使作者感受到了自己处境之可悲。最后他不得不回到自己冷清的住所，心里久久不能平静，辗转反侧，夜不能寐。第三段后半部分由抒情转入景色描写，是以景写情，同时也与全文开头处对高楼周围景色的描写相呼应，以见前后景色发生了多么显著的变化。全文末尾写到"气交愤于胸臆""夜参半而不寐兮，怅盘桓以反侧"，也与开头"登兹楼以四望兮，聊暇日以销忧"形成一种反向呼应关系。本为"销忧"才去登楼，谁知不仅没有销忧，反而生忧、添忧。其实这也是人生中一种常见现象，正如后来李白所说的："抽刀断水水更流，举杯消愁愁更愁。"但王粲通过这一番登楼的经历，通过写作这篇《登楼赋》，将自己思乡和失意的感情体验宣泄了一通，在某种程度上将这种感情转化成了审视的对象，总还能起到一定的排遣作用。对后代的读者而言也是如此。

像《登楼赋》这种较早时期的文学作品，好就好在感情真挚，语言简洁准确。它不是不运用技巧，但技巧的运用是为表达思想感情服务的。除此之外，别无枝叶。后世的大量文学作品，或者本来没有什么真情实感要表达，只是为了某种别的目的勉强创作；或者有点真情实感，但过度运用技巧，以至文胜其质，就没有了早期文学作品那种质朴精纯的美感。刘勰在《文心雕龙·情采》篇中说："昔诗人什篇，为情而造文；辞人赋颂，为文而造情。"他推崇《诗经》的"为情而造文",认为辞赋作品就已经"为文而造情"了,后世的作品更是等而下之。坚持"为情而造文",这是我们阅读王粲《登楼赋》时该受到的主要启示。

顺便指出,王粲的这篇《登楼赋》不仅对中国本土文人和文学创作产生了深远影响,成为历代文人表达漂泊与失意的一个标志性符号,他的影响还延伸到海外。明代文人倪谦出使朝鲜时,觉得自己是来到了一个遥远偏僻的地方,因此仿王粲之作写了《雪霁登楼赋》。当时朝鲜的文人都有不甘示弱,要与中国来的使者一比高低的心态。于是负责陪伴的申叔舟也写了一篇《和雪霁登楼赋》,接着徐居正等十九人也写了同题之作共二十一篇。一方面,这些拟作都仿拟王粲《登楼赋》的主题意绪,以显示自己熟谙这篇经典之作;另一方面,朝鲜文人又出于民族自尊心,不太甘心将自己的祖国写成一个偏僻荒凉的地方,其中意蕴颇为复杂,甚堪玩味。(见安生《行人用赋予外交唱和:〈登楼赋〉在朝鲜朝的拟效与流行》,《外国文学评论》2018年第4期)

山水时空,兴怀无端——王羲之《兰亭集序》

　　王羲之(303—361,一作307—365),字逸少,会稽(今浙江省绍兴市)人,祖籍琅琊(今山东省临沂市),出身世家大族,为司徒王导之侄。初任秘书郎,征西将军庾亮引为参军,累迁长史。后拜宁远将军、江州刺史,复授护军将军,迁右军将军、会稽内史。因与扬州刺史王述不和,晋穆帝永和十一年(355)三月辞官归家,放情山水,弋钓自乐,年五十九卒,赠金紫光禄大夫,世称王右军。《晋书》卷八十有传。

　　王羲之是我国古代著名书法家。早年从卫夫人(铄)学,后改而草书学张芝,正书学钟繇,并博采众长,精研体势,推陈出新,一变汉魏以来质朴的书风,成为妍美流便的新体。其书备精诸体,尤擅正、行,为历代学书者所宗尚,被奉为"书圣"。亦长于诗文,其散文疏朗简洁,韵味深长。所写书简杂帖,或议论时政,或抒发素志,随意挥洒,自然有致,颇为可观。原有集十卷,已散佚,明人张溥辑有《王右军集》二卷。

　　永和九年,岁在癸丑,暮春之初,会于会稽山阴[1]之兰亭[2],修禊[3]事也。群贤毕至,少长咸集[4]。此地有崇山峻岭,茂林修竹[5],又有清流激湍[6],映带[7]左右,引以为流觞曲水[8],列坐其次[9]。虽无丝竹管弦之盛,一觞一咏,亦足以畅叙幽情[10]。

　　是日也,天朗气清,惠风[11]和畅,仰观宇宙之大,俯察品类[12]之盛,所以游目骋怀[13],足以极视听之娱[14],信[15]可乐也。

本篇选自〔唐〕房玄龄:《晋书》卷八十《王羲之传》,中华书局1974年版。题一作《三月三日兰亭诗序》。

夫人之相与[16]，俯仰一世[17]。或取诸怀抱，悟言一室之内[18]；或因寄所托，放浪形骸之外[19]。虽趣舍万殊[20]，静躁[21]不同，当其欣于所遇[22]，暂得于己[23]，快然自足[24]，不知老之将至[25]；及其所之既倦[26]，情随事迁[27]，感慨系之[28]矣。向之所欣[29]，俛[30]仰之间，已为陈迹，犹不能不以之兴怀[31]。况修短随化[32]，终期于尽[33]。古人云："死生亦大矣[34]。"岂不痛哉！

每览昔人兴感之由[35]，若合一契[36]，未尝不临文嗟悼[37]，不能喻之于怀[38]。固知一死生为虚诞[39]，齐彭殇为妄作[40]。后之视今，亦犹今之视昔，悲夫！故列叙时人[41]，录其所述[42]，虽世殊事异，所以兴怀，其致[43]一也。后之览者，亦将有感于斯文[44]。

注　释

[1] 会（kuài）稽：郡名，秦始皇二十五年（前222）始置，治所在吴县（今江苏省苏州市吴中区），东汉时郡治移至山阴。山阴：县名，在今浙江省绍兴市。

[2] 兰亭：在今浙江省绍兴市西南兰渚山麓之兰溪江畔。晋穆帝（司马聃）永和九年（353）三月初三，王羲之与其友孙绰、孙统、谢安、支遁等共40余位名士在兰亭为修禊举行集会。与会者畅饮赋诗，本文即是王羲之为这些诗所写的序言。《兰亭诗》现存41首，分别为四言诗和五言诗，系26人所作，见逯钦立编《先秦汉魏晋南北朝诗·晋诗》卷十三。

[3] 修禊（xì）：古代习俗，于阴历三月上旬的巳日（魏以后始固定在三月三日），到水边嬉游，以消除不祥，称为修禊。

[4] 毕、咸：都。

[5] 修竹：长竹，高竹。

[6] 湍：急流的水。

[7] 映带：形容流水左右映照，连带回环。

[8] 流觞：将酒杯放在曲水上游，任其循流而下，停在谁的面前，谁即取饮。觞：酒杯。曲水：引水环曲为渠，以流杯饮酒。

[9] 次：处所，此指曲水边。

[10] 幽情：幽雅的情怀。

[11] 惠风：和风。

[12] 品类：品种类别，指万物。《周易·系辞上》："仰以观于天文，俯以察于地理。"

[13] 游目骋怀：纵目游观，舒展胸怀。

[14] 极视听之娱：尽情地享受观赏和聆听的乐趣。极：尽。

[15] 信：真正，确实。

[16] 相与：相处，即人生在世的意思。

[17] 俯仰一世：眨眼间就是一辈子。俯仰：低头抬头之间，表示时间短暂。

[18] 取诸怀抱：把自己内心的思想感情直接表达出来。悟：通"晤"。晤言：对面交谈。

[19] 因寄所托：通过某种事或物来体现自己的思想感情。放浪形骸之外：外在的表现非常随便，没有顾忌。形骸：指人的身体。

[20] 趣（qū）舍：亦写作"取舍""趋舍"，趋向或舍弃。万殊：万般多样，各不相同。

[21] 静躁：指性情的安静与躁动。静：指上文的"悟言一室之内"；躁：指上文的"放浪形骸之外"。

[22] 欣于所遇：对所遇到的感到高兴满意。

[23] 暂得于己：自己暂时心满意得。

[24] 快然：欢快的样子。自足：自己感到满足。

[25] 不知老之将至：《论语·述而》："发愤忘食，乐以忘忧，不知老之将至云尔。"

[26] 所之：所往，所经历。之：往。倦：倦怠。

[27] 情随事迁：感情随着事情的变化也发生改变。

[28] 感慨系之：感慨都集中到它上面。

[29] 向：过去，以前。所欣：所喜欢的事物。

[30] 俛:"俯"的异体字。

[31] 以之兴怀:因为它而产生感慨。以:因。

[32] 修短:指寿命的长短。随化:听凭造化。

[33] 终期于尽:最终归于消灭。期:至、及。

[34] 死生亦大矣:死生也是件大事啊。《庄子·德充符》:"仲尼曰:'死生亦大矣,而不得与之变。'"

[35] 兴感之由:产生感慨的缘由。

[36] 若合一契:像符契那样相合,即完全相同。契:古人用木或竹刻的契券,剖为两半,双方收存,验证时则两两相合,以辨真伪。

[37] 临文:面对古人的文章。嗟:嗟叹。悼:悲伤。

[38] 不能喻之于怀:不能从心里高兴起来。喻:通"愉"。《庄子·齐物论》:"自喻适志与。"陆德明释文引李颐曰:"喻,快也。"

[39] 一死生为虚诞:将死和生等同起来的说法是虚妄荒诞的。一:用作动词,看成一样。《庄子·大宗师》:"孰知生死存亡之一体者,吾与之友矣。"

[40] 齐彭殇为妄作:将长寿与短命等同起来的说法是胡说。齐:用作动词,看作同等。彭:彭祖,传说是古代长寿的人物,活了八百岁。殇:未成年而死的人。《庄子·齐物论》:"莫寿乎殇子,而彭祖为夭。"

[41] 列叙:罗列叙述。时人:当时在场的人,即参加修禊的人。

[42] 述:著述,此指所赋之诗。

[43] 致:情致。

[44] 斯:这,这些。斯文:这些诗文。

赏　析

一篇作品能否流传后世,关键是它的艺术水平如何。除此之外,还有很多因素在起作用。例如有时人以文重,有时又文以人重;有时事因文传,有时又文因事传。王羲之的《兰亭集序》算得上千古名文,它本身的艺术水平当然不低,但它之所以传诵不衰,显然与王羲之是中国古代著名书法家,《兰亭集序》由他本人书写并被称为"天下第一行书",围绕它还发生了一系列曲折奇特的故事等因素分不开。作为散文的《兰亭集序》在中国文学史上的地位,显然不及作为书法的《兰亭集序》在中国书法史上的地位重要。历代人在观赏临摹《兰亭集序》书迹时,自然也熟悉了这篇文章。因而此文在一定程度上可以说是文因人重、文因书传。当然此文文辞优美,使作为书法的《兰亭集序》书、文俱佳,反过来对后者久享重名也起了一定作用。

全文共分两部分。第一部分记述了兰亭集会的时间、地点,描绘了周围的景色、当日的气候和聚会上的活动内容。其中对兰亭一带景色的描绘历来为人们所称道。东晋以前,南北文化发展水平差距较大。北方著名文人多,但北方山水景色相对单调;南方山水奇异秀丽,但缺乏有才华的文学艺术家予以描画。东西晋之交,北方战乱不休,大批北方士族迁徙南方,清丽的南方山水景色在他们眼前展现了一个缤纷多彩的世界,会稽(今浙江省绍兴市)一带尤其成为士大夫们向往的山水胜地。《世说新语·言语第二》载:"顾长康(恺之)从会稽还,人问山川之美,顾云:'千岩竞秀,万壑争流,草木蒙笼其上,若云兴霞蔚。'"顾恺之不愧为著名画家,善于捕捉山水景物的特点,他的这几句话就成为对会稽山水的经典性评价。王羲之更是寝馈于家乡山水之中。《晋书》卷八十《王羲之传》:"会稽有佳山水,名士多居之,谢安未仕时亦居焉。孙绰、李充、许询、支遁等皆以文义冠世,并筑室东土,与羲之同好……羲之既去官,与东土人士尽山水之游,弋钓为娱。又与道士许迈共修服食,采药石不远千里,遍游东中诸郡,穷诸名山,泛沧海,叹曰:我卒当以乐死。"交代上述背景,是为了说明两点:第一,王羲之喜爱山水并善于描绘山水,不是一个孤立现象,当时社会上特别是士大夫阶层中正盛行一种欣赏山水的风尚,人们观赏和描绘山水景色的水平因此得到很大提高。王羲之自然受到这一风尚的影响,同时又是它的重要推波助澜者。第二,王羲之对兰亭一带景致的出色描绘,也是以他对家乡山水长期的观察感受为基础的。这样的景色可以说已经融入他的灵魂,成为他生命的一部分,因此他随意点染,寥寥几笔,即能准确传神。

当然,包括王羲之在内的东晋士大夫之所以醉心山水,并不仅仅是为山水的自然景色所吸引,而是还蕴含着对人生的价值与意义的思索追寻。大约从西汉中叶至东汉中叶,儒家思想占统治地位,儒家的人生观价值观也成为当时占主导地位的人生观价值观。按照儒家学说,人生的意义和价值就在于体认和践履"仁义"的道德原则,遵循"三纲五常",承担起修身齐家治国平天下的社会使命。如果面临舍弃"仁义"与牺牲个体生命之间的选择,那么应该"杀身成仁""舍生取义"。简言之,人生的意义和价值并不在人生本身,而在于一种道德原则和社会理想。只要体认、践履和实现了这种原则和理想,人生就有了意义和价值,因此孔子说"朝闻道,夕死可矣"(《论语·里仁》)。大约从东汉中叶开始,政治日趋腐败,世风日下,接着汉末大乱,三国争战。在经历了西晋短暂的统一和安宁之后,又是八王之乱,北方少数民族乘虚而入,晋室东渡,南北分裂。儒家所倡导的社会理想成为泡影,暴露出空洞虚幻的本质;儒家的人生理想也失去依托,遭到怀疑。人们开始重新思考人生的价值与意义究竟是什么,这种思索和追寻的重心也从普遍的道德原则和社会理想转移到人生本身,于是一种主体生命意识觉醒并迅速滋长蔓延开来。人们意识到空洞虚幻的社会理想和人生理想是靠不住的,人生的意义和价值主要应在人生本身。这种意识又分化出了两种似相反而实相成的主要取向:一种是珍惜生命本身,追求顺志适意,以至放纵不羁,甚或服食药物,乞求长生和成仙;一种是深感人生本身的渺小和短暂,觉得成败、贵贱、生死都微不足道,于是力图超越有限人生,达到对宇宙本原(如所谓有或无)的体认。如果说以儒家学说为代表的先秦两汉时代人们对人生价值与意义的认识,标志着中华民族已完全走出蒙昧时代,实现了对于人类总体属性的理性自觉,那么汉末魏晋时期人们的这种主体生命意识就标志着中华民族对人的反思又进入了一个新阶段,已从人类的总体属性深入个体生命的层次,从人类的自觉发展到了个体的自觉。余英时《士与中国文化》论述汉晋时期人们的思想变迁,有"士之群体自觉"与"士之个体自觉",而与艺术关系密切的是后者。所谓"士之个体自觉","即自觉为具有独立精神之个体,而不与其他个体相同,并处处表现其一己之独特所在,以期为人所认识之义也"。(上海人民出版社 1987 年版,第 310 页)

一旦确定以人生本身作为关注的焦点,人本身所占空间位置的大小、生命的长短等原来并不显得重要的问题就凸显出来。人们开始认真关注人生本身时,才深刻意识到人生原来是如此的渺小,又是如此的短暂。与之形成巨大反差的,是自然空间的无限和时间的永恒。人们在关注人生本身时,自然而然注意到与之相关的空间和时间问题,因此伴随汉末魏晋时期主体生命意识的觉醒,人们的空间意识和时间意识(合称宇宙意识)也觉醒了。于是在汉末魏晋人关于生命的思考中,就反复出现这样的感喟:"人生天地间,忽如远行客";"人生寄一世,奄忽若飙尘";"浩浩阴阳移,年命如朝露。人生忽如寄,寿无金石固";"生年不满百,常怀千岁忧"。(《古诗十九首》)"宇宙一何悠,人生少至百";"一生复能几,倏如流电惊"。(陶渊明《饮酒二十首》)

伴随着人们的主体生命意识、空间意识、时间意识的觉醒,人们的山水意识也觉醒了。这首先是因为,山水是人类生存必须依赖的环境,是人类的家园,人类与山水之间本有一种天然联系。当人们关注人生本身时,自然也开始关注山水,仿佛能从渊渟岳峙中感受到一种生命的律动。其次,与人生的渺小和短暂相比,山水是巨大的、永恒的,因此山水是最容易使人们感受到人生的渺小和短暂的对象物,反过来也就成为人们借以感悟和表达主体生命意识和宇宙意识的最佳载体。汉末以降,特别是魏晋以后,人们观赏山水的风气日盛,描绘山水的山水诗、山水散文、山水画逐步兴盛起来,深层的原因还在这里。

以上是就整个时代环境和总的思想潮流而言的。而王羲之之所以能写出《兰亭集序》，成为这种时代思想潮流的代言人，与他个人的生活经历及个性有关。他虽出身于东晋著名的琅琊王氏家族，在出仕、参与文坛活动等方面，享有很多其他人不可能享受的特权，但高处不胜寒，他的人生道路并不平坦。他的父亲王旷，年轻时即与族兄王导、王敦等齐名。西晋王朝风雨飘摇之际，他与王导、王敦等共同筹划琅琊王司马睿过江之策，为后来东晋王朝建立奠定基础。不久被任命为淮南内史，永嘉三年（309）领兵至上党壶关与刘渊军作战，全军覆没，王羲之的父亲也下落不明。东晋王朝建立后，族兄王导、王敦等掌权，并没有对他给予褒恤，其中或有隐情。幼年丧父，必定给王羲之的心灵造成严重创伤，留下了浓重的心理阴影。永昌元年（322），族伯王敦谋反，举兵攻打东晋首都建康，朝廷大臣主张尽诛王氏，王导每天带着同族子弟二十余人到御史台待罪，可谓命悬一线，赖晋元帝宽免，这想必也给王羲之留下了刻骨铭心的记忆。上述经历和遭遇，使王羲之形成了无所依靠的不安全感和多愁善感的性格，对人生的空幻无常有更深切的体会。就在他召集兰亭集会前后，他深为身体的病痛所困，仕途上也陷入困境。前任会稽内史王述此时已升为扬州刺史，成为他的上司，两人关系紧张，王羲之深感苦恼，已萌生退意，只是还硬撑着而已。这种心态，自然也会渗透到《兰亭集序》中。

总之，《兰亭集序》反映的正是当时士大夫由观赏山水进而感悟主体生命意识和宇宙意识的思维理路。在美好的季节，面对美丽的山水景物，置身快乐的聚会，作者感受到生命的美好。由此想到，人生短暂，这样的快乐不能经常享有，为此感到遗憾和伤感。进而思考人生的意义究竟是什么，人与天地之间究竟是一种怎样的关系，人们又应该如何看待人生的渺小和短暂这一现实，采取一种怎样的人生态度，以安顿此心，度过此生。

因此，作者在介绍兰亭聚会的时间、地点、缘由，寥寥几笔勾勒了兰亭一带的山水景色之后，即举目远望，视野扩展到整个天地之间，但见"天朗气清，惠风和畅"，接着又上升到对"宇宙之大，品类之盛"的观照和思考。然后在这一深广背景下俯瞰人生。作者首先感受到的是，人生虽然渺小，但通过不同的方式，有时候还可以实现自己的心愿，"暂得于己，快然自足"；不过这种情形不可能经常遇到，一旦事过境迁，这种快乐就不复存在，剩下的就只有追忆的"感慨"了；更让人"兴怀"伤感的是，连作为勾起人们对往日欢乐之回忆的种种场景，也"俛仰之间，已为陈迹"，似乎要将人们愉快的记忆抹去，又似乎有意让人们在今昔对比之中唏嘘不已；然而最残酷的事实，还在于人生短暂，每个人都"终期于尽"，与这个世界的所有一切告别，这就不能不使人感受到莫大的"悲""痛"了。由"快然"到"感慨"，再到"兴怀"，层层递进，最后触及人类最深的隐痛，最大的悲哀。在意识到这一切都不可改变，而且古往今来人们已无数次体验过同样的悲痛之后，作者首先对所谓"一死生，齐彭殇"的说法给予了否定，同时对当前的美景和快乐表现出加倍的留恋。他要将此景此情记录下来，让这一刻化为永恒。如前所述，"一死生，齐彭殇"也是主体生命意识觉醒后的取向之一，但与它相比，王羲之的取向从自己的真切感受出发，显得更真诚，更贴近人情，更充分地表达了当时人们的主体生命意识，也更容易引起后世人的共鸣。

　　与作品的思想内容真诚自然而又精警深刻相一致，本文的语言风格也疏朗淡雅，自然圆美，但又流转中度，自具章法。如从句式的运用来看，开头连用三个四字句，交代兰亭聚会的时间；接着一个九字长句，交代聚会地点；然后一个四字句，交代聚会事宜。在这个句意群内，句式参差错落，节奏或顿或延，言简意赅，而又从容不迫，语气舒展，读来琅琅上口。以下各处句式的安排，也大致有同样的特点和效果。第三段以"当其""及其""况"等字眼领起一个个句意群，标示内容的层层推进，又以"感慨系之矣""岂不痛哉""悲夫"等感叹词句穿插其中，表明情感的积聚升腾。它们前后呼应，既使文章的内容显得有层次，有变化，又使全文一气贯注，浑然一体。《兰亭集序》在用词、句法、章法上的上述特点，很容易使人联想到王羲之的书法在笔画、字体、章法上的特点。

由观赏美景、欢乐聚会引发对人生的思考，这是古代文学中的一个常见主题。

例如李白的《春夜宴从弟桃花园序》和苏轼的《前赤壁赋》，性质就与《兰亭集序》非常相似，但这两篇文章的情调、风格与王作很不相同。我们试作比较即可看出，同样的题材，不同时代、不同个性气质的作家会做出怎样不同的处理。李白在序文中也涉及"浮生若梦，为欢几何"的问题，但他几乎转眼间就将这种忧伤抛在脑后，而完全陶醉于美景、美酒中去了，不像王羲之那样感伤嗟叹，低徊不已。李文中如"夫天地者，万物之逆旅也；光阴者，百代之过客也"，"阳春召我以烟景，大块假我以文章"之类的句子，一如他的诗中的语言，大言煌煌，出人意表。末尾"如诗不成，罚依金谷酒数"云云，更充分体现了李白的欢快心情。但李文的主旨是及时行乐，不如《兰亭集序》感人之深。

前人已经辨明，对苏轼其人及其诗、词、文的风格，最准确的概括不是豪放，而是豁达。他善于将人生的各种痛苦、烦恼、无奈等穷形尽相地抒发表达出来，然后又一一予以消解，使人们在随之经历了一番对痛苦、烦恼、无奈等淋漓尽致的体验、梳理之后，重新归于平静。因此，在中国古代文学中，苏轼的作品可能属于最有益于人们身心健康的那一类。《前赤壁赋》写于苏轼贬居黄州期间。它首先描写了夜游赤壁的快乐情景，继而笔锋一转，写出众人的困惑：宇宙广大，江月永恒，而人生渺小，生命短暂。接着苏轼大谈了一番"自其变者而观之，则天地曾不能以一瞬；自其不变者而观之，则物与我皆无尽也"的道理，借长与短都有相对性泯灭了它们之间的差别。最后又说江月虽永恒，但可以为我所取，显示人生的优越，从而复归快乐无忧。与王羲之、李白相比，苏轼的思考更具有哲理性，所提供的思路也比较积极健康。

有人也许会说，王羲之、李白、苏轼等人所表达的这种观点，也不过就是一种人生感叹，平常人也能感受到。这话不假。但一般人不一定能感受得这么深刻，表达得如此透彻，富于感染力。黑格尔说过："正像同一句格言，从年轻人（即使他对这句格言理解得完全正确）的口中说出来时，总是没有那种饱经风霜的成年人的智慧中所具有的意义和广袤性。"

明代文学家袁宏道有《兰亭记》一文，分析王羲之《兰亭集序》的内涵和价值，即在于对生命的感伤、眷恋和珍惜：

古今文士爱念光景，未尝不感叹于死生之际。故或登山临水，悲陵谷之不长；花晨月夕，嗟露电之易逝。虽当快心适志之时，常若有一段隐忧埋伏胸中，世间功名富贵举不足以消其牢骚不平之气。于是卑者或纵情曲蘖，极意声伎；高者或托为文章声歌，以求不朽；或究心仙佛与夫飞升坐化之术。其事不同，其贪生畏死之心一也。独庸夫俗子，耽心势利，不信眼前有死。而一种腐儒，为道理所锢，亦云："死即死耳，何畏之有！"此其人皆庸下之极，无足言者。夫蒙庄达士，寄喻于藏山；尼父圣人，兴叹于逝水。死如不可畏，圣贤亦何贵于闻道哉？羲之《兰亭记》，于死生之际，感叹尤深。晋人文字，如此者不可多得。

袁宏道的这一见解非常准确深刻。

古往今来，中华文化在儒家思想的影响下，比较多地倡导"杀身成仁""舍生取义"；另一方面，又受佛家思想和道家思想的影响，强调人生的短暂、虚幻。两个方面的共同点，是对个体生命不太重视。动辄强调把生死置之度外，好像很高尚、很洒脱，其实很不合人性，实际作用往往是驱使许多人盲目愚昧地为当权者和现有体制卖命，或消解人们对现实的不满，诱导人们放弃抗争。其实，正像袁宏道所说，这是对孔子的思想和老子、庄子、佛祖思想的片面理解。孔子、老子、庄子都珍惜生命，对生命的意义做了深刻的思考探寻，这正是他们的人文主义理想的巨大价值所在。佛祖也具有博大的悲天悯人的情怀。强调珍惜生命，并非就是提倡"贪生怕死"，与倡导"杀身成仁""舍生取义"并不矛盾。相反，真正的仁人志士，恰恰是因为认识到人生的可贵、生命的高贵，才不愿意使生命受到委屈和玷污，才在必要时毅然"杀身成仁""舍生取义"，以维护生命的尊严，成就生命的伟大。他们"杀身成仁""舍生取义"，往往正是为了维护社会的正义，让其他更多的生命能好好地活着，或活得更好一点。他们的"杀身成仁""舍生取义"的价值，正在于珍惜人生，尊重生命。世界上最高的"仁"与"义"，就是珍惜人生，尊重生命。只有出于珍惜人生、尊重生命的"杀身成仁""舍生取义"，才能称得上是真正的"仁"与"义"。一个丝毫体会不到人生的可贵与可悲，缺乏悲天悯人情怀的人，其心态是不正常的、不健全的，也是可怕的。一有条件，他们就可能根据自己利益的需要，丧心病狂地践踏生命。即使有些人怀抱着理想去"杀身成仁""舍生取义"，也往往成为当权者的工具，其行为的结果往往和他们的初衷相反。所以，我们不仅要倡导"杀身成仁""舍生取义"，也要进行珍惜生命、悲悯生命的教育，深深体会到人生的可贵与可悲。这样的心智才是丰满而健全的。这样的人不会因为怀有伤感和悲悯的情怀而变得懦弱，恰恰会具有大慈悲，具有大智大勇，能真正"杀身成仁""舍生取义"。鲁迅说："无情未必真豪杰，怜子如何不丈夫。"无数仁人志士的行为充分诠释了这一点。

人生绝唱，骈体杰作——王勃《滕王阁序》[1]

王勃（约650—676），字子安，绛州龙门（今山西河津）人。祖父王通是隋末著名学者，辞世后门人私谥为文中子；叔祖父王绩号东皋子，是隋唐之际的著名诗人；父亲王福畤历任太常博士、雍州司功等职。王勃自幼即才华颖露，六岁能作文，十四岁被大臣刘祥道当作神童推荐给朝廷，后经测试置于高等，授朝散郎。沛王李贤闻其名，召为王府修撰。当时上至宫廷贵族下至市井细民都盛行斗鸡，王勃为沛王鸡写了一篇讨伐英王鸡的檄文，唐高宗李治大怒，将他赶出王府。王勃随即出游江汉，客居蜀中。咸亨三年（672），补虢州（今河南灵宝）参军，因擅杀官奴当诛，幸遇咸亨五年（674）八月，唐高宗李治改称天皇，皇后武则天改称天后，改当年为上元元年，大赦，王勃得以免死除名，其父受牵连被贬为交趾（治所在今越南河内西北）令。上元二年（675），王勃南下侍奉父亲，次年八月渡南海时溺水，惊悸而死。《旧唐书》卷一百九十上、《新唐书》卷二百〇一有传。

王勃与杨炯、卢照邻、骆宾王以诗文齐名，称"初唐四杰"。他们的诗文创作尚未脱南朝齐梁以来的绮丽风尚，但他们又已感受到唐王朝日益强盛的新气象，积极进取，诗歌的内容从宫廷台阁走向广阔社会人生。他们的文学主张也相应地强调有用于世，其中王勃的态度尤为鲜明。他明确反对当时文坛上盛行的以上官仪的创作为代表的"上官体"，"思革其弊"，得到先已成名的卢照邻等人支持。王、杨擅长五言律绝，格律规范渐趋成熟；卢、骆善于七言歌行，情调流转。他们的骈文也在华丽工整中寓灵活之气。"四杰"初步扭转了初唐的诗文风尚，是唐代文学从初唐发展到盛唐的过渡人物。

本篇选自〔清〕蒋清翊注：《王子安集注》卷八，上海古籍出版社1995年版。

豫章故郡，洪都新府[2]；星分翼轸[3]，地接衡庐[4]。襟三江而带五湖[5]，控蛮荆而引瓯越[6]。物华天宝，龙光射牛斗之墟[7]；人杰地灵，徐孺下陈蕃之榻[8]。雄州雾列[9]，俊采星驰[10]。台隍枕夷夏之交[11]，宾主尽[12]东南之美。都督阎公之雅望[13]，棨戟遥临[14]；宇文新州之懿范[15]，襜帷暂驻[16]。十旬休假，胜友如云[17]；千里逢迎[18]，高朋满座。腾蛟起凤，孟学士之词宗[19]；紫电青霜，王将军之武库[20]。家君作宰，路出名区[21]；童子何知，躬逢胜饯[22]。

时维九月，序属三秋[23]。潦水尽而寒潭清[24]，烟光凝而暮山紫[25]。俨骖騑于上路，访风景于崇阿[26]。临帝子之长洲，得仙人之旧馆[27]。层台耸翠，上出重霄；飞阁翔丹，下临无地[28]。鹤汀凫渚，穷岛屿之萦回[29]；桂殿兰宫，即冈峦之体势[30]。

披绣闼[31]，俯雕甍[32]，山原旷其盈视，川泽纡其骇瞩[33]。闾阎扑地，钟鸣鼎食之家[34]；舸舰迷津，青雀黄龙之轴[35]。云销雨霁，彩彻区明[36]。落霞与孤鹜齐飞，秋水共长天一色[37]。渔舟唱晚，响穷彭蠡[38]之滨；雁阵惊寒，声断衡阳之浦[39]。

遥襟甫畅，逸兴遄飞[40]。爽籁发而清风生，纤歌凝而白云遏[41]。睢园绿竹，气凌彭泽之樽[42]；邺水朱华，光照临川之笔[43]。四美具，二难并[44]。穷睇眄于中天，极娱游于暇日[45]。天高地迥，觉宇宙之无穷；兴尽悲来，识盈虚之有数[46]。望长安于日下，目吴会于云间[47]。地势极而南溟深[48]，天柱高而北辰远[49]。关山难越，谁悲失路[50]之人？萍水相逢，尽是他乡之客[51]。怀帝阍[52]而不见，奉宣室[53]以何年？

嗟乎！时运不齐，命途多舛[54]。冯唐易老[55]，李广难封[56]。屈贾谊于长沙，非无圣主[57]；窜梁鸿于海曲，岂乏明时[58]？所赖君子见机[59]，达人知命[60]。老当益壮，宁移白首之心；穷且益坚，不坠青云之志[61]。酌贪泉而觉爽[62]，处涸辙[63]而相欢。北海虽赊，扶摇可接[64]；东隅已逝，桑榆非晚[65]。孟尝高洁，空余报国之情[66]；阮籍猖狂，岂效穷途之哭[67]？

勃，三尺微命[68]，一介[69]书生。无路请缨，等终军之弱冠[70]；有怀投笔,爱宗悫之长风[71]。舍簪笏于百龄,奉晨昏于万里[72]。非谢家之宝树[73],接孟氏之芳邻[74]。他日趋庭,叨陪鲤对[75];今兹捧袂,喜托龙门[76]。杨意不逢,抚凌云而自惜[77];钟期相遇,奏流水以何惭[78]。

呜呼!胜地不常,盛筵难再[79];兰亭已矣,梓泽丘墟[80]。临别赠言,幸承恩于伟饯[81];登高作赋[82],是所望于群公。敢竭鄙怀,恭疏短引[83];一言均赋,四韵俱成[84]。请洒潘江,各倾陆海云尔[85]。

注 释

[1] 题目原作《秋日登洪府滕王阁饯别序》,这里是简称。上元二年(675)九月,王勃南下侍奉父亲,路经洪州(今江西南昌),逢都督阎公在滕王阁上大宴宾客,遂即席写成此文。滕王阁:唐高祖第二十二子李元婴,于贞观十三年(639)封滕王,十五年(641)授金州刺史,永徽三年(652)迁苏州刺史,寻转洪州都督,建阁于城西赣江边,人称滕王阁。据统计,自唐至今,滕王阁已经历29次重建,与黄鹤楼、岳阳楼并称我国"江南三大名楼",为著名游览胜地。序:即赠序,古代的一种文体,用于临别赠言,不同于序跋类的序。

[2] 豫章故郡:汉代有豫章郡,治所在南昌,唐改为洪州都督府。

[3] 星分翼轸:古代占星家认为天象的变化与人间的吉凶祸福相关,于是把天上的二十八星宿与地上的各个地区对应起来,叫作分野。具体对应法有多种,按其中一种说法,翼、轸两星宿对应楚地,洪州古属楚,所以说星分翼轸。

[4] 衡庐:衡山和庐山,分别在今湖南省衡阳市和江西省九江市。

[5] 襟三江而带五湖:以三江为衣襟,以五湖为衣带,形容洪州居于长江中下游地区要害位置。《战国策·秦策四》:"王襟以山东之险,带以河曲之利。"古代有三江、五湖的说法,但具体指哪些江、湖则有多种解释,后来一般用以泛指长江中下游地区众多的江和湖泊。

[6] 控蛮荆而引瓯越:指洪州地理位置非常重要,往西南可通向楚地,往东南可连接越地。《小尔雅·广诂》:"控,引也。"古代中原

人称楚人为南蛮,楚又称荆,故称蛮荆。古东越王建都于东瓯(今浙江永嘉),故称瓯越。

[7] 物华天宝:万物中的精品,天也以之为宝。龙光:指剑光。据《晋书·张华传》,晋初,斗、牛二星之间常有紫气照射,张华和雷焕识出是宝剑之精光映像于天的缘故,张华遂推荐雷焕为豫章郡丰城令,果于丰城监狱地下掘得龙泉、太阿二剑。后二剑入水化为双龙。

[8] 徐穉:字孺子,东汉豫章隐士,这里因为句式字数关系而省称徐孺,古人写作有时会这样处理,如司马迁省称马迁,司马相如省称马相如,潘安仁省称潘安等。下文杨得意省称杨意,原因也与此相同。据《后汉书·徐穉传》,当时名流陈蕃出任豫章太守,不接来客,惟徐穉来访时,方设一榻留宿,徐穉去后又悬置起来。

[9] 雄州雾列:谓洪州都督府下辖各大州罗列周围。

[10] 俊采:有才华的官吏。采,通"寀",指官吏。星驰:形容人才众多。

[11] 台隍:高台和城堑,这里代指城池。夷:东南地区。夏:中原地区。

[12] 尽:包括尽。

[13] 都督:掌管督察所属各州军事的地方长官。阎公:明张逊业《校正王勃集序》认为是阎伯玙,未知何据。许嘉甫《〈滕王阁序〉小考》(《文学遗产》1994年第2期)指出,据《全唐文》卷三百九十五《阎伯玙传》等,阎开元末任华州郑县尉,天宝十一年(752)忤右相杨国忠,由起居舍人、翰林院待制贬为涪川尉,后迁吏部郎中,出为袁州刺史,历抚州、婺州,征拜刑部侍郎,未赴而卒。则知阎伯玙为唐玄宗、唐肃宗时人,在王勃身后半个多世纪。许嘉甫文中又提出"阎公"指唐高宗时宰相、著名画家阎立本,唯一依据为《唐会要》卷七十九《谥法上·贞》有"赠洪州都督、博陵县子阎立本"一语。按此乃卒后赠官,不能作为阎氏生前曾任洪州都督的依据,故"都督阎公"为谁,迄今不详。雅望:好声望。

[14] 棨戟:套有缯衣或油漆的木戟,用为大官出行时的仪仗。遥临:从遥远的地方来此任职。

[15] 宇文新州:复姓宇文的新州(今广东省新兴县)刺史,名字不详。懿范:美好风范。

[16] 襜帷：车上的帷幕，这里代指车马。宇文新州应是路过洪州，所以说暂驻。

[17] 十旬休假：唐代制度，十日为一旬，遇旬日则官员休沐，称为"旬休"。假：通"暇"，空闲。胜友：有名望的朋友。

[18] 千里逢迎：迎接远道而来的友人。

[19] 腾蛟起凤：据《西京杂记》，董仲舒梦蛟龙入怀，乃作《春秋繁露》；扬雄著《太玄经》，梦吐出凤凰落在《太玄经》上，不久消失。这里明用腾蛟起凤形容，暗以董仲舒、扬雄相比，以赞扬座中文人孟学士的才华杰出。词宗：文章的宗师。孟学士：名不详。许嘉甫《〈滕王阁序〉小考》认为是孟利贞，并无确据。

[20] 紫电：古代宝剑名。《古今注》谓吴大帝孙权有六把宝剑，第二把名紫电。青霜：指宝剑的寒光。《西京杂记》说汉高祖刘邦用来斩过白蛇的剑刃上常带霜雪。王将军：名不详。武库：本指武器仓库，后用来代指才能韬略无所不有、十分出众的人。晋代杜预曾被称为"杜武库"。（见《晋书·杜预传》）

[21] 家君：父亲，指王福畤。作宰：指王福畤时任交趾县令。宰：春秋时卿大夫委派管理私邑的家臣称宰，后人遂称县令为县宰。出：经过。名区：名胜之地，指洪州。按历来注解此文者多认为当时王福畤已在交趾任上，王勃前往探望。但据罗振玉在日本访得并整理刊刻的《王子安集佚文》一卷，王勃有《过淮阴谒汉祖庙祭文》，题下注"奉命作"。该文开头说："维大唐上元二年，岁次乙亥，八月壬申朔，十六日丁巳，交州交趾县令等，谨以清酌之奠，敬祭汉高皇帝之灵曰：承睿命而述职分，发棹洛阳；闻英风而愿谒兮，税舳楚乡……荷天泽以穷鹜，陵风涛而未央。誓沈珠于合浦，思屏厉于炎荒。仗信义以为楫，浮忠贞以为航……愿假力以弘道，期功遂而效彰。扬清节于外域，答君恩于此堂。"这篇文章显然是王勃代其父作，通篇都是贬任偏远地方官正在赴任途中的语气，时间地点都交待得很清楚，现代学者傅璇琮在《〈唐才子传〉校笺》中据此断定王勃此行不是前往探望父亲，而是随父赴任，王福畤、王勃父子同行。

[22] 童子：王勃自称。古人有"十五曰童"的说法（《释名·释长

幼》），有人以此作为王勃十四岁作本文的依据。但王勃可能是与在座的父亲及其他年高位重者相比而自称童子，理解不必太拘泥。躬：亲身。胜饯：盛大的饯别宴会。

[23] 维：正当。九月：或以为应是"九日"，点明重阳节，且与下文"序属三秋"不重复。序：时序，时令。三秋：九月。古人称七、八、九月分别为孟秋、仲秋、季秋，三秋即季秋九月。

[24] 潦（lǎo）水：雨后积水。寒潭：深潭。

[25] 烟光凝而暮山紫：秋日的天空烟尘凝结，十分明净；山体在落日照射下呈现出紫色。

[26] 俨：通"严"，整治。骖騑（cān fēi）：驾车的马。上路：高路。崇阿：高峻的山头。

[27] 帝子、仙人：这里都指滕王李元婴。皇帝的子女称帝子，屈原《湘夫人》："帝子降兮北渚，目眇眇兮愁予。"其中"帝子"指尧帝女娥皇、女英。《古诗十九首》："仙人王子乔，难可与等期。"王子乔，又称王子晋，据传为周灵王太子，死后成仙。长洲指滕王阁前的沙洲。旧馆：指滕王阁。西汉初年，吴王刘濞有长洲苑，在今江苏苏州市吴中区太湖北，见《汉书·枚乘传》。旧馆，旧日所居之馆。《礼记·檀弓上》："孔子适卫，遇旧馆人之丧，入而哭之哀。"

[28] 层台：多层的楼台。耸翠：翠色的楼体高耸。飞阁：高楼上凌空飞悬的阁子。流丹：指阁顶的琉璃瓦在阳光照射下色彩鲜明，似欲流动。下临无地：往下看高不见地。

[29] 汀：水边平地。凫：野鸭。渚：江中小洲。穷岛屿之萦回：充分表现出岛屿纡曲回环的特点。

[30] 桂殿兰宫：用桂木、兰木建造的宫殿，形容滕王阁华丽精致。即：依着。冈峦：山丘。体势：形状走势。

[31] 披：打开。绣闼：装饰华丽的阁门。

[32] 俯雕甍（méng）：从雕刻精美的屋顶处俯瞰。甍，屋脊。

[33] 盈视：满眼。纡：曲折。骇瞩：使人的目光感到惊奇。这两句是说，登高望远，山野平原空旷开阔，尽入眼底；河流湖泽纡曲回环，令人惊奇。

[34] 闾阎：街道房屋。扑地：满地。鲍照《芜城赋》："廛闬扑地。"钟鸣鼎食之家：富贵奢华的人家。古代富贵人家鸣钟列鼎而食。钟：编钟，乐器。鼎：盛煮食物的容器。

[35] 舸：大船。《方言》："南楚江湘，凡船大者谓之舸。"舰：《玉篇》："版屋舟"，即上面有房屋状结构的船。津：渡口，码头。青雀、黄龙：船名，其形似雀和龙。《穆天子传》卷五："天子乘鸟舟、龙（舟），卒浮于大沼。"郭璞注："舟皆以龙、鸟为形制。今吴之青雀舫，此其遗制者。"轴：通"舳"。《汉书·武帝纪》："舳舻千里。"李斐注："舳，船后持柁（舵）处也。"这里代指船。这两句意思是说各种船只密密麻麻挤满码头，都是形制独特的大船。

[36] 霁：雨停。彩：指空中的各种光线色彩。彻：通透。区：区宇，空间。这两句是说，雨过云散，阳光照彻空中，天地间一派光明景象。

[37] 鹜：野鸭。宋王观国《学林》卷七指出，这两句仿庾信《马射赋》："落花与芝盖齐飞，野水共春旗一色。"（按中华书局本《庾子山集注》卷一《三月三日华林园马射赋》作"落花与芝盖齐飞，杨柳共春旗一色"）宋王楙《野客丛书》卷十三又指出，南北朝至唐初文人多喜用这种句法，如《骆宾王集》中也有"断云将野鹤俱飞""竹响共雨声相乱"（《冒雨寻菊序》）之类的句子。宋俞元德《萤雪丛说》下引吴獬《事始》，以为"落霞"非云霞之霞，乃飞蛾，土人呼为"霞蛾"。鹜（野鸭）追逐蛾虫而欲食之，所以齐飞。然参照骆宾王"断云将野鹤俱飞"的句子，似未必然。

[38] 穷：到达……的尽头。彭蠡：即鄱阳湖，在今江西省境内。

[39] 雁阵：大雁喜群居，飞行时往往结成"一"字或"人"字队形，故称雁阵。断：到……为止。衡阳：地名，即今湖南衡阳，其地有回雁峰。浦：水边。雁是候鸟，气候渐冷时便南下，飞到回雁峰下水边即不再往南飞，留在那里过冬，第二年春天再向北飞。

[40] 遥襟：旷远的襟怀。甫畅：刚刚舒畅。逸兴：超逸的兴致。遄：快，迅速。

[41] 爽籁：参差不齐的箫管之类的乐器。《文选·殷仲文〈南州桓公九井作〉诗》："爽籁警幽律。"李善注："《尔雅》曰：'爽，差也。'

箫管非一,故言爽焉。"清风生:形容乐器一奏,轻灵悠扬的乐曲响起,人们仿佛感到座间吹起一阵清风。纤歌:柔婉细长的歌声。凝:形容歌声凝成一线,直上云霄。白云遏:白云被阻住而不飞。《列子·汤问》:"薛谭学讴于秦青,未穷青之技,自谓尽之,遂辞归。秦青弗止,饯于郊衢,抚节悲歌,声振林木,响遏行云。薛谭乃谢求反,终身不敢言归。"

[42] 睢园:即汉梁孝王的菟园,其地多竹,又名竹园,为著名的文士雅集、饮酒赋诗之地。这里用它指同为帝子的李元婴所建的滕王阁。气:指滕王阁上众宾客饮酒的豪气。凌:超过。彭泽:东晋陶渊明曾官彭泽(在今江西湖口东)县令,世称陶彭泽。樽:酒器。陶渊明嗜饮酒,他的《归去来兮辞》中有"有酒盈樽"的句子。

[43] 邺水:邺下(今河北临漳)的河流。邺下是汉末曹操封魏王时的王都,这里也用来指同样封王的李元婴所建的滕王阁。朱华:指荷花。曹植《公宴诗》有"秋兰被长坂,朱华冒绿池"的句子,这里用以代指宾客即席所赋的优美诗篇。临川之笔:指南朝著名诗人谢灵运的创作。谢灵运曾任临川(治所在今江西抚州)内史。

[44] 四美:指良辰、美景、赏心、乐事。二难:指贤主、嘉宾。古人认为四美、二难是快乐的必要条件,但往往很难凑齐。

[45] 穷睇眄:极目。睇,斜视,流盼;眄,斜视,都是看的意思。中天:长天。极:尽兴的意思。

[46] 兴:高兴。盈虚:消长。数:定数,命运。

[47] 长安:唐朝的首都。日下:指京都所在的地方。据《世说新语·夙惠》,晋明帝司马绍数岁时,坐在其父晋元帝司马睿膝上,正好有人自长安来,元帝因问司马绍:你认为长安与日哪个远?答道:日远。没听说有人从日边来,由此可知。元帝听他回答奇特,非常得意。第二天大会群臣时,谈起此事,又重新问司马绍,答道:日近。元帝失色,说:怎么与昨天说的不一样?答道:举目见日,不见长安。后人因以"日下"代指长安。因长安曾是多个王朝的首都,遂又以"日下"代指首都。吴会:秦、汉会稽郡郡治在吴县(今苏州市吴中区),郡县连称为吴会。东汉时分会稽郡为吴郡、会稽两郡,也合称吴会。王勃这里用的是后一种意思。云间:华亭(今上海松江)的别称。《世说新语·排调》载,西

晋时陆云（字士龙）与荀隐（字鸣鹤）较量才智，陆云举手自称"云间陆士龙"，荀隐答道"日下荀鸣鹤"。王勃借用上述典故，表示自己流落外地，离京城越来越远。

[48] 地势极：谓地势由高而低向东南倾斜到尽头。南溟：南海，这是王勃将要去的地方。深：指地势很低。

[49] 天柱：《山海经·神异经》称昆仑山有铜柱，高入天，围三千里，称为天柱。《河图》又说昆仑山即天柱。北辰：北极星，这里喻指国君。《论语·为政》："为政以德，譬如北辰，居其所而众星共（拱）之。"

[50] 失路：比喻不得志。

[51] 沟水相逢：指宴会众宾偶然相逢。他乡之客：在他乡客居或漂泊的人。

[52] 怀：怀念，向往。帝阍：天帝的守门人，这里代指朝廷。屈原《离骚》："吾令帝阍开关兮，倚阊阖而望予。"

[53] 奉：侍奉。宣室：汉未央宫中有宣室殿，是皇帝斋戒的地方。汉代贾谊迁谪长沙四年，被文帝复召回长安，于宣室中询问鬼神之事。

[54] 时运：正遇着的运数。不齐：不予帮助。齐：通"济"。命途：命运，人生道路。舛：乖乱，不顺。

[55] 冯唐易老：冯唐在西汉文帝时任中郎署长，对边防问题很有见地，升车骑都尉。景帝时为楚相。武帝即位，下诏求贤良之士，冯唐被举荐，但已九十多岁，不能再任职。（见《汉书·冯唐传》）

[56] 李广难封：李广是西汉文帝、景帝、武帝时的名将，多次与匈奴作战，军功卓著，许多才能、功绩、资历不如他的将军都得封侯，李广却始终未能封侯。（见《汉书·李广传》）

[57] 屈：使屈就。贾谊在汉文帝时被贬为长沙王太傅。非无圣主：不是没有圣明的君主。汉文帝历来被认为是明主。这里以即使逢上汉文帝这样圣明的君主，也不免发生贤臣贾谊遭贬的事情，比拟自己在唐高宗时代受到贬谪。

[58] 窜：使奔逃。梁鸿：东汉时隐士，因作《五噫歌》讽刺汉章帝大兴土木、劳民伤财而受到追捕，乃改名换姓，逃到齐鲁一带。海曲：海滨偏僻之处。岂乏明时：难道没有政治清明的时代。

[59] 见机：识时务。《周易·系辞下》："君子见几（机）而作。"

[60] 达人：通达事理的人。知命：知道天命。《周易·系辞上》："乐天知命故不忧。"

[61] 老当益壮：东汉名将马援曾说："丈夫为志，穷当益坚，老当益壮。"宁：岂，怎么能。移：改变。白首之心：至老不变的心性。坠：失掉。青云之志：喻高远的志向。《续逸民传》："嵇康早有青云之志。"

[62] 酌：取饮。贪泉：相传古时在今广东南海区和湖南郴县境内都有贪泉，饮过该泉水的人就会贪得无厌。觉爽：感觉清爽。这句是说自己不会受污浊环境的影响。

[63] 涸辙：积水已干涸的车辙。《庄子·外物》载有鲋鱼处于涸辙之中的寓言，比喻困厄的处境。

[64] 赊：远。扶摇：盘旋而上的大风。接：到达。《庄子·逍遥游》描绘传说中的鲲鹏从北海飞往南溟，"水击三千里，抟扶摇而上者九万里"。

[65] 东隅：日出之处，表示早。桑榆：日落处，表示晚。东汉名将冯异率军与赤眉军交战，先败后胜，光武帝称赞他"可谓失之东隅，收之桑榆"。（见《后汉书·冯异传》）

[66] 孟尝高洁：孟尝字伯周，东汉时会稽上虞（今浙江绍兴市上虞区）人，曾任县令、郡守，政绩卓著，后辞官归乡。桓帝时，尚书杨乔举荐他，称他"清行出俗，能干绝群"，但未被起用，年七十，卒于家。（见《后汉书·孟尝传》）这里以孟尝自比，说自己虽然志行高洁，却不被重用，空留下一腔报国之情。

[67] 阮籍：字嗣宗，魏晋时陈留（今属河南）人。猖狂：狂放。穷途：路的尽头，指无路可走之处。阮籍因不满当时政治黑暗险恶，内心忧愤，嗜酒狂放，"时率意独驾，不由径路，车迹所穷，辄恸哭而反"。（《晋书·阮籍传》）这两句是说自己不愿像阮籍那样狂放，无路可走时便痛哭。

[68] 三尺微命：指自己只是佩戴三尺长的绅带、受一命的微小官吏。周王朝时官吏分卿、大夫、士数等，每等又分级，佩戴的绅带和宣布任命的程序都有规定。《礼记·玉藻》："绅长制，士三尺。"《周礼·春官·典制》："王之下士一命（只宣布任命一次）。"

[69] 一介：一个，有微小的意思。

[70] 终军：字子云，汉武帝时，年仅十八岁即任谒者给事中，后升谏大夫。时南越王割据今广东、广西一带，终军自请前往说服南越王归顺汉朝，曰："愿受长缨，必羁南越王而致之阙下。"既至，南越王许诺归顺，而其丞相吕嘉不愿归顺，发兵叛乱，杀南越王、王太后及汉使者。终军死时年仅二十余，故世人称之为"终童"。（见《汉书·终军传》）缨：古代帽子上系在领下的带子，也泛指带子。弱冠：古代男子二十岁正式梳起头发，戴上冠，标志成年，弱冠指略小于二十岁。这里是说自己大致相当终军弱冠之年，却无请缨报国的机会。

[71] 投笔：投笔从戎。据《后汉书·班超传》，班超字仲升，班彪之子，班固之弟。明帝永平五年（62），班固被朝廷征召，班超与母亲随至长安，家贫，常为官府抄写文书以养家，久劳苦。他扔下笔长叹道："大丈夫无他志略，犹当效傅介子、张骞立功异域，以取封侯，安能久事笔砚间乎？"后来他从军，任西域都护，为东汉镇抚西域诸国、保卫西部边防做出重要贡献，封定远侯。宗悫：字元干，南朝宋南阳（今属河南）人。年少时叔父宗炳问他的志向，他回答说："愿乘长风破万里浪。"（见《宋书·宗悫传》）这两句是说自己有像班超那样投笔从戎的抱负，仰慕宗悫乘长风破万里浪的雄心。

[72] 舍：舍弃。簪：古人戴冠时所插的簪。笏：古代官员上朝时所持的手板。簪笏：代指官职。百龄：百岁，指人的一生。晨昏：指晨省昏定。《礼记·曲礼上》说子女对父母应该"冬温而夏清，昏定而晨省"，即冬天要为父母先把床睡热，夏天要为父母把床席擦凉；傍晚给父母铺好床被，早晨要到父母床前问候是否平安。这两句是说，自己舍弃一生做官的前程，到万里之外侍奉父亲。据杨炯《王子安集序》，王勃因擅杀官奴免死除名后，不久即恢复原职，接着又辞官，南下侍奉父亲。

[73] 非谢家之宝树：据《世说新语·言语》，东晋太傅谢安曾问他的子侄们，为什么人们都希望自己的子弟优秀？他的侄儿谢玄回答道："譬如芝兰玉树，欲使其生于庭阶耳。"这里的宝树即玉树，意思是说自己算不上是王氏家族的优秀子弟。按《旧唐书·文苑传》，王勃与兄勔、勮并有才名，父友杜易简常称之曰："此王氏三珠树也。"

[74] 接：连接。孟氏之芳邻：指好邻居。据刘向《列女传·母仪》，孟

子幼小时家靠近墓地,孟子便模仿筑坟埋葬哭拜之类的动作。孟子的母亲认为这对孟子的教育不利,便将家迁到市场旁,孟子又玩卖东西的游戏。孟子的母亲认为这也不利于孟子的成长,又将家迁到学校旁,孟子于是模仿祭祀、进退揖让的种种礼仪。孟子的母亲说,这才是可以让我的儿子居住的地方。这句是说,自己曾与有美好声誉的家族为邻。

[75] 趋庭、鲤对:指孔子的儿子孔鲤受父亲教诲的事。趋:小步快速地走。庭:庭院。叨:谦词。《论语·季氏》载:"(孔子)尝独立,鲤趋而过庭。曰:'学诗乎?'对曰:'未也。''不学诗,无以言。'鲤退而学诗。他日,又独立,鲤趋而过庭。曰:'学礼乎?'对曰:'未也。''不学礼,无以立。'鲤退而学礼。"或以为这句是接着上句"接孟氏之芳邻"说,昔日阎都督之子接受其父教诲时,自己曾有幸陪在旁边。一说"他日"指将来某日,"趋庭、鲤对"指自己将得到父亲的教诲。由于在认定王勃此行是随父赴任还是前往探望父亲上有不同意见,所以对这一句的理解出现分歧。

[76] 今兹:今天,现在。一作"今晨"。袂:衣袖。捧袂:捧着长者的衣袖以示恭敬。《礼记·曲礼上》:"长者与之提携,则两手奉长者之手。"托:依托,登上。龙门:在今山西省河津市西北,两岸峭壁,形如门阙,黄河从中间流过,落差大,水流急,相传鱼能跳过龙门,就能化为龙。(见辛氏《三秦记》)据《后汉书·李膺传》,东汉后期桓帝时,司隶校尉李膺为士大夫领袖,"是时朝廷日乱,纲纪颓弛,膺独持风裁,以声名自高。士有被其容接者,名为登龙门"。这里把阎都督比作李膺,说自己今日有幸陪侍长者,有如登上龙门。

[77] 杨意:即杨得意,西汉武帝时专为皇帝养狗的官员。据《史记·司马相如列传》:司马相如擅长作赋,"蜀人杨得意为狗监,侍上(汉武帝)。上读《子虚赋》而善之,曰:'朕独不得与此人同时哉!'得意曰:'臣邑人司马相如自言为此赋。'上惊,乃召问相如。"后来司马相如又作《大人赋》,言神仙之事,"相如既奏《大人》之颂,天子大说(悦),飘飘有凌云之气,似游天地之间意。"这里用"凌云"代指司马相如的作品。这两句以司马相如自比,说由于没有遇到像杨得意那样的朋友推荐,只好拿着绝妙的作品空自叹惋。

[78] 钟期：即钟子期。《列子·汤问》："伯牙善鼓琴，钟子期善听。伯牙鼓琴，志在高山，钟子期曰：'善哉！峨峨兮若泰山。'志在流水，钟子期曰：'善哉！洋洋兮若江河。'伯牙所念，钟子期必得之。"奏流水：比喻自己赋诗作文。这两句是说，假如遇到钟子期那样的知音，我为他赋诗作文，将无愧于他的理解和赏识。

[79] 胜地不常：美好的地方和景致不可能永久保持。盛筵难再：盛大的筵会难以再次遇到。

[80] 兰亭：在今浙江省绍兴市西南兰渚山麓之兰溪江畔。晋穆帝永和九年（353）三月初三，当时有名士40余人在此宴集，参看本书王羲之《兰亭集序》。梓泽：即晋代石崇的金谷园。据《晋书·石崇传》，石崇字季伦，曾任散骑常侍、荆州刺史等职，靠劫夺远使客商等手段积聚大量财富，生活奢华，"有别馆在河阳（今河南洛阳市西）之金谷，一名梓泽"，石崇常与身边文士在此宴集。丘墟：废墟。《汉书·公孙弘传》："丞相府客馆丘墟而已。"这两句是说，兰亭盛会已成往事，金谷园也成为废墟。

[81] 赠言：以良言相赠，表示期望和勉励。刘向《说苑·杂言》载，孔子的学生子路辞别孔子，孔子问："赠汝以车乎？以言乎？"子路答："请以言。"幸：希望。承恩：得到关爱。这里是说自己希望能在这盛大的饯别宴会上得到各位的关爱赠言。

[82] 登高作赋：古人遇到某种事或物，即吟诵或创作诗文加以描写形容，并寄寓自己的情志，叫作赋。后发展成一种专门的文体。《韩诗外传》卷七："孔子曰：'君子登高必赋。'"《汉书·艺文志》："登高能赋，可以为大夫。"这里指在滕王阁宴会上当场作诗文。

[83] 敢：自谦词，犹言大胆，冒昧。竭：尽，毫无保留地吐露出来。鄙：自谦词，鄙陋的意思。怀：内心世界，思想感情。一作"诚"。恭疏：恭敬地写出。疏：书、撰写。短引：短小的引言，犹言开一个小头，以引出诸位的大作。

[84] 一言均赋：指主人发出一句各位都要登高作赋的倡议。四韵俱成：指各位都写成八句诗。两句诗一押韵，故称四韵。王勃所作的诗原附在本文之末，内容为："滕王高阁临江渚，佩玉鸣鸾罢歌舞。画栋朝飞南浦云，珠帘暮卷西山雨。闲云潭影日悠悠，物换星移几度秋。阁中

帝子今何在？槛外长江空自流。"

[85] 潘江、陆海：西晋潘岳、陆机富有文学才华，当时享有重名。钟嵘《诗品》："余尝言陆才如海，潘才如江。"云尔：语尾词。这两句意谓请各位尽情倾洒文采。

赏　析

《滕王阁序》的问世带有一定传奇色彩。首先，这一千古名篇曾被认为是王勃十四岁时的作品；其次，它是王勃即席而作。关于王勃作此文时的年龄，历来有十四岁、十九岁、二十二岁、二十六岁四种说法。五代王定保《唐摭言》卷五首倡王勃十四岁作此文之说，而且描述得有鼻子有眼，说是当日阎都督本来打算让自己的女婿孟学士好好出一回风头，命他预先精心写好了序文，准备到时候冒充即席之作。当阎都督在宴会上拿出纸笔请宾客撰文时，众人知道他的心事，都表示推让。唯有王勃年幼不懂人情世故，毅然受命。阎都督大怒，拂衣而去，命人将王勃所写一句句传报过来。得知王勃写下"豫章故郡，洪都新府"时，阎以为"亦是老生常谈"。及至王勃写下"星分翼轸，地接衡庐"时，阎沉吟不语。当报至"落霞与孤鹜齐飞，秋水共长天一色"两句时，阎大惊失色，瞿然而起，说："此真天才，当垂不朽矣。"遂回到宴席上，极欢而罢。到了宋代，曾慥所编《类说》卷三十四"滕王阁记"一条又添了一个中源水府之神的角色，说当日王勃乘舟路过马当，当地距洪州尚有六七百里水程，中源水府之神预知次日有滕王阁大宴并请作记之事，因化为一老叟，告知王勃，并刮起一阵风，使王勃所乘之舟一夜之间抵达洪州。及至明代，《醒世恒言》卷四十所收小说《马当神风送滕王阁》、郑瑜所作杂剧《滕王阁》、佚名者所作传奇《滕王客》均敷演此事，使这一传说几乎家喻户晓，妇孺皆知。现在江西当地的旅游部门为了增强滕王阁的吸引力，仍在有声有色地渲染这个故事。有些学者也抓住文中"童子何知"等语,仍在力图论证王勃十四岁作此文。

在与此文有关的问题中,阎都督究竟是谁?宴会当日是否为重阳节?阎都督大宴滕王阁的意图是什么?是为欢度重阳节,还是为文中提到的"宇文新州"饯行,抑或两者兼而有之?"宇文新州"又是谁?是否有阎都督想让自己的女婿出风头之事?他的女婿是否即文中提到的"孟学士"?王勃及其家族与阎都督、宇文刺史、孟学士、王将军等有何关系?他何以被邀请与会?这些都还是疑问,有待进一步考证。这些问题不弄清楚,肯定有碍于我们完全读懂这篇作品。例如我们不能确定"孟学士"究竟是谁,就可能难以真正领会作者提到"孟学士之词宗""接孟氏之芳邻"的真实用意及其表达之巧妙。至于王勃此行是随父赴任还是前往省父,虽经傅璇琮先生等考证,已大致弄清,但也还未成定论。唯王勃作此文的时间,从他的仕履经历及文集中相关作品标明的日期,已完全可以确定是在上元二年(675)九月,按古人一般都算虚龄的习惯,当时他二十六岁。

因此,王勃十四岁作《滕王阁序》的说法尽管美妙,甚至还是教育少年儿童从小立志的好教材,但毕竟不是事实。至于马当神风送六百里之类,就更属子虚乌有,离历史事实越来越远了。当然,像很多传说一样,这些说法的出现又不是没有原因的。王勃虽然不是在十四岁时作《滕王阁序》,但他十四岁时确实已很有文名,而且已被作为神童推荐给朝廷。很多传说都是将某些历史细节错置拼接而成的,整体上不可靠,但某些细节却具有一定的真实性,关于王勃十四岁作《滕王阁序》的传说也属于这种情况。其次,尽管这个传说不是历史事实,但它作为美妙的民间传说仍不妨一代一代继续流传下去。又次,即从学术研究的角度来看,这些传说也不是毫无价值。它们至少从一个侧面说明了《滕王阁序》非同一般,影响巨大,唯其如此,才会围绕它生发出如此丰富的故事。倘若它是一篇平庸之作,谁又有兴趣给它编造出种种奇迹呢?

若按马当神风送六百里的传说,则王勃此文也是预先准备的了。当然这只是传说，不是事实。因此关于这篇作品所具有的传奇色彩的另一方面，即它是王勃即席所作，历来无人怀疑。中国古代有很多创作速度极快的例子，也有很多极慢的例子，前者如曹植七步成诗、周兴嗣一夜编成《千字文》、温庭筠八叉手而赋成等，后者如左思作《三都赋》历时十年，贾岛作"独行潭底影，数息树边身"两句诗历时三年，以至自叹"二句三年得，一吟双泪流"等。总的说来，文学创作应以质量为重。为了创作出优秀的作品，费神苦思是值得的，许多传世之作也都是经过认真推敲、反复修改才得以诞生的。仅为了显示速度快，而不能产生精品，这种快就没有什么意义。但如果既速度快，又质量高，那自然是最了不起的了。不过这是难之又难、简直可遇不可求的事情。试想在极短的时间内，在承受较大外在压力的情况下，作者要迅速确定大致的思路和框架，调动脑海中储存的信息，进行比较、选择、编排，整个大脑犹如一台高速运转的计算机，这不啻是对人的智力极限的一种挑战。时间稍长一些，情况就大不一样。这就好比用10秒钟跑完100米是奥运冠军水平，用12秒跑完同样距离就算不上什么了。古往今来以创作速度快闻名的人很多，但他们留下的传世之作很少。一般说来，在极短时间内写出的作品，篇幅短的也许一时兴与境会，若得神助，即成佳作，篇幅长的则成功的可能性更小。其中或许不无几句精彩之语，但仓促运思，泥沙俱下，不免留下许多败笔，往往难称完璧。不仅如此，中国古代许多所谓即席之作、口占之作，实际上都是预先做了准备的，古人把这种情况称为"宿构"，这样不仅可以避免当场出丑的尴尬，还可以猎取名声。大家的情况都差不多，彼此也就心照不宣了。阎都督是否真的让女婿"宿构"了一篇，现在难以考定，但从普遍情况推测，倒是很有可能。如果本无其事，那么也只能理解为古人以"宿构"诓称即席、口占之作的太多了，所以人们才会编出这个故事安在阎都督翁婿身上。货真价实的即席、口占之作，称得上佳句佳篇的有如凤毛麟角。王勃的《滕王阁序》是实实在在的即席之作，兼之篇幅较长，而且通篇精彩，确属难能可贵。正如清代余诚在《重订古文释义新编》卷七所说:"对众挥毫,珠玑络绎,固可想见旁若无人之概。而字句属对极工,词旨转折一气,结构浑成,竟似无缝天衣。纵使出自从容雕琢,亦不得不叹为神奇。况乃以仓猝立就,尤属绝无而仅有矣。"称它为千古绝唱,毫不为过。

不过话说回来,即便王勃这篇算得上是真正的即席之作,实际上也经历了一个较长的酝酿蕴蓄过程,对此当代学者陈良运做过很有意义的研究。他在《〈滕王阁序〉成文经过考述》(《古籍研究》2001年1期)中,仔细排比了王勃因擅杀官奴被免官到参加滕王阁聚会这段时间所写的一系列作品,发现《滕王阁序》中的许多意念甚至词句,在这些作品中已具雏形。如约作于上元元年(674)的《上〈百里昌言〉疏》中有"今大人上延国谴,远宰边邑,出三江而浮五湖,越东瓯而渡南海";"是以君子不以否屈而易方,故屈而终泰;忠臣不以穷困而丧志,故穷而必亨"的句子。约作于同年冬的《冬日羁游汾阴送韦少府入洛序》中有"忽逢萍水,对云雨以无聊;倍切穷途,抚形骸而何托"的句子。约作于上元二年(675)春启程南下时的《春夜桑泉别王少府序》中有"他乡握手,自伤关塞之春;异县分襟,意切凄惶之路。既而星河渐落,烟雾仍开,高林静而霜鸟飞,长路晓而征骖动"的句子。他行至楚州作的《秋日楚州郝司户宅饯崔使君序》开头曰:"上元二载,高昊八月,人多汴北,地实淮南。海气近而苍山阴,天光秋而白云晚。"接着说:"凭胜地,列雄州。城池当要害之冲,寮寀尽鹓鸾之选……钦崔公之盛德,果遇攀轮;慕郝氏之高风,还逢解榻。接衣簪于座右,驻旌旗于城隅。"该文中还有"情槃乐极,日暮途遥","齐天地于一指,混飞沉于一贯"等语。结尾说:"嗟乎!此欢难再,殷勤北海之筵;相见何时,惆怅南溟之路。请扬文笔,共记良游。人赋一言,俱成四韵云尔。"他到达江宁后所写的《江宁吴少府宅饯宴序》中又有"情穷兴洽,乐极悲来。怆零雨于中轩,动流波于下席。嗟乎!九江为别,帝里隔于云端;五岭方踰,交州在于天际"等语。总之,自遭受这次重大打击后,王勃一直耿耿于怀,相关的各种思绪意念在他脑海中盘旋翻滚，如骨鲠在喉，不吐不快，可以说已处于临界状态。滕王阁宴会可谓天赐良机，或者说是一个触媒。登高望远，天高地迥，气象万千；抚今思昔，回首平生，百感交集。此情此景，终于触动了他长期蕴蓄的心事，于是有如火山爆发，一发不可收拾；天机骏利，如马之走坂，水之注槽，各种思绪意念纷至沓来。王勃本来就以才思敏捷见长，据段成式《酉阳杂俎·语资篇》和《新唐书·王勃传》等载，王勃每次写文章时，先磨墨数升，继以酣饮，然后蒙被而睡，忽起，援笔书之，文不加点，一挥而就，当时人称之为"腹稿"。经过不断的写作实践，王勃的写作技巧已非常纯熟，整体把握能力和处理词句的能力已达到不假思索之化境，真可谓满心而发，称心而出。奇迹就在瞬间发生了，一篇杰作就这样诞生了。王勃可以说是用数年的感受和思索，甚至是用一生的梦想和追求来写这篇作品。这样说，并不是否认王勃敏捷的才思、超常的临场发挥能力在这篇作品写作过程中所起的关键作用；而是想指出，这篇作品实际上也经历了一个较长的积累准备过程，是长期酝酿与临场发挥相结合的产物。这样来理解这篇作品取得巨大成功的原因，也许更符合它的创作实际，也更符合文学创作活动的客观规律。

从创作缘起来说，《滕王阁序》本是一篇受命之作、应酬之作。阎都督命题之意，无非希望记一时之胜游，让这次盛会连同作为主人的自己闻名遐迩，流传后世。古往今来人们所写的诗文，多带有某种实用目的，真正只为抒发一己之感遇哀乐者不是没有，但为数很少。这其实很正常，有一定实用功能的文章并非就一定不好，关键是看怎样写。首先，既然带有某种实用目的，文章就应该尽可能完成这一使命。如果将这个使命完全抛在一边，另发一通感慨议论，就属于文不对题。但是，如果作者过分受这个实用目的束缚，就事论事，思路打不开，只是将某种事物记叙、描写、说明一番，那么这篇作品往往仍属平庸之作。高明的作者既不离题也不拘泥于题，首先以高度凝练的笔墨，将题中应有之义充分陈述，然后自然而然生发开去，或者说借题发挥，超越所要具体描写、记叙或说明的事物，上升到整个社会、历史、人生的高度，思接千载，视通万里，抒写一段大感慨，或发一通大议论，发人深省。对题中应有之义的充分陈述，使它成为一篇合格的应用、应酬之作；引申发挥则使它成为一篇杰作。人们往往担心注重文章的实用功能与引申发挥相矛盾，引申发挥会喧宾夺主，影响实用功能的完成。实则不然，这两方面完全可以统一。只有引申发挥得好，才能写出名文；既然已成名文，则相关的人、事、物便可凭之流传不朽，其实用功能便可充分实现。《滕王阁序》《岳阳楼记》等便是最典型的例子。倘若两文均只泛泛描写楼（阁）及盛会和重修的盛举，就成不了千古名文，那么相关的人和事也许早就被人遗忘了。因为古往今来，像这样的人物、盛会、盛举又何止万千。连滕王阁和岳阳楼，如不能"楼以文重"，是否能像现在这样天下闻名，也就难说了。王勃此作开头即交代了这次宴会举行的地点和参加的人物，接着描写了滕王阁的雄姿和在滕王阁上所望见的壮丽景色，然后还描述了宴会上的欢快气氛。该写的都写了，该点到的都点到了。一般作者写应用、应酬之作，到此就结束了。但王勃不然。他意犹未尽，兴不可遏，以"天高地迥，觉宇宙之无穷；兴尽悲来，识盈虚之有数"两句为契机，由写景叙事自然过渡到抒情，以自己的切身感受，大发了一通怀才不遇、报国无门的感慨，如"时运不齐，命途多舛"等等。这些感慨是有所追求的人都可能产生的，因而能够引起广泛共鸣。紧接着作者笔锋一转，表明自己虽屡遇挫折，但并不灰心，仍然对人生抱有坚定信念，希望得到赏识推荐，以获得施展平生抱负的机会。最后作者的思绪又顺势回到宴会上来，对盛宴将散表示惋惜，进而请与会诸人留下赠言。全文情调由轻松喜悦转为感伤悲凉，再演变为激越高亢，而后复归平和，跌宕起伏；内容由叙事、写景到抒情，转接自然。

强调应用、应酬之作应尽可能引申发挥，并不是说凡引申发挥就一定好。与文章的主题脱节或平庸鄙陋的引申发挥，不仅不会增加作品的价值，反而会成为累赘。《滕王阁序》引申发挥之所以成功，关键在于它所抒发的感慨是真诚的、健康的、积极的。王勃在此前不太长的政治生涯中，先因作《檄英王鸡文》被赶出王府，后因擅杀官奴被免官，已经历两次重大打击。既曾从荣耀的顶点跌回平凡世界，也曾从死亡边缘侥幸逃生。在冠盖如云的滕王阁上，自不免悲从中来，这是人之常情。有人批评《滕王阁序》情调过于消沉，这是没有道理的。谁能一辈子不遇到伤心事，谁能免得了感伤。真诚吐露自己的感伤，只会使作品更加真挚动人。因此感伤无可厚非，只要能从感伤中解脱出来，这一点王勃做到了。他在本文中表达的思想感情，可谓悲凉而不消沉，感伤而含热望。他相信"北海虽赊，扶摇可接；东隅已逝，桑榆非晚"；勉励自己"老当益壮，宁移白首之心？穷且益坚，不坠青云之志"。这些话可谓掷地有声。这种经过挫折磨炼而形成的奋进不息的精神，比那种少不更事的浪漫理想更为深沉，也更加可贵。千百年来，它对无数读者起到了强有力的激励作用。

从另一个角度说，任何人都不可能脱离他所处的时代，其思想感情都会打上时代的烙印。但只有那些最灵敏地感受到时代脉搏的人，才能成为时代精神的代言人。包括王勃在内的"初唐四杰"之所以在初唐文坛上占有重要位置，就因为他们敏锐感受到并生动表达了当时的时代精神。《滕王阁序》所表达的不仅仅是王勃个人的思想感情，而是当时的时代精神。当时的唐王朝正处于上升期，虽然还有种种波折，但总体上充满勃勃生机，年轻王勃的个体精神与年轻王朝的时代精神正好合拍。从这篇作品中，我们可以强烈感受到初唐时期整个民族热切进取的精神状态。因此，它对我们认识那个时代也具有重要价值。

就文体而言，这是一篇骈文。两马并列为骈。骈文要求句子两两相对，多为四字句对四字句，六字句对六字句，因称"骈文"，又俗称"四六文"。因每句字数有限，为了在有限的字句中表达丰富的内容，并寻求工整的对仗，骈文很注重炼字，并很自然地多用典故，文采因而也较华美。先秦散文中已多用对仗和典故，魏晋时骈文作为一种独立的文体正式形成，南北朝骈文创作达到高潮。中唐时期韩愈、柳宗元等发动"古文运动",批评骈文,倡导奇行单句的秦汉古文,但晚唐骈文复盛,后代仍很流行。有些特殊的文体,如朝廷的诰命及贺表、祭文等,习惯上多用骈文。总之,骈文与讲究平仄、对仗、用韵规则的五七言近体诗一样,是人们认识到汉语由单音节文字组成、读音有平仄之别等内在规律后所创立的一种文体,它的出现和存在自有其必然性和合理性。骈文因为有对仗方面的要求,作家们确实很容易把大量精力倾注在词句的安排上,从而滑向偏重形式、舍本逐末之路。但骈文并不等于形式主义,对仗、用典等更属于正常的修辞手段。寻求工整的对仗、恰当的典故的过程,也是一个不断提炼思想、锤炼语言的过程。这些手法使用得当,就可以对思想感情的表达起积极作用。南北朝及其他朝代确实有些骈文徒有华丽的外表,内容空洞,这主要因为作者缺乏深邃的思想、真挚的感情、高远的志趣,而不是因为骈文形式的缘故。如果有充实的思想感情,加上骈文特殊的形式和技巧,两方面完全可以相得益彰,江淹的《恨赋》《别赋》,庾信的《哀江南赋》,杜牧的《阿房宫赋》,欧阳修的《秋声赋》,苏轼的《赤壁赋》等,就是明证。过去人们受正统文学观念的影响,对骈文存在一些偏见,这种状况应该得到纠正。现在时代环境变了,语言习惯变了,骈文作为一种重要文体的时代已经一去不复返,但我们在某些特定场合偶一为之,也未尝不可,甚至颇有必要。在平常写文章时,不一定通篇皆骈,但适当吸收一些骈文的艺术技巧,某些片断或骈或散,骈散相杂,往往能增强作品的表现力和感染力。

　　王勃是初唐骈文名家,于此用功精深。他的《王子安集》二十卷,诗仅占一卷,赋二卷,其余十七卷均属骈文。在日本发现的庆云四年(707)《王子安集》写本残卷中的二十多篇佚文,也全是骈文。《滕王阁序》是其骈文的代表作,也是中国古代优秀骈文的一个范例。骈文由于句式基本一律,辞藻又很华丽,文章的节奏很容易趋于单调,容易使读者的感受力在经历重复性刺激后趋于疲倦。《滕王阁序》避免了这种情况,首先是因为作者有真挚充沛的思想感情。他没有对事物做过于烦琐的叙述和描写，而是适时过渡到抒发感慨。即使在叙述和描写中，也贯穿着一种强烈的主体精神。作者才华横溢，志存高远，看到的都是高远的景象，联想到的都是古往今来仁人志士们的慷慨悲歌之事，这就使本文境界特别开阔。全文激情磅礴，格调富于变化，大开大合，一气呵成，毫无拖沓累赘之感。

其次也是因为作者锤炼字句极见功力。许多句子对仗工整，色彩鲜明，音节铿锵，含意精警，已成为流传千古的名句，如"物华天宝，龙光射牛斗之墟；人杰地灵，徐孺下陈蕃之榻"；"渔舟唱晚，响穷彭蠡之滨；雁阵惊寒，声断衡阳之浦"；"无路请缨，等终军之弱冠；有怀投笔，慕宗悫之长风"等。不仅两句之间对仗，而且一句之内的词组也形成对仗，即所谓"句内对"，如"襟三江而带五湖""控蛮荆而引瓯越"；"腾蛟起凤""紫电青霜"；"鹤汀凫渚""桂殿兰宫"；"钟鸣鼎食之家""青雀黄龙之轴"等等，更增添了语句的工整感。作者特别善于融化前人语句和典故，即如全篇中最著名的"落霞与孤鹜齐飞，秋水共长天一色"两句，也是借鉴庾信《马射赋》中"落花与芝盖齐飞，杨柳共春旗一色"两句，但比原句形象更鲜明，境界更开阔。另如"老当益壮，宁移白首之心？穷且益坚，不坠青云之志"，也化用马援"丈夫为志，穷当益坚，老当益壮"及其他典故，但经过重新排列组合，更加铿锵顿挫，更富有感染力。作者特别善于炼字，如"星分翼轸，地接衡庐。襟三江而带五湖，控蛮荆而引瓯越"数句中，"分、接、襟、带、控、引"等字眼就极有力度。作者还不断变换语气。前半部分描写多用平叙语气，以展现景象的纷繁开阔；后半部分抒情，则多用反诘疑问的语气，使情调更为激昂起伏。仅从"天高地迥，觉宇宙之无穷"到"阮籍猖狂，岂效穷途之哭"一段，就有五句是反诘和疑问语气：谁悲失路之人；奉宣室以何年；岂乏明时；宁移白首之心；岂效穷途之哭。结尾处又以祈使语气为主，使全文在谦和热情的氛围中收束。在句式方面，虽然作者遵循骈文惯例，仍以四、六句式为主，但不断予以排列组合，使仅有的两个基本句型因组合的不同而展现出各种形态。如"嗟呼"至"阮籍猖狂,岂效穷途之哭"一段,句式分别为四对四,四对四,六四对六四,四对四,四六对四六,六对六,四对四,四对四,四六对四六。在句子的内部结构方面,作者也在不停地变。仅以"披绣闼"以下一段为例,"披绣闼,俯雕甍"两句是谓宾结构;"山原旷其盈视,川泽纡其骇瞩"两句是主谓补结构;"闾阎扑地,舸舰迷津"两句是主谓结构;"钟鸣鼎食之家、青雀黄龙之轴"是修饰语很长的偏正词组;"云销雨霁,彩彻区明"两句很短,却分别是两个主谓结构的并列,"落霞与孤鹜齐飞,秋水共长天一色"两句,则是主语较长的主谓结构;"渔舟唱晚,响穷彭蠡之滨"与"雁阵惊寒,声断衡阳之浦",上下两句又分别是顺承关系;仅就"响穷""声断"两句而言,则是主语短而补语长。句式和句子的内部结构在作者手里犹如一个多彩魔方,可以变换组合出无限花样,文章的节奏亦因之变换无穷,毫无呆板之感。不是说这篇作品的成功就全靠上述因素,但这些因素无疑在加强读者的美感方面起了重要作用。也不是说作者当时将这些都一一想到过,这里说的每一点都是他有意为之,只是说作品的实际情况确实如此,我们分析的只是结果,而这些很有可能是作者当时无意中得之的。

那么作者何以能在无意中显示如此丰富高超的艺术技巧呢?这当然首先应归因于王勃才华超群,文思敏捷特别善于临场发挥,对许多艺术技巧的掌握运用已达到不假思索、得心应手的境地。同时这也是与此前骈文的长期发展所积累的艺术经验分不开的。王勃对骈文写作技巧的掌握和运用,自然离不开对前人特别是南北朝骈文创作艺术技巧的借鉴。南北朝骈文作家们曾在骈文艺术技巧的探索上倾注大量精力,"竞一韵之奇,争一字之巧"(李谔《上隋高祖革文华书》),在句式和句子结构的变换组合、典故的化用与反用等方面积累了许多艺术经验。可惜由于当时历史环境和时代精神的制约,他们难以利用这些技巧写出惊天动地的千古杰作,反而因为过于沉迷这些技巧而招致形式主义之讥。及至初唐,王勃等人一方面继承南北朝骈文创作的艺术经验,另一方面又将富于时代气息的主体精神灌注于骈文之中,有如将华丽精致的外衣穿在强壮挺拔的身躯之上,于是达到了精美的骈文艺术形式与充实健康的思想内容的完美结合。可以这样设想,王勃此文如果不用骈文形式,而改用奇行单句的古文形式,艺术效果可能就没有这样好。换言之,《滕王阁序》的成功,与南北朝骈文创作的积累铺垫是分不开的。闻一多先生《宫体诗的自赎》一文,在分析初唐张若虚《春江花月夜》等诗篇时,曾提出一个有名的观点,即认为南朝齐、梁时的宫体诗专写女人体态和艳情等,格调绮靡,但在细腻入微地描写景物和人物情态、精心选择字句、巧妙安排用韵等方面积累了相当丰富的艺术经验。《春江花月夜》等作品脱胎于宫体诗的痕迹宛然,然又如一个苍白萎靡的绝色佳人,被输入了充满生机与活力的新鲜血液,顿时容光焕发,艳丽无双。从这个意义上来说,曾经声名不佳的宫体诗,通过对初唐诗坛《春江花月夜》等作品创作成功所做的贡献,而为自己的过失做了"自赎"。闻先生的这一观点,揭示了南朝到初唐诗歌艺术发展的内在轨迹,符合文学艺术发展过程中相克相生、相革相因的客观规律,因而得到广泛认同。依此类推,我们是否也可以说,王勃《滕王阁序》等作品创作的成功,可视为南北朝骈文的"自赎"呢?

顺便提一下,中国有"四大名楼"之说,指山西永济鹳雀楼、江西南昌滕王阁、湖北武汉黄鹤楼、湖南岳阳岳阳楼。它们之所以在中国古代数不胜数的楼观中脱颖而出,闻名天下,除本身建筑宏伟、景观奇特外,还与文学家写作的相关诗文名篇有很大关系。鹳雀楼有唐代诗人王之涣的《登鹳雀楼》,滕王阁有王勃的《滕王阁序》,黄鹤楼有唐代诗人崔颢的《黄鹤楼》,岳阳楼有宋代文学家范仲淹的《岳阳楼记》。在王勃之后,中唐御史中丞王仲舒作《滕王阁记》,王绪作《滕王阁赋》,这一序一记一赋,作者均姓王,合称"三王"。后来,韩愈又写了一篇《新修滕王阁记》,称"窃喜载名其上,词列三王之次,有荣耀焉"。清代著名文学家陈维崧亦曾作《滕王阁赋》。清代还有人编纂《滕王阁集》,搜集与滕王阁相关的诗文。《四库全书总目》卷一百九十四集部四十七:"《滕王阁集》,十三卷;《滕王阁续集》,无卷数。江西巡抚采进本。国朝蔡士英编。士英字伯彦,奉天人,官漕运总督。顺治十四年,士英巡抚江西,葺滕王阁,因集自唐至明登临记胜之作,分类诠次为十三卷。又征近人诗文为二巨册,但分体而不分卷,盖欲附入前集各体后也。陈维崧《迦陵集》有《滕王阁赋》,绝工丽,非诸人所及。然是集不载。或刊版时尚未得其稿欤?"但这么多写滕王阁的诗文,包括韩愈、陈维崧等名家的作品,都无法与王勃之作相提并论,只能忝附骥尾。

人生绝唱,骈体杰作——王勃《滕王阁序》

以我役物，以意役象
——袁宏道《西湖游记二则》[1]

袁宏道（1568—1610），字中郎，号石公，湖广公安（今属湖北省）人。万历二十年（1592）中进士，返乡读书。万历二十三年（1595）任吴县（今江苏苏州吴中区）县令，精明能干而政令清简。万历二十五年（1597）辞官，畅游无锡、杭州、绍兴、徽州等地山水。万历二十六年（1598）起补顺天府学教授，二十七年（1599）迁国子监助教，二十八年（1600）改礼部仪制清史司主事，数月即请病告归，筑室于公安城南，号柳浪，又游庐山、太和山、桃花源等地。万历三十四年（1606）起补原职，三十六年（1608）调吏部验封司主事，摄文选司事，升考功员外郎，剔奸除弊，持正不阿。万历三十七年（1609）任陕西乡试主考官，三十八年（1610）二月升验封司郎中，给假归里，移家沙市（今属湖北省），九月病卒。《明史》卷二百八十八有传。

袁宏道是晚明文学流派"公安派"的领袖，与兄宗道、弟中道合称"公安三袁"，而宏道成就最大。其思想受李贽影响较深，在诗文方面不满前、后七子的拟古主张，倡导"独抒性灵，不拘格套"，同时重视小说、戏曲和民歌等通俗文学，对晚明文坛产生重要影响。现代学者钱伯城有《袁宏道集笺校》。

---

[1] 本篇选自钱伯城笺校：《袁宏道集笺校》卷十《解脱集》之三"游记"，上海古籍出版社2008年版。

西湖一

从武林门[2]而西,望保叔塔突兀[3]层崖中,则已心飞湖上也。午刻入昭庆[4],茶毕,即棹[5]小舟入湖。山色如娥[6],花光如颊,温风如酒,波纹如绫[7],才一举头,已不觉目酣神醉。此时欲下一语描写不得,大约如东阿王梦中初遇洛神时也[8]。余游西湖始此,时万历丁酉[9]二月十四日也。

晚同子公渡净寺[10],觅阿宾[11]旧住僧房。取道由六桥、岳坟、石径塘而归[12]。草草领略,未及遍赏。次早得陶石篑帖子[13],至十九日,石篑兄弟同学佛人王静虚至[14],湖山好友,一时凑集矣。

西湖二

西湖最盛,为春为月。一日之盛,为朝烟,为夕岚[15]。今岁春雪甚盛,梅花为寒所勒[16],与杏桃相次开发,尤为奇观。石篑数为余言,傅金吾[17]园中梅,张功甫家故物也[18],急往观之。余时为桃花所恋,竟不忍去。湖上由断桥至苏堤一带[19],绿烟红雾,弥漫二十余里。歌吹为风,粉汗如雨,罗纨[20]之盛,多于堤畔之草,艳冶极矣。

然杭人游湖,止午未申三时[21]。其实湖光染翠之工,山岚设色之妙,皆在朝日始出,夕舂[22]未下,始极其浓媚。月景尤不可言,花态柳情,山容水意,别是一种趣味。此乐留与山僧游客受用,安可为俗士道哉!

注 释

[1] 袁宏道于万历二十五年(1597)春初获准辞去吴县县令,即赴无锡、杭州等地游览,在杭州写了多篇游记,这是开头的两篇。

[2] 武林门:旧时杭州城北城门之一,毗邻西湖。五代吴越国设关于此,名北关门;以附近有武林山,又名武林门。宋代改称余杭门,元末改称陆门,一名小北门,明初复称武林门。城门于1912年被拆毁,武

林山亦已夷平，故址今尚称武林门。

[3] 保叔塔：在西湖北岸宝石山上，相传为五代吴越王钱俶的宰相吴延爽所建，有九级，本名宝所塔，不久崩塌。宋咸平年间僧人永保募捐重修，减为七级。人称永保为师叔，因称塔为保叔塔。一说本名俶塔，吴越国王钱俶降宋入朝，恐被拘留，因建塔以祈神保佑。塔屡毁屡建，今尚存，通称保俶塔。突兀：陡然耸立。

[4] 昭庆：即昭庆寺，在西湖东北岸，五代后晋天福元年（942）吴越王钱元瓘建，旧名菩提寺，北宋初赐名大昭庆寺。此后屡建屡毁。寺今已不存，其址现为杭州市青少年活动中心。

[5] 棹（zhào）：划水行船。

[6] 娥：美女。

[7] 绫：很薄的有彩色花纹的织物。

[8] 东阿王：指三国时诗人曹植，他是曹操之子，曾封东阿王。东阿：地名，其地在今山东省阳谷县东北。梦中初遇洛神：曹植作有《洛神赋》，序称黄初三年（222）他进京朝见，归途中渡洛水，因传说称洛水之神为宓妃，遂仿宋玉对楚王问作《神女赋》事，而作《洛神赋》，描写洛神的美貌和人神之间的眷恋。赋中有"日既西倾，车殆马烦……于是精移神骇，忽焉思散"的句子，所以这里说"梦中"。

[9] 万历丁酉：即万历二十五年（1597）。

[10] 子公：方文僎，字子公，新安（今安徽省徽州市）人。穷困落拓，初随潘之恒，万历二十二年（1594）在武昌认识袁中道，中道爱其文雅能诗，推荐给袁宏道，为之料理笔墨。宏道《敝箧集》即方文僎所编次。自此至万历三十五年（1607），宏道或宦或游，文僎常相随，为人质直，万历三十七年（1609）卒。净寺：即净慈禅寺，在杭州西湖南岸南屏山。五代后周显德元年（954）吴越国王钱俶建，名慧日永明院，南宋绍兴九年（1139）高宗改赐名净慈报恩光孝禅寺。以后屡毁屡建，今尚存，为杭州著名寺院之一。

[11] 阿宾：袁中道小名。按袁中道《珂雪斋集》卷一有《游牛首山》《同丘长孺登雨花台》《初至钱塘至日》《大佛头示长孺，时长孺新著衲衣》《冬日湖上》等诗。又据其《游居柿录》卷三记万历三十七年（1609）往游

牛首山:"记万历癸巳岁,与友人丘长孺、僧无念同游此地……今十七年矣。"则袁中道先于袁宏道作吴越之游,在万历癸巳岁即二十一年(1593),冬至日到达杭州。

[12] 六桥:西湖苏堤上有六座桥,由南向北依次名为映波、锁澜、望山、压堤、束浦、跨虹。岳坟:民族英雄岳飞的墓,在苏堤北端,栖霞岭南麓,其地还建有岳王庙。石径塘:西湖畔地名,今已不详,当在由岳坟到断桥一带途中。

[13] 陶石篑:陶望龄,字周望,号石篑,会稽(今浙江省绍兴市)人。万历十七年(1589)会试第一,廷试第三,授翰林院编修,官至国子监祭酒。其弟陶奭龄,字公望,一字君奭,号石梁,万历三十一年(1603)始中举人。陶氏兄弟喜讲理学,文学主张与袁宏道相近。帖子:即书信。

[14] 学佛人:此指居家修习佛学的人。王静虚:王赞化,字静虚,山阴(今浙江省绍兴市)人,学佛居士。

[15] 岚:山中雾气。

[16] 勒:控制,阻止。

[17] 傅金吾:姓傅的锦衣卫官员,名不详。汉代有官名执金吾,掌管京师的治安和皇帝的保卫。明代锦衣卫职能与之相近,故时以执金吾称之,简称金吾。

[18] 张功甫家故物:张镃,字功甫,号约斋,南宋初大将张俊之孙,能诗善画,遍交一时名士。性奢华,家豪富甲天下。曾建玉照堂于西湖南岸,移种古梅数十本,又增取西湖北山红梅三百余本,且疏陈梅花宜称、憎嫉、荣宠、屈辱四项共五十八条,悬示堂上,使观者知爱敬梅花。见田汝成《西湖游览志余》卷十。

[19] 断桥:在西湖北岸。或以为本名簖(duàn)桥,簖是用竹或苇编成的捕鱼蟹的栅栏。因人们用簖在此捕鱼蟹,故名,后讹为"断桥"。或以为白堤至此而断,故名断桥。又名宝祐桥或段家桥。苏堤:元祐五年(1090),苏轼任杭州知州,时西湖已淤塞,苏轼兴工疏浚,堆积淤泥为长堤,由南至北横贯西湖,堤上栽植桃柳,建有六桥,世称苏公堤,简称苏堤。"苏堤春晓"为"西湖十景"之一。

[20] 罗纨:本指两种丝织物。罗:质地轻软、经纬组织显现椒眼纹

的丝织物，其丝或练或不练，故有生罗、熟罗之别。纨：白色细绢。这里合指游人穿的精美丝织衣服。

[21] 午未申三时：旧时将一日夜分为十二个时辰以计时，午、未、申三个时辰相当于现在的十一时到十七时。

[22] 夕舂：旧时人们习惯在日落时舂米，舂杵砸下时发出响声。这里用以代指日落时分。

赏　析

　　这是两则山水游记。山水游记是中国古代散文的一种重要类型。因中国古代人的世界观和人生观重视人与环境的和谐，追求"天人合一"的境界，因此中国古代文学艺术中山水诗、山水散文、山水画等非常兴盛。但时代背景不同，作家的个性和审美情趣不同，历代作家描写山水之美的笔法也各不相同。大体说来，魏晋南北朝时期，山水正式进入文学家的视野，他们开始着意观察、刻画山水，其注意力主要放在准确描摹山水的形状特点上。这是山水文学发展必经的一个阶段。唐宋时期，作家们描写山水的水平显著提高，他们不再满足于描摹山水本身的形状特点，而是力图将对山水景物的描写与表达自己的个性、心境完美结合起来，达到主客观统一、情景交融的境界。明代特别是晚明时期，山水文学又呈现出新的风貌。晚明许多知识分子对黑暗腐败的社会现实极度失望，对虚伪的假道学十分厌恶，同时受左派王学和禅学的影响，对正统的伦理道德规范产生怀疑，倡导顺情适性、张扬个性，思想上颇有离经叛道色彩，行为狂放不羁。他们近乎狂热地喜爱山水，把山水当作逃避、忘却现实生活中种种烦恼的避难所，当作愉悦性情的对象，于是山水文学非常发达，山水散文十分兴盛，构成人们常说的晚明小品文的一个重要组成部分。这些作家们的兴趣，主要在藉山水印证、表现自己的个性，而不在客观地描摹山水本身。唐宋时期的山水散文中，作家的主观情志含而不露地寄寓在对山水景物的描绘之中，而晚明山水散文中作家的主观情志则被有意充分凸显出来。在这些作品所展示的图景中，我们不仅能看到山水的风貌，还能时时感受到作家的身影在晃动，他们的音容笑貌在闪现。综上所述，从魏晋南北朝到唐宋再到明代，山水文学创作的宗旨由注重对客观景物的描写，发展到追求主客观统一、情景交融，再到侧重表现主体情志。把握中国古代山水文学演变的轨迹，有助于我们认识不同时代不同作家山水文学的艺术特色。

袁宏道是晚明具有进步思想的文学家的代表人物之一，他酷爱山水，写作了大量山水诗和山水散文，他的山水散文典型地体现了晚明山水小品文的艺术风尚。唐宋以来，杭州西湖得到白居易、柳永、苏轼等杰出文学家的"表彰"，已成为天下闻名的山水胜地。袁宏道想必心仪已久。万历二十三年（1595）起，他在毗邻的苏州做了两年吴县县令，这无疑使他前往杭州一睹西湖芳容的愿望更加迫切。于是，万历二十五年（1597）早春二月，他刚获准辞官，匆匆把家小安顿在无锡，就立即来到杭州。《西湖一》即真切反映了他初到西湖的感受。开头数句，一连用了"从""而""望""则已""飞""入""毕""即""入"等与时间有关和表示动作的字眼，使叙述极具速度感和动感，充分表达了他如渴鹿之奔清泉的急不可待的心情。他一置身西湖的湖光山色中，立即为美丽的景色所陶醉。他暂时忘却了世界上其他所有存在，完全沉浸在西湖山水之中，调动自己的全部感官，近乎贪婪地感受品味着周围的一切。"山色如娥，花光如颊"是视觉，"温风如酒"是触觉和味觉，"波纹如绫"也兼有视觉和触觉。与前代作家相比，袁宏道这里对山水的描写更趋感性化，这样更容易唤起读者类似的感官印象，从而给读者以更直接真切的感染。

本文还体现了袁宏道描绘山水景物的另一特点，即常以女性美比拟山水美。美丽的山水，在他心目中就像一位可爱的美人，她有发肤，有五官，有身姿，有性情，有颦，有笑……袁宏道不像是一般地观赏山水，而更像是在与山水谈恋爱。他是如此动情地打量着她，如此细心地观察她眼角眉梢的每一次浅笑微颦。在她的绝世风姿面前，他呆住了，一下子不知道说什么好，这更体现出他的纯情与真诚。总之，以描写美女的笔调描写山水，表明袁宏道不是仅用眼睛观赏山水，而是用整个身心来感受山水。就山水景物而言，这种拟人化的描写不仅能见其形貌，而且能传其神韵。在袁宏道之前，描写西湖最成功的诗人苏轼就运用过这种手法："水光潋滟晴方好，山色空濛雨亦奇。欲把西湖比西子，淡妆浓抹总相宜。"这首《饮湖上初晴后雨》早已成为赞美西湖的千古绝唱。苏轼、袁宏道等文学家都以美女比西湖，自然与西湖山水景色本身的特点有关。西湖周围山色青翠，湖面空灵，堤柳精致，确实容易使人联想到女性美。倘若描绘洞庭湖、太湖，那当然是另外一副气象，也应是另外一种笔墨了。

该文第二段写作者当晚即前往净慈寺，探看其弟中道住过的僧房。想必此前中道已与他谈起过，给他留下了深刻印象，他急于一探究竟。同时也是因为兄弟情深，他爱屋及乌，觉得既然弟弟在那里住过，那里对他来说便具有了一种特殊的亲切感。接着取道六桥（苏堤）、岳坟而归，加上白天已见过或经过的保叔塔、昭庆寺等地，他一天之内就把西湖及其周围的主要名胜游赏大半了。这符合特别钟爱西湖山水的游客的心理：忍不住要尽快将西湖景色"草草领略"一遍，至于具体细节，则留待慢慢回味。末尾又提到陶望龄兄弟一行即将到来，"湖山好友，一时凑集矣"，作者已摆出一副要尽情畅游一番的架势。作者在西湖一带盘桓多日，写了多篇游记。就所描写的景色而言，这篇是总写，以下各篇是分写。就在这组游记中的地位和功能而言，本篇是开头，自然引出后面各篇。

如果说《西湖一》表达的是袁宏道对西湖第一印象，还属一种浑沦的整体感觉，那么《西湖二》所表达的则是他流连西湖多日后所做的阶段性总结，理性色彩明显加强。作者拥有一双善于发现美、欣赏美的慧眼，迅速总结出一年之内西湖最美的景致是春之花、秋之月，一日之内西湖最美的景致是朝烟和夕岚。这一概括极简练，也很准确，对人们观赏西湖景色具有启示意义。就本篇的结构而言，这一概括起了提纲挈领的作用。接着作者首先写春之花。西湖边桃花杏花盛放时节，姹紫嫣红，本已艳冶之极。作者来游当年，寒梅迟发，与桃花杏花相次开放，更构成一道奇丽景观。很多文人雅士至此，或许会做出舍桃而取梅的选择，以示自己清高脱俗。袁宏道则直言自己"为桃花所恋"，顾不上观梅，这无疑与袁宏道热情、浪漫的个性气质有关，也反映了他的坦率真诚，不忸怩作态。写到"由断桥至苏堤一带"的桃花，作者不用工笔描绘，而用浓墨涂抹，非如此不足以渲染桃红柳绿、游人如织的总体氛围。

第二段写朝烟和夕岚。作者从反面着笔，先写杭人游湖在时间选择上的错误，以反衬西湖之朝烟、夕岚别开生面。其实这不是错误与否的问题，而是因为每个人游赏西湖的目的、心境、眼光都有所不同。正如张岱在《西湖七月半》中所描写，许多人游湖并不看湖，而意在看游湖之人，那自然是人越多、越热闹的时候他就越爱去了。要看到西湖的真面目，要用心默默地与西湖山水沟通交流，则必须人取我舍，人舍我取。"湖光染翠之工，山岚设色之妙"两句，充分揭示了西湖湖光山色相互映照、浑如一幅水墨山水画的特点。接下去由夕岚自然延伸到月景。在作者眼里，在朦胧月光下，花有态，柳有情，山有容，水有意，一切都是那样楚楚动人，脉脉含情。这自然是美学上所说的"移情作用"的结果。作者是把自己丰富的情感转移到本无情感的自然景物之上了，这更体现了作者对山水美景的一往情深。

在这两则游记里，西湖的山水景色得到了生动准确的描绘，但它似乎并不是主角，而更像是背景。作者本人不是一个纯粹的观赏者，而更像是一位讲解者，甚至是一位表演者。作品实际上不是以第三人称"它"写成，而是以第一人称"我"写成。作者并不回避，甚至是有意地叙述自己的游览经过，表达自己的看法，这些内容在整个篇幅中占了较大比重。即使在描写山水景物时，作者也不做纯客观的刻画，而是从主观感受的角度加以描述。这就使文章具有了鲜明的主观化色彩。作品不是单纯写景，也不是一般地情景交融、寓情于景，而是以情带景，借景表情。作品的语言明白晓畅，节奏轻快，读过这两则游记，西湖的美景固然给我们留下深刻印象，作者那洒脱真率的形象也清晰地浮现在我们面前。

异域忧思，著为警策
——薛福成《观巴黎油画记》[1]

薛福成（1838—1894），字叔耘，号庸庵，无锡（今江苏无锡）人。同治六年（1867）副贡生，入曾国藩幕府，参与镇压捻军，授直隶州知州并赏加知府衔。曾建议改革科举，裁减绿营，学习西方军事，得到曾国藩赏识。光绪元年（1875）为李鸿章延请入幕，随之办理洋务。光绪五年（1879）撰写《筹洋刍议》，主张革新政治，振兴工商业。光绪十年（1884）任浙江宁绍道台，在镇海参与击退法国军舰之战。光绪十四年（1888）擢湖南按察使，次年四月奉命以光禄寺卿衔出任驻英、法、意、比四国公使，创设南洋各岛领事，称赞西方君主立宪制度。转太常寺卿、大理寺卿，留使如故。光绪二十年（1894）卸任回国，升都察院左副都御史，七月病逝于上海出使行台。《清史稿》卷四百四十六有传。

薛福成是清末洋务派中具有改良思想的代表人物之一。他自幼广览博学，为文着眼于经世致用。受曾国藩影响，推崇桐城派，与张裕钊、黎庶昌、吴汝纶并称"曾门四弟子"。出使外国以后，见闻日广而新，文风也有所改变，不受桐城派"义法"的束缚。其文长于说理议论，尤擅政论。著有《庸庵文编》《庸庵海外文编》《浙东筹防录》《出使日记》《出使公牍》《庸庵笔记》等，大多收入《庸庵全集》中。

---

[1] 本篇选自《庸庵全集》第三种《庸庵文外编》卷四，清光绪醉六堂刻本。

光绪十六年春闰二月甲子,余游巴黎蜡人馆。见所制蜡人,悉仿生人,形体态度,发肤颜色,长短丰瘠[2],无不毕肖[3]。自王公卿相以至工艺杂流,凡有名者,往往留像于馆。或立或卧,或坐或俯,或笑或哭,或饮或博[4],骤视之,无不惊为生人者。余亟[5]叹其技之奇妙。

译者称西人绝技,尤莫逾油画,盍[6]驰往油画院,一观《普法交战图》[7]乎?

其法为一大圆室,以巨幅悬之四壁,由屋顶放光明入室。人在室中,极目四望,则见城堡冈峦,溪涧树林,森然布列。两军人马杂遝[8],驰者,伏者,奔者,追者,开枪者,燃炮者,搴[9]大旗者,挽炮车者,络绎相属[10]。每一巨弹堕地,则火光迸裂,烟焰迷漫;其被轰击者,则断壁危楼,或黔其庐[11],或赭其垣[12]。而军士之折臂断足,血流殷地[13],偃仰僵仆者[14],令人目不忍睹。仰视天,则明月斜挂,云霞掩映;俯视地,则绿草如茵[15],川原无际。几自疑身外即战场,而忘其在一室之中者。迨[16]以手扪之,始知其为壁也,画也,皆幻也。

余闻法人好胜,何以自绘败状,令人气丧若此?译者曰:"所以昭炯戒[17],激众愤,图报复也。"则其意深长矣!夫普法之战,迄今虽为陈迹,而其事信而有征[18]。然则此画果真邪,幻邪?幻者而同于真邪,真者而托于幻邪?斯二者,盖皆有之。

注　释

[1] 按薛福成光绪十五年(1889)四月奉命出使英、法、意、比四国,光绪十六年(1890)二月十九日抵巴黎,二十四日参观巴黎蜡人馆和油画院后写了这篇日记。

[2] 丰瘠:肥瘦。

[3] 毕肖:都很像。肖:像。

[4] 博:博戏,赌博。

[5] 亟(qì):一再,连连。

[6] 盍：何不。驰往：乘车前往。

[7]《普法交战图》：1870年7月19日，法国拿破仑三世向普鲁士宣战，法军接连战败，9月2日拿破仑三世在色当投降，4日巴黎爆发革命，推翻第二帝国，宣布成立共和国。普鲁士军队仍长驱直入，包围巴黎。10月法军溃败，在梅斯投降。1871年1月，法国同普鲁士签订屈辱的停战协定，普鲁士国王威廉一世加冕为德意志帝国皇帝。3月18日发生巴黎公社起义，法国政府迁往凡尔赛，5月法国政府与德意志帝国缔结《法兰克福和约》，继而镇压巴黎公社。事后法国人将普法交战的情形绘成巨幅全景油画。

[8] 杂遝（tà）：众多杂乱的样子。

[9] 搴（qiān）：举。

[10] 络绎相属：往来不绝，互相连接。属（zhǔ）：连接。

[11] 黔其庐：将房屋熏黑。黔：黑色。庐：房屋。

[12] 赭其垣：将墙壁烧红。赭（zhě）：赤色。垣：墙壁。

[13] 殷地：将泥土染成赤黑色。殷（yān）：血色经久而变成赤黑色，称为殷色。

[14] 偃仰：仰倒在地。僵仆：伏倒在地。

[15] 茵：席子。

[16] 迨（dài）：等到。

[17] 昭炯戒：昭示明显的告戒。

[18] 信而有征：真实有据。信：真实。征：证据。

赏　析

薛福成是19世纪末较早走出国门的外交官，在国内时即对西方的政治、军事、文化、科技等有深入研究，主张向西方学习，变法图强。出使欧洲后，他抱有强烈的使命感，除办理有关外交事务外，时时处处留心观察欧洲各方面的情况，并与中国的情况相对照，认真思索，力图找到欧洲之所以富强、中国之所以贫弱的原因。他记叙在欧洲所见所闻的文章，无不贯穿这一主题，这篇《观巴黎油画记》也不例外。

文章首先记叙了参观巴黎蜡人馆的经过，作者对法国人制作蜡人的高超技艺深表惊奇。来自某一特定文化背景的人，在面临一种新的文化时，总是或显或隐地以原有文化作为观察和理解的参照系，特别注意两者之间的相同之处和相异之处。薛福成对法国人制作蜡人的技艺很感兴趣，因当时中国还没有这样的技艺。中国古代的雕塑绘画传统与西方迥异。希腊雕塑采用地中海地区的石料，追求刻画人物的准确性。意大利文艺复兴以后的油画，确立焦点，注意角度光影的变化，追求细节的真实。中国古代的雕塑，则以木架束草傅泥为主，材料简陋，造型粗糙，唯部分摩崖石雕比较精致。中国古代早期绘画亦追求细节的准确，但自唐代文人画兴起，倡导写意，追求神似，轻视形似，遂越来越不注重细节的真实性。西方蜡人制作从雕塑发展而来，极力追求复制人物栩栩如生的效果。薛福成看到这样的作品，自然大感惊奇。

然而当时中国欠缺的仅仅是这种技艺本身吗？法国人制作蜡人时细致认真的工作作风、敢于自嘲的坦荡胸怀和幽默感、上至王公卿相下至工艺杂流均可被仿造且同处一室所体现出来的平等意识等等，对于当时的中国来说，不是同样欠缺吗？而且这种精神的欠缺不是隐藏在技艺欠缺背后更深刻的欠缺吗？作者当时是否意识到这些，或者在潜意识中已朦胧感受到这些呢？他没有展开说明，留待读者思索。

紧接着作者以译者的话为桥梁，自然过渡到对《普法交战图》的描写。该画场面宏大，景象纷繁，但作者写来有条不紊。他首先介绍了这幅画的总体构造，"为一大圆室，以巨幅悬之四壁，由屋顶放光明入室"，这就有利于读者一开始便在整体上把握这幅画。接着他进入对画中静态背景的描绘，寥寥几笔，即展示了一个非常广阔幽深的空间。然后人物络绎上场，"驰者、伏者、奔者、追者……"，连续运用多个短语，极富动感和速度感，准确传达出画中人物急促的神态和战场上的紧张气氛。然后是巨弹爆炸的特写镜头，把对战争场面的描写推向高潮。但见天空中"火光迸裂,烟焰迷漫",其下则是"断壁危楼",再下面则是"折臂断足、偃仰僵仆"的士兵。耀眼的火光,乌黑的浓烟,烧焦的房屋,映红的墙垣,由红转紫的血液,等等,交叉闪现,造成极强的视觉冲击力。这时作者对激战场面的描写戛然而止,视线重新投回到画中的背景,"明月斜挂,云霞掩映,绿草如茵,川原无际",宁静、优美、空旷,与刚才的激战场面冷热相激,形成巨大反差,使激战的场面被置于一种更广阔的时空背景中来审视,更增添了悲凉的意味。最后又由"迫以手扪之"一语,回到画外的现实中来。这一段的描写可以说包含四重境界:作者从画外现实世界进入画中背景,又由画中背景进入画中中心场面,然后由画中中心场面退回画中背景,最后由画中背景回到画外现实世界,完成了一个循环。

作者对巴黎蜡人馆和《普法交战图》的描绘,以高超的文学技巧,展现了异域艺术的特色和成就,给国人传递了新颖生动的信息。如果本文就此结束,也可算是一篇优秀的文章。但作者并不满足于此。他接着提出了一个疑问:法人本来好胜,何以自绘败状,令人气丧若此?然后通过译者之口作了回答:这是为了记住惨痛的历史教训,激发民众的斗志,以图报仇雪耻。这就提出了一个极其重要的问题,揭示了一种非常深刻的思想,具有重要的现实意义。这段话无疑是本文的最大亮点,它大大深化了本文的主题,提升了本文的价值。

但这段话在作者的初稿中是没有的。按薛福成光绪十五年(1889)四月奉命出使英、法、意、比四国,十六年(1890)正月十二日由上海登船启程,二月十九日抵巴黎,闰二月初四日向法国总统递交国书,二十四日参观巴黎蜡人馆和油画院后写了这篇日记。初载光绪十七年(1891)十二月作者依例呈报总理各国事务衙门的《出使英法义比四国日记》卷一,无题,仅标明庚寅闰二月"二十四日记"。光绪十九年(1893)三月,作者在伦敦将此文编入《庸庵文外编》卷四,内容也有所改动。一是给它加上了《观巴黎油画记》的标题;二是加了开头介绍性的一句话"光绪十六年春闰二月甲子，余"。这两处修改使它由一篇日记转变成了一篇更完整、更有独立性的文章。三是描写蜡人的一段话语句有所调整，使描绘更有条理；四是添加了"译者称西人绝技，尤莫逾油画……"一段，使文章的过渡更加自然；但最重要的修改，还是补写了"余闻法人好胜……则其意深长矣"这一段。可以说本文前两部分记录的是作者参观时的印象和感受，这一段则反映了作者在其后三年里所做的深入思考。它使文章的主题由比较中西某些技艺的有无，深入到对中西国民不同文化心理进行比较和思考的层次。如果说文章的第一段描写蜡人馆是对第二段描写油画的铺垫，那么前两段合起来又构成这一段的基础。这里无疑是全文的结穴之处。作者显然是深有感触于法国人勇于正视失败的历史，而当时的中国人则讳言失败和落后，中西民族的文化心理在这里显示出巨大而深刻的差异。只有正视失败的历史才能发愤图强，回避、忘却、掩盖失败的历史只会日趋苟且。其实我们的祖先也不是不懂这个道理，《礼记·中庸》里就有"知耻近乎勇"的说法。只是进入近代以来，清朝政府和民众已经历太多失败的屈辱，已丧失正视失败的勇气，加上还不肯抛弃"天朝上国"的梦幻，于是妄自尊大和胆怯自卑两种心理互相诱发转换，这无疑是国家和民族走向开放、走向复兴的重大障碍。薛福成揭示这一问题，至今仍发人深省。

在薛福成写作此文后不久，他强调的这种"知耻近乎勇"的观念，逐步成为国内人的共识。1900年（庚子）6月16日中午前后，义和团在北京因烧前门大栅栏附近的老德记西药房，连带烧毁了作为北京内城南大门的正阳门（前门）的箭楼。8月3日夜，正阳门正楼也起火烧毁。此时慈禧太后和光绪皇帝已逃往西安，北京被八国联军占领。1901年（辛丑）6月，八国联军全部撤出北京，11月28日，慈禧太后和光绪皇帝回到北京。此前大臣陈夔龙、张百熙等奉命承修跸路，正阳门在必经路上，因时间有限，来不及照原样修筑城楼，他们便想出替代之法：仿照门楼的样式，费帑金数万，"先于内外城门上搭盖彩棚两座，藉壮观瞻"，"亟其壮丽"。不久即提出重修正阳门。据记载："回銮未数日，大臣即议筹款建正阳门楼。皇上曰：何如留此残败之迹，为我上下儆惕之资。而太后以诸臣之议为是。"（王照《方家园杂咏》，见《清诗纪事》册十九"光绪、宣统朝卷"，钱仲联主编，江苏古籍出版社1989年版，第13783页）

此后清朝财政困难，重修正阳门一事暂时搁置。光绪二十八年（1902）八月，已任漕运总督的陈夔龙上奏，提出捐献廉俸银一万两，倡议各地督抚一起筹款，重修正阳门楼，但各地督抚反应并不热烈。过了一段时间，"某督（很可能是直隶总督袁世凯）入觐"，慈禧太后发了一顿牢骚，谓"门楼为中外观瞻所系，急须修建"，"各省督抚受恩深重，而竟置之不理，不知是何居心"。该督承旨电商各省，方才开始凑集银两。各地督抚所提供的款项，并非出自自己的俸银，"均系提用正款"。关于修复门楼的正当性，南方督抚也提出质疑。陈夔龙称："南省某督素负盛名，至谓如此巨款，可惜徒事工作。何不移作兴学之用，较有实际。"（陈夔龙《梦蕉亭杂记》卷一）修复工程于1903年闰五月开工，约于1906年完工，计划用银43万两，传说用银600万两。

可见围绕正阳门之重修，有几种不同的态度：先有搭彩楼替代掩盖；然后有人倡议复修；也有人（包括光绪皇帝）以为不必修，可留作警醒国人的依据；还有人主张不如将重修经费用于兴办学较有实际意义。由此可知，清朝末年，一方面大多数国人还沉迷于天朝上国的梦幻，不敢面对现实，讳言落后，讳言失败；另一方面，不仅薛福成，而且还有一批有识之士，都已经清醒地认识到中西的差距，主张直面落后，知耻近乎勇。简单地说当时举国上下全未觉醒，不符合事实。

本文篇幅不长，但体现了高超的结构技巧。无论是全文的总体框架，还是每个段落的内部层次，都条理清晰，章法井然。作者以两次对话作为文章的过渡，颇具匠心。对战争场面的描写既善于总体把握，逐层扫描，又善于局部观察，刻画细致传神。在这些方面，我们不难看出薛福成受桐城派影响的痕迹。桐城派是清代影响最大的散文流派，兴起于清初康熙年间，以最初的几个代表人物方苞、刘大櫆、姚鼐都是桐城（今属安徽省）人而得名。该派强调文章写作的"义法"。所谓"义"，即"言有义"，要求文章应包含比较重要的主题；所谓"法"，即"言有序"，要求文章的表述应有条理，有章法。与此相应，该派追求"雅洁"的语言风格，要求语言典雅简洁。清代末年，曾国藩推崇桐城派，得到一些人的响应，因曾为湘乡（今属湖南省）人，世人遂称之为"湘乡派"，视之为桐城派的一个支派，薛福成即为这个支派的骨干成员。直到民国初年，桐城派声势仍盛。后来在五四运动中，受到猛烈抨击，被斥为"桐城谬种"，从此成为顽固落后文学流派的代名词。平心而论，桐城派形成并流行于清代特定的历史背景中，它必须与这种历史背景相适应，因此必定具有许多落后的因素。但它作为中国古代散文发展史上最后一个重要流派，也确实总结继承了中国古代散文创作的许多成功经验，其文学观念中不乏合理可取之处。如对于"义法"的强调，剔除其中某些具体内涵，作为散文写作的一般要求，就不失为一种比较全面而又非常简洁的提法。薛福成的这篇《观巴黎油画记》，显然充分运用了自己接受桐城派"义法"训练所积累的素养，尽管写的是新的内容。可见旧文学的一些艺术技巧，完全可以为新的文学所借鉴。

当然本文也并非尽善尽美。它末尾关于"真耶幻耶"的一段话，意义并不显豁，近于故弄玄虚，放在这里徒为蛇足。如文章即止于"则其意深长矣"，则更为干净利落，而且更令人回味。"假作真时真亦假，无为有处有还无"之类，是中国古代文人最喜欢搬弄的话头，看似高深玄妙，实则了无深意。薛福成毕竟是一个戴着翎帽的清朝士大夫，深受中国古代文人士大夫思维习惯的影响，在这里冷不丁就冒出了这么一段话。不仅原稿上就有这段话，而且他在修改本文时也未将之删去。可见一个人即使见了许多新事物，有了很多新观念，但要和内心深处的那个旧我告别，并不是那么容易的事情。

《窦娥冤》中的"埋怨天地"及其他[1]

关汉卿(约1234—约1300),号已斋叟(又作一斋),元大都(今北京市)人,一说解州(今山西运城市)人,或曰祁州(今河北安国市)人。元代戏剧家。曾为太医院尹(一作"太医院户"),晚年曾居杭州。与马致远、白朴、郑光祖并称"元曲四大家"。元代钟嗣成著《录鬼簿》,明代贾仲明补写《凌波仙》,"吊词"称他"驱梨园领袖,总编修帅首,捻杂剧班头"。著有杂剧六十余种。今人吴国钦校注《关汉卿全集》收杂剧十八种(个别作品是否为他所作尚有争议),散曲十三套,小令五十七首。

(外[2]扮监斩官上,云)下官监斩官是也。今日处决犯人,着做公的[3]把住巷口,休放往来人闲走。(净[4]扮公人,鼓三通、锣三下科[5]。刽子磨旗[6]、提刀,押正旦[7]带枷上)(刽子云)行动些,行动些,监斩官去法场上多时了!(正旦唱)

【正宫】【端正好】没来由犯王法,不堤防遭刑宪,叫声屈动地惊天!顷刻间游魂先赴森罗殿,怎不将天地也生埋怨?

【滚绣球】有日月朝暮悬,有鬼神掌着生死权。天地也,只合把清浊分辨,可怎生错看了盗跖、颜渊[8]?为善的受贫穷更命短,造恶的享富贵又寿延。天地也,做得个怕硬欺软,却原来也这般顺水推船。地也,你不分好歹何为地?天也,你错勘贤愚枉做天!哎,只落得两泪涟涟。

(刽子云)快行动些,误了时辰也。(正旦唱)

【倘秀才】则被这枷扭的我左侧右偏,人拥的我前合后偃。我窦娥

本篇选自吴国钦校注:《关汉卿全集》,广东高等教育出版社1988年版。

向哥哥行[9]有句言。（刽子云）你有甚么话说？（正旦唱）前街里去心怀恨，后街里去死无冤，休推辞路远。

（刽子云）你如今到法场上面，有甚么亲眷要见的，可教他过来，见你一面也好。（正旦唱）

【叨叨令】可怜我孤身只影无亲眷，则落的吞声忍气空嗟怨。（刽子云）难道你爷娘家也没的？（正旦云）止有个爹爹，十三年前上朝取应去了，至今杳无音信。（唱）早已是十年多不睹爹爹面。（刽子云）你适才要我往后街里去，是甚么主意？（正旦唱）怕则怕前街里被我婆婆见。（刽子云）你的性命也顾不得，怕他见怎的？（正旦云）俺婆婆若见我披枷带锁赴法场餐刀去呵，（唱）枉将他气杀也么哥[10]，枉将他气杀也么哥！告哥哥，临危好与人行方便。

（卜儿[11]哭上科，云）天那，兀的[12]不是我媳妇儿！（刽子云）婆子靠后。（正旦云）既是俺婆婆来了，叫他来，待我嘱付他几句话咱[13]。（刽子云）那婆子，近前来，你媳妇要嘱付你话哩。（卜儿云）孩儿，痛杀我也！（正旦云）婆婆，那张驴儿把毒药放在羊肚儿汤里，实指望药死了你，要霸占我为妻。不想婆婆让与他老子吃，倒把他老子药死了。我怕连累婆婆，屈招了药死公公，今日赴法场典刑。婆婆，此后遇着冬时年节，月一十五，有瀽[14]不了的浆水饭，瀽半碗儿与我吃；烧不了的纸钱，与窦娥烧一陌儿[15]。则是看你死的孩儿面上！（唱）

【快活三】念窦娥葫芦提当罪愆[16]，念窦娥身首不完全，念窦娥从前已往干家缘[17]。婆婆也，你只看窦娥少爷无娘面。

【鲍老儿】念窦娥伏侍婆婆这几年，遇时节将碗凉浆奠；你去那受刑法尸骸上烈些纸钱，只当把你亡化的孩儿荐。（卜儿哭科，云）孩儿放心，这个老身都记得。天那，兀的不痛杀我也！（正旦唱）婆婆也！再也不要啼啼哭哭，烦烦恼恼，怨气冲天。这都是我做窦娥的没时没运，不明不暗，负屈衔冤。

（刽子做喝科，云）兀那婆子靠后，时辰到了也。（正旦跪科）（刽子开枷科）（正旦云）窦娥告监斩大人，有一事肯依窦娥，便死而无怨。（监斩官云）你有甚么事？你说。（正旦云）要一领净席，等我窦娥站立；又要丈二白练，挂在旗枪[18]上：若是我窦娥委实冤枉，刀过处头落，一腔热血休半点儿沾在地下，都飞在白练上者。（监斩官云）这个就依你，打甚么不紧[19]。（刽子做取席站科，又取白练挂旗上科）（正旦唱）

【耍孩儿】不是我窦娥罚下这等无头愿[20]，委实的冤情不浅；若没些儿灵圣与世人传，也不见得湛湛青天。我不要半星热血红尘洒，都只在八尺旗枪素练悬。等他四下里皆瞧见，这就是咱苌弘化碧[21]，望帝啼鹃[22]。

（刽子云）你还有甚的说话，此时不对监斩大人说，几时说那？（正旦再跪科，云）大人，如今是三伏天道，若窦娥委实冤枉，身死之后，天降三尺瑞雪，遮掩了窦娥尸首。（监斩官云）这等三伏天道，你便有冲天的怨气，也召不得一片雪来，可不胡说！（正旦唱）

【二煞】你道是暑气暄[23]，不是那下雪天；岂不闻飞霜六月因邹衍[24]？若果有一腔怨气喷如火，定要感的六出冰花[25]滚似绵，免着我尸骸现；要甚么素车白马，断送出古陌荒阡！[26]

（正旦再跪科，云）大人，我窦娥死的委实冤枉，从今以后，着这楚州亢旱[27]三年！（监斩官云）打嘴！那有这等说话！（正旦唱）

【一煞】你道是天公不可期，人心不可怜，不知皇天也肯从人愿。做甚么三年不见甘霖降，也只为东海曾经孝妇冤[28]。如今轮到你山阳县[29]，这都是官吏每[30]无心正法，使百姓有口难言。

（刽子做磨旗科，云）怎么这一会儿天色阴了也？（内做风科，刽子云）好冷风也！（正旦唱）

【煞尾】浮云为我阴，悲风为我旋，三桩儿誓愿明题遍。（做哭科，云）婆婆也，直等待雪飞六月，亢旱三年呵，（唱）那其间才把你个屈死的冤魂这窦娥显！

（刽子做开刀，正旦倒科）（监斩官惊云）呀，真个下雪了，有这等异事！（刽子云）我也道平日杀人，满地都是鲜血，这个窦娥的血都飞在那丈二白练上，并无半点落地，委实奇怪。（监斩官云）这死罪必有冤枉。早两桩儿应验了，不知亢旱三年的说话，准也不准？且看后来如何。左右，也不必等待雪晴，便与我抬他尸首，还了那蔡婆婆去罢。（众应科，抬尸下）

注　释

[1] 此剧名全称为《感天动地窦娥冤》，四折一楔子。剧中第四折写到窦天章任两淮提刑肃政廉访使，据《元史》卷八十六《百官志二》，至元二十八年（1291）"改按察司为肃政廉访司"，知此剧作于1291年之后，为关汉卿晚年作品。现存有明代陈与郊编、万历十六年（1588）龙峰徐氏刻《古名家杂剧》本、明代孟称舜编《古今名剧合选·酹江集》本和臧懋循编《元曲选》本。吴国钦校注《关汉卿全集》据《元曲选》本录入。

[2] 外：元杂剧脚色名，应为"外末"的省称，多扮演正末以外的次要男角色。

[3] 做公的：衙门里的差役，又称公人。

[4] 净：元杂剧脚色名，多扮演脾性恶劣的反面角色。

[5] 科：元杂剧表示舞台动作、舞台效果的提示。

[6] 磨旗：舞动旗帜。

[7] 正旦：元杂剧脚色名，多扮演女主角。

[8] 盗跖、颜渊：盗跖名跖（一作蹠），相传是春秋时的大盗，故名盗跖。为柳下屯（今山东西部）人，故又称柳下跖。《孟子》《荀子》《庄子》中都曾提到他。颜渊即颜回，字子渊，是孔子最赏识的弟子，好学，乐道安贫，在孔门中以德行著称，后世儒家称之为"复圣"。

[9] 哥哥行（háng）：哥哥这里。"行"为当时口语，表方位。

[10] 也么哥：表示感叹的语气词，无实义。《叨叨令》曲牌句格规定，这一句必须重复，句末必须用"也么哥"。

[11] 卜儿：元杂剧中扮演老妇人的脚色名。"卜"可能是妓院中鸨（bǎo）的简写。一说"娘"右边偏旁"良"简写为"卜"，整个"娘"字

再进一步简化为"卜"。

[12] 兀的：也作兀底、窝的、阿的，指示词，意为这里或这个，常带有惊异或郑重的语气。"兀"读如"窝"。

[13] 咱：句末助词。

[14] 溅（jiǎn）：泼，倒。

[15] 一陌儿：古时一百钱称为陌。

[16] 葫芦提：当时口语，糊里糊涂之意。当：承受。罪愆：罪过。

[17] 干家缘：操持家务。

[18] 旗枪：指旗杆，其上装有枪头，似枪，故称。

[19] 打甚么不紧：有什么要紧。当时口语。

[20] 无头愿：用头颅相拼的誓愿。

[21] 苌（cháng）弘化碧：苌弘，春秋时周敬王的大夫，孔子尝就问乐。《国语·周语下》载：晋公族内哄，弘助晋大夫范吉射中行寅，晋卿赵鞅以责周，周杀弘。《庄子·外物》："苌弘死于蜀，藏其血，三年而化为碧。"碧：青绿色的玉石。

[22] 望帝啼鹃：传说中有蜀王名杜宇，战国时在蜀地称帝，号望帝。后为臣子所逼，让位于其相开明，其魂化为鸟，啼声凄苦。时当二月，子鹃鸟啼，蜀人怀之，因呼鹃杜鹃或杜宇。

[23] 暄：太阳的暖气。

[24] 飞霜六月因邹衍：邹衍，战国齐临淄人，《史记》作驺衍。著《始终》《大圣》等篇，共十万余言，主五德始终、大小九州之说。游至燕，昭王筑碣石宫以师事之。《六臣注文选》卷三十九江文通（淹）《诣建平王上书》李善注引《淮南子》："邹衍尽忠于燕惠王，惠王信谮而系之，邹子仰天而哭，正夏而天为之降霜。"

[25] 六出冰花：即雪花。雪花六瓣，故名。

[26] 素车白马二句：古人以素车白马用于凶、丧之事。《后汉书》卷八十一《独行列传·范式传》：东汉时，张劭（字元伯）与范式（字巨卿）为友，张将死，以不见范式为恨。范式梦见张劭告知他某日死，某时葬，望能相送，范遂驰往赴之。"式未及到，而丧已发引。既至圹，将窆，而柩不肯进，其母抚之曰：元伯，岂有望耶？遂停柩移时，乃见有素车白马，号

哭而来。其母望之曰：是必范巨卿也。巨卿既至，叩丧言曰：行矣元伯，死生路异，永从此辞。会葬者千人，咸为挥涕。式因执绋而引柩，于是乃前。式遂留止冢次，为修坟树，然后乃去。"

[27] 楚州：宋置楚州，在今江苏省淮安市。亢旱：大旱。

[28] 东海曾经孝妇冤：《搜神记》卷十一："汉时，东海孝妇，养姑甚谨。姑不愿拖累孝妇，自缢而死。其女告嫂杀母，官府酷刑，孝妇不堪苦楚，自诬服。于公为狱吏，争之，太守不听。其后郡中枯旱，三年不雨。后太守至，于公以为孝妇被冤杀所致。太守祭表孝妇之墓，天立雨。"孝妇名周青。青将死，车载十丈竹竿，以悬五幡，立誓于众曰：青若有罪，愿杀，血当顺下；青若枉死，血当逆流。既行刑已，其血青黄，缘幡竹而上极标，又缘幡而下云。"

[29] 山阳县：宋置山阳县，在今江苏省淮安市淮安区。

[30] 每：们。

赏　析

关汉卿是我国文学史上最富于人民性的作家之一，《窦娥冤》是他的代表作。这个杂剧所塑造的窦娥的形象，是一座不朽的艺术丰碑，在我国古典文学艺术的人物形象画廊中占据着令人瞩目的地位。

《窦娥冤》是一出悲剧。悲剧就是将美好的人或物的毁灭展示给人看。人物愈是美好，其遭受的毁灭愈悲惨，悲剧效果就愈强烈。关汉卿在创作中遵循了悲剧艺术的这一规律。在激烈的主要悲剧冲突到来之前，他便对窦娥的苦难身世和正在忍受的痛苦进行了描述，并对她勤谨善良的高尚品质做了初步刻画。窦娥三岁便失去了母亲，七岁又离开了父亲，实际上是被卖给蔡家做童养媳。她像一棵不幸的小草，刚来到这个世界便饱尝了命运的摧残，在她幼小的心灵里，已经刻下了终生无法弥补的感情创伤。幸亏蔡婆家中比较宽裕，对她也还不错。她好不容易熬到十七岁与丈夫成亲，生活似乎露出了一线光明。偏偏丈夫不久又死了。从此她更是跌进了漫长无边的痛苦生涯。春花秋月，无一不撩起她的满腹愁绪；朝暮晨昏，无时不让她在孤寂苦闷中煎熬。面对一连串的不幸，窦娥只能用八字注定和前世罪孽之类的原因来解释，也只能靠幻想中的"天地正义"来支撑。实际上可怜的窦娥已放弃了对今生今世幸福生活的追求，准备把这一切默默地忍受到底，而把脱离苦海的希望寄托在虚幻的来生。尽管窦娥如此不幸，但她仍把自己的痛苦深深埋在心底，对年迈的婆婆关心体贴，克尽赡养之责。婆婆久出不归，她为之十分焦急；婆婆刚进门，她便问寒问饥；看到婆婆面带愁容，她又连忙细心探询，一举一动，无不体现出她心灵的善良美好。

一连串的不幸并没有把窦娥完全压垮。她并不是对一切都逆来顺受。痛苦的生活磨炼了她的意志，险恶的处境迫使她奋起自卫，这就形成了窦娥性格的另一个方面——刚强。窦娥与婆婆生活在社会最僻静的角落，她们唯一的愿望也就是婆媳相守平安度日。但社会黑暗势力无孔不入，流氓恶棍张驴儿父子闯进了蔡家，企图霸占她们婆媳。新的迫害来到了窦娥面前，她与社会黑暗势力的悲剧冲突迅速加剧。在这迅速加剧的矛盾冲突中，窦娥善良高尚的品格得到了进一步表现，刚强不屈的反抗精神露出了锋芒。窦娥对懦弱的婆婆反复劝告，甚至讽刺。虽然窦娥斩钉截铁地表示决不同流合污，但仍对婆婆一腔热忱。蔡婆病了想吃羊肚儿汤，窦娥马上做好送去："但愿娘亲早痊济……得一个身子平安倒大来喜。"在公堂上，窦娥虽受严刑拷打，可决不屈服。后来为了婆婆免遭酷刑，她才屈招，把死的危险留给了自己。但是，对待张驴儿父子，窦娥没有丝毫妥协退让，而是大义凛然、针锋相对地抗争。她痛骂他们是"村老子""半死囚"，把肆意挑衅的张驴儿推倒在地。张驴儿企图把药死其父的罪责栽赃给她，她对这种要挟毫无惧色，严词拒绝所谓"私休"的条件，宁愿见官。面对如狼似虎的贪官污吏，窦娥慷慨陈词，据理力争。然而血的教训，使她终于认清了腐败官府的真面目，抛弃了原有的幻想，但她绝没有放弃抗争，而是更加坚强，决心"争到头，竞到底"！这种强烈反抗精神，对一个旧时代的平民女子来说，极其难能可贵，它使窦娥的形象璀璨夺目，令人赞叹崇敬；同时，也使《窦娥冤》这出悲剧洋溢出悲壮高亢的格调，具有崇高的美学意义。

第三折是悲剧冲突发展的高潮。这时，窦娥的苦难与冤屈达到了顶点，凶残的官府对她举起了血淋淋的屠刀。在这"顷刻间"就要"游魂先赴森罗殿"的生死关头，窦娥美好善良的心灵被关汉卿刻画到了极致。她首先考虑的仍然是婆婆，对刽子手的唯一要求是由后街赴法场，为的是不让婆婆看见伤心。现代人对关汉卿着力描写的这种"孝心"的感受也许已淡漠得多了，但我们决不能低估它在 14 世纪对观众的感染效果。窦娥至善至美的品格与至悲至惨的遭遇形成巨大的反差，产生一种强大的张力，震撼了观众和读者的心灵。人们感其品德之高尚，更哀其冤屈与不幸，更憎恨制造这一冤案的腐败官府和社会黑暗势力。

与此同时，窦娥的反抗精神也上升到了最高峰。她并没有被即将遭受的惨刑吓倒，而是"一腔怨气喷如火"，愤怒控诉"无心正法"的官府，对自己的不幸遭遇表示强烈抗议。在生命的最后时刻，她的觉醒出现了一次飞跃，对原来一直信奉的天地鬼神产生了怀疑。她悲愤地质问道："有日月朝暮悬，有鬼神掌着生死权。天地也，只合把清浊分辨，可怎生错看了盗跖、颜渊？为善的受贫穷更命短，造恶的享富贵又延寿。天地也，做得个怕硬欺软，却原来也这般顺水推船。地也，你不分好歹何为地？天也，你错勘贤愚枉做天！"最后，她坚信自己的血不会白流，冲天冤愤一定会化为神奇的力量，证明她的清白无辜。窦娥对天地鬼神的大胆怀疑和撕裂肝肺的呼唤，就像风雨如晦世界里突然爆发的一声惊雷，就像黑暗王国中划破夜空的一道闪电，振聋发聩，闪耀着无比强烈的反抗斗争精神的光芒。窦娥已不是仅仅在诉说自己的不幸与冤屈，而是把它推到了一般人生以至整个社会的高度，揭示了人世间普遍存在的不公平现象，从而引起了千千万万观众和读者的强烈共鸣。很明显，如果她在种种不幸面前只是麻木认命，那么这个悲剧的效果就会弱得多。因此，窦娥形象之所以能感天动地，一方面在于她的遭遇悲惨，但更重要的一方面在于她敢于和不幸命运以及及社会黑暗势力做不屈不挠、可歌可泣的抗争。

窦娥被杀以后，作者采用了浪漫主义的手法，让她以鬼魂的形式继续存在。于是她与社会黑暗势力的矛盾与斗争仍在继续，她的性格特征也得到更充分的体现。那倒飞上丈二白练的热血，那三伏天降下的三尺大雪，以及楚州的三年亢旱，都可以看成是她不屈冤魂作用的结果。她"每日哭啼啼守住望乡台，急煎煎把仇人等待"，不报仇雪恨决不罢休。表面上看，她之所以能申冤雪恨是因为朝廷派来了清官——她的父亲，但实际上仍是窦娥的努力起了决定性作用。窦天章一看到窦娥的案卷是问结了的，便把它压在底下，不准备再看了，是窦娥的鬼魂反复将它又抽放到上面来。在对质的关键时刻，窦天章对狡诈的张驴儿一筹莫展，又是窦娥冤魂上场作证使案情真相大白。在全剧结束时，她还叮嘱父亲道："俺婆婆年纪高大，无人侍养，你可收恤家中，替你孩儿尽养生送死之礼。我便九泉之下，可也瞑目。"把窦娥刚强与善良的性格特征展现得更加淋漓尽致。通过幻想方式，使恶人受到惩办，正义得到伸张，这实际上也是广大人民群众的愿望的一种艺术体现，象征着善良终将战胜邪恶，对鼓舞人们的斗争意志有积极作用。

总之，窦娥这个悲剧形象，不仅具有丰富的思想内涵，而且显示出很高的艺术价值。这是一个最平凡、最普通的小人物的悲剧，但悲剧人物美好善良的心灵，却凝聚着广大劳动人民的传统美德；她的冤屈不幸，乃是广大劳动人民悲惨遭遇的一个缩影。一棵最不惹人注目的小草，都承受了如此深重的痛苦和悲哀，那么不难想见黑暗的元代社会以至整个专制社会里，还有多少不幸的生灵在忍受折磨，还有多少冤魂在挣扎呻吟；同样，一颗最微小的石子，在巨大的压迫之下，都能迸发出如此摇撼天地、惊驱鬼神的怒吼与反抗，那么就不难预料，千万不幸的灵魂一旦觉醒，发出的共同吼声，将汇成何等浩大的反抗洪流。

下面我们重点谈一下《窦娥冤》第三折中女主人公埋怨天地的两支

曲子。凡是接触过中国古典文学的人，对这两支曲子几乎都能背诵如流。这与历年来的种种教材和读本一直把它当作保留节目不无关系，但主要原因还在于这两支曲子本身饱含血泪、悲愤淋漓，确实具有震撼人心的艺术感染力，使人难以忘怀。

感受到这一点并不困难。需要我们探究的是，构成这种强烈的艺术感染力的因素有哪些？形成这种强烈的艺术感染效果的机制又是怎样的？按照目下许多教材和读本上的解释，这是因为它在思想上达到了一种空前的高度。如一套很有影响的作品选上说："窦娥对天地的指责，实际上是对最高统治者的诅咒。"又如一套颇具权威性的文学史认为："在封建时代，一般人不能随便说天地的坏话，窦娥却对它大加指斥，这就是她对封建秩序所表示的怀疑。"由于这些教材和读本的广泛流行，这种解释记起来也毫不费力，于是它也差不多和两支曲子本身一样深入人心了。

但是，仔细阅读原作，认真反省自己的审美感受，我们便不能不对这一说法产生怀疑。首先，天地就等于最高统治者或封建秩序吗？不见得。在古代人的心目中，天地乃是一个包孕极其深广的概念。有时它统指世界上的一切存在，有时又是指万事万物的本源，有时又指超越万物之上的绝对真理与正义。故而人们凡欲总说一切事物，皆举天地一词以概括之；凡遇到现实世界中不公平不可解之事，皆呼天地以问之，赖天地以鉴之。生老病死、天灾人祸、穷通际遇等等皆然。至于政治生活，只不过是人们现实生活中的一方面而已。未有"最高统治者"及"封建秩序"之前，原始初民已有天地的概念；而当这些已成为历史的陈迹之后，"天地"的概念仍然常挂在人们嘴边。如果我们认为古往今来人们指言天地的话都是针对最高统治者及封建秩序的，把人们因生老病死等而呼天唤地的话全当作有政治意义的言论来理解，就显得很荒谬了。

我们之所以很容易把专制时代人们口中的"天地"与"最高统治者"及"封建秩序"挂上钩，大概与汉代董仲舒曾经倡导过"天人感应"的理论有关。这种理论对当时及后来无疑都产生过一定影响，但并没有成为我们民族心理意识的核心内容。我们不应把这种影响看得过于绝对。文化史专家们已经指出，中华民族在对待现实问题上一直采取一种以人文主义为基调的态度。中国历史上没有过典型的政教合一、君权与神权合一的例子。广大人民以至最高统治者都明白"皇天无私，惟德是辅"的道理。因此，在中华民族的深层意识中，最高统治者并不等于天地，而恰恰也在天地鉴察去留的范围之内。天地是一种超越包括最高统治者在内的整个现实世界之上的绝对真理与正义，实质上只是一种幻想。

其次，窦娥果真"指斥""诅咒"了"天地"吗？也不一定。我们理解这两支曲子，不应该脱离上下文，应该顾及作者在整个作品以至全部创作中所表现的思想倾向。作品开头写窦娥幼年丧母、失父，接着又丧夫，饱尝了人间的痛苦和不幸。在重重灾难面前，窦娥不禁对自己的命运产生了疑问："莫不是八字儿该载着一世忧"，"莫不是前世里烧香不到头，今也波生招祸尤"。这时候，她唯一的心灵慰藉就是相信天会理解她，同情她的苦难："天知否，天若知我情由，怕不待和天瘦。"她唯一的希望也就是天地将能鉴察她这一生的含辛茹苦守节行孝，从而免除下一世的苦难。因此，她劝别人，也是勉励自己"今世早将来世修"。很明显，窦娥此时是完全相信天地的。她心目中的天地，并不是什么最高统治者，而是一种幻想中的真理与正义。紧接着，她遭受张驴儿的陷害，州官不分青红皂白，便对她严刑拷打。她原来对现实世界中的官府还抱有希望，现在也被事实粉碎了。于是她只能更寄希望于幻想中的天地，求告道："腹中冤枉有谁知……天那，怎么的覆盆不照太阳晖。"她仍然坚信天地会主持正义，"想人心不可欺，冤枉事天地知"，因此决心"争到头，竞到底"。

等到被押赴刑场，"顷刻间"就要"游魂先赴森罗殿"的时刻，天地竟仍然毫无表示。最后一丝幻想落空了，窦娥不禁对天地产生强烈的不满。这是对自己所信赖的对象的不满。正因为信赖之深，所以不满才更加强烈。与其把这种不满说成是"指斥""控诉""诅咒"等等，还不如窦娥自己所说的"埋怨"更准确一些。而且这种埋怨本身仍含有很多哀恳倾诉的成分。所以埋怨过后是"只落得两泪涟涟",而不是"指斥""控诉""诅咒"过后的余怒未息或怒火满腔之类。打个比方,在儿女的心目中,父母是真理与正义的化身,是唯一最能理解自己的人。当自己遭到一连串的委屈和不幸时,往往把唯一的希望寄托在父母的理解同情之上。如突然发现父母也竟是那样的冷漠,便不免无限心酸,产生强烈的埋怨。但说到底,能倾听自己这些强烈的埋怨的,仍然只有父母。我们也只有在父母面前才尽情地倾,潜意识里仍是把父母看作唯一可以信赖的人。

窦娥虽然埋怨天地,但并没有否定它,她仍然相信天地的存在,相信"有日月朝暮悬,有鬼神掌着生死权",相信自己"叫声屈"能够"动地惊天"。她临死前发下三桩誓愿,都只能靠天地之意才能实现,因此也仍是以这种信念为前提的:"你道是天公不可期,人心不可怜,不知皇天也肯从人愿","若没些儿灵圣与世人传,也不见得湛湛青天"。作者也是以这一信念为基础,才设计了临刑时天昏地暗、六月下大雪、热血飞上白练、楚州亢旱三年、窦娥魂魄不泯等情节,在剧末还让窦天章概括"竟不想人之意感应通天"。由此可见,天地正义的观念,渗透了整个窦娥的形象,贯穿了《窦娥冤》全剧之始终。对这一现象,我们既可以着眼于它消极的一面,指出其思想的局限性;也可以强调它积极的一面,肯定它不把希望寄托在现实世界的统治者身上的进步意义。硬要说窦娥否定了天地,说天地即代表最高统治者和封建秩序,等等,无非是为了拔高窦娥形象或作者思想的积极意义。面对这些仍然信赖天地、肯定天地的情节,又怎样解释?不是适得其反了吗?

如果把问题考虑得更全面更深入一些,我们将能更清楚地认识这一点。现在通行的教科书和读本,引录这两支曲子时一般都是根据臧懋循的《元曲选》,而《元曲选》是经过改动的。在比较接近原貌的《古名家杂剧》本中,"天也,你错勘贤愚枉做天"一句作"天也,我今日负屈衔冤哀告天"。这就更明显地说明,在关汉卿的原作中,"天地"一直都没有被否定。再看关汉卿的其他作品，《鲁斋郎》中张圭唱道："今日个天理竟如何。"《单刀会》中乔公唱道："若不是天交有道伐无道。"《裴度还带》更是弥漫着浓厚的天地神明思想意识，如"天地神明岂无照察""苍生拱手告青天""莫瞒天地莫瞒神""受不明物呵不合神道""阴阳有准，祸福无差"之类的话，俯拾即是。由此可见，信赖天地神明，乃是关汉卿戏剧创作中一贯的思想。

那么，窦娥及作者本人对所谓"最高统治者"及"封建秩序"的态度到底如何呢？窦娥从自己的悲惨遭遇中认识到，造成自己负屈含冤的决定性因素是"官吏每无心正法，使百姓有口难言"，并且更深刻地意识到："衙门自古向南开，就中无个不冤哉。"她因此而决定"不告官司只告天"，并希望她的父亲"从今后把势剑金牌从头摆，将滥官污吏都杀坏"。对腐败官府的罪恶本质有了清醒的认识，这就是窦娥所达到的思想水平，也是她在自己的生活经历和思考能力的范围内所能达到的最高水平。给她带来灾难与不幸的原因确实可以追溯到最高统治者及专制社会秩序上去，可她并没有前进到这一步。这里用得着一句讲得烂熟了的话："只反贪官，不反皇帝。"她一则曰"父亲也，你现掌着刑名事，亲蒙圣主差"，再则曰"与天子分忧，万民除害"。作者也借窦天章之口总结道："今日个将文卷重行改正，方显的王家法不使民冤。"类似的说法，同样可在关汉卿的其他剧作中找到。如《鲁斋郎》中包公说："被老夫设智斩首，方表得王法无亲……今日个依然完聚，一齐的仰荷天恩。"《裴度还带》中韩太守说："王法条条诛滥官，刑名款款理无端。掌条法正天心顺，治国官清民自安。"反对某些贪官污吏或者说某些统治者，并不等于反对最高统治者——皇帝；即使是敢于指责诅咒某些残暴的帝王，也不等于怀疑否定整个专制社会秩序。这是我们在分析和评价古代君权专制社会的作家作品时必须区分清楚的。

总之，整个《窦娥冤》的悲剧意义，在于它叙说了一个令人心酸的悲惨故事，塑造了窦娥这样一个具有浓厚悲剧性的艺术形象。作者一开头即使用了两副笔墨，一方面写窦娥的心地是那样的善良，形象是那样的美好，一方面写她自幼即遭受一连串人世间的不幸。这两者之间相互映照，形成一种明显的反差，同时也是为后面的高潮作铺垫。最后，窦娥竟连生存的权利也被剥夺，清白无辜却含冤而死，不幸到了无以复加的地步。作者这时候还继续表现她心地善良的品质，写她为不让婆婆伤心，要求刽子手们从后街走。于是，反差引起的张力上升到了极致。这不是一个普通的无辜的人遭受迫害的故事，而是一个自幼无依无靠、孤苦伶仃，已饱尝人生的不幸而又品格无比高尚、洁白无瑕的弱女子遭到至痛至惨残酷至极的迫害的故事，人们自然会对之生起无限的同情与哀怜。"夫天者，人之始也；父母者，人之本也。人穷则反本。故劳苦倦极，未尝不呼天也；疾痛惨怛，未尝不呼父母也。"（司马迁《史记·屈原贾生列传》）窦娥临死前的呼唤天地，正是一个孤苦伶仃、身陷绝境的弱女子撕裂肝肺的疾痛惨怛之声。在这饱含血泪、令人颤栗的呼声里，一种强烈的悲剧气氛渗透了我们的身心，使我们的悲剧感受达到了顶点。

但至此还不能说已经揭示了这两支曲子具有异乎寻常的艺术感染力的全部原因。因为我们还只是对作品、对艺术欣赏的对象作了一些分析，而艺术欣赏活动的完成，艺术感染效果的实现，离不开作品与欣赏者、对象与主体的双向活动。不仅是作品以丰富的内涵和深刻的启发性作用于欣赏者，欣赏者也以自己丰富的生活经验和审美意识接受、理解和深化作品的意义。只有在两者达到高度的契合时，才会产生强烈的共鸣，即强烈的艺术感染效果。请回想一下，当我们被窦娥的这两段唱词强烈震动时，我们的感觉究竟是怎样的呢？虽然并不是每个人都有过窦娥那样的悲惨遭遇，但在这个大千世界上，在人生的旅途中，处处存在着这样那样的不公平，很多人都会亲身经历或见到这种不公平。所以在我们的意识深处，就多多少少积累着一些委屈、疑惑和不满，从而有着类似"为善的受贫穷更命短，造恶的享富贵又寿延"的感慨。窦娥撕肝裂肺的呼唤，触动了我们久久被压抑的心灵，喊出了我们梗塞心头、哽咽喉头、早就想喊而没有喊出的心声，种种委屈、疑惑和不满借之一抒。因此，读至此处或观至此处，我们便有一种强烈的"于我心有戚戚焉"的感觉，便不由自主地把自己的命运与剧中人的命运紧连在一起，产生强烈共鸣。

不仅是《窦娥冤》，所有流传不衰的文艺名作，都善于在选取、提炼、刻画某些极其生动鲜明的细节的基础上，进一步挖掘、熔铸某些具有相当广泛的普遍意义的人生感慨和哲理。这样就使作品的艺术容量大大丰富，使作品具有更深广更持久的艺术魅力。上述两个方面缺一不可。这应该是艺术创作和艺术欣赏的一条规律。关汉卿不愧为艺术大师，他对窦娥形象及其悲惨遭遇的描绘已足以使人触目惊心。而他通过窦娥之口唱出来的这两支曲子，更把这一悲剧事件、悲剧人物的意义上升到了整个人类社会的共同感慨的高度。不同时代不同处境的人，都可以被它拨动心弦，产生许多联想和感叹。同样是关汉卿创作的《单刀会》中，关公所唱的"大江东去浪千叠"一曲，以及"水涌山叠，年少周郎何处也，不觉的灰飞烟灭。可怜黄盖转伤嗟，破曹的樯橹一时绝，鏖兵的江水犹然热，好叫我情惨切。（白：这也不是江水）二十年流不尽的英雄血"一曲，几乎和窦娥埋怨天地的两支曲子一样脍炙人口。原因也就在于，通过运用种种艺术手段，作者把关公那豪迈威武的形象已刻画得栩栩如生，而关公在万里长江昔日战场上所抒发的这种悲壮深沉的思想感情，也是千古英雄豪杰及一切仁人志士，面对宇宙与时间的无尽和人生与事业的有穷而共同怀有的感慨。因此它也为世世代代的人，特别是有志之士们击节叹赏不衰。

文学作品的艺术魅力的构成因素是十分复杂的。巧妙的艺术手段，精美的艺术形式，整齐的结构，和谐的音韵，畅达的气势等，都具有其独立的美学意义，甚至是构成一部名著艺术魅力中占主导地位的因素。就内容方面而言，甜蜜的爱情、真诚的友谊、对大自然的向往等等，都可以成为艺术魅力的源泉。关汉卿是公认的我国文学史上最具民主精神的作家之一，《窦娥冤》又是公认的他的代表作，于是似乎窦娥只有达到诅咒最高统治者、怀疑君权专制社会秩序的思想水平,才能与作者和作品的地位相称。这根本上是一种先入为主之见,所以往往走到完全不顾客观事实的地步。对关汉卿散曲《南吕一枝花·不伏老》的解释又是一例。关汉卿自比为"铜豌豆",正是与嘲笑那些初涉青楼的青年是"初生的兔羔儿乍向围场上走"相对,卖弄自己"老野鸡蹋踏的阵马儿熟"的身份伎俩。除了略表现出一点玩世不恭之意外,基本上是暴露其思想意识中庸俗的一面。而这些年来不少教材和读本都不顾其上下文,出于想当然,说这是表现了关汉卿不屈不挠勇敢顽强地与黑暗势力做斗争的精神。作为老嫖客之代称的"铜豌豆",竟也为人们所习称,成了斗士的代名词!类似这样的情况,在对其他作家作品的研究欣赏中也屡见不鲜,如说孙悟空大闹天宫是反映了农民革命等等。其实,"少陵自有连城璧",这些名著之所以能流传千古,自有其成功的奥秘,完全用不着人为的拔高。而且,"誉人而不得其实,其去毁也几希",这种人为拔高的结果,反而降低了这些不朽名著的价值与意义,掩盖了它们真正的艺术魅力。这些问题,经过近些年来的澄清反思,有的已经被意识到了,有的则依然如故。长期以来所形成的思维习惯,所凝结成的审美意识,不是那么容易纠正改变过来的。恐怕在相当长的一个阶段内,我们的文学研究都要把继续清除实用主义的影响,矫正这种扭曲变形了的思维习惯,从而提高和完善整个民族的健康的审美意识和审美趣味,当作自己的一项重要任务。

《西厢记·长亭送别》中的"戏"

　　王实甫，元代戏曲家，生卒年与生平事迹均不详。钟嗣成《录鬼簿》称其"名德信，大都（今北京市）人"，并记录了他创作的十三种杂剧剧目。今存《西厢记》《丽春堂》《破窑记》三种，及《芙蓉亭》《贩茶船》的佚曲各一折。其中《西厢记》最负盛名，贾仲明为《录鬼簿》"王实甫"条补写的《凌波仙》"吊词"称"《西厢记》，天下夺魁"。唐代元稹撰有传奇小说《莺莺传》，写张生与崔莺莺爱情故事。两宋文人多咏其事。金代董解元撰有《西厢记诸宫调》，故事大大丰富，并改原作悲剧结局为喜剧结局。王实甫《西厢记》杂剧在其基础上进一步提高，成为元杂剧以至中国古代戏曲的典范之作。

　　（夫人、长老上，云）今日送张生赴京，十里长亭[1]，安排下筵席。我和长老先行，不见张生、小姐来到。（旦、末、红同上）（旦云）今日送张生上朝取应[2]，早是离人伤感，况值那暮秋天气，好烦恼人也呵！"悲欢聚散一杯酒，南北东西万里程。"（旦唱）

　　【正宫】【端正好】碧云天，黄花地，西风紧，北雁南飞。晓来谁染霜林醉？总是离人泪。[3]

　　【滚绣球】恨相见得迟，怨归去得疾。柳丝长玉骢难系，恨不得倩疏林挂住斜晖。马儿迍迍[4]的行，车儿快快的随，却告了相思回避，破题儿又早别离。[5]听得道一声"去也"，松了金钏；遥望见十里长亭，减了玉肌：此恨谁知？

本篇选自王季思校注：《西厢记》，上海古籍出版社1996年版。

（红云）姐姐今日怎么不打扮？（旦云）你那知我的心里呵？（旦唱）

【叨叨令】见安排着车儿、马儿，不由人熬熬煎煎的气；有甚么心情花儿、靥儿，打扮得娇娇滴滴的媚；准备着被儿、枕儿，则索昏昏沉沉的睡；从今后衫儿、袖儿，都揾做重重叠叠的泪。兀的不闷杀人也么哥？兀的不闷杀人也么哥？久已后书儿、信儿，索与我凄凄惶惶的寄。

（做到）（见夫人科）（夫人云）张生和长老坐，小姐这壁坐，红娘将酒来。张生，你向前来，是自家亲眷，不要回避。俺今日将莺莺与你，到京师休辱末了俺孩儿，挣揣[6]一个状元回来者。（末云）小生托夫人余荫，凭着胸中之才，视官如拾芥[7]耳。（洁[8]云）夫人主见不差，张生不是落后的人。（把酒了，坐）（旦长吁科）

【脱布衫】下西风黄叶纷飞，染寒烟衰草萋迷。酒席上斜签着坐的[9]，蹙愁眉死临侵地[10]。

【小梁州】我见他阁泪汪汪不敢垂[11]，恐怕人知。猛然见了把头低，长吁气，推整素罗衣。

【幺篇】虽然久后成佳配，奈时间怎不悲啼！意似痴，心如醉，昨宵今日，清减了小腰围。

（夫人云）小姐把盏者！（红递酒，旦把盏长吁科，云）请吃酒！

【上小楼】合欢未已，离愁相继。想着俺前暮私情，昨夜成亲，今日别离。我谂知[12]这几日相思滋味，却原来比别离情更增十倍。

【幺篇】年少呵轻远别，情薄呵易弃掷。全不想腿儿相挨，脸儿相偎，手儿相携。你与俺崔相国做女婿，妻荣夫贵[13]，但得一个并头莲，煞强如状元及第。

（夫人云）红娘把盏者！（红把酒科）（旦唱）

【满庭芳】供食太急，须臾对面，顷刻别离。若不是酒席间子母每当回避，有心待与他举案齐眉[14]。虽然是厮守得一时半刻，也合着俺夫妻每共桌而食。眼底空留意，寻思起就里，险化做望夫石[15]。

（红云）姐姐不曾吃早饭，饮一口儿汤水。（旦云）红娘，甚么汤水咽得下!

【快活三】将来的酒共食,尝着似土和泥。假若便是土和泥,也有些土气息、泥滋味。

【朝天子】暖溶溶玉醅[16],白泠泠似水,多半是相思泪。眼面前茶饭怕不待要[17]吃,恨塞满愁肠胃。"蜗角虚名,蝇头微利"[18],拆鸳鸯在两下里。一个这壁,一个那壁,一递一声长吁气。

(夫人云)辆起[19]车儿,俺先回去,小姐随后和红娘来。(下)(末辞洁科)(洁云)此一行别无话儿,贫僧准备买登科录[20]看,做亲的茶饭少不得贫僧的。先生在意,鞍马上保重者!"从今经忏无心礼,专听春雷第一声。"(下)(旦唱)

【四边静】霎时间杯盘狼藉,车儿投东,马儿向西。两意徘徊,落日山横翠。知他今宵宿在那里?有梦也难寻觅。

(旦云)张生,此一行得官不得官,疾早便回来。(末云)小生这一去白夺一个状元,正是"青霄有路终须到,金榜无名誓不归"。(旦云)君行别无所赠,口占一绝,为君送行:"弃掷今何在,当时且自亲。还将旧来意,怜取眼前人。"(末云)小姐之意差矣,张珙更敢怜谁?谨赓一绝,以剖寸心:"人生长远别,孰与最关亲?不遇知音者,谁怜长叹人?"(旦唱)

【耍孩儿】淋漓襟袖啼红泪[21],比司马青衫[22]更湿。伯劳东去燕西飞[23],未登程先问归期。虽然眼底人千里,且尽生前酒一杯。未饮心先醉[24],眼中流血,心内成灰。

【五煞】到京师服水土,趁程途节饮食,顺时自保揣[25]身体。荒村雨露宜眠早,野店风霜要起迟!鞍马秋风里,最难调护,最要扶持。

【四煞】这忧愁诉与谁?相思只自知,老天不管人憔悴。泪添九曲黄河溢,恨压三峰华岳低。到晚来闷把西楼倚,见了些夕阳古道,衰柳长堤。

【三煞】笑吟吟一处来,哭啼啼独自归。归家若到罗帏里,昨宵个绣衾香暖留春住，今夜个翠被生寒有梦知。留恋你别无意，见据鞍上马，阁不住泪眼愁眉。

（末云）有甚言语嘱咐小生咱？（旦唱）

【二煞】你休忧"文齐福不齐"，我只怕你"停妻再娶妻"。休要"一春鱼雁无消息"[26]！我这里青鸾[27]有信频须寄，你却休"金榜无名誓不归"。此一节君须记：若见了那异乡花草，再休似此处栖迟。

（末云）再谁似小姐？小生又生此念[28]。（旦唱）

【一煞】青山隔送行，疏林不做美，淡烟暮霭相遮蔽。夕阳古道无人语，禾黍秋风听马嘶。我为甚么懒上车儿内，来时甚急，去后何迟？

（红云）夫人去好一会，姐姐，咱家去！（旦唱）

【收尾】四围山色中，一鞭残照里。[29]遍人间烦恼填胸臆，量这些大小[30]车儿如何载得起？

（旦、红下）（末云）仆童赶早行一程儿，早寻个宿处。泪随流水急，愁逐野云飞。（下）

注　释

[1] 长亭：古时于道路每隔十里置亭，谓之长亭，为行人休憩及饯别之处。庾信《哀江南赋》："十里五里，长亭短亭。"

[2] 上朝取应：赴京参加朝廷召集主持的科举考试。

[3] "碧云天"数句：化用自范仲淹《苏幕遮》词："碧云天，黄叶地。"董解元《西厢记诸宫调》："君不见满川红叶，尽是离人眼中血。"

[4] 迤逦：行动迟缓之状。毛西河曰："马在前，故行慢；车在后，故随快：不欲离也。"

[5] "却告了相思回避"两句：毛西河曰："言相思才了，别离又起。"元剧中"却、恰"可通用。却告了相思回避，意谓恰回避了相思。唐人诗赋起首名"破题"。破题儿又早别离，意谓离别又早已

开始。

[6] 挣揣：争取。

[7] 拾芥：拾起芥子，形容轻松容易。《汉书》卷七十五《夏侯胜传》："常谓诸生曰：士病不明经术。经术苟明，其取青紫，如俯拾地芥耳。学经不明，不如归耕。"

[8] 洁：元杂剧脚色名，一般扮演和尚。

[9] 斜签着坐的：身体歪坐着，形容张生因伤心而坐不直。签：插。

[10] 死临侵地：死气沉沉的。临侵：形容很羸疲的样子。

[11] 阁泪汪汪不敢垂：宋某妓《鹧鸪天》词："尊前只恐伤郎意，阁泪汪汪不敢垂。"

[12] 谂（shěn）知：深知。

[13] 妻荣夫贵：成语有"夫荣妻贵"，此处反用，意谓莺莺出身荣耀，张生与之成婚，可随之高贵，已不必求取科举功名。

[14] 举案齐眉：《后汉书》卷八十三《梁鸿传》："遂至吴，依大家皋伯通，居庑下，为人赁舂。每归，妻为具食，不敢于鸿前仰视，举案齐眉。""案"是碗、盘之类。后世用以形容夫妻相敬有礼。

[15] 望夫石：民间传说，各地多有。《初学记》卷五引南朝宋刘义庆《幽明录》："武昌北山上有望夫石，状若人立。古传云：昔有贞妇，其夫从役，远赴国难，携幼子饯送此山，立望夫而化为立石。"

[16] 玉醅：形容颜色像玉一样温润洁白的美酒。醅（pēi）：未滤之酒，代指酒。

[17] 怕不待要：当时口语，难道不要之意。

[18] 蜗角虚名，蝇头微利：《庄子·则阳》："有国于蜗之左角者。"苏轼《满庭芳》词"蜗角虚名，蝇头微利"。

[19] 辆起：架起。

[20] 登科录：登载新中科举士子姓名的册子。

[21] 红泪：旧题晋王嘉《拾遗记》卷七：薛灵芸选入宫，别父母，"以玉唾壶承泪，壶则红色。既发常山，及至京师，壶中泪凝如血。"

[22] 司马青衫：白居易《琵琶行》："坐中泣下谁最多，江州司马青衫湿。"

[23] 伯劳：鸟名，属鸣禽类。《玉台新咏》卷九《东飞伯劳歌》："东飞伯劳西飞燕，黄姑（牵牛）织女时相见。"后以"劳燕分飞"比喻别离，多用于夫妻、恋人之间。

[24] 未饮心先醉：刘禹锡《酬令狐相公杏园花下饮有怀见寄》诗中句。

[25] 保揣：保护，揣度，注意。

[26] 一春鱼雁无消息：秦观《鹧鸪天·春闺》词中句。古人有鲤鱼、大雁传书的传说，故以鱼、雁代指书信。

[27] 青鸾：此指青鸟，神话中西王母的信使。旧本题汉班固撰《汉武故事》："七月七日，上于承华殿斋，日正中，忽见有青鸟从西来，集殿前。上问东方朔，朔对曰：西王母暮必降尊像……有顷，王母至，乘紫车，玉女夹驭，载七胜，青气如云，有二青鸟如鸾，夹侍王母旁。"

[28] 小生又生此念：凌濛初刻本《西厢记》评曰："徐文长评本，张生此语之后，即上马而去。莺莺徘徊目送，不忍遽归，乃有'青山隔送行'等语。情景实较合。"闵遇五曰："'青山隔送行'，言生已转过山坡也；'疏林不做美'，言生出疏林之外也；'淡烟暮霭相遮蔽'，在烟霞中也；'夕阳古道无人语'，悲己独立也；'禾黍秋风听马嘶'，不见所欢，但闻马嘶也；'为甚么懒上车儿内'，言己宜归而不归也；'四围山色中，一鞭残照里'，生已过前山，适因残照而见其扬鞭也。宾白填词，的的无爽。"

[29] "四围山色中"两句：马致远《寿阳曲·山市晴岚》："四围山一竿残照里，锦屏风又添铺翠。"

[30] 这些大小：这样大小，意谓这么小。

赏　析

《西厢记》是千古不朽的杰作，它的第四本第三折《长亭送别》则是其中最为脍炙人口的一折，许多文学史和作品选都把它当作《西厢记》的代表。但历来对它的赏析，多侧重在其中所渲染描绘的那种

"碧云天，黄花地，西风紧，北雁南飞"的悲秋伤别的画面或曰意境上。同时还似乎形成了这样一种看法，即《长亭送别》是戏却没有什么"戏"，因此只适宜像诗一样作案头品味，而不宜在舞台上演出。这种看法是片面的。

应该说，《长亭送别》是很有"戏"的，它在全剧矛盾冲突及人物性格的发展过程中具有重要地位，但张生和莺莺的私自结合，打破了她的控制，使他变为被动。人物与人物之间的关系在这里发生了深刻变化，每个人物的性格也在这里发生了微妙的转变。作者对此体会把握得极其细腻准确，刻画描摹得非常生动得体。这就是"戏"，这才是《长亭送别》的主要价值所在。至于人们常常津津乐道的那种诗的意境，虽然确实描绘得很成功，也很动人，但毕竟只是一种辅助手段，是为渲染"戏"的气氛服务的。我们之所以对它印象特别深刻，恐怕还是由于这类悲秋伤别的画面在中国古典文学中比比皆是，为我们所熟悉；而中国传统的诗歌理论又特别讲究意境，也为我们所共知。这些因素便在我们脑海里沉淀凝聚为一种习惯性的审美心理，从而影响了我们的审美兴趣和注意力。

《长亭送别》发生在莺莺和张生经过无数曲折，终于私自结合，而且这种关系被老夫人发现，又不得已而认可之后。无论是张生与莺莺的关系，还是张生、莺莺与老夫人的关系，都因这一事实而发生了重要变化。就老夫人而言，她本来是居于主动地位的，但张生和莺莺的私自结合，打破了她的控制，使她变为被动。《长亭送别》这场戏里，第一个出场的便是她。此时的老夫人在《拷红》后余怒未消，但对张生及莺莺的态度已有所变化。她一见张生上场，就主动招呼张生"向前来"，说"是自家亲眷"了，"不要回避"，似乎又恢复了堂堂相国夫人与年高家长的气度。并且能想到"辆起车儿，俺先回去"，让"小姐随后和红娘来"，也就是让莺莺和张生多说几句体己话，自己不必在这里碍手碍脚。这就与"赖婚"时命令莺莺把盏后即断然叫"红娘送小姐卧房里去"形成了鲜明对照。

但是，作为顽固坚持礼教的家长，老夫人对莺莺和张生的私自结合仍是十分不满的。《拷红》时她就根本不考虑莺莺和张生的感情，硬逼张生立即上京应考。送别宴上，当着法本长老的面，不好再明提，但她说："俺今日将莺莺与你，到京师休辱末了俺孩儿，挣揣一个状元回来者"，实际上是又一次提醒张生想起前面的话，隐含有威胁的意味。一方面是不得不承认既成事实，一方面又还恨恨不平，这就是老夫人在《长亭送别》时的特定心境。于是她在送别宴上的语气，总带有那么一点悻悻然的味道。几个人一见面，她便吩咐"张生和长老坐，小姐这壁坐，红娘将酒来。张生，你向前来"云云。在场的人，根本用不着她来吩咐，无疑都非常熟悉那时坐席的常规，而她却人人都吩咐到了。表面上很豁然，实际上正是一种悻悻然神情的自我掩饰。表面上显得很主动，实际上正是她内心很尴尬，又力图摆脱这种尴尬境地的表现。其架势似乎还和"赖婚"时一模一样，神情却已大不相同。同时，从老夫人的这种态度，我们也可以看出，全剧的主要矛盾冲突，正处在上一个高潮的余波逶迤和下一个高潮的潜伏滥觞之际。

再看红娘。整折戏中几乎无一语写她，她本人也一共只说了三句话，且都是对莺莺一个人说的："姐姐今日怎么不打扮？""姐姐不曾吃早饭，饮一口儿汤水。""夫人去好一回，姐姐，咱家去！"作者不写红娘的动作，是说明她此时很少动作；只让她说三句话，是表明她一直默默无言；她三句话又都是对莺莺说的，则表明她一直都在莺莺身边。作为深明事理的女子，她知道这个场合是张生、莺莺夫妻分别，应该让他们诉说衷肠，自己不应该喧宾夺主。作为深深了解小姐习性的丫鬟，她更能体会莺莺的难言苦衷，因此一直默默护持莺莺。她讲的三句话，句句都透露着关切之情。低声连唤"姐姐"，读之如闻其哽咽之音。红娘在长亭送别时的神情声气，与她在以前和以后场合中的表现都迥然有异。在刚过去的《拷红》折中，她无所畏惧，慷慨陈词，责备老夫人背信弃义，指出莺莺、张生之所以发生私情实为老夫人处置失当所致,劝老夫人成全他们,于各方有利,最终力挽狂澜。后面郑恒来造谣中伤张生,以求骗抢莺莺时,她又冲在最前面,厉声呵斥郑恒,言辞辛辣,不留情面。但在长亭送别这场戏里,她的性格由热烈奔放变得含蓄恬静,这是符合她的性格发展变化的必然逻辑的。她是肝肠未变而神情声气却有变,神情声气变而更见其火热心肠。作者对红娘的性格在特定环境中的发展变化把握得十分准确。不写或少写红娘,乃是高明地写出了红娘。红娘没有动作和默默无言,本身就是一种耐人寻味的"动作"和"语言",由之我们不难窥见红娘丰富的内心世界。

顺便再说一下法本长老,他总共只说了两段话。一是当老夫人要求张生"到京师休辱末了俺孩儿,挣揣一个状元回来者"时,他不失时机地帮上一句:"夫人主见不差,张生不是落后的人。"这句话适时化解了老夫人带有一定威胁的话所造成的尴尬紧张的气氛,既肯定了老夫人的话,又为张生解围,两面都高兴。二是老夫人提出要离开先回时,他马上意识到自己作为陪客的使命也完成了,也该离场了。于是说了几句话告辞:"此一行别无话儿,贫僧准备买登科录看,做亲的茶饭少不得贫僧的。先生在意,鞍马上保重者!'从今经忏无心礼,专听春雷第一声。'"既预祝张生科举得意,也祝福张生、莺莺早谐良缘,两方面都说到了,滴水不漏。而且他是用一种诙谐幽默的语气说的,这有利于冲淡饯别宴上沉重哀伤的情调,这正是他作为一个旁人应该发挥的作用。他是本场戏里配角中的配角,不能让他多所表现。但他的出场又是必要的。至少从他本人这一边来说,张生要赴考了,看在施主老夫人的分上,他不出来送一下是说不过去的;与这位可能就将金榜题名、飞黄腾达的士子加强联系也是有必要的。从老夫人这一边说,出门到长亭送张生,有个老和尚伴随,也比较妥当。在场上他如果一句话也不说,又不自然。给他安排的戏份,可谓恰到好处。寥寥几笔,就活画出一个见多识广、精通世故的老和尚形象。虽是一个次要人物,作者也决不苟且,随便放过,这就是名著的品质。当代作家茅盾和美学家王朝闻都曾分析指出，《水浒传》中对几个不起眼的人物如团头何九叔等的刻画，都是着墨不多，却极为传神。

至于张生，虽然他对别离也感到痛苦，因此在酒宴上也是"斜签着坐的""死临侵地""阁泪汪汪不敢垂"，但总的来说，他是比较平静的。老夫人暗示警告他，他则说："小生托夫人余荫，凭着胸中之才，视官如拾芥耳。"莺莺提醒他"此一行得官不得官，疾早便回来"。他又说："小生这一去白夺一个状元，正是'青霄有路终须到，金榜无名誓不归'。"似乎他此时正沉浸在对自己此行必定成功的信念之中，所以对老夫人话中的威胁之意和莺莺话中的殷切之情都不大觉察。这种平静的情绪状态，这种对功名的专注自信甚至迫切向往，与之前害相思时几乎忘记了一切，整天只想着莺莺，而且坐立不安、寻死觅活、度日如年的情状也形成了鲜明对照。这是因为他的生活发生了一个很大的变化，即已与莺莺结合。在随之而来的为了事业功名而不得不作的别离中，他对将要经受的别离后的忧愁，也就不像女子那样有敏锐充分的预感。张生是一个古代社会的青年士子，他无疑要受当时公认的生活观念和人生理想的影响。考取功名，"云路鹏程九万里"，乃是他夙有的志向。老夫人提出先得功名再成亲，是当时惯例，在他看来并非很不合理，不能接受。这样，在长亭送别时，他想到自己是去做自己本来要做、而且也应该做的事情，心情自然就比较平静了。

莺莺在长亭送别时的表现，则与上述数人全然相反。作者把绝大部分笔墨都倾注在她身上，让她在舞台上将戏唱足、让她把满腹的心事倾吐个淋漓尽致。这是因为，爱情既决定着张生的性格，也支配着莺莺的整个身心。现在他们终于私自结合了，但同此一事，给莺莺和张生带来的却是两种很不相同的影响。对张生，这意味着心愿已经实现；对莺莺，则既是心愿的满足，又是新的忧愁的开始。作为一个礼教森严时代的女子，未经明媒正娶，就已把千金之躯托付给人。而张生此去，一旦考取进士,按当时风俗,京城中的达官显贵都喜欢在新进士中招女婿。莺莺的父亲虽曾为宰相,但人走茶凉,如今已成萧条之家了。这就是她在对张生的临别赠言中,反复叮嘱他不要别结连理的原因。另外,由于女性特有的细腻与直觉,她对离别的痛苦的感受也比张生敏锐得多。以前她虽未像张生那样害相思死去活来,但这只是她自己尽量克制不表露出来而已,实际上她的心灵经受的折磨绝不比张生少。如今回想起这一切,她更预感到以后不堪设想。张生此去,等待着他的将有长途跋涉、金殿对策、金榜题名、杏林春宴、除授官职等人生中的重要经历,他将因此而感到紧张、充实。而留给莺莺的,则只有枕单衾寒的无尽的寂寞与思念。因此,在长亭送别时,莺莺的心理活动最丰富、最复杂。可以说,长亭送别是张生与莺莺两人的感情曲线伸展的一个交会点,张生由激动不已趋于相对平静;莺莺则由含蓄矜持变为炽热奔放。作者写出他们性格上的这种变化,是有着充分的心理依据的。自然,作者让莺莺在全折中主唱,而让其他人物处于相对次要的地位,是遵守了元杂剧通常的体例。作者在《长亭送别》这出戏中,让莺莺而不是其他人物来主唱,就是根据对各位人物性格发展的准确把握而作出的选择。在这里,遵守艺术形式方面的规范与展示人物性格的要求得到了完美的统一。

综上所述,笼罩在一幅萧条冷落的悲秋伤别画面下的《长亭送别》,是大有"戏"在的。这里人物各有其性格,各有其声情神态,也就是人各有"戏"。而人物与人物之间,每个人物在这场戏里的特定神情与其在前后各场戏中的神情之间,也无不相映成趣,相映成"戏"。让我们把目光不仅仅停留在那幅悲秋伤别的画面上,而是透过这层画面,仔细玩味领略其中种种微妙的戏剧性因素,这对把握《西厢记》中的人物性格和思想意蕴,充分认识我国古代优秀戏剧家在刻画人物心理等方面的艺术成就,是十分必要的。

《顾阿秀喜舍檀那物》的叙事之巧

  凌濛初（1580—1644），字玄房，号初成，又名凌波，别号即空观主人，乌程（今浙江省湖州市吴兴区）人。明末小说戏剧作家、出版家。累应乡试不中，崇祯年间以副贡授上海县丞，官至徐州通判，遭李自成农民军围城，呕血而死。编著小说集《初刻拍案惊奇》《二刻拍案惊奇》，合称"二拍"。另撰有诗文集《国门集》、杂剧《北红拂》等，编有南曲选集《南音三籁》等。采用彩色套印技术刻书二十多种。

诗曰：

  夫妻本是同林鸟，大限来时各自飞。
  若是遗珠还合浦[1]，却教拂拭更生辉。

  话说宋朝汴梁有个王从事[2]，同了夫人到临安调官[3]，赁一民房。居住数日，嫌他窄小不便，王公自到大街坊上寻得一所宅子，宽敞洁净，甚是像意。当把房钱赁下了，归来与夫人说："房子甚是好住。我明日先搬东西去了，临完，我雇轿来接你。"次日并叠箱笼，结束齐备，王公押了行李先去收拾。临出门，又对夫人道："我先去，你在此等等，轿到便来就是。"王公分付罢，到新居安顿了。就叫一乘轿到旧寓接夫人。轿已去久，竟不见到。王公等得心焦，重到旧寓来问。旧寓人道："官人去不多时，就有一乘轿来接夫人，夫人已上轿去了。后边又是一乘轿来接，我回他：'夫人已有轿去了。'那两个就打了空轿回去，怎么还未

本篇选自冉休丹点校：《初刻拍案惊奇》，中华书局2001年版。

到?"王公大惊,转到新寓来看。只见两个轿夫来讨钱道:"我等打轿去接夫人,夫人已先来了。我等虽不抬得,却要赁轿钱与脚步钱。"王公道:"我叫的是你们的轿,如何又有甚人的轿先去接着?而今竟不知抬向那里去了!"轿夫道:"这个我们却不知道。"王公将就拿几十钱打发了去,心下好生无主,暴躁如雷,没个出豁处。

次日到临安府进了状,拿得旧主人来,只如昨说,并无异词。问他邻舍,多见是上轿去的。又拿后边两个轿夫来问,说道:"只打得空轿往回一番,地方街上人多看见的,并不知余情。"临安府也没奈何,只得行个缉捕文书,访拿先前的两个轿夫。却又不知姓名住址,有影无踪,海中捞月。眼见得一个夫人送在别处去了。王公凄凄惶惶,苦痛不已。自此失了夫人,也不再娶。

五年之后,选了衢州教授[4]。衢州首县是西安县附郭的[5],那县宰[6]与王教授时相往来。县宰请王教授衙中饮酒,吃到中间,嗄饭[7]中拿出鳖来。王教授吃了两箸,便停了箸,哽哽咽咽,眼泪如珠,落将下来。县宰惊问缘故。王教授道:"此味颇似亡妻所烹调,故此伤感。"县宰道:"尊阃[8]夫人,几时亡故?"王教授道:"索性亡故,也是天命。只因在临安移寓,相约命轿相接,不知是甚奸人,先把轿来骗拙妻,错认是家里轿,上的去了。当时告了状,至今未有下落。"县宰色变了道:"小弟的小妾,正是在临安用三十万钱娶的外方人。适才叫他治庖,这鳖是他烹煮的。其中有些怪异了。"登时起身,进来问妾道:"你是外方人,如何却在临安嫁得在此?"妾垂泪道:"妾身自有丈夫,被奸人赚来卖了,恐怕出丈夫的丑,故此不敢声言。"县宰问道:"丈夫何姓?"妾道:"姓王名某,是临安听调的从事官。"县宰大惊失色,走出对王教授道:"略请先生移步到里边,有一个人要奉见。"王教授随了进去。县宰声唤处,只见一个妇人走将出来。教授一认,正是失去的夫人,两下抱头大哭。王教授问道:"你何得在此?"夫人道:"你那夜晚间说话时,民居浅陋,想当夜就有人听得把轿相接的说话。只见你去不多时,就有轿来接。我只道是你差来的，即便收拾上轿去。却不知把我抬到一个甚么去处，乃是一个空房，有三两个妇女在内，一同锁闭了一夜。明日把我卖在官船上了。明知被赚，我恐怕你是调官的人，说出真情，添你羞耻。只得含羞忍耐，直至今日，不期在此相会。"那县官好生过意不去，传出外厢，忙唤值日轿夫，将夫人送到王教授衙里。王教授要赔还三十万原身钱，县宰道："以同官之妻为妾，不曾察听得备细。恕不罪责勾[9]了。还敢说原钱耶？"教授称谢而归，夫妻欢会，感激县宰不尽。

元来临安的光棍[10]，欺王公远方人，是夜听得了说话，即起谋心，拐他卖到官船上。又是到任去的，他州外府，道是再无有撞着的事了。谁知恰恰选在衢州，以致夫妻两个失散了五年，重得在他方相会。也是天缘未断，故得如此。

却有一件：破镜重圆，离而复合，固是好事，这美中有不足处：那王夫人虽是所遭不幸，却与人为妾，已失了身；又不曾查得奸人跟脚出，报得冤仇。不如《崔俊臣芙蓉屏》故事，又全了节操，又报了冤仇，又重会了夫妻。这个话本好听。看官，容小子慢慢敷演。先听《芙蓉屏歌》一篇，略见大意。歌云：

画芙蓉，妾忍题屏风，屏间血泪如花红。败叶枯梢两萧索，断缣遗墨俱零落。去水奔流隔死生，孤身只影成漂泊。成漂泊，残骸向谁托？泉下游魂竟不归，图中艳姿浑似昨。浑似昨，妾心伤，那禁秋雨复秋霜！宁肯江湖逐舟子，甘从宝地礼医王[11]。医王本慈悯，慈悯超群品。逝魄愿提撕，节嫠赖将引[12]。芙蓉颜色娇，夫婿手亲描。花萎因折蒂，干死为伤苗。蕊干心尚苦，根朽恨难消！但道章台泣韩翃[13]，岂期甲帐遇文箫[14]？芙蓉良有意，芙蓉不可弃。幸得宝月再团圆，相亲相爱莫相捐！谁能听我《芙蓉篇》？人间夫妇休反目，看此芙蓉真可怜！

这篇歌，是元朝至正年间真州才士陆仲旸[15]所作。你道他为何作此歌？只因当时本州有个官人，姓崔名英，字俊臣，家道富厚，自幼聪明，写字作画，工绝一时。娶妻王氏，少年美貌，读书识字，写染皆通。夫妻两个，真是才子佳人，一双两好，无不厮称，恩爱异常。是年辛卯，俊臣以父荫得官[16]，补浙江温州永嘉县尉，同妻赴任。就在真州闸边，有一只苏州大船，惯走杭州路的，船家姓顾。赁定了，下了行李，带了家奴使婢，由长江一路进发，包送到杭州交卸。行到苏州地方，船家道："告官人得知：来此已是家门首了，求官人赏赐些，并买些福物纸钱，赛赛江湖之神。"俊臣依言，拿出些钱钞，教如法置办。完事毕，船家送一桌牲酒到舱里来。俊臣叫家僮接了，摆在桌上，同王氏暖酒少酌。俊臣是宦家子弟，不懂得江湖上的禁忌。吃酒高兴，把箱中带来的金银杯觥之类，拿出与王氏欢酌。却被船家后舱头张见了，就起不良之心。

此时七月天气，船家对官舱里道："官人、娘子在此闹处歇船，恐怕热闷。我们移船到清凉些的所在泊去，何如？"俊臣对王氏道："我们船中闷躁得不耐烦，如此最好。"王氏道："不知晚间谨慎否？"俊臣道："此处须是内地，不比外江。况船家是此间人，必知利害，何妨得呢？"就依船家之言，凭他移船。那苏州左近太湖，有的是大河大洋。官塘路上，还有不测；若是傍港中去，多是贼的家里。俊臣是江北人，只晓得扬子江有强盗，道是内地港道小了，境界不同，岂知这些就里？

是夜船家直把船放到芦苇之中，泊定了。黄昏左侧，提了刀，竟奔舱里来。先把一个家人杀了，俊臣夫妻见不是头，磕头讨饶道："是有的东西，都拿了去，只求饶命！"船家道："东西也要，命也要。"两个只是磕头，船家把刀指着王氏道："你不必慌，我不杀你，其余都饶不得。"俊臣自知不免，再三哀求道："可怜我是个书生，只教我全尸而死罢。"船家道："这等饶你一刀，快跳在水中去！"也不等俊臣从容，提着腰胯，扑通的撩下水去。其余家僮、使女尽行杀尽，只留得王氏一个。对王氏道："你晓得免死的缘故么？我第二个儿子，未曾娶得媳妇，今替人撑船到杭州去了。再是一两个月，才得归来，就与你成亲。你是吾一家人了，你只安心住着，自有好处，不要惊怕。"一头说，一头就把船中所有，尽检点收拾过了。

王氏起初怕他来相逼，也拼一死。听见他说了这些话，心中略放宽些道："且到日后再处。"果然此船家只叫王氏做媳妇，王氏假意也就应承。凡是船家教他做些什么，他千依百顺。替他收拾零碎，料理事务，真象个掌家的媳妇伏侍公公一般，无不任在身上，是件停当。船家道是寻得个好媳妇，真心相待，看看熟分，并不提防他有外心了。

如此一月有余，乃是八月十五日中秋节令。船家会聚了合船亲属、水手人等，叫王氏治办酒肴，盛设在舱中饮酒看月。个个吃得酩酊大醉，东倒西歪，船家也在船里宿了。王氏自在船尾，听得鼾睡之声彻耳，于时月光明亮如昼，仔细看看舱里，没有一个不睡沉了。王氏想道："此时不走，更待何时？"喜得船尾贴岸泊着，略摆动一些些就好上岸。王氏轻身跳了起来，趁着月色，一气走了二三里路。走到一个去处，比旧路绝然不同。四望尽是水乡，只有芦苇菰蒲，一望无际。仔细认去，芦苇中间有一条小小路径，草深泥滑，且又双弯纤细，鞋弓袜小[17]，一步一跌，吃了万千苦楚。又恐怕后边追来，不敢停脚，尽力奔走。

渐渐东方亮了，略略胆大了些。遥望林木之中，有屋宇露出来。王氏道："好了，有人家了。"急急走去，到得面前，抬头一看，却是一个庵院的模样，门还关着。王氏欲待叩门，心里想道："这里头不知是男僧女僧，万一敲开门来，是男僧，撞着不学好的，非礼相犯，不是才脱天罗，又罹地网？且不可造次。总是天已大明，就是船上有人追着，此处有了地方，可以叫喊求救，须不怕他了。只在门首坐坐，等他开出来的是。"

须臾之间，只听得里头托的门栓响处，开将出来，乃是一个女僮，出门担水。王氏心中喜道："元来是个尼庵。"一径的走将进去。院主出来见了，问道："女娘是何处来的？大清早到小院中。"王氏对蓦生[18]人，未知好歹，不敢把真话说出来，哄他道："妾是真州人，乃是永嘉崔县尉次妻,大娘子凶悍异常,万般打骂。近日家主离任归家,泊舟在此。昨夜中秋赏月,叫妾取金杯饮酒,不料偶然失手,落到河里去了。大娘子大怒,发愿必要置妾死地。妾自想料无活理,乘他睡熟,逃出至此。"院主道:"如此说来,娘子不敢归舟去了。家乡又远,若要别求匹偶,一时也未有其人。孤苦一身,何处安顿是好?"王氏只是哭泣不止。

院主见他举止端重,情状凄惨,好生慈悯,有心要收留他。便道:"老尼有一言相劝,未知尊意若何?"王氏道:"妾身患难之中,若是师父有甚么处法,妾身敢不依随?"院主道:"此间小院,僻在荒滨,人迹不到。菱荇为邻,鸥鹭为友,最是个幽静之处。幸得一二同伴,都是五十以上之人;侍者几个,又皆淳谨。老身在此住迹,甚觉清修味长。娘子虽然年芳貌美,争奈命蹇时乖,何不舍离爱欲,披缁[19]削发,就此出家?禅榻佛灯,晨飧暮粥,且随缘度其日月,岂不强如做人婢妾,受今世的苦恼,结来世的冤家么?"王氏听说罢,拜谢道:"师父若肯收留做弟子,便是妾身的有结果了,还要怎的?就请师父替弟子落了发,不必迟疑。"果然院主装起香,敲起磬来,拜了佛,就替他落了发:

可怜县尉孀人[20],忽作如来弟子。

落发后,院主起个法名,叫做慧圆。参拜了三宝[21],就拜院主做了师父,与同伴都相见已毕,从此在尼院中住下了。王氏是大家出身,性地聪明,一月之内,把经典之类,一一历过,尽皆通晓,院主大相敬重。又见他知识事体,凡院中大小事务,悉凭他主张,不问过他,一件事也不敢轻做。且是宽和柔善,一院中的人没一个不替他相好,说得来的。每日早晨,在白衣大士[22]前礼拜百来拜,密诉心事。任是大寒大暑,再不间断。拜完,只在自己静室中清坐。自怕貌美,惹出事来,再不轻易露形,外人也难得见他面的。如是一年有余。

忽一日,有两个人到院随喜[23],乃是院主认识的近地施主,留他吃了些斋。这两个人是偶然闲步来的,身边不曾带得甚么东西来回答。明日,将一幅纸画的芙蓉来,施在院中张挂,以答谢昨日之斋。院主受了,便把来裱在一格素屏上面。王氏见了,仔细认了一认,问院主道:"此幅画是那里来的?"院主道:"方才檀越[24]布施的。"王氏道;"这檀越是何姓名?住居何处?"院主道:"就是同县顾阿秀兄弟两个。"王氏道:"做甚么生理的?"院主道:"他两个原是个船户,在江湖上赁载营生。近年忽然家事从容了,有人道他劫掠了客商,以致如此,未知真否如何。"王氏道:"长到这里来的么?"院主道:"偶然来来,也不长到。"王氏问得明白,记了顾阿秀的姓名,就提笔来写一首词在屏上。词云:

少日风流张敞笔[25],写生不数今黄筌[26]。芙蓉画出最鲜妍。岂知娇艳色,翻抱死生缘?

粉绘凄凉余幻质,只今流落有谁怜?素屏寂寞伴枯禅。今生缘已断,愿结再生缘!

——右调《临江仙》

院中之尼虽是识得经典上的字,文义不十分精通。看见此词,只道是王氏卖弄才情,偶然题咏,不晓中间缘故。谁知这画来历,却是崔县尉自己手笔画的,也是船中劫去之物。王氏看见物在人亡,心内暗暗伤悲。又晓得强盗踪迹已有影响[27],只可惜是个女身,又已做了出家人,一时无处申理,忍在心中,再看机会。

却是冤仇当雪,姻缘未断,自然生出事体来。姑苏城里有一个人,名唤郭庆春,家道殷富,最肯结识官员士夫。心中喜好的是文房清玩。一日游到院中,见了这幅芙蓉画得好,又见上有题咏,字法俊逸可观,心里喜欢不胜,问院主要买。院主与王氏商量。王氏自忖道:此是夫遗迹,本不忍舍;却有我的题词在上,中含冤仇意思在里面,遇着有心人,玩着词句,究问根由,未必不查出踪迹来。若只留在院中,有何益处?就叫师父:"卖与他罢。"庆春买得,千欢万喜去了。

其时有个御史大夫高公[28],名纳麟,退居姑苏[29],最喜欢书画。郭庆春想要奉承他,故此出价钱买了这幅纸屏去献与他。高公看见画得精致,收了他的,忙忙里也未看着题词,也不查着款字,交与书僮,分付且张在内书房中,送庆春出门来别了。只见外面一个人,手里拿着草书四幅,插个标儿[30]要卖。高公心性既爱这行物事,眼里看见,就不肯便放过了,叫取过来看。那人双手捧递,高公接上手一看:

字格类怀素[31],清劲不染俗。
芳列法书[32]中,可载《金石录》[33]。

高公看毕,道:"字法颇佳,是谁所写?"那人答道:"是某自己学写的。"高公抬起头来看他,只见一表非俗,不觉失惊,问道:"你姓甚名谁?何处人氏?"那个人吊下泪来,道:"某姓崔名英,字俊臣,世居真州。以父荫补永嘉县尉,带了家眷同往赴任,自不小心,为船人所算,将英沉于水中。家财妻小,都不知怎么样了?幸得生长江边,幼时学得泅水之法,伏在水底下多时,量他去得远了,然后爬上岸来,投一民家。浑身沾湿,并无一钱在身,赖得这家主人良善,将干衣出来换了,待了酒饭,过了一夜。明日又赠盘缠少许,打发道:'既遭盗劫,理合告官;恐怕连累,不敢奉留。'英便问路进城,陈告在平江路案下了[34]。只为无钱使用,缉捕人役不十分上紧。今听候一年,杳无消耗。无计可奈,只得写两幅字卖来度日,乃是不得已之计,非敢自道善书,不意恶札,上达钧览。"

高公见他说罢,晓得是衣冠中人,遭盗流落,深相怜悯。又见他字法精好,仪度雍容,便有心看顾他。对他道:"足下既然如此,目下只索付之无奈,且留吾西塾[35],教我诸孙写字,再作道理,意下如何?"崔俊臣欣然道:"患难之中,无门可投。得明公提携,万千之幸!"高公大喜,延入内书房中,即治酒相待。正欢饮间,忽然抬起头来,恰好前日所受芙蓉屏,正张在那里。俊臣一眼睃去见了,不觉泫然垂泪。高公惊问道:"足下见此芙蓉,何故伤心?"俊臣道:"不敢欺明公,此画亦是舟中所失物件之一,即是英自己手笔。只不知何得在此?"站起身来再看看,只见有一词。俊臣读罢,又叹息道:"一发古怪!此词又即是英妻王氏所作。"高公道:"怎么晓得?"俊臣道:"那笔迹从来认得。且词中意思有在,真是拙妻所作无疑。但此词是遭变后所题,拙妇想是未曾伤命,还在贼处。明公推究此画来自何方,便有个根据了。"高公笑道:"此画来处有因,当为足下任捕盗之责,且不可泄漏!"是日酒散,叫两个孙子出来拜了先生,就留在书房中住下了。自此俊臣只在高公门馆,不题。

却说高公明日密地叫当直的,请将郭庆春来,问道:"前日所惠芙蓉屏,是那里得来的?"庆春道:"买自城外尼院。"高公问了去处,别了庆春,就差当直的到尼院中仔细盘问。这芙蓉屏是那里来的?又是那个题咏的。王氏见来问得蹊跷,就叫院主转问道:"来问的是何处人?为何问起这些缘故?"当直的回言:"这画而今已在高府中,差来问取来历。"王氏晓得是官府门中来问,或者有些机会在内,叫院主把真话答他道:"此画是同县顾阿秀舍的,就是院中小尼慧圆题的。"当直的把此言回复高公。高公心下道:"只须赚得慧圆到来,此事便有着落。"进去与夫人商议定了。

隔了两日,又差一个当直的,分付两个轿夫抬了一乘轿,到尼院中来。当直的对院主道:"在下是高府的管家。本府夫人喜诵佛经,无人作伴。闻知贵院中小师慧圆了悟,愿礼请拜为师父,供养在府中。不可推却!"院主迟疑道:"院中事务,大小都要他主张,如何接去得?"王氏闻得高府中接他,他心中怀着复仇之意,正要到官府门中走走,寻出机会来;亦且前日来盘问芙蓉屏的,说是高府,一发有些疑心。便对院主道:"贵宅门中礼请,岂可不去?万一推托了,惹出事端来,怎生当抵?"院主晓得王氏是有见识的,不敢违他,但只是道:"去便去,只不知几时可来?院中有事怎么处?"王氏道:"等见夫人过,住了几日,觑个空便，可以来得就来。想院中也没甚事，倘有疑难的，高府在城不远，可以来问信商量得的。"院主道："既如此，只索就去。"当直的叫轿夫打轿进院，王氏上了轿，一直的抬到高府中来。

高公未与他相见，只叫他到夫人处见了，就叫夫人留他在卧房中同寝，高公自到别房宿歇。夫人与他讲些经典，说些因果，王氏问一答十，说得夫人十分喜欢敬重。闲中间道："听小师父口谈，不是这里本处人。还是自幼出家的？还是有过丈夫，半路出家的？"王氏听说罢，泪如雨下，道："复夫人，小尼果然不是此间，是真州人。丈夫是永嘉县尉，姓崔名英。一向不曾敢把实话对人说，而今在夫人面前，只索实告，想自无妨。"随把赴任到此，舟人盗劫财物，害了丈夫全家，自己留得性命，脱身逃走，幸遇尼僧留住，落发出家的说话，从头至尾，说了一遍，哭泣不止。

夫人听他说得伤心，恨恨地道："这些强盗，害得人如此！天理昭彰，怎不报应？"王氏道："小尼躲在院中一年，不见外边有些消耗。前日忽然有个人拿一幅画芙蓉到院中来施。小尼看来，却是丈夫船中之物。即向院主问施人的姓名，道是同县顾阿秀兄弟。小尼记起丈夫赁的船正是船户顾姓的。而今真赃已露，这强盗不是顾阿秀是谁？小尼当时就把舟中失散的意思，做一首词，题在上面。后来被人买去了。前日贵府有人来院，查问题咏芙蓉下落，其实即是小尼所题，有此冤情在内。"即拜夫人一拜道："强盗只在左近，不在远处了。只求夫人转告相公，替小尼一查。若是得了罪人，雪了冤仇，以下报亡夫，相公、夫人恩同天地了！"夫人道："既有了这些影迹，事不难查，且自宽心！等我与相公说就是。"

夫人果然把这些备细，一一与高公说了。又道："这人且是读书识字，心性贞淑，决不是小家之女。"高公道："听他这些说话，与崔县尉所说正同。又且芙蓉屏是他所题，崔县尉又认得是妻子笔迹。此是崔县尉之妻，无可疑心。夫人只是好好看待他，且不要说破。"高公出来见崔俊臣时，俊臣也屡屡催高公替他查查芙蓉屏的踪迹。高公只推未得其详，略不提起慧圆的事。

高公又密密差人问出顾阿秀兄弟居址所在，平日出没行径，晓得强盗是真。却是居乡的官，未敢轻自动手。私下对夫人道："崔县尉事，查得十有七八了，不久当使他夫妻团圆。但只是慧圆还是个削发尼僧，他日如何相见，好去做孺人？你须慢慢劝他长发改妆才好。"夫人道："这是正理。只是他心里不知道丈夫还在，如何肯长发改妆？"高公道："你自去劝他，或者肯依固好；毕竟不肯时节，我另自有说话。"夫人依言，来对王氏道："吾已把你所言，尽与相公说知。相公道：'捕盗的事，多在他身上，管取与你报冤。'"王氏稽首称谢。夫人道："只有一件：相公道，你是名门出身，仕宦之妻，岂可留在空门，没个下落？叫我劝你长发改妆。你若依得，一力与你擒盗便是。"王氏道："小尼是个未亡之人，长发改妆何用？只为冤恨未伸，故此上求相公做主。若得强盗歼灭，只此空门静守，便了终身。还要甚么下落？"夫人道："你如此妆饰，在我府中也不为便。不若你留了发，认义[36]我老夫妇两个，做个孀居寡女，相伴终身。未为不可。"王氏道："承蒙相公、夫人抬举，人非木石，岂不知感？但重整云鬟，再施铅粉，丈夫已亡，有何心绪？况老尼相救深恩，一旦弃之，亦非厚道。所以不敢从命。"夫人见他说话坚决，一一回报了高公。高公称叹道："难得这样立志的女人！"又叫夫人对他说道："不是相公苦苦要你留头，其间有个缘故。前日因去查问此事，有平江路官吏相见，说旧年曾有人告理，也说是永嘉县尉，只怕崔生还未必死。若是不长得发，他日一时擒住此盗，查得崔生出来，此时僧俗各异，不得团圆，悔之何及！何不权且留了头发，等事体尽完，崔生终无下落，那时任凭再净了发，还归尼院，有何妨碍？"王氏见说是有人还在此告状，心里也疑道："丈夫从小会没水，是夜眼见得囫囵抛在水中的，或者天幸留得性命，也不可知。"遂依了夫人的话，虽不就改妆，却从此不剃发，权扮作道姑模样了。

又过了半年，朝廷差个进士薛溥化[37]为监察御史，来按[38]平江路。这个薛御史乃是高公旧日属官，他吏才精敏，是个有手段的。到了任所，先来拜谒高公。高公把这件事密密托他,连顾阿秀姓名、住址、去处,都细细说明白了。薛御史谨记在心,自去行事,不在话下。

且说顾阿秀兄弟,自从那年八月十五夜,一觉直睡到天明。醒来不见了王氏,明知逃去,恐怕形迹败露,不敢明明追寻。虽在左近打听两番,并无踪影。这是不好告诉人的事,只得隐忍罢了。此后一年之中,也曾做个十来番道路,虽不能如崔家之多,侥幸再不败露,甚是得意。一日,正在家欢呼饮酒间,只见平江路捕盗官带着一哨官兵,将宅居围住。拿出监察御史发下的访单来,顾阿秀是头一名强盗;其余许多名字,逐名查去,不曾走了一个。又拿出崔县尉告的赃单来,连他家里箱笼,悉行搜卷,并盗船一只,即停泊门外港内,尽数起到了官,解送御史衙门。

薛御史当堂一问,初时抵赖;及查物件,见了永嘉县尉的敕牒[39]尚在箱中,赃物一一对款。薛御史把崔县尉旧日所告失盗状,念与他听,方各俯首无词。薛御史问道:"当日还有孺人王氏,今在何处?"顾阿秀等相顾,不出一语。御史喝令严刑拷讯。顾阿秀招道:"初意实要留他配小的次男,故此不杀。因他一口应承,愿做新妇,所以再不防备。不期当年八月中秋,乘睡熟逃去,不知所向。只此是实情。"御史录了口词,取了供案,凡是在船之人,无分首从,尽问成枭斩死罪,决不待时[40]。原赃照单给还失主。

御史差人回复高公,就把赃物送到高公家来,交与崔县尉。俊臣出来,一一收了,晓得敕牒还在,家物犹存。只有妻子没查下落处,连强盗肚里也不知去向了,真个是渺茫的事。俊臣感新思旧,不觉恸哭起来。有诗为证:

堪笑聪明崔俊臣,也应落难一时浑。
既然因画能追盗,何不寻他题画人?

元来高公有心,只将画是顾阿秀施在尼院的说与俊臣知道,并不曾提起题画的人就在院中为尼。所以俊臣但得知盗情因画败露,妻子却无查处,竟不知只在画上。可以跟寻出来的。

当时俊臣恸哭已罢,想道:"既有敕牒,还可赴任。若再稽迟,便恐另补有人,到不得地方了。妻子既不见,留连于此无益。"请高公出来,拜谢了他,就把要去赴任的意思说了。高公道:"赴任是美事,但足下青年无偶,岂可独去?待老夫与足下做个媒人,娶了一房孺人,然后夫妻同往也未为迟。"俊臣含泪答道:"糟糠之妻,同居贫贱多时。今遭此大难,流落他方,存亡未卜。然据着芙蓉屏上,尚及题词,料然还在此方。今欲留此寻访,恐事体渺茫,稽迟岁月,到任不得了。愚意且单身到彼,差人来高揭榜文,四处追探。拙妇是认得字的,传将开去,他闻得了,必能自出。除非忧疑惊恐,不在世上了。万一天地垂怜,尚然留在,还指望伉俪重谐。英感明公恩德,虽死不忘,若别娶之言,非所愿闻。"高公听他说得可怜,晓得他别无异心,也自凄然道:"足下高谊如此,天意必然相佑,终有完全之日。吾安敢强逼?只是相与这几时,容老夫少尽薄设奉饯,然后起程。"

次日开宴饯行,邀请郡中门生、故吏,各官与一时名士毕集,俱来奉陪崔县尉。酒过数巡,高公举杯告众人道:"老夫今日为崔县尉了今生缘。"众人都不晓其意,连崔俊臣也一时未解。只见高公命传呼后堂,请夫人打发慧圆出来。俊臣惊得木呆,只道高公要把甚么女人强他纳娶,故设此宴,说此话,也有些着急了。梦里也不晓得他妻子叫得甚么慧圆。当时夫人已知高公意思,把崔县尉在馆内多时,昨已获了强盗,问了罪名,追出敕牒,今日饯行赴任,特请你到堂厮认团圆,逐项逐节的事情,说了一遍。王氏如梦方醒,不胜感激。先谢了夫人,走出堂前来。此时王氏发已半长,照旧妆饰。崔县尉一见,乃是自家妻子,惊得如醉里梦里。高公笑道:"老夫原说道与足下为媒,这可做得着么?"崔县尉与王氏相持大恸,说道:"自料今生死别了,谁知在此却得相见?"

座客见此光景,尽有不晓得详悉的,向高公请问根由。高公便叫书僮去书房里取出芙蓉屏来，对众人道："列位要知此事，须看此屏。"众人争先来看，却是一画一题。看的看，念的念，却不明白这个缘故。高公道："好教列位得知，只这幅画，便是崔县尉夫妻一段大姻缘。这画即是崔县尉所画，这词即是崔孺人所题。他夫妻赴任到此，为船上所劫。崔孺人脱逃，于尼院出家，遇人来施此画，认出是船中之物，故题此词。后来此画却入老夫之手。遇着崔县尉到来，又认出是孺人之笔。老夫暗地着人细细问出根由，乃知孺人在尼院，叫老妻接将家来住着。密行访缉，备得大盗踪迹。托了薛御史究出此事，强盗俱已伏罪。崔县尉与孺人在家下各有半年多，多人只道失散在那里，竟不知同在一处多时了。老夫一向隐忍，不通他两人知道，只为崔孺人头发未长，崔县尉敕牒未获，不知事体如何，两心事如何？不欲造次漏泄。今罪人既得，试他义夫节妇，两下心坚，今日特地与他团圆这段因缘。故此方才说替他了今生缘，即是崔孺人词中之句；方才说请慧圆，乃是崔孺人尼院中所改之字。特地使崔君与诸公不解，为今日酒间一笑耳。"崔俊臣与王氏听罢，两个哭拜高公。连在坐之人，无不下泪，称叹高公盛德，古今罕有。王氏自到里面去拜谢夫人了。高公重入座席，与众客尽欢而散。是夜特开别院，叫两个养娘伏侍王氏与崔县尉在内安歇。

明日，高公晓得崔俊臣没人伏侍，赠他一奴一婢，又赠他好些盘缠，当日就道。他夫妻两个感念厚恩，不忍分别，大哭而行。王氏又同丈夫到尼院中来，院主及一院之人，见他许久不来，忽又改妆，个个惊异。王氏备细说了遇合缘故，并谢院主看待厚意。院主方才晓得顾阿秀劫掠是真，前日王氏所言妻妾不相容，乃是一时掩饰之词。院中人个个与他相好的，多不舍得他去。事出无奈，各各含泪而别。夫妻两个，同到永嘉去了。

在永嘉任满回来，重过苏州，差人问候高公，要进来拜谒。谁知高公与夫人俱已薨逝，殡葬已毕了。崔俊臣同王氏大哭，如丧了亲生父母一般。问到他墓下，拜奠了，就请旧日尼院中各众，在墓前建起水陆道场[41]三昼夜，以报大恩。王氏还不忘经典，自家也在里头持诵。事毕，同众尼再到院中。崔俊臣出宦资，厚赠了院主。王氏又念昔日朝夜祷祈观世音暗中保佑，幸得如愿，夫妇重谐，出白金十两，留在院主处，为烧香点烛之费。不忍忘院中光景，立心自此长斋，念观音不辍，以终其身。当下别过众尼，自到真州宁家[42]，另日赴京补官，这是后事，不必再题。

此本话文，高公之德，崔尉之谊，王氏之节，皆是难得的事。各人存了好心，所以天意周全，好人相逢。毕竟冤仇尽报，夫妇重完。此可为世人之劝。

诗云：

> 王氏藏身有远图，间关[43]到底得逢夫。
> 舟人妄想能同志，一月空将新妇呼。

又诗云：

> 芙蓉本似美人妆，何意飘零在路傍？
> 画笔词锋能巧合，相逢犹自墨痕香。

又有一首赞叹御史大夫高公云：

> 高公德谊薄云天，能结今生未了缘。
> 不便初时轻逗漏，致今到底得团圆。
> 芙蓉画出原双蒂，萍藻浮来亦共联。
> 可惜白杨堪作柱[44]，空教洒泪及黄泉。

注　释

[1] 遗珠还合浦：《后汉书》卷七十六《孟尝传》：合浦郡（在今广西合浦县东）盛产珍珠，由于地方官"并多贪秽，诡人采求，不知纪极，珠遂渐徙于交趾郡界"。尝来任合浦太守，"革易前敝，求民病利。曾未逾岁，去珠复还"。后以"合浦珠还"比喻人去复返或失物重归旧主。

[2] 汴梁有个王从事：汴梁即今河南开封市，北宋时为首都。从事：官府中办理具体事务的官员。

[3] 到临安调官：临安即今浙江杭州市，南宋时为首都。调官：选调官职。

[4] 衢州教授：衢州即今浙江衢州市。宋朝于诸路、州、军立学，置教授，用经术行义教导诸生，并掌管课试之事，各王府也设教授一职，为教授作为官名之始。元诸路、州、府儒学及明清府学均设教授。

[5] 首县是西安县附郭的：首县即省治或州治所在之县。西安是衢州州治所在地县名。附郭即县城与州、府、省衙门同处一城。

[6] 县宰：一县长官的别称。

[7] 嗄（á）饭：又作"下饭"，方言词，指伴饭的菜肴。

[8] 尊阃（kǔn）：阃指闺门，代指妻室。尊阃是对别人家妻室的敬称。

[9] 勾：即"够"。

[10] 光棍：无正当职业、游手好闲、专门干坑蒙拐骗勾当的地痞、流氓。

[11] 医王：佛、菩萨之尊称。佛、菩萨能医治众生之心病，故以良医为喻而称医王。

[12] 节嫠（lí）赖将引：节指节妇，嫠指寡妇。将引：犹携带、指引。

[13] 章台泣韩翃（hóng）：韩翃为唐代诗人，"大历十才子"之一。孟启《本事诗·情感第一》载：韩翃与柳氏相爱，登第后返昌黎省亲，暂将柳氏寄留长安，适逢安史之乱。及肃宗收复长安，韩访柳氏，作《章台柳》以寄："章台柳，章台柳，往日依依今在否？纵使长条似旧垂，也应攀折他人手。"柳氏回赠《杨柳枝》："杨柳枝，芳菲节，所恨年年赠离别。一叶随风忽报秋，纵使君来岂堪折。"后两人终得团圆。

[14] 甲帐遇文箫：唐裴铏《唐传奇·文箫》：唐大和年间，书生文箫中秋日游钟陵西山游帷观，遇一美少女，口吟："若能相伴陟仙坛，应得文箫驾彩鸾。自有绣襦并甲帐，琼台不怕雪霜寒。"双方相互爱慕，忽有仙童到来，宣布天判：吴彩鸾以私欲而泄天机，谪为民妻一纪。两人遂成夫妇，后来双双骑虎仙去。

[15] 真州才士陆仲旸：真州即今江苏仪征市。陆仲旸：不详。

[16] 以父荫得官：因先辈有功业或任高官，子孙被赏予一定级别的官职，称荫叙。

[17] 双弯纤细，鞋弓袜小：双弯，指女子的一双小脚，因脚弯曲如弓，故称弯。鞋亦随之而弯如弓，故又称鞋弓。

[18] 蓦生：同"陌生"。

[19] 披缁：穿上缁衣，即出家。缁衣为用黑色帛做成的衣服，僧尼多服之，因用以指僧尼衣。

[20] 孺人：古代贵族、官员之母或妻的封号。《仪礼·曲礼下》："天子之妃曰后，诸侯曰夫人，大夫曰孺人，士曰妇人，庶人曰妻。"宋代以夫为通直郎以上者封孺人，朝奉郎以上封安人，朝奉大夫以上封宜人。后也通用作对妇人的尊称。

[21] 三宝：佛教以佛、法、僧为三宝。

[22] 白衣大士：即观世音菩萨。因常着白衣，坐白莲中，故称白衣大士、白衣观音。

[23] 随喜：佛教用语，指见人做功德而生欢喜心，乐意参加。泛指参观庙宇。也指随着众人做某种表示，如随人一起送礼等。

[24] 檀越：梵语"施主"的音译，亦译作檀那。

[25] 张敞笔：《汉书》卷七十六《张敞传》：张敞字子高，汉河东平阳（今山西平阳）人。曾官太中大夫、京兆尹、冀州刺史等。敢直言，严赏罚。尝为妻画眉，时长安有"张京兆眉怃"之说，后世成为夫妻恩爱的典故。

[26] 黄筌：字要叔，成都（今四川成都市）人，五代时西蜀画院宫廷画家，官翰林待诏。擅花鸟，兼善人物、山水、墨竹。所画禽鸟造型准确，骨肉兼备，形象丰满，赋色浓丽，勾勒精细，几乎不见笔迹，似轻色染成，谓

之"写生"。与江南布衣徐熙并称"黄徐",形成五代、北宋花鸟画两大主要流派。

[27] 影响:影子和声响,引申为踪迹、消息。

[28] 御史大夫高公:高纳麟,元代名臣高知曜之孙、高睿之子。大德六年(1302)用丞相哈剌哈孙答剌罕荐,入备宿卫,十年(1306)除中书舍人,正直敢言。历官都漕运使、湖南、湖北两道廉访使、杭州路总管等。至元元年(1335),召拜中书参知政事,迁同知枢密院事,寻出为江浙行省右丞。至正四年(1344)入为中书平章政事,七年(1347)出为江南行台御史大夫,寻召拜御史大夫,八年进金紫光禄大夫,加太尉。御史劾罢之,退居姑苏。至正十二年(1352)复起为南台御史大夫兼太尉,总制江浙、江西、湖广三省军马。十三年固请谢事,退居庆元(今浙江宁波市)。十六年(1356)九月,诏以江南行台移置绍兴,复为御史大夫兼太尉。十八年(1358)应诏由海道赴大都,阻风而还。十九年抵京师卒,年七十九。《元史》卷一百四十二有传。则本篇故事发生于至正八年(1348)至至正十二年(1352)高纳麟退居姑苏时。

[29] 姑苏:苏州的别称,因其地有姑苏山,或名姑胥、姑余,山上有姑苏台,相传为吴王阖闾或夫差所筑,又称胥台,故名。

[30] 插个标儿:旧时人出售物品,于物上插茅草,以表示出售,曰插标。

[31] 怀素:唐代僧人、书法家,字藏真,俗姓钱,永州零陵(今湖南零陵市)人。相传其种芭蕉万余株,以蕉叶代纸写字,因号其居为"绿天庵"。勤学苦练,秃笔成冢。以狂草著名,继承张旭笔法,自谓得草书三昧。世称"颠张狂素"。其字帖今存者有《自叙》《苦笋》《千字文》等。

[32] 法书:书法用语,又称法帖,指水平较高、可供练习者作为法度、楷模的书法作品。后用作对别人书法的美称。

[33] 《金石录》:宋代赵明诚撰,三十卷,著录所见自上古至五代钟鼎彝器铭文款识与碑铭墓志石刻文字,并加考订,仿欧阳修《集古录》例,编排成帙,援碑刻以正史传,考据精慎,对新、旧《唐书》多所订正。绍兴中,其妻李清照表上于朝,书末有李清照《后序》。

[34] 平江路案下:平江路即今江苏苏州市。五代吴越国置中吴军,宋

太平兴国三年（978）改为平江军，政和三年（1113）升为府，元代改为平江路，明洪武初改苏州府。案下：此处即列入立案目录之意。

[35] 西塾：古时相见，以西为尊，主人居东，宾客居西。后以西席、西宾指家塾教师或幕友。西塾即指家塾。

[36] 认义：认作义亲，如义父母、义子女、义兄弟、义姐妹等。

[37] 薛溥化：明代李昌祺《剪灯余话》作"薛理溥华"。按清代汪森编《粤西诗文载·文载》卷二十六《重镌桂林府学释奠图记》载：重福，世为西夏唐兀人，延祐丙辰（三年，1316）以嘉议大夫出任广西宪司（即提刑按察使），其子溥华，领江西省延祐四年进士第五名举（即中省试举人第五名）。未知是否即此人。

[38] 按：即按察。古代中央或相当于后世省一级的监察官员巡察各地，调查情况，接受投诉，称"按"。

[39] 敕牒：朝廷颁发的任命官职的公文。

[40] 决不待时：对已判处死刑的重犯，不待秋后，立即执行。古代处决死囚多在秋后，但案情重大者可立即处决，故谓。

[41] 水陆道场：也称水陆斋。佛教谓设坛诵经，礼佛拜忏，遍施饮食，以超度水陆一切亡灵的法会为水陆道场。

[42] 宁家：回家。外出的人回家，则使家中父母等免除思念担心而安宁，故称宁家。

[43] 间关：形容道路辗转崎岖，旅途艰辛。

[44] 白杨堪作柱：意谓墓地上的白杨树都已经可以做柱子了。古人墓地多植白杨树。唐代白居易《燕子楼》诗："今春有客洛阳回，曾到尚书墓上来。见说白杨堪作柱，争教红粉不成灰。"按，据前引《元史》卷一百四十二《高纳麟传》，高纳麟于至正八年(1348)到至正十二年(1352)退居姑苏。至正十二年(1352)到至正十八年(1358)间还曾复起任职，十九年抵大都（今北京市）卒，与小说所写不同。

赏　析

此篇见于凌濛初《初刻拍案惊奇》卷二十七。凌濛初的《初刻拍案惊奇》和《二刻拍案惊奇》合称"二拍",与冯梦龙编纂的"三言",是明代短篇白话小说的代表作。对于"三言",历来的评价都比较高;而对于"二拍",则颇有微词。平心而论,"二拍"的思想水平和艺术价值是比不上"三言",但它仍是显示明代"拟话本"创作实绩的重要作品。若将它与基本上同时的《西湖二集》《醉醒石》《石点头》等白话小说相比,其高下就相当明显。"二拍"之中,不乏内容比较健康、写法颇有特色的篇章,我们要谈的《顾阿秀喜舍檀那物,崔俊臣巧会芙蓉屏》就是其中之一。

凌濛初编撰"二拍",一般是"取古今杂碎事"而成之的,故它的各篇故事多有所本。这篇作品也不例外。它的入话部分,出于南宋洪迈《夷坚丁志》卷十一的《王从事妻》;而正话部分,则采自明初李昌祺《剪灯余话》中的《芙蓉屏记》。小说中提到的御史大夫高纳麟,元代实有其人,则小说可能据真实人物故事创作而成。凌作在李作的基础上进行了改造加工。

目前通行的小说史和小说选本,一般都把这篇作品看作公案小说,这种看法值得商榷。这篇作品包含了一个公案故事,但实质上却是一篇以描写和歌颂男女主人公真挚爱情为主题的爱情小说。只有从这个角度出发,才能准确认识作品的思想内容和艺术特征,从而对它的美学价值给予合理的评价。

人们之所以对这篇作品的性质产生误会,主要是因为对其题材和主题作了片面理解。与其他许多中国古典短篇小说相比,这篇作品在题材的安排和主题的表现方面是很独特的。它并非只专写某一种题材,而是把公案和爱情两个方面的内容糅合在一起。因此,在某种程度上可以说它并非只表现某个单一的主题,而是具有双重主题。

粗看去,它写的是一个曲折奇巧的公案故事。一桩江湖大盗谋财害命,害得夫妻离散漂泊的案件,就因为一幅小小的芙蓉图而得以案情大白,凶手伏法,夫妻团圆。其中曲曲折折,许多巧合,扣人心弦,引人入胜。从这个角度来说,它与唐宋以后兴起的小说、戏剧文学中屡见不鲜的描写船家、店主等或刀杀、或淹杀、或毒杀、或勒杀商旅行客以劫夺钱财的作品一样,反映了古代专制社会一种普遍性的黑暗现象,在一定程度上揭露和控诉了统治阶级的腐败无能及各种邪恶势力的凶狠残暴。崔俊臣夫妇的遭遇,是当时社会无数人不幸遭遇的一个缩影,而凶手顾阿秀则是当时各种邪恶势力的一个典型代表。从作品中可以看到,江湖大盗顾阿秀是个杀人不眨眼的刽子手,外表上却装得俨然是一个老老实实的船家,可见他是多么阴险;他杀起人来,从容不迫,崔家主仆数人,竟为他一人杀尽,可见他是何等的毒辣;他杀了崔俊臣,还敢留下王氏做儿媳,又可见他是何等的猖狂。更使人惊异的是,被害者崔俊臣本是朝廷任命去永嘉做县尉,即专管捕盗和负责地方治安的,却是那样粗心、不谙世情,自身难保,又怎能指望他去缉盗安民,抚宁一方?堂堂一个朝廷命官,赴任途中被害,竟无人追究!如此多条人命的大案,崔俊臣告到平江路下,只因无钱贿赂,缉捕人役便不十分上紧,听候一年,竟"杳无消耗"。而顾阿秀害了崔俊臣一家后,安然无事,"一年之中,也曾做过十来番道路","再不败露,甚是得意"。可见当时的社会秩序已混乱到了什么程度。我们知道,无论是作品所直接描写的元朝末年,还是作者所处的明朝末年,都是中国历史上政治最腐败、社会最黑暗的时期。这篇小说,真实地反映了这个时期的历史真实,因而具有现实意义。

作为一篇写公案故事的短篇小说,这篇作品的思想内容是很丰富的。它的真实描绘,为我们认识那个时代的社会生活提供了一幅生动图画。它的奇巧的情节、传神的写照,又给我们带来了丰富的艺术享受。当我们把故事慢慢读下去的时候,我们的心境从开始的那种阅读公案小说常有的紧张、好奇心理,不知不觉地转变为一种被某一具有深刻理性价值的事物引入深思,和被某一真切感人的事物带起感情的激动的状态。读罢作品,掩卷回味,就会发现,在这个巧妙紧张的公案故事后面,还隐藏着一桩动人的爱情故事。如果说这个公案本身是一首耸听的乐曲，那么，爱情才是深藏其中，支配着每个音符和节奏的旋律。因此，与其说它是一篇公案小说，倒不如把它看作爱情小说更能得其实质。

首先，作品所塑造的人物形象可以说明这一点。一篇小说的主题，往往通过它所塑造的人物形象而具体地表现出来。这篇小说，正像作者在篇末所点明的那样，它主要描写的是忠于爱情的崔俊臣夫妇的"义"与"节"，以及助成他们破镜重圆、再偕伉俪的高公之"德"。也就是说，小说是围绕崔俊臣夫妇的爱情遭遇来设置和塑造人物形象的。其次，从作品的情节结构来看，作者并未特别重视对案情本身及其发展的描述，如描写破案的薛御史如何用智，凶手顾阿秀如何为保全自身而施展诡计；而着重表现崔俊臣夫妇离散之后，如何思念对方，如何保持对爱情的忠诚，又如何为报仇雪恨、重偕伉俪而共同努力的过程。故事的发展过了大半时，案情本已真相大白，只是夫妻团圆还有许多波折，故不得不继续写下去。如果作者着眼于案情本身，那么就应当以案情大白、凶手伏法作为结局。即使要告诉读者崔俊臣夫妇最后得以团圆，也只需略作交代，而不必如此铺张笔墨、淋漓渲染。由此可见作品的真实用心之所在。这个故事，巧就巧在靠一幅画破了案。随着故事情节的不断发展，我们越来越清楚地看到，这个小小的偶然条件，之所以能转化为必然并成为现实，每一步都是崔俊臣夫妇"两下心坚"，主观努力的结果。那幅芙蓉图是破案的契机，更是他们夫妻真挚爱情的象征。最后，一个更有说服力的证据，便是作者对自己的创作意图的表白。我们知道，凌濛初编撰"二拍"是有他的用意的。"其间说鬼说梦，亦真亦诞，然意存劝戒，不为风雅罪人，后先一指也。"（《二刻拍案惊奇·小引》）这篇作品也不例外，它的用意就是篇首所引《芙蓉歌》中所说的："谁人听我《芙蓉篇》？人间夫妇休反目。"即劝人间夫妇都像崔俊臣与王氏那样，相亲相爱，行义守节，生死不渝。

如上所述，这篇小说虽然写了两个方面的题材，甚至在某种程度上可以说包含了两个方面的主题，但只有崔氏夫妇的爱情才是根本的主题。那么，作者又是如何将这两方面的题材结合在一起，从而使真正的主题得到充分表现的呢？

关于这个问题，凌濛初在《二刻拍案惊奇》卷九中所说的一句话很有启示性。他认为，"世间好事必多磨"。崔俊臣夫妇"恩爱异常"，情笃意坚，最后得以夫妻重聚，再续良缘，这就是这篇小说所要赞美的"好事"；而社会黑暗，强盗横行，致使他们九死一生，备受艰辛，就是所谓的"磨"。正是通过这种"磨"，才显得"好事"之珍贵；正是通过这险峻曲折的患难经历，通过这惊心动魄的矛盾冲突，才使他们的爱情更显得坚如磐石，感人至深。写爱情是主，写案情是辅。爱情是根本的主题，而案情则成为充分表现爱情的外壳。这种完美巧妙的结合，使这篇作品既不像有些公案小说那样，只见妖魔鬼怪、刀光剑影，而缺乏人的思想、人的感情；也不像有些言情小说那样，轻言浮语，苍白无力。它使我们随着案情的发展而获得一种紧张与兴奋的快感，又能拨动感情的琴弦，引人思索。这两者相得益彰，使作品的艺术感染力大大加强。应该说，这篇作品对题材和主题的这种独特而成功的安排和处理，是它所取得的一个重要的艺术成就。

作品主要写的是崔俊臣夫妇由合到分，又由分到合的故事，因而他们自然就分别成为小说的男女主人公。两者之中，作者着墨最多，也是给我们印象最深的，又是崔俊臣的妻子王氏。

看来，作者是特别钟爱这个人物的。他不仅舍得花最多的笔墨来描绘她，把她推到整个画面中最引人注目的位置，而且在具体的刻画过程中，在分层设色等方面，都精心布置，颇见匠心。如前所说，作者所要突出表现和大力赞美的是王氏之"节"，即她忠于爱情、坚贞难犯的品格。但是，作者并没有单纯地局限在这一点上，而是采用了多侧面、多层次、烘云托月的表现手法，全面地展示了王氏的性格。其结果就不仅使这个艺术形象显得非常的丰满和完美，也使其主体性格特征得到了更充分更突出的表现。

作者直接或间接对王氏的描写，一开始就给我们留下了极其美好的印象。她不仅外表上"少年美貌""举止端重"，而且"心性贞淑""宽和柔善"。因此在她逃离虎口、栖身尼院后，尽管人地生疏，举目无亲，却能使"一院中的人没有一个不替她相好，说得来的"。连一院之主也对她"大相敬重"。入高府后，高公夫人也"十分喜欢敬重"她。后来她苦尽甜来，夫妻团圆，重新做了县尉孺人，但并没有忘记那些尼院中的女友，两次去探望她们。对高公夫妇更是"感念厚恩""不忍分别"。随丈夫任满归来时，得知高公夫妇"俱已薨逝"，"如丧了亲生父母一般"，祭奠追荐，克尽其礼。这些描写绝非闲笔，它们生动而细腻地体现了女主人公的优良品质和美好情操。通过这些描写，一个不仅有着美丽的容貌，而且有着美好的心灵，富于教养，富于东方女性美的青年女子形象就映现在我们眼前，深深地把我们吸引住了。

这个人物形象强烈的性格魅力，还来源于她那非凡的才华与机智。这篇小说是通过案情表现爱情，因此，王氏的主体性格特征——对爱情的忠贞不贰的态度，主要是通过她在这一凶险的案情中斗胆斗志、百折不挠的所作所为表现出来。也正是因为这个原因，作者对王氏的才华与机智，作了最充分最细致的刻画。

一开始作者就介绍，王氏虽然出身世家，却能摆脱"女子无才便是德"的礼教规范的束缚，不仅"读书识字"，而且"写染皆通"。在遽遭灾祸不得不栖身尼院时，她能在"一月之内，把经典之类，一一历过，尽皆通晓"。并能以深婉的笔法、哀丽的辞藻，在丈夫所作的芙蓉图上倚声填词，托物言志，"把舟中散失的意思"透露出来，为日后的案情大白、夫妻重会创造了具有决定意义的条件。作者对王氏才华作这样的交代，是为表现她的机智作铺垫。作者精心安排了一连串波澜起伏、缓急相间的场面与情节，把王氏的机智表现得淋漓尽致。

王氏的出场，是在船家以舱中闷热为由，提出移船的主意时。崔俊臣不假思索，便满口答应"如此最好"。王氏则担心道："不知晚间谨慎否？"这样一问，一方面表现了她的小心谨慎，一方面也显得很有分寸。既提醒了丈夫，但措辞和语气又没有唐突丈夫和船家。王氏的机智，在这里就初露端倪。

如果说这还是一种轻轻暗示的话，那么紧接着而来的惊涛骇浪急速把人物推到画面的中心，让人物的性格来一次爆发性地闪现。作品首先渲染了当时的恐怖气氛。黄昏时分，在偏僻的芦荡深处，船家顾阿秀提着刀，杀气腾腾奔舱里来，先杀了家人，又把王氏的丈夫撩下水去，接着又杀了男仆女婢。要是一个意志稍微薄弱一点的女子，遇到这骇人的场面，即使没有吓得昏死过去，也早已吓呆了。但王氏却不然。她在这突如其来的天大横祸面前，仍保持着思考的能力。"起初怕他来强逼，也拼一死"。后来听说顾阿秀要把她留下做儿媳，而那个儿子要一个多月才会从杭州回来，她便决定暂且活下来，"日后再处"。试想一下，要是她此刻只图拼个一死，大概就免不了刀下丧命；就算船家也放她一个全尸而死，她恐怕也不能像她丈夫那样泅水活命，而只得葬身鱼腹。果若如此，勇则勇矣，但也就不可能有后来夫妻团圆的美满结局了。既然眼下还不致受逼，何妨"勉从虎穴暂栖身"呢？说不定还能找到报仇的机会。即使再无办法，到时候再死也不迟。这种见识，就不仅高出那种委曲求全、听任摆布之辈，也优于那种简单从事、一死了之的作为了。

通过这个激烈的场面，王氏的机智与沉着简直把我们震慑住了。作者接着用相对舒缓的笔调叙述了王氏在虎口生活的一个多月，使她的机智与沉着的性格得到进一步的深化。王氏是为了报仇而活下来的。但她是一个弱女子，而对手却是穷凶极恶的江湖大盗，硬拼显然是没有希望的。唯一的办法就是麻痹凶手，取得信任，然后待机行事。王氏明白这一点，因而以惊人的理智和毅力，把不共戴天之仇埋在心底，曲意应承船家，真像个掌家的媳妇服侍公公一般，连狡猾的凶手也"道是寻得个好媳妇，真心相待，看看熟分，并不提防她有外心了"。中秋之夜，顾阿秀一伙吃得烂醉，这真是天赐良机。王氏当机立断："此时不走，更待何时？"顾阿秀的儿子即将回家，倘若王氏此时还犹犹豫豫，错过了机会，那就麻烦了。王氏真可谓得忍且忍，静若处子；应时而动，出如脱兔；一静一动，深合机宜。作者在这里并没有对王氏的机智与沉着作任何赞扬与评论，但人物本身的言行最有说服力。在读者和听众的心目中，王氏的形象进一步完整充实起来。

接着描写她一路奔跑至入院为尼的过程。这里虽然也写了她的勇敢、不畏艰险，在芦荡中奋力跋涉，但都只是一笔带过。作者仍然紧紧把握着她的机智与沉着这一主要的性格特征，用工笔的手法，进行绘声绘色、细致入微的刻画。她千辛万苦逃至尼院时，并没有因刚刚脱离虎口而松懈下来，贸然撞入，而是考虑到天已明亮，凶手追来也可呼救，便在院外等候，直到可以确定是尼院而不是寺庙时才进去。面对老尼的盘问，她情急智生，编得点滴不漏。她回答老尼的一段话，亦真亦假，亦是亦非，却又那么顺情合理，令人同情。每一句推敲去，真是神情毕肖，趣味无穷。既反映了她刚脱大难、噩梦未消的情态，又把她的灵活聪明表现得细腻动人，真可谓传神之笔。

削发为尼之后，她一方面念念不忘报仇雪恨，"每日早晨，在白衣大士前礼拜百来拜，密诉心事。任是大寒大暑，再不间断"。看到芙蓉屏，便仔细打听它的来历，并在上面题词，希望由此得到申冤的机会。另一方面，她又不轻易露面，知道给尼院送芙蓉屏的人名叫顾阿秀后不动声色，经过慎重考虑后才让老尼把芙蓉屏卖出，知道接她的是御史大夫府时才决计前往，真是步步谨慎，处处小心。须知顾阿秀一伙就在本县，且曾闯到尼院。当初发现她逃走后，也"曾在左近打听"。倘若王氏报仇心切，透露了风声，暴露了身份，那就很可能重新落入魔掌。但是，如果就此死守尼院，再不做积极的努力，恐怕也就只能了身空门，永无申冤之日了。总之，王氏的一举一动，都审时度势，权衡利害，无不闪耀着智慧的光彩。

通过这样几起几落几个环节的描写，王氏机智的性格特征便得到了充分的表现。但如前所述，机智还只是她性格特征的一个方面，甚至还是属于比较外在的方面。作者所要刻画的王氏这个人物形象最根本的性格特征,还是她的"节"。这里所谓的"节",是凌濛初的理解,实质上是王氏对待爱情坚贞不二的思想感情。这种思想感情是推动她沉着勇敢,巧与凶手周旋,为幸福而不懈奋斗的根本动力。没有这个根本动力,没有这个精神支柱,没有这一信念的支持,她就不可能有那样的勇气,不可能有那样的胆量,不可能有那样的毅力。这种内在的深刻的思想感情,支配着她的一切外部言行,支配着她的生命。从她患难中的一举一动里,我们都不难窥见她美好的心灵。

  在这里,作者通过写王氏的机智来写她的坚贞,通过极力渲染她的机智而突出体现她的坚贞,用的是烘云托月、注此写彼的手法。作者不是机械死板地运用这一手法,而是把它与画龙点睛、遗貌取神的手法灵活地结合起来。王氏美好的心灵不仅支配着她的种种外部性格特征,而且在关键时刻骤然闪现,大放异彩。顾阿秀行凶之际,她决心拼却一死,以全节操,只是为了找机会替丈夫报仇才暂且活下来。当她求高公为她做主时,她打算"若得强盗歼灭,只此空门静守,便了终身",所以当高公夫妇劝她长发改妆的时候,她便坚决表示:"重整云鬟,再施铅粉,丈夫已亡,有何心情?""所以不敢从命"。后来只是因为知道丈夫还有可能活着,才"权且留了头发"。这两处关键时刻的描写,直接披露了王氏的内心世界,揭示了人物形象最深刻的本质特征。这从内心深处放射出来的耀眼光芒,照亮了人物形象的全身,照彻了她的一言一行、一举一动,使我们看清了融凝在这言行举动中的人物的精神。它像两股电流、两根神经,沟通了那熠熠生辉的智慧之光与心灵的联系,展现了它的根源之所在。艺术实践的经验告诉我们,为了表现某一事物,就专执于此一物,极描摹刻写之能事,往往流入呆板而难生动,显得太露而无含蓄,是很难收到好的艺术效果的。若能宕开其笔,注此写彼,则往往能取得不写而写且耐人寻味的艺术效果。然而若偏得太远,离得太开,又不对所描写的事物与所要着重表现的事物之间的联系做适当揭示,欣赏者就很难发现两者之间的必然联系,甚至迷途忘归。譬如这篇小说,若不在关键时刻做这种传神的点破,读者也许会专注于王氏那惊人的机智,而体会不到它与人物最深刻的本质特征的联系,从而对王氏的性格产生片面的、表面的理解,并因此对这个主要人物形象及整个作品的性质与思想意义产生不完全、不准确的判断。

如果说作者在塑造王氏形象时所运用的种种手法,其核心在于紧紧把握人物性格的根本特征,通过多侧面、多层次、直接描写与间接描写相结合来更充分地表现这一根本特征;那么作者在刻画王氏的丈夫崔俊臣的形象时,其表现手法的主要特色则在于按照现实生活的逻辑,根据特定人物性格所形成的特定条件,充分表现人物性格的丰富性、复杂性,以塑造一个与带有一定理想化色彩的王氏形象有所区别的、更具有现实性的人物形象。

一方面,他虽是官家子弟,且以父荫得官,但对爱情的态度也同样坚贞,对妻子情深意长,远非那些二三其德的花花公子可比。他在高府见到芙蓉屏及妻子的题词,不禁喟然叹息,泫然垂泪,便求高公"推究此画",帮自己寻找妻子。后来强盗伏法,"敕牒还在,家物犹存",但他一想到妻子下落不明,生死未卜,"感新思旧","不觉恸哭起来"。当高公提出要为他做媒,劝他"娶了一房孺人",再"夫妻同往"时,他更是声泪俱下地自明心迹,表示自己只希望"伉俪重谐","若别娶之言,非所愿闻"。其情至诚,其意极笃,令人深为感动。

作为一个"家道富厚"的官家子弟,他不仅能在思想感情上保持真纯,而且也不像那些纨绔之辈,唯知斗鸡走马,而是"自幼聪明,写字作画,工绝一时",学了些真本事在身上。若不是他画了芙蓉图,若不是他情急智生,骗过凶手,若不是他幼时学得泅水之法得以逃生,若不是他善写字因而结识高公,最后夫妻团圆的美满结局也是不可能的。

但另一方面,他又毕竟是一个世故未深、有些粗心的官家子弟。他的生活环境和生活经历,使他不可避免地带有这样那样的缺点。一场大祸，就是由他的疏忽引起的。逃了性命之后，到平江路告状，"听候一年，杳无消耗"，他也束手无策。知道妻子题词的芙蓉屏来自尼院后，也想不到由此可去追寻妻子的下落，而只能恸哭而已。通过这样一些描绘，一个很单纯然而也很幼稚，很忠实但又有些软弱，很聪明但却并不成熟的青年公子的形象，便真实生动地呈现在我们眼前了。

崔俊臣夫妇由分到合，分于凶手顾阿秀，合于居乡的原任御史大夫高公。关于顾阿秀，我们之前已说了一些，不再重复。这里只再简单谈一谈高公的形象。

高公是这个故事中不可缺少的一个重要人物。首先，如果没有高公，就根本不可能产生这样一桩巧妙动人的故事。正是因为他酷爱书画，遇到"这行物事"，便留意收览，能诗善画的崔俊臣夫妇才得以在患难中先后与他结识，而整个矛盾的解决即以此为契机。又正是因为他的种种努力，才使凶手伏法，让崔俊臣夫妇团圆。其次，高公这个人物对深化这个故事的主题，加强它的艺术感染力起了极其重要的作用。在崔俊臣和王氏都进了他家后，他并没有让他们草草相会，而是替他们想得极为周到。先劝王氏留了头发，又为崔俊臣追回了敕牒。还装着不知情的样子，先以长发改妆试王氏，再以为媒作伐试崔生，直到试得他们"义夫节妇，两下心坚"之后，方才大会宾客，请出他们夫妇，使其美满团圆。正是通过他的一试再试，男女主人公的内心世界和根本性格特征得到了高度的展现，使他们的爱情迸发出了最动人的光芒，从而大大加强了作品的艺术感染力。如果没有高公的这一杰作，而是让崔氏夫妇草草相会，那么他们的爱情之表现不知要逊色多少，而作品的艺术感染力也不知要贫乏多少。

最后，高公这个人物形象的重要性还表现在，他并不只是作者按照故事情节的需要而添置的一个角色，并非只具有单纯的从属意义，而是具有独立的性格特征，具有自身的性格价值。他听了崔俊臣自述不幸遭遇后，"深相怜悯"，便自任"捕盗之责"。他根据芙蓉屏这条线索，查出了凶手，找到了王氏，并把她接到家中，又委托旧日属官薛溥化将歹徒捉拿归案，为崔氏夫妇了结了一段今生未了缘。最后还以婢仆钱财相赠，送他们同往任所。真可谓仁至义尽，可敬可佩。这就是作者所说的高公之"德"。除此之外，他将案情查得十有七八之后，并未亲自动手，且在长达半年多的时间里，没有对任何与这个案件有关的人走漏消息。这就表现出了他极端谨慎的性格，而这种性格与他仕宦多年，饱经世故，特别是曾做过御史大夫的特殊经历分不开。这一点也给了我们很深的印象。另外，他对案情的来龙去脉早已明了，对故事的结局也早已成竹在胸，但却装出一副懵然不知的样子，去试探崔氏夫妇，这又显示了他的幽默风趣，使他的性格更显得亲切。而他的这种举动，又为崔氏夫妇的重会增添了喜剧色彩，为这个主题严肃、情节紧张的故事增添了戏剧性。

综上所述，这篇小说篇幅不长，却塑造了几个颇为生动的人物形象，成就是比较突出的。如果将它与它的原型《芙蓉屏记》相比较，就会明显地看到，两者在故事情节等方面没有多大差异，唯凌作特别加重了对人物形象，尤其是作为中心人物的王氏的刻画。例如，凌作描绘了王氏在顾阿秀一伙酒醉后决计逃走，逃到尼院时又不贸然撞入，高公遣人查问芙蓉屏时她再三考虑等处的心理活动，特别是不惜大量笔墨，详细描述了她在高公夫妇劝她长发改妆时的态度与陈辞。这些都是《芙蓉屏记》中没有或语焉不详的，而它们却正是揭示人物的内心世界，表现人物性格特征的关键环节。由此可见，凌作是有意识地注重人物形象的塑造，这可能与明代小说理论有较大发展，并逐步认识到刻画人物性格的重要性有关。两篇作品之间的这种差别，也在一定程度上反映了明初至明末短篇小说发展的轨迹。这样看来，过分低估"二拍"的艺术成就，简单地说它"就是片面追求故事情节的曲折离奇，对人物性格的刻画不大注意"（见贾文昭、徐召勋《中国古典小说艺术欣赏》第123页），是颇值得商榷的。

根据表达主题和塑造人物形象的需要，这篇小说的作者设计了一种颇有特色的结构形式，可以把它叫作双线交叉结构。

故事是随着男女主人公的行踪展开的。崔俊臣夫妇被顾阿秀害得两下分离之后,作者暂且抛开崔俊臣这条线索,而详细地记叙了王氏如何逃难、如何为尼、如何屏上题词等情节。然后才以芙蓉屏入高府为契机,转入对崔生泗水逃命经历的补叙和入高府为西塾过程的叙述。接着,以崔生看到芙蓉屏,便请高公推究此画为线索,再回到还在尼院中的王氏身上,写她入高府做师父,向高公夫妇吐露真情的经过。又由高公写到薛御史破案,再过渡到写崔俊臣如何悲喜交加、如何拒绝再娶。最后,才由高公请出他们两人相见,美满团圆。两条线索此起彼伏,交替隐现,最后终于重新会合。

　　小说采用双线交叉的结构形式,是十分适宜的。首先,它对塑造人物形象、突出表现主题,起了良好的作用。这篇小说的主题是赞美崔、王的爱情,只有当两颗同样炽热的心相碰撞,才会迸发出最绚丽动人的光彩。双线交叉的结构形式让男女主人公交替出场,形成了鲜明的对照。呈现在我们面前的是,他们对爱情都同样执着、忠诚。虽然彼此未卜生死,但他们都在为一个共同的心愿,即报仇雪恨、重谐伉俪,而不懈努力。无论是在艰难的环境里,还是在他人的劝告面前,他们都"两下心坚",毫不动摇。其言辞、行动不约而同,如出一辙。他们虽不在一起,但心灵是相通的。这是这个爱情故事不同于其他许多爱情故事的地方,也是给我们印象最深、感染最强、最使我们叹为难得的地方。他们的美满结局是必然的,是他们美好心灵应得的报答。我们也从这里得到启示,从而对真正的可贵的爱情有所领悟。

　　其次,这种结构形式继承了我国说唱文学"花开两朵,各表一枝"的传统手法,让人物轮换做主角,只抓住那些对故事情节的发展和人物形象的塑造具有重要意义的事迹,加以重点描述,而彼此的其他一般经历,则以补叙的手法一笔带过。这样,既省略了许多笔墨,又使故事情节线索分明,人物形象刻画重点突出。在崔氏夫妇与顾阿秀的矛盾对立中,前者是主,后者是宾。因而在他们狭路相逢,又各自一方后,作品正面描写了崔氏夫妇的遭遇，而对顾阿秀一伙如何追寻王氏，如何送芙蓉屏到尼院，又如何继续打劫等，则只通过老尼之口做了一点侧面表现，和通过作者之口做了一点简略的补叙。在崔俊臣与王氏二者之间，王氏是主，崔俊臣是宾。因而作品对王氏逃难的经历做了详细的描绘，而对崔俊臣的脱险过程和后来的活动，则通过他的回忆简略地补叙出来。就作为中心人物的王氏而论，作者也只是选取那些关键性的环节，对她的性格特征加以集中的表现，而像她在尼院中生活的细枝末节，在高府半年多的衣食住行等，也只是一笔带过，或略去不写。

采用双线交叉结构，当人物再一次出场时，就不能不用补叙之法将其前一段的经历补出。因此，多用补叙，是这篇作品的结构特性的必然结果。毛宗岗在《读〈三国志〉法》中指出，补叙之法用得好，"不但使前文不沓拖，而亦使后文不寂寞；不但使前事无遗漏，而又使后事增渲染"。可以说，这篇小说的结构安排就正有这种妙处。举例来说，王氏逃离虎口之后，读者和听众都非常紧张地关注着她的命运，急于要知道她的去向。倘若此时插进一段顾阿秀如何追寻她的叙述，那无疑就违反了欣赏者的心理。那种急迫紧张的文气也就拖沓了。然而像作品中那样在顾阿秀被捕之前将它补叙出来，却又是十分必要和恰当的。它不仅交代了王氏逃走后顾阿秀当时的反应，使情节不致有遗漏，也照应了前面对王氏如何拼命逃跑，逃到尼院后又如何善于隐蔽的描写，说明要不是王氏有这样的先见之明，有这样的机警，必然免不了重新落入魔掌。而且，由这一补叙又自然过渡到顾阿秀一伙从那以后多次行劫、甚是得意的描绘，渲染了他们恶贯满盈、死之将至犹"欢呼饮酒"的丑态，为作品增添了讽刺之趣。

又次，这种结构两条线索交织伸展，而以芙蓉屏为机杼穿插其间，不断转换所向，真是笔如游龙，蜿蜒曲折，腾挪多姿。它避免了平铺直叙地讲故事，便于布置悬念，增强了故事的吸引力。例如，崔俊臣但求全尸而死，被顾阿秀提起腰胯撩下水去之后，便杳无音信。直到过了一年多之后，一天高公送客出门，"见外面一个人，手里拿着草书四幅，插个标儿要卖"，崔俊臣才重新露面。在此以前，对他幼时学得泅水之法等等，作者没有透露任何消息。当然，根据题目，崔俊臣肯定没有死，还将要重会芙蓉屏，这读者和听众是知道的。但他究竟是怎样死里逃生，后来一年多又在干什么，则是还不知道且急于想知道的。因此，也就不能不聚精会神地密切注视故事的发展。同样，当崔俊臣和王氏都住进高府之后，我们都与高公一样，知道他们的团圆已成定局。但他们虽相隔咫尺，两条线索却欲合而仍未合。这就迫使读者和听众更加全神贯注地看他们到底怎么相会。狄德罗在《论戏剧艺术》中指出，这种先把结局让人知道而构成悬念的方法，将使我们就像"看到雷电在我或者别人头顶上聚集而长期地停留在空际不击下来"一样，"始终悬念着闪光出现"（《文艺理论译丛》1958年第1期），因而它往往比那种始终对读者和听众保密，直到最后才亮底的手法，别具一种吸引力。

  20世纪后，受西方文学的影响，人们对中国古代小说的叙事方式和结构有不少非议，认为它源自中国古代说话艺术，为了适应文化水平较低的读者和听众的需要，往往是单线、直线发展，多采取全知叙事视角，结构比较简单。但自20世纪80年代开始，人们对搬用西方文学观念、以西方文学的标准来衡量中国文学的做法进行反思，逐步意识到应尊重中国文学自身的传统，总结和继承中国文学的民族特色。中国古代小说的这种叙事方式和结构也有可取的一面，它在某种程度上坚持了小说文体"讲故事"的本质特征。中国文学借鉴西方文学是必要的，只有加强不同文化之间的交流和融合，文学才能健康发展。但这与继承中国文学传统并不矛盾，两者可以并行不悖，文学风格完全可以而且应该多样化。总之，我们固然不能认为只有中国文学传统（包括小说传统）是好的，但也不必简单地以西律中，对这种传统过于贬低。

《三国演义》与中国传统文化

一、为什么现在还要读传统文学经典

为什么我们现在还有必要说《三国演义》？现在社会发展太快，好像人们的审美口味、欣赏兴趣也转变得很快，现在来讲《三国演义》，似乎是重新提起一个老古董，但我觉得这很有必要。首先是因为《三国演义》的经典性，因为它在中国传统文化中具有特殊地位。

所谓"中国传统文化"是一个博大精深的体系，包含诸多方面，每个方面的内容都非常丰富。其中"四书五经"是一个系统，它主要是针对读书人的，属于精英的文化，上层的文化。而《三国演义》《水浒传》《西游记》，还有很多其他戏曲小说等，则主要属于大众通俗文化。我们过去偏重强调精英文化的作用，精英文化影响确实很大，但实际上这些大众通俗文化影响的范围更广。中国古代的很多老百姓，根本就不认得字。古代的教育普及程度很低，老百姓的文化水平很低，认得字的人是很少的，他们几乎不知道"四书五经"是什么，但知道《三国演义》《水浒传》，知道曹操、诸葛亮、关羽、宋江、武松等。他们的很多历史知识和道德观念、价值观念，其实主要是从通俗小说戏曲里面获得的。打个比方，精英的经典的东西，好比冰山露出海面的一角，而大众通俗文化是一个庞大的存在，就好像海面下的冰山。我们不注意大众通俗文化，就不可能真正了解中国传统文化。

《三国演义》是一部历史小说，里面包含着中国古代人对理想政治的渴望，对智慧的向往，对仁义信用品质的崇敬，对知其不可为而为之的人生理想的追求，对人生以至社会历史的无可奈何的悲剧的感伤等，古代许多人都受到这些东西的影响。《水浒传》本身是一部浪漫英雄传奇，它倡导追求人生自由，摆脱现实社会的各种制度环境的约束。它在很大程度上不是一个写实的东西。其实我们很多人生活在种种现实的束缚之中，内心深处都有这种追求，《水浒传》就表达了我们的这种愿望。《西游记》表达的是一种对生活的游戏精神。我们的生活过得太枯燥乏味死板，希望有一种游戏精神，同时也希望有一种克服千难万险达到理想目标的追求，《西游记》讲的就是这个东西。这些已经算是经典的东西了。还有比这些档次更低一点的，其实影响更广泛，如《杨家将》《说岳全传》《三侠五义》等。《杨家将》过去对我们影响很大，它写杨家将一代一代地前仆后继，保家卫国，祖孙几代战死沙场，男人死绝了，女人继续上，佘老太君百岁挂帅，十二寡妇征西，穆桂英阵中产子，等等。杨家将这样的故事，世界上都少见，包含着惊天地泣鬼神的爱国主义精神。几千年以来，我们中华民族饱经磨难，之所以能存在下来，而且越来越强大，像《杨家将》《说岳全传》这样的小说戏曲起了非常大的作用。它们倡导忠勇节义，一代一代为国尽忠，这些精神渗透到中华民族的血液里去了，所以对人民的思想观念影响很深。

现在有一种误解，认为中国传统文化很多东西是落后的，如今我们再提这些东西会有不良的影响，这些东西读了有害。比如读了《三国演义》，人会变得狡诈；读了《水浒传》会变得野蛮，动不动杀人；还有《金瓶梅》就不用说了。这些说法似是而非，是站不住脚的。因为古代人的生活与现在不同，那时候有那时候的生活环境和生活方式，也有那时候的生活观念。那时候的生活观念，比如一夫多妻制，现在当然不行了。但在古代，在那种生活环境下，这些就是必然的。既然是必然的，在一定程度上也就是合理的。古代和现代生活肯定不一样，读古代的书必须明白这一点。读古代的书读得越多、越透，就越明白这一点，而不会把古代和现在搅在一起。如果读到古人怎么生活的，现在就怎么干，那就是读傻了。同理，要求古代人和现代人的观念一模一样，只要与现代人的生活观念不一样，就要把那些东西都废弃毁灭掉，那古代就没有任何东西可以留下来了，因此这同样是不对的。

我们现在看古代的这些文学作品，首先要关注的是它的最基本的精神，最内在的价值观，这些东西是没有过时的。虽然有些变化，但变化很少，有些东西几乎是不变的。比如爱国主义、对仁义的追求、对自由的向往，还有《红楼梦》对爱情与命运的思考等等，这些东西不会过时。经典为什么是经典，就是因为它涉及了历史、社会、人生核心的问题，在这些问题上有深刻的见解，这些东西不会过时，而且有广泛的适应性。第二，有些东西当时是合理的，现在变得不合理了。古代只要你真正受了冤屈，自己就可以报仇，甚至杀人，现在还能随便杀人吗？不可能了。还包括前面讲到的一夫多妻等，现在也不行了，对这些东西我们要历史地看问题。第三，《三国演义》《水浒传》《西游记》等里面，确实写出了我们民族的一些弱点，一些人性之恶。哪个时代人们只有好的一面，没有坏的一面？我们现在就没有缺点了吗？任何时代任何民族肯定都有好的一面，也有不好的一面。古代文学经典作品把中国人一些不好的东西写下来了，我们正好可以把它当作一面镜子，知道我们这个民族有哪些不好的东西。我们还可以对照它进行反省，知道哪些毛病现在还存在，自己身上是否还有这些毛病，这样对自我就有清醒的认识，这不是很好吗？比方说《水浒传》中写到人性的野蛮的一面，它让我们知道，古代中国人确实有这些问题（当然世界上其他地方的人也有这些问题）。我们因此就知道，中国传统文化中确实存在着哪些问题，现在这些问题可能还有遗留，或以另外的方式表现出来。我们知道了它的来龙去脉，就要戒慎恐惧，对症下药，防止它发作，尽可能把它抛弃掉。如果离开这些作品，不读这些作品，我们反而对自己究竟是什么样子心里没数了。打个比方，你明明长得就是这个样子，一看镜子中的自己，觉得长得不好，就把镜子砸掉，这有什么用呢？你要怪罪只能怪罪自己，怎么能怪罪镜子呢？没有镜子反而看不到自己是什么样子了。因为古代文学作品中写到我们民族一些不好的东西，就否定甚至要毁弃这些作品，就跟因为镜子中的自己不好看便把镜子砸了一样，是很肤浅的，不合理的。

顺便说一下，不同的时代，比如三四十年前与现在，你读这些古代文学经典的感觉是不一样的。你十几岁读和三十几岁读，感觉也不一样。比如我十多岁时读过《红楼梦》，也跟现在的年轻人一样，比较感兴趣的是其中谈恋爱的部分。但前些年，有些企业的老板想了解《红楼梦》，要我给他们讲一讲，我总得把书再温习一下，于是我就选读了部分章节，感觉就和过去完全不一样了，感到《红楼梦》真的把人性的复杂、人生的荒诞、人世的光怪陆离写透了。里面写到的人性的纠结，人生的无奈，人与人之间的关系，没有一定的生活阅历和生活感受，是读不懂的。如果有了一定的人生阅历，就会发现里面真是一把辛酸泪。所以曹雪芹说"都云作者痴，谁解其中味"。《三国演义》《水浒传》《西游记》《金瓶梅》等，莫不如此。我年轻的时候也深受《三国演义》的影响，做梦都梦到提刀上马，大战八十回合。年近花甲再读，感觉就大不一样了。但年轻时有这种感觉也有好处，就是让我们立志。小孩子读了《三国演义》，他可能心里会说，我就要做诸葛亮这样的人，那就比父母老师整天劝导督促他学习还管用。这种作用是潜移默化的，是自然而然的，可遇不可求的，可又是效果最好的。所以我觉得这些经典，不同时代的人要读，不同年龄的人也要读。

言归正传。作为中国传统文化的一部经典，《三国演义》反映了中国传统文化的哪些重要内容？反过来，《三国演义》又对中国传统文化的形成和发展，对中国人的思想观念，产生了怎样的影响？

现在一般都说《三国演义》是罗贯中写的。罗贯中历史上确有其人，他生活在元末明初，明初贾仲明《录鬼簿续编》中有记载，说他是太原人，号湖海散人。但《三国演义》多大程度上是罗贯中写的，则还是个问题。中国古代早期的长篇通俗小说，都是世代累积而形成的，不像现在的小说是某个人创作的。中国古代的通俗小说，来源于说话艺术，最初是讲故事的人口头不断地讲，后来越讲越复杂，内容越来越丰富。然后有人看到可以印出来供人阅读，有利可图，有市场，就开始印刷贩卖。印刷时自然而然就会加以改编，这样故事的内容就进一步丰富扩大。《三国演义》也是这样，这部小说写了东汉末年到西晋初年，总共近一百年间的事情，这一时期确实涌现了很多英雄豪杰和传奇故事。这近一百年的历史刚过去，马上就有许多关于三国的故事传说在流传。关于三国时期的主要历史著作是西晋陈寿的《三国志》，南朝宋裴松之为《三国志》作注，就引用了很多当时的不同记载，里面就包含了许多关于三国历史的不同传说。然后到了唐宋时期，民间就有说书的人专门讲三国了，三国的故事当时应该已经非常丰富了。元代说书艺术和戏曲中，很多都以三国故事为题材。这时已经有把三国的故事刻印售卖，这就是《三国志平话》。大约在元末明初，关于三国故事的小说，就变成一本比较大的书。现在我们还能看到的最早的刻本，是嘉靖元年刊刻的《三国志通俗演义》。它之所以叫《三国志通俗演义》，就表明它是依据《三国志》来整理改编这些故事的，是把这本历史书通俗化。到了明末清初，毛伦、毛宗岗父子又在此基础上做了很大的改动，大约改了五万多字。比如说嘉靖刻本的《三国志通俗演义》里面，曹操还是"曹公"，到毛氏父子改本中，就大都改成了"曹贼"，这个版本中拥护刘备、反对曹操的倾向就更鲜明了。总之，《三国演义》是像滚雪球一样逐步形成的。在这个过程中，说话艺人、出版商、中下层文人等都发挥了重要作用，他们都把自己的思想观念寄寓到小说中了。广大民众实际上也参与到了它的成书过程中，因说话艺人、出版商、文人等，往往是根据普通听众、读者的欣赏趣味，来编撰和改编故事的。广大普通民众的思想观念，也就进入小说中了。因此，《三国演义》成书的过程非常长，吸收了中国古代社会各个阶层的人们的思想观念。它在反映中国传统文化方面，就具有了极大的典型性和代表性。

二、《三国演义》的历史观

元朝刊刻的《三国志平话》，开头是司马仲相断狱。说东汉初年，有个书生叫司马仲相,为人正直。读史书看到秦始皇残暴无道,不禁怒骂。天公赏其忠正,命其为阴司之君,评断冤狱。这时韩信、彭越、英布三位前来告冤,称刘邦主要靠他们三人打天下,后来却把他们杀了,三人不服。司马仲相一听,召刘邦前来对质,刘邦把责任推给吕后,吕后不承认,刘邦又指蒯通为证。司马仲相上报天公,天公敕道:"与仲相记:汉高祖负其功臣,却交三人分其汉朝天下:交韩信分中原为曹操,交彭越分蜀川为刘备,交英布分江东长沙吴王为孙权,交汉高祖生许昌为献帝,吕后为伏皇后。交曹操占得天时,囚其献帝,杀伏皇后报仇;江东孙权占得地利,十山九水;蜀川刘备占得人和。刘备索取关、张之勇,却无谋略之人,交蒯通生济州,为琅琊郡,复姓诸葛,名亮,字孔明,道号卧龙先生,于南阳邓州卧龙岗上建庵居住,此处是君臣聚会之处,共立天下,往西川益州建都为皇帝,约五十余年。交仲相生在阳间,复姓司马,字仲达,三国并收,独霸天下。"这反映了当时民众的看法,他们是用因果报应的观念来理解三国历史的。

明朝嘉靖元年刊刻的《三国志通俗演义》,没有采用这种说法。开头是汉灵帝建宁二年四月十五日上朝,"方欲升座,殿角狂风大作。见一条青蛇,从梁上飞下来,约二十余丈,蟠于椅上。灵帝惊倒"。接着又出现一系列奇异现象,预示汉朝气数已尽。这是用天命观来看待三国的历史。

明末清初的《三国演义》,就是普通读者现在看的《三国演义》,开头用了明代中后期著名文学家杨慎的《二十一史弹词》里面的一首词,就是大家非常熟悉的"滚滚长江东逝水,浪花淘尽英雄……"然后就是大家也非常熟悉的那句话:"话说天下大势,分久必合,合久必分。"这首词和这句话,原来的《三国演义》里面是没有的,是后来改编时加上去的。这下就把《三国演义》的历史观的理性化水平大大提高了。无论是过去的因果报应观,还是天命观,都是比较简单的。现在做出分析,总结了历史的规律,那就是"天下大势,分久必合,合久必分"。这就是贯穿现今这个版本的《三国演义》的历史观，即循环论历史观，认为历史无非就是分了合，合了分罢了，没有什么变化，没有什么发展。既然历史没有什么变化和发展，人们也就不必太在意，不必人为地去干预。努力没有什么用，也没有什么意义。因为"是非成败转头空"，所以"古今多少事"，可以"都付笑谈中"。

《三国演义》的这种历史观对中国人的影响太深了，很多人都经常这么说，"话说天下大势，分久必合，合久必分"，这两句话成了口头禅，成了格言，深深地渗透到我们脑海里。过去我们很多人看世界大势都是这么看的，现在也还有这么看的，而且这么说的时候，还显示出非常高深莫测、睿智超然的样子，觉得这两句话可以概括古今所有事件，觉得自己已经把握了人类社会发展的规律。

观念会影响行为。既然历史就是循环，没什么变化，那我们对历史、对现实所发生的一切，就不用在意。这种态度，在一定程度上导致了中国的落后。胡适先生到美国去留学，抱着学习西方的先进科技学术和文化拯救中华民族的愿望，最后在哥伦比亚大学拿了博士学位回来。他说我到国外几年，发现中外文化最大的差别，就在于外国人相信一切事情要靠人主观努力，而中国人觉得一切靠天命。按照中国人的观念，世事反正会循环的，你努力也会循环，不努力也会循环。中外文化最大的差别就在这里。

很多中国人都认为历史只是循环，人根本不用做什么努力，多努力也白搭，顺其自然就行了。中国人为什么会产生这种观念？大多数中国人为什么会接受认同这种观念？这与中国古代历史有关，与中国古代人的生产生活方式有关。经济基础决定上层建筑，社会存在决定社会意识。中国古代主要是小农经济，就是一家一户的农业生产，而不是现在的规模农业和现代技术农业。中国人的很多观念都跟小农经济有关。我们现在讲的创新、改革、发展这些概念，现在叫得最响的这些概念，古代是没有的，是近一百多年来才逐步提出并得到重视的。古代人讲得最多的是什么呢？就是天下太平、风调雨顺。古代为什么基本不讲创新、改革、发展？因为中国古代是小农经济，小农经济在生产技术、生产方式等方面几乎没什么创新和发展。根据现在学者们的研究，在1900年以前的1400年间，整个人类GDP增长了一倍，每年增长0.05%。1400年才增长一倍，人们会有什么感觉呢？小农经济没有什么发展，就导致了人们认为历史是没有什么发展的，无非是春夏秋冬、年复一年循环罢了。从社会历史方面来看，建立在小农经济基础上的大一统君主专制制度也一直延续着，也没有什么变化，无非是一个朝代灭亡了又一个朝代兴起罢了。生产生活方式没什么变化，社会制度也没多大变化，人们的观念也就没有多大变化。当然多少有些变化，但这种变化几乎可以忽略不计。

中国人之所以信奉循环论历史观，还与中国所处的特殊地理位置有关。中国绝大部分地区处于北温带，春夏秋冬，四季分明，循环往复。大家不要因为我们习惯了这种四季分明的气候，就以为全世界都四季分明，其实不是的。比如柬埔寨、泰国就没有四季，只有旱季、雨季。马来西亚、新加坡这些地方一年到头热得发疯，也没有四季的变化。我们生活在四季分明的地方，其实是很幸运的。我们永远处于季节的变化中，热了就会变凉，冷了就会变暖，就会觉得这个世界总是在变，觉得总有希望，但这种变化只是循环。气候又与农业有关，我们中国古代不一直是以小农经济为主吗？从事农业的民族就特别注意观察季节的变化，而季节的变化就是春夏秋冬循环，这又加深了古代中国人的循环观念。总之，中国所处的地理环境和气候，深深影响了中国人的思想观念和思维方式以至行为习惯。

这种循环论历史观有什么好处？第一，它确实比较符合中国古代王朝更替的社会历史事实，让人们在这种变化过程中不要掉以轻心，也不要绝望。因为知道合久必分，所以合的时候要居安思危，不要高枕无忧，以为天下太平；因为相信分久必合，如果碰上天下大乱，或者国家一塌糊涂，还要抱有希望，不要丧失信心，不要灰心丧气，不要绝望，要相信总会有转机出现。所以，这个观念含有辩证思维的因素。中华民族迭经灾难，之所以能一直生存下来，这么有韧性，与信奉这种观念很有关系。比如抗日战争时期，中国当时的实力不可能很快战胜日本，但中国人咬紧牙关挺住，相信到了时候就会发生变化，一定要坚持到最后。结果后来果然就发生了变化：日本偷袭珍珠港，日本与美国之间打起来了；德国同时与英国和苏联交战，陷入被动了，整个战局就变了；加上中国人自己浴血奋战，中国就有救了。中国这种传统的历史观，在当时对鼓舞士气起了一定作用。

第二，它让中国人对历史和现实有一种超越感，就是不要太在乎人生中一些微不足道的东西。因为人的一生中总有得意和失意，有喜悦也有烦恼，而且一般都是不如意事常八九。太在乎人生中的有些东西，就会活得很累。人还是把世界看得淡一点比较好。整个历史也不过是合久必分，分久必合，都不过如此。古往多少英雄豪杰、帝王将相，也是转头即空，灰飞烟灭，也都不过如此。我们普通老百姓那一点得失又算什么？整个历史的大事都不过如此，个人那一点点小事算什么？所以视野高远一点，心胸坦然一点，超脱地来看待这个世界，看待历史，看待人生，我们就会活得轻松一些。

人类进入工业革命时代后，社会发展实在是太快了，在某种程度上是以加速度方式发展的。这时候再抱着合久必分、分久必合的循环论观念，一切顺其自然，不做主观努力，那就要落后，落后就要挨打了。现在必须要不断地创新和发展，才能立于世界民族之林。每个人也一样，只有不断地创新发展，才能有所作为，才能有充实美满的人生。像过去那样好像什么都无所谓就不行了。所以现在的社会变了，我们的思想观念和生活方式就得变。当然，现代人的观念已经发生了很大变化，但过去的文化对我们还是有影响的。如果社会生活已经变了，但我们的观念还没有变，那就要反省了。我们读《三国演义》，不是要接受它的历史循环论的影响，而是要通过读它，进而反省我们现在思想观念中的某些问题，意识到在哪些方面这些观念对我们的影响依然存在。

对《三国演义》中所包含的历史循环论观念，我们首先要历史地看问题，理解它在古代的必然性、合理性，甚至要肯定它有一定的价值和积极意义。但另外一方面我们也要知道，现在它在很大程度上已经不适合了，因为社会变了，生活变了，这种观念已经不合时宜了。当然，这么说并不否认这种观念即使在现在也还存在一些可取的因素，比如对历史和现实的一定的超越感，我觉得还是要有，不然一个人太执着于现实的东西，那是一个很俗的人。至于如何一方面积极进取，一方面保持超然，如何掌握这里面的度，那就看我们每个人的智慧了。

三、关于刘备形象与中国古代的"仁政"理想

过去无论是知识分子还是普通老百姓，对《三国演义》塑造的刘备形象，态度都是矛盾的。一方面觉得他是好人；一方面又认为刘备收买人心，很虚伪。鲁迅先生的《中国小说史略》就批评《三国演义》："欲显刘备之长厚而似伪，欲状诸葛之多智而近妖。"人们似乎都知道，刘备的仁义有点靠不住。

其实历史上的刘备不是小说中的这个样子。历史上的刘备，可以说是三国时期几大集团的领导人里面最不讲信用的。三国历史中真正白手起家，靠个人奋斗起来的就是刘备。因为曹操的父亲曹嵩投靠了当时的大宦官曹腾，做了他的养子，曹嵩继而官封太尉，相当于现在的国防部长，所以他家里是大地主，人多势众，有政治地位和经济实力。孙权的父亲孙坚和哥哥孙策，都当过太守，也有雄厚基础。只有刘备是白手起家。他其实最初也是个读书人，读了很多书，曾跟当时的著名学者卢植学习。但《三国演义》后来为了迎合老百姓的口味，故意淡化了他是读书人这一身份。刘备一辈子是背叛人最多的，他最初跟着公孙瓒干，后来跟着陶谦干，一度又投靠吕布。后来曹操打败了吕布，要杀吕布，吕

布觉得自己有恩于刘备,就希望刘备说句话,因为这时刘备又投靠曹操了。曹操悄悄问刘备:"你觉得该怎么处置?"刘备就说原来吕布曾经背叛过丁原,你现在如果放了吕布,将来也会被他所害,曹操就把吕布杀了。吕布死前说了一句"大耳儿最无信义",大耳儿就是刘备,因为据说他"两耳垂肩"。刘备后来也背叛了曹操,又先后投靠了袁绍、刘表。再后来曹操来打刘表了,他就逃,与东吴结成联盟来抵抗曹操。他的军队很少,抵抗曹操主要靠东吴的军队。可把曹操一打败,他就占据荆州不还给东吴了,又和东吴闹翻了。接着是刘璋收留了他,他后来又把刘璋的地盘占了,建了蜀国。总之,他是不断地跳槽,不断地背叛。当然,在当时环境下,如果不这么做,他也不可能成就那么一番事业。

曹操有那么强的实力,孙权也有那么强的实力,也都有根基,刘备就给自己也搞了一个名号,说自己是汉朝中山靖王之后,汉景帝阁下玄孙,但都是两三百年前的事了,谁知道真假呢?而且西汉的王室过了几代,和老百姓也就没有什么区别了。除身份之外,他还要为自己树立一个品牌,就好像现代经营企业,要和曹操、孙权的公司竞争,要为自己的企业打出一个文化品牌来。他经过周密论证和精心设计,发现曹操靠实力,孙权靠谋略,他只能靠仁义,就把仁义作为他的旗号。他说得很清楚,只有这样,他才能有自己的特色。每件事情都必须与曹操他们反着来,事业才有希望。《三国志》卷三十七《庞统传》裴松之注引《九州春秋》载刘备云:"今指与吾为水火者,曹操也。操以急,吾以宽;操以暴,吾以仁;操以谲,吾以忠:每与操反,事乃可成耳。"这就是说,刘备之所以选择仁义这个旗号,主要是一种策略。当曹操打到荆州时,他只好逃跑,荆州有很多百姓跟着他一起跑。带着老百姓,速度肯定就慢了。眼看曹军要追上了,有人劝他丢下老百姓快跑,他说那些老百姓跟着我走这么远了,我抛弃他们,确实不忍心。这恐怕是事实,因为没有了老百姓,将来做什么军阀?所以刘备这时候主要考虑的,是没有老百姓我就做不成军阀,或者失去了民心就失去了自己唯一的资本,因为他没有别的条件和资本。后来走到长江边上的时候，这些老百姓还是丢掉了，当时船很少，军队上了船，老百姓上不了，还是都扔下了，反而害了这些老百姓。所以我这里要强调的是，历史上的刘备和中国古代的大小帝王将相或者军阀一样，没有什么不同。

但《三国演义》里为什么把他塑造成仁义的楷模呢？有几个原因：

第一个原因，中国古代的政治结构和西方不一样，西方早期有宗教，教会有很大的权力，政治权力不是最大的。后来到了十五六世纪以后，市场起来了，企业家起来了，企业家有很大的权力，成立了各种行业的行会，这就是后来西方议会的雏形。所以西方后来的君权、政治权力，既要受宗教权力的制约，又要受行业协会的制约，它的权力非常有限。而中国古代宗教没什么权力，宗教都要听皇帝的，也没有行业协会，所以君王的权力几乎不受制约，可以为所欲为。怎么样给它一定制约呢？唯一就是靠思想文化，主要是孔孟之道、儒家学说。知识分子手无缚鸡之力，虽然没有钱，也没有军队，但他们说，我探索天地的道，研究古代圣人的学说，我掌握了这个道，这个道是天地的规律，是最基本的原则。王朝可能会变，天道是不会变的，因此天道高于皇权。你是皇帝，你继承了法统，我则继承了道统。皇帝也要服从道的制约，你不服从，就失去合法性，就要被推翻，并遭到千万人唾骂。所以中国古代这么长的历史里，那么多的学者和知识分子，为什么要强调孔孟之道、儒家之道？就是为了对君权有一定的制约，把社会引向比较合理的方向。

著名理学家朱熹说过，尧、舜、文、武、周公、孔子之道未尝一日行于天下。也就是说，儒家知识分子们都知道，他们所倡导的仁义之道，只是一种理想，在现实中从来没有真正实现过。但他们为什么还是要反反复复地讲这种仁义之道？就是为了让社会有一个理想，有一个目标，有一个标准，不能让皇权失去制约，不能让人们迷失方向。虽然这种理想不可能达到，甚至可能有点虚假，但有总比没有好，这样对社会、对老百姓稍微好一点。就像西方人总讲上帝，上帝谁也没见过，但需要有这么个上帝。所以在中国古代,一定要创造一种仁政理想,远的、高的楷模是尧、舜,比较近的、低的就是刘备的形象之类了。为什么《三国演义》要把刘备写得这么仁义,就是表示统治者应该这样,这样才是合理的。这表达了中国古代政治体制和社会结构背景下人们的一种理想。

第二个原因,刘备集团在三国里面确实力量比较弱小。三国时期各国分别有多少人口,有几种不同的统计。比较流行的统计是这样的:曹魏大概有2000万人口,有的说只有700万,有的说2000万,大概就在700万到2000万之间吧。东吴最高统计大概是600万,最少统计是200万,大概在200万到600万之间吧。刘备统治的蜀汉呢?大概只有100万人口。这样一个总人口规模,真正能招去打仗的军队不会超过五六万。《三国演义》里说诸葛亮动不动就指挥几十万大军,这是夸张,不可能的。所以刘备的实力很小。后来的文学作品把刘备和蜀国写得越来越重要,主要是在南宋以后。在北宋以前,讲三国故事,绝对主角是曹操,然后是诸葛亮,这两个人的故事比较多。刘备的故事很少,关公的故事也很少。北宋司马光思想比较传统,但他的《资治通鉴》还是实事求是,以曹魏为正统,因为曹魏就是比较强大,其他两个国家都很小。南宋以后就不一样了,慢慢就以蜀国为正统了。朱熹编了《资治通鉴》的压缩版,叫《资治通鉴纲目》,就改以蜀国为正统了。因为每个时代的人,都是根据自己的生活处境和感受来看待历史的。南宋版图逼仄,北方先后有辽国、西夏、金国、蒙古国等。南宋的人会用一种特殊的心态看三国历史,对号入座,把自己看成刘备,曹操就隐然代表北方的金国或者蒙古国,所以人们的立场就慢慢转过来了。南宋人就说,刘备虽然小,但是汉朝的正宗,曹操再强大也是奸臣,蒙古国再强大也是野蛮人。所以,南宋人为了现实的需要,对历史做了改造,刘备的形象也就提升了,变得越来越重要了。人们把很多刘备身上不好的东西去掉了,还把刘备身上一些不好的东西转到其他人身上,同时给刘备增加了很多好的表现。

所以,《三国演义》把刘备塑造成一个仁义的楷模,第一是倡导仁政思想的需要；第二是倡导拥刘反曹、强调汉族正统的需要。

《三国演义》通过刘备形象所表达出来的仁政思想，是中国传统的基本价值观。我们现在还说，人民群众的向往就是我们的奋斗目标，这种说法与中国古代的仁政理想都有关系。所谓仁政思想，就是要关心老百姓的疾苦，君王自己要节俭。这种理想是中国古代非常宝贵的思想，虽然没有真正彻底地做到过，但是至少是一个理想，一个目标，一种轨道。中国传统文化讲的这些东西，看起来好像很虚，但是虚的东西有时候意义很大。它们就像大海中的灯塔。灯塔有什么用？它好像没有直接地影响航行，但就是因为参考灯塔，船就会走一条正确的航线。如果没有灯塔作为参照，就可能不知道何去何从，就可能触礁翻船。中国古代的仁义观念、仁政理想，就是社会历史发展中的灯塔。根据这种理想，人们就不应该乱来，不应该唯利是图、残暴不仁。仁义变成大家共同的价值观，自然而然对古代的皇帝、官员有很大的影响，这个传统是中国古代思想里很宝贵的财富。

但中国古代的仁政理想，与现在我们所说的执政为民还有很大的区别，为什么呢？因为仁政的根本核心在于强调统治者关心老百姓，它最多只说一切权力为了人民，而不是说一切权力来自于人民，一切权力属于人民。这就是中国古代的仁政理想的局限性。小农经济时代，百姓都喜欢有一个比较贤明的统治者，他如果比较关心老百姓，而不是那么残暴不仁，老百姓就很高兴很满足了。把一切希望都寄托在统治者身上，人民本身没有力量，这个是有问题的。在古代只能这样，因为古代是小农经济，人民没有力量。马克思有一个描述，就是在小农经济时代，老百姓人数虽然很多，也只是像麻袋里的土豆，彼此没有联系，没有组织，就没有力量，不能把意见有渠道成体制地提上去，就不能对统治者的权力形成制度上的约束，所以只能把希望寄托在贤明的君主身上。只有组织才有力量，有很多组织，以组织的形式提出要求和建议，这样当官者就不敢忽视了，所以中国古代官方对组织非常警惕。我们一方面要吸收仁政理想里的合理成分，就是要关心老百姓，但是也要知道我们现在合理的执政理想应该是什么，然后推进现代化、民主化的进程。

四、关于关公形象与中国古代的"义"

中国古代有几千年的历史，著名的战将数不胜数。关羽在中国古代那么多的战将中，甚至在三国时期的战将里面，也是比较普通的一员，并没有特殊地位。他甚至还有很多缺陷，比如骄傲、意气用事等。顺便说一下，三国相当于三个大企业，它们的内部结构是不一样的。曹操这个企业是开放式的公司，所以做得最大；东吴是个家族企业，但他比较牢固；蜀汉是合伙性企业，有几个元老、创始人，属于合伙人办的企业。刘、关、张属于合伙人，诸葛亮相当于聘请的职业经纪人，赵云等属于引进的人才，相当于高级打工仔。所以刘备拿关公是没有办法的，因为他几个兄弟，动了一个，其他人也会离心离德，这个公司的总体结构就会出问题，所以关公有时候有点胡来。

但关公在后代为什么地位越来越高？其实关公在三国结束后的几百年里可以说默默无闻，其知名度远不能与曹操、诸葛亮等相比。在隋唐之际才开始重新被人提起，最早给他做宣传的是佛教天台宗的开创者智顗大师，他要到湖北当阳一带建寺庙，经过调查，发现这是关羽被潘璋擒杀的地方，于是散布说关羽托梦给他了，要他在此建寺庙。当地人还多少知道一点关羽在当地被杀的事情，智顗大师就是利用了当地资源做广告，这样宣传效果当然就好多了。在宋代，关公的地位显著提高，最初是因为山西解州（关公故乡）的盐池干涸了，没有水就无法采盐，影响到民众的生活和国家的财政收入。宋真宗派王钦若去解决这个问题。宋真宗是个喜欢装神弄鬼的人，王钦若是个奸臣，投其所好，回来报告说，因为现在的皇上英明，关羽显灵了，帮忙降了雨，解决了盐池的问题。宋真宗听了自然高兴，于是就更喜欢王钦若了，同时也颁诏给关羽加封。从宋代经元代到明代，关羽的地位芝麻开花节节高，从被封为"义勇武安王"，到被封为"伏魔大帝"。到清代才达到最高峰，这又有个特别的缘故：因为满族人最早读到的汉族文学作品就是《三国演义》。他们用它作为作战指南，借鉴其中的谋略打仗，还用于统战。为了笼络蒙古族，他们说我们满族就是刘备，蒙古族是英雄好汉关公。我们满族尊敬蒙古族，而关公讲义，你们蒙古人也不要背叛我们满族人。蒙古人一听这么说就高兴了，两个民族就非常团结。据说到了清代晚期，宫廷里演戏，只要演到关公的时候，慈禧太后就假装走动走动。为什么呢？他说关公都出来了，我不能还坐着，得走动走动，不然对他不尊敬。关公这时已经与孔子并尊了，一个是文圣，一个是武圣。而且关公在海外华人圈的地位比在国内还高。在东南亚地区的华侨社区，到处建有关公庙，他们不怎么讲孔子，但特别崇拜关公。为什么？

《三国演义》中的关公有几个特点，第一就是义，即讲义气、忠义。刘备在创业过程中，有时几乎要完蛋了，关羽完全可以有别的选择，但他没有产生过二心。别的人来邀请他，比如曹操给他特别的优待，他也没有变心。他对兄弟非常忠心，这是义。第二是勇，武艺高强。第三个特点是长得很威严，面如重枣、丹凤眼、卧蚕眉、长须飘飘等等。关公还有第四个特点就是骄，非常骄傲。《三国演义》的电视连续剧里，演员把关公演得很好，把关公的骄傲演出来了。他有一种莫名的骄傲，骄傲本来不是个美德，但中国人就喜欢关公的骄傲，觉得关公骄傲得好。所以关公主要有这几个特点：义、勇、威、骄。但他核心的特点还是义和勇，特别是义。

中国人为什么对义特别感兴趣？这又与小农经济有关。中国古代基层管理是很简单的，县级以下基本上没有政权，主要靠宗族乡绅管理社会，大家经常找长辈人、娘家舅舅来仲裁矛盾纠纷。古代人家为什么一定要有儿子，最好几个儿子，就是因为如果发生矛盾冲突，没有人来管理，主要靠自己，有比较多的儿子就比较好办。然后就是靠团伙。中国古代叫亲帮亲，邻帮邻，经常结拜把子兄弟，就是因为中国古代正常的国家管理非常软弱简单，甚至很多事情没人管，民众的安全得不到保障，杀人都没人管，被欺负得要死也没有人管。政府管理为什么这么简单？主要是因为小农经济生产的财富非常有限，养不起那么庞大的政府。政府是真正的小政府，管不了那么多，人们就要靠自己。自己的力量又很弱小，所以就要靠亲戚朋友。中国古代人为什么对关公的形象感兴趣？就是因为在现实社会生活中要靠朋友，朋友之间要有义。为什么海外华侨特别喜欢关公？他们来到海外，举目无亲，生存环境非常险恶，同乡情谊、兄弟情谊就极其重要，所以一定要建关公庙作为精神支柱，一定要在关公庙前发誓，兄弟不能背叛，要互相帮助。所以，所谓义，主要就是中国古代小农经济环境下民众所形成的一种观念。

《三国演义》为什么特别强调关公的勇，几乎把他的武功神化？《三国演义》里写打仗，每次都主要是靠一员大将，武功高强。其实中国古代打仗不是这样的，勇将的作用是非常有限的。即使你是勇将，你把对方一位大将杀了，但是对方有几万人，你只有几千人，你还是打不过他的。我们现在看到的小说、电影里对古代战争的描写是不真实的。只要我的实力强，作战计划设计得好，比如埋伏搞得好，机动部队安排得好，你即使有勇将，还是打不过我的。中国古代老百姓为什么那么推崇武功，把一个武将的武功说得那么了不起，是因为中国古代民众大部分是农民，农民是没有文化的，农民如果要发迹，要有发展前途的话，主要的途径就是去投军，靠武功发迹。《水浒传》《三国演义》这些作品，都反映了中国古代普通老百姓的心理。《水浒传》里读书的人没有一个好的，这就是代表了普通老百姓的立场、农民的立场。他们认为读书人和自己有距离，不是一类人。而对武将则有亲切感，认为有武功就了不起。所以《三国演义》强调关公的武功，也是反映了老百姓的观念。

关公很骄傲，无论是对自己的同事，还是对外面的人，对敌人，都那么骄傲，这应该是个很大的毛病，但中国人就特别喜欢他的骄傲，对此产生共鸣。为什么？因为中国古代主要是小农经济，每个人的力量是非常有限的，但农民对外部世界不了解，容易自我满足。因此小农经济条件下的农民，实际上很容易骄傲，夜郎自大，这是就个体而言。就整个民族而言，在整个古代历史上，汉族往往是受欺负的。就从宋代说起，前有女真人，后有蒙古人，然后又是满族人，都把汉族人打得死去活来。顺便说一下，有些人因为这些情况，就说中华民族特别是其中的汉族缺乏竞争力，这反映了我们的传统文化有问题，这个说法又是完全不对的。因为冷兵器作战时代，打仗主要靠臂力，再加上不怕死的精神。文明程度越高的民族，臂力就越弱；生活得越好，就越怕死，因此就越缺乏战斗力，这是全世界的普遍现象。西方欧洲也是这样，文化先进的民族，都被野蛮民族打败。因此，中国古代出现这种情况，并不能证明中华民族特别是其中的汉族没有战斗力、没有竞争力，或者说我们的传统文化有问题。当然，现在是科技时代，再靠蛮力已经没有用了，打仗主要靠科技，文化先进的民族就更有战斗力，这就不用说了。

回到中国古代，那个时候汉民族总是打不过少数民族，汉民族怎么树立自信心呢？只能说我虽然弱小，但我是华夏文化的正宗，我在文化上要比你先进，我的精神要比你高明。汉民族只能通过这个东西来建立自己的合法性，来树立自己的信心。敌人虽然强大，但我藐视你。后来也是这样，当西方列强打过来的时候，中国人也只得说，你虽然强大，但你是蛮夷，你不讲仁道，我精神上比你高，从而获得一种优越感，获得自信心。所以关公的形象，包括关公的骄傲，从宋元明清一直到近代现代，都很受推崇。因为它很符合几百年上千年来汉民族的处境和心态，所以我们反而觉得关公的骄傲是有骨气。事实已经证明，这种骄傲没有什么用处，很多情况下还非常有害。我们只能老老实实承认落后，奋起直追，才能真正改变落后的处境。

但关公形象的某些品质，如视金钱如粪土，把兄弟、朋友之间的信义看得比生命还重要，视死如归，大义凛然，这些品质永远也不会过时。我们现在和朋友在一起,如果每个人整天就想着跳槽和背叛,就很可怕。既不能说要从一而终,每个人都不能寻求自己的发展空间,也不能唯利是图,翻云覆雨,翻脸不认人,有奶便是娘。那样社会将一团糟,人生也没有什么意义。所以中华民族也好,世界其他地方的民族也好,人与人之间还是要讲信用,特别是危难之中,在遇到危机的时候,大家还是要携手同心,共渡难关。坚持下去,说不定就见到了曙光,迎来新的辉煌。所以,我觉得忠义还是很重要的。关公身上虽然有小农经济时代的烙印,但也有很多有价值的东西。

五、关于诸葛亮形象与中国古代的智慧模式

诸葛亮这个形象,在中国老百姓的心目中占有神圣的地位。大家到成都去,参观武侯祠,就发现作为臣的诸葛亮地位更高,作为君的刘备的地位反而不如诸葛亮:诸葛亮占主位,刘备是配角。这反映了老百姓的看法,觉得诸葛亮应该是主角,刘备应该是配角。

诸葛亮的形象也很有特点,首先仍然是忠义。刘备死了以后,以诸葛亮的能力和当时的威望,完全有可能篡权自立,但他没有这么做。诸葛亮的形象之所以越来越受欢迎,与历代统治者的推波助澜有关,因为统治者都希望大臣们向诸葛亮学习,虽然我没什么能力,我的儿孙没什么能力,但你们还是要鞠躬尽瘁,死而后已。老百姓为什么也喜欢诸葛亮呢?也与他身上的忠有关。因为如果所有大臣都想篡位的话,就会不断地打仗,打仗就会死老百姓,受害的还是老百姓。所以老百姓希望这些野心家不要斗来斗去,安分一点。你们安分一点,我们就少受点罪。所以老百姓也不希望大臣篡位,也敬仰诸葛亮的忠。这样统治者和老百姓的愿望,在某种程度上就达成一致,都体现在诸葛亮的形象上了,诸葛亮要不"火"都难。

当然,除了忠心耿耿以外,诸葛亮形象的最重要的品质还是智慧。诸

葛亮是一个全能型的智多星，什么都知道。中国老百姓按照自己的理想塑造了一个诸葛亮的形象，然后又把诸葛亮的形象在现实生活里加以应用。为什么会产生这样一个诸葛亮的形象？这也与小农经济有关。有些年长的朋友知道，在三四十年前的农村里面，所有事情都要尊重老人，村子里往往有一个好像什么都懂的人物，大家都很敬重他、信服他。因为小农经济主要靠经验，小农经济条件下的知识是非常有限的，常用的知识无非是婚丧嫁娶、春种秋收等等。一个人如果比较聪明，活的年纪比较大，就有可能几乎掌握当时所有的知识。所以小农经济时代，人们很容易产生一种想法，即认为某个人可以拥有所有的知识，他可以成为人们生活中所有方面的指导。在日常生活中是如此，在整个国家层面，人们也会把这种观念放大，认为某个人可以掌握一个国家所有方面的知识。于是在人们的观念中，在文学艺术作品中，就产生了诸葛亮式的人物。顺便说一下，现在的情况不同了，进入工业文明时代以来，特别是近几十年以来，人类的知识大爆炸，谁也不可能掌握所有的知识了。最多你比别人稍微聪明一点，谁也不可能成为全能的人。

但传统文化的影响是有惯性的，现在诸葛亮的形象对我们还是有比较大的影响。我们有时自觉不自觉地还是寄希望于某个人全知全能，大家都把希望寄托在他身上，这样的智慧模式实际上是一种小农经济时代的智慧模式，现在肯定不合时宜了。现在真正现代化的国家治理，机构和公司管理，应该有一个比较民主的决策模式或者说机制，让每个人都能够平等自由地表达自己的意见，发挥自己的聪明才智。其实中国古代人已经在一定程度上明白了这一点，所以中国古代人一方面认为诸葛亮很了不起，崇拜诸葛亮这样的人物；另一方面又知道其实相互讨论和交流、共同探索是非常重要的，所以有"三个臭皮匠顶个诸葛亮"的说法。

诸葛亮这个形象，以及他所代表的智慧模式，也是在中国古代小农经济背景下产生的。那么诸葛亮对当代人的启示意义在哪里？那就是我们一定要追求知识，积累更多的知识，遇到问题，一定要充分挖掘智慧的潜能,一定要动脑筋,这种影响就不是负面的。现在的小孩子,读了《三国演义》,看到诸葛亮这么有智慧,什么问题都能解决,自然而然就产生了学习的兴趣,学习就有动力,所以这个形象的积极意义还是很大的。

最后简单总结几句:《三国演义》这部小说,包括它所塑造的人物形象,所表达的思想观念,都是中国古代特定历史环境下的产物。一旦形成《三国演义》以后,这部小说以及由它衍生出来的种种文学艺术作品,又反过来对我们的社会生活产生了巨大影响。一方面反映了生活,另一方面又指导了生活。所以说《三国演义》堪称一部中国传统文化的百科全书,是我们观察中国传统文化非常重要的标本。

附录一：读书三力——愿力、眼力和精力

我今天要讲的题目是"读书三力——愿力、眼力和精力"。在读书或者治学上面，这三种"力"非常重要。

第一是"愿力"，也可称作"信力""意志力"，它决定了读书治学成就之有无，它是读书治学的前提。所谓"愿力"，其实就是有没有打定主意好好读书。前不久我们召集古文献专业的本科生、硕士生、博士生开座谈会，希望大家针对教学过程提出改进的意见。大家提了很多意见，这些意见很多都是合理的，当中也有很多同学讲到一个关键事实：实际上，到了大学以后，读不读书、怎么读书，全在乎自己。如果找到一些好方法，可能读书的效果会好一点，但是前提是要读。如果根本就不想花大力气，集中注意力，全心全意，专心致力地读书的话，那么即使读书方法再怎么便利好用，都是没有效果的。所以关键在于自己要打定主意，来念大学就是要好好读书，而且是准备花大力气读书。每个人都有成功的愿望，每个考上北大的同学都是想成功的，每个人都想有好结果。但是不是真的愿意下大功夫去读书呢？在这方面恐怕还是有问题的。中文学科不像其他学科。若是数、理、化等理工科的学生，不好好上课就会不及格，因为这些学科的知识连续性很强，前面的不懂，后面的就很难弄懂了；考试题目的客观性也很强，一步步操作、演算，若是做不对就没办法给分。所以他们的课程压力要大一些，可能连及格、毕业都成问题。而中文学科弹性稍微大一些，因为有很多主观题、问答题，老师比较心软，可能95%甚至98%的学生都可以及格、毕业。毕业以后就这么混日子，也可以一直过下去。

人生本来有各种可能，可以选择有所作为，也可以选择随波逐流、浑

浑噩噩、轻松自在，然后默默无闻，这是每个人的自由，不是不可以，因为每个人有选择的权利。而且说实话，要选择努力成功的话，就要有面临无穷的挑战的心理准备，越往上走挑战越大。大家可能觉得起初的阶段，我要考大学，要考研究生，要读博士，要出国，要当教授。这些看起来好像很难，其实都不是最难的，越往上走越难。比如说当一位教授，可能有点难度，但是当一位著名学者的难度更大，因为他所承受的心理压力、面临的挑战都要比原来大得多。又比如说当官的，大家知道在中国当官是很好的事情，当个处长好像不容易，但是当了处长以后，所面临的挑战、困惑、压力、苦恼比原来当普通老百姓时要多得多。当你当上局长以后，好像可以使唤那么多人，比处长的资源还要多，其实不是的，你将面临更多、更难的问题。所以如果我们要选择有所作为、争取成功的话，实际上就要准备面临很多的压力和挑战。人的一生不断在回应压力、迎接挑战、正视困难，并在这种过程中完成自己的人生。如果选择浑浑噩噩，当然也过得下去，像欧美有很多年轻人选择自己喜欢的生活方式，或是去摄影、旅游，或是喜欢做简单的工作，自得其乐，也不是不可以。但我觉得，从个人角度来讲，既然有这样的基础、素质，用明代末年文学评论家金圣叹的话说，既然天生有一副"才调"，白白浪费是很可惜的，这也是一种暴殄天物，你浪费了自己的才具、智力。人生有限，我们应该有一个比较积极的态度、人生观，人的一辈子应该多体验、挑战、创造，在过程中不断完善自己，总是"曾益其所不能"，学习自己不会的东西，然后尽自己最大努力做好一点事情，这样活得比较充实、精彩，足可无愧、无悔。对个人来讲，有些人的人生像一杯白开水，若要写总结的话什么都没有；有的人则与之相反。这并不是说一堆的头衔、荣誉有多么重要，最重要的是他尽了自己最大的努力，尝试过、体验过、努力过。他为别人、为社会做了一些事情，他自己感到充实，也体验过各种精彩。说难听一点，从自己的享受来讲，也可以历经天下之事，尝尽天下之美味，走遍天下之胜境，这般人生的内容是别人的几十倍。所以我说从个人角度来讲，应该充实自己的人生。

从社会角度来讲，我觉得努力是一种责任。马克斯·韦伯的《新教伦理与资本主义精神》里，认为新教（基督教）的责任意识和奉献精神是欧洲资本主义兴起以至于强盛的根本动力，因此资本主义只能诞生、发展于西方，这是韦伯的基本观念。欧洲为什么发展资本主义？欧洲为什么会强盛？一个最根本的发展动力，就来自新教伦理。何谓"新教伦理"？它最核心的观念就是：人活在这个世界上，是上帝赋予的生命，人的才华、能力都来自于天父。而人有了才华、能力便有了一种责任，应该尽自己最大的能力为社会奉献，这样才算完成自己的使命。新教特别强调这种责任意识、奉献精神，认为人不是只为自己而活，人的生命不只属于自己，而应该属于人类、属于上帝。才华也不是自己的，是属于上帝的。人要听从上帝的召唤，充分发挥自己的才干，这是人应该做到、必须做到的，否则就是一种过错。这就是新教的伦理观念，就是西方发展资本主义、欧洲强盛的内在精神动力。韦伯这段话的意思就是资本主义不可能产生于东方或是佛教、儒学的文化背景下。这就给我们判了一个死刑，认为我们这边根本不可能诞生资本主义，以及不可能有那样的发展。他的话不一定完全对，后来有了余英时教授跟他唱反调，写了一本书《中国近世宗教伦理与商人精神》。但是反过来讲，我们不得不承认，中华民族是一个世俗的民族，基本没有宗教信仰，主要关注现实生活，尤其是个人的生活、家庭的生活、家族的生活。用费孝通先生的话讲，是一个"差序格局"的社会。人们不太考虑自己要对整个人类做什么奉献，而是首先考虑要对自己负责，然后对家庭，再然后对家族、家乡负责，是一个同心圆慢慢扩展开去，这就是所谓"差序格局"观念，而不是一种普遍观念，不是要对整个人类、社会有责任。这种责任感往往止于自己，主要考虑的是自己生活好、吃好、穿好、住好。中国人的世俗生活观念有它的好处，也有坏处，其优劣我今天不详说。总的来说中国人往往比较实际，只关注个人生活、现实生活。虽然中国古代有张载说，"为天地立心，为生民立命，为往圣继绝学，为万世开太平"；还有范仲淹说，"先天下之忧而忧，后天下之乐而乐"；但实际上只有非常少的仁人志士能够真正信仰它，并努力实践。

绝大部分人只关心自己，这就有问题了。好逸恶劳是人的本性，人要提升、前行，必须有"动力"，这跟物体的移动一样。一定要有动力，才能往上提升，往前行进。这个"动力"我想有两种，一个是前面的"引力"，一个是后面的"压力"。你们的上一辈人就是我们这代人，你们的上两辈人就是你们的祖父母那代，从这两辈人来讲，他们是非常努力的。过去的环境是一穷二白、一无所有，基本上都是白手起家，现在一般都创下了一定的家业，有的还办了厂，办了公司，当了老总，或是从一个农民、一个普通市民当上了干部、教授、医生等等，他们是很努力的。他们为什么这么努力呢？因为他们有过饥寒交迫、极度贫困的刻骨铭心的记忆。过去真的什么也没有，连饭都吃不饱，衣服都没有穿，火柴、肥皂都要凭票供应，更别说肉、糖、奶粉这些东西了，连糖果、饼干都吃不上。那时极度贫困，甚至饿死很多人，那种刻骨铭心的记忆给他们留下的印象极为深刻，改善自己和家人的生活，便成为他们强烈的愿望。一旦有机会、有条件，他们就会非常努力，因为那种贫困的经历真是不堪回首，而且吃过那样的苦，现在创业的一点苦根本不算什么。主要是因为巨大的生活压力，迫使他们要改变自己和家人的生活，这种压力成为动力。再加上这两代人早年多多少少受过一些理想主义的教育，多少有一些为国家、为社会、为中华民族自立自强而努力的观念。所以他们既有很大的压力，也有一定的引力，这样的动力就能让他们克服很多困难，读书、搞实验、做生意都不怕苦不怕累、不怕冷不顾饿，可以夜以继日去做，有一股拼命的精神。

那现在呢？现在年轻人总的来说压力小了，基本上没有吃不饱、穿不暖的情况，大部分家庭条件都比较好了。比如说房子，现在城里的同学大部分人家里可能都有两到三套房子，父母都为你们把房子准备好了。在中国，父母就有这样的观念：不让孩子受委屈，我先为孩子准备好，再苦也不要让孩子有经济压力。所以我想除了少部分家里有困难的同学，大部分同学家里都有两到三套房子，甚至四到五套可能都有了，将来住一两套。准备出租一两套，收租金。你看父母为你们打算得多周到，你们已经没有多大的压力。同时，现在理想主义也不是很吃香了，国家责任、社会责任等这些高远的理想，近年开始受到怀疑。这样，现在这一代人压力没有了，引力也没有了，动力从哪里来？好逸恶劳是人的本性，读书是很苦的事情，必须要有动力才会去做，要到真正做进去以后，才会感到乐趣。但是毕竟不如每天看看电视、上上网、聊聊天、吃吃饭、出去逛逛看风景那样轻松。所以比尔·盖茨给他儿子有十条忠告，其中有一条说生活绝不像看看电视那样轻松。治学、创业的过程肯定很辛苦，这个不用欺骗大家，不用假装说很轻松。你只有真正进入以后才会感到有所收获，才会感到成功的乐趣，但那个过程是很苦的。你看身边很多人看似活得很轻松，其实不然。面对这些困难、挑战，有什么动力可以支持、驱使我们去努力？

也许你们的祖父母、父母辈经常会讲，过去生活条件、学习条件有多么差，要读书的时候常找不到书，根本就没有书可买，为了借一本书要跑几十里路。这种经历我就有过。我就曾经因为看到同学家里有一本书，就跑了几十里路去别人家，借了一本没有开头也没有结尾只剩下中间一点的书，连题目都不知道，就如获至宝地看。现在能够如此方便地利用互联网查数据，在当时是无法想象的。那时生活也很差，吃穿都很差。长辈常会讲过去条件多差，都能有所作为。现在你们条件多好，你们的教室跟国外一流大学的教室没什么差别了，特别是第二教学楼有几间教室。有一次请美国哈佛大学的宇文所安教授在第二教学楼的大教室里讲课，我就觉得条件非常好，一点也不比我所见到的哈佛大学的教室差。图书馆条件也非常好。我们的生活条件可能还差一点，但吃住方面也没什么问题。那么老一辈就会说，你们应该做得更好，你们为什么不能做得更好呢？我开始也是这样要求我的孩子，发现他不能让我满意，我感到失望。后来我不断调整自己的心态，渐渐明白自己的这种看法，也就是你们的上两辈的人的这种看法其实有问题。我理解了，现在的孩子要埋头读书、下苦功学习、踏实读点东西，其实比过去更难。我是77级的，我们读书的时候没有什么娱乐，没有什么生活享受，没有什么诱惑，除了读书还能做什么？我们以前很难有读书的机会，好不容易读大学了，便非常珍惜。而且我们读书的时候，没有现在你们所有的这些东西，没有计算机、手机，连电视也没有，每天除了读书就没别的事情了。早晨天没亮大家就全部起来跑步，操场上、马路上人流汹涌。大家计算自己跑的路程，将跑到韶山、井冈山、北京所需的路程数当作自己的目标。跑步回来洗个澡、吃早饭，然后就去上学。到了晚上还经常没有电，断电大约在十点钟左右，很多人就到马路的路灯下面看书，我自己也是这样。当时的人没法享受像现在的这些娱乐，只能老老实实念书，便比较容易集中注意力。但是现在，一是没有这么大的压力，不是非读书不可，不像我们当初，不特别努力便没有出路；二是现在诱惑太多，比方说打开计算机，上网一整天也没有问题；整天捧着手机，手机好像就是每个人最亲密的亲人，它就是爹娘，就是男女朋友，奇妙无穷、风光无限。做这些事都很轻松，开计算机上网、看手机、看电影、出去玩、聚会都很轻松。在这种没有压力又有很多诱惑的情况下，要打定主意、克制自己，沉下心读书，要比过去在生活贫乏、别无选择的情况下认真读书更加困难。所以我对现在年轻人不太用功能够理解，因为他们要面临更艰难的选择，对他们来说更不容易，需要更强的意志力。但我这样说，大家也不能就认为可以放松了。既然别人能理解，那我就松懈了，不能这样。我讲这话，是要大家明白，这种情况对大家是巨大的挑战，你们面临的是比祖辈、父辈更严峻的挑战，需要更大的毅力、自制力去面对。所以我认为最关键的，还是要靠自己，首先要打定主意读书。

上面讲的是一个人的发展需要动力，下面请容许我把话题扯得远一点，一个国家的发展也需要动力。我现在经常想，中国下一步发展的动力会是个大问题。我前面讲过，中国人一般都是关注现实生活，没有宗教的超越性追求，这种状态有好有坏。它就是为了现实生活，生活里面又是为了个人、自己家里的生活。过去是为了自己家人的生活努力，现在大部分中国人都已经过上小康或是接近富裕的生活，那中国下一步继续努力的动力从哪里来？我已经看到，现在很多人的创业激情在衰减，甚至丧失。有很多人生活富裕之后已经换了一种观念，在办了几百万、几千万的厂子以后，就不再往上走。我刚才说过，越往上走压力越大、挑战越大，一开始是低层次的企业竞争，到了高层次之后，就是高层次的大企业竞争，压力更大，风险也更大，很多人就退缩、放弃。因为当初只是为了生活温饱，而现在已经温饱无虞了。现在中国的年轻人也是这样，祖辈、父辈那种吃苦的精神，那种"白天是老板，晚上睡地板"、夜以继日、废寝忘食的状态，在现在年轻人的身上越来越少见。如果各行各业创业创新的激情、求知的精神都在衰减的话，整个国家下一步发展动力从哪里来？这是一个全局性的大问题。所以中国人要树立一个理想。我们既不可能嫁接、外接一个理想，不可能搬用西方新教伦理的理想；自己内部世俗文化又很难改变，那我们用一个什么样的理想作为动力呢？我觉得这是决定中国下一步是否能够继续健康发展的大问题，值得我们去思考。提出这个问题，并且思考解决方案，是我们这些搞文科的，特别是北大中文系的同学，应该承担的责任。因为这是个精神问题，我们不是研究物质的，是研究精神的。

诱惑很多，压力相对小了，在这种情况下，如何才能让自己保持努力的状态，我觉得理想很重要。如果你的理想很小，那动力也就会小，动力小你就走不远。孔子说"后生可畏，焉知来者之不如今也"，这是说你怎么知道将来的年轻人不比现在的你要强呢？我也觉得是这样的，后生可畏，因为年轻人将来还有各种可能性，有很大的发展前途。这两句话出自《论语·子罕》，年轻人也因此觉得很自豪，觉得自己有远大的前景。但是很多人不知道后面紧接着还有两句话，可能只有少部分同学读到过："四十五十而无闻，斯亦不足畏也已。"意思是若到四五十岁你还没有让大家知道你的成就，那你也就没有什么可怕的了，这是给年轻人敲的一个警钟。年轻的时候是短暂的，时间过得很快，一眨眼便到了四五十岁，若届时尚无所作为，也就不足为他人惧了。像我自己到了五十多岁了，我就没有什么让人觉得可畏的了，因为我没有做出什么成绩。所以我们不仅要踌躇满志，还要时刻充满紧迫感。中文系百年系庆，把历届同学的名录都挖掘、整理出来，我就注意看北大中文系成才的学生有多少，因为考到北大的学生都是非常优秀的，但真正成才的有多少呢？真正算得上成功的、有成就的，又有多少呢？什么叫"成才"？这就看我们怎么解释了。现在我们习惯说"成功"要比"成才"高一点，"有成就"又比"成功"高一点。那么真正成才，或是成功，或是有成就的有多少？其实不多。我在中文系五院的院子里经常看到同学们走来走去，就有很多想法。我知道这些同学很不容易，对一个家庭来讲，对一所地方中学来讲，考出一个北大的学生，不管是哪个专业的，大家都非常羡慕，都觉得他（她）肯定前程远大，对他（她）寄予很高的期望。但是将来能成功、有所成就，或者说起码成材，都是很不容易的。北大的学生都背负很重的包袱，要比那些普通大学的学生大得多。这种情况是普遍现象，国内外都如此，往往著名大学的学生是最不开心的、最不轻松的，得精神病的多，自杀率也是最高的。因为别人对他们的期望不同，他们的自我抱负也不同。

最近有一种说法，说中国在2027年甚至2026年就可望超过美国，成为世界第一大经济体。如果这是真的，那么我们不禁要问，那时候中国也能成为第一大文化体吗？这是一个非常严峻的问题。没有文化的富裕是低俗的，自己都感到没有什么意思。我们现在就感到吃饱、穿暖，但脑子空空是无趣的，那到了真正富裕以后呢？我们将会更加感受到精神和物质的反差，更感到生活没什么意思，而且世界上的人也不会尊敬你，因为你没有理想、修养、文化，在文化上对世界、对人类也没有什么贡献。我们不讲别的思想、理论，在座的诸位是中文系的同学，我们就讲文学理论吧。你们马上就要学到西方文学理论这些课程。从十九世纪到现在两百多年的时间，大概诞生了十几种重大的文学文化理论，每种文学文化理论都相当于观察、分析文学的一种范式、角度，像结构主义、形式主义、存在主义、解构主义等。像这般重大的理论产生了十多个，但哪一个是中国人提出来的？一个都没有。中国对当代世界文化的贡献是很少的，现代中国贡献的东西更少，我们现在拿出来的都还是古代的、祖先留下的一点点东西。那等到中国将来成为世界第一大经济体的时候，如果我们的文化还是这个样子，将何以面对世界？我认为这是很糟糕的情况，而要改变这个情况，要为世界文化提出具有重大意义的理论命题，在人文学科上有所建树，我们北大中文系的同学可以说责无旁贷。你们是全国学文科的年轻学子中的佼佼者，大家肯定盯住你们。不是全部的人都能做到对中国文化、世界文化有所贡献，但是一定有一部分人要承担这个责任。其实这个重大责任马上就要变成现实问题，就要给出答案、交考卷了！2027年正好是你们到了三四十岁、年轻力壮的时候，中国能不能够稍微减少物资与精神、财富与文化的差距，能不能在文化上有点建树，主要靠在座诸位。当然不可能每个人都有这样的成就，在座的同学有一部分人可以从政、从商，但是也有一部分会从事思想学术，我建议大家要志向远大，最好能够出国学习，或者在你考上硕士生、博士生以后再出国，开阔眼界。现在学校有很多国际交流、培养计划，你们可以在这里考上硕、博士生，然后出国培养，教育部也有很多这类项目。你们恐怕还是应该出国学习一下，当然学成以后最好能回来报效祖国。所以一定要学好外语！因为若不能会通古今中西，就不可能提出像样的东西，只是在很低的层面、有限的空间中转圈子，不可能有大的建树。所以最好能立下宏愿，锲而不舍。

顺便说一下，我认为，近代以来对中国文化的反思或对它的价值进行思考，做得最好的人是陈寅恪先生。王国维先生是继承传统文化（基本上是整理），做得非常出色，而胡适、鲁迅是批判传统文化（胡适尤其基本否定），陈寅恪则是理性分析。我认为陈寅恪对中国文化的特征和优劣的分析、对中西文化异同的把握是最准确、最引人深思的，这与他在国外待了十四年，留学好几个国家（如日本、美国、德国、法国、比利时等）是分不开的。所以我想在座的诸位将来如果要真正对中国文化、世界文化有所贡献，提出既有世界意义又有中国特色的理论，成为引领时代潮流的优秀学者，就必须既了解中国文化，也了解外国文化。大家应该有这个志向，我想这是完全有可能的。如果你们都不可能的话，那能指望谁呢？我讲的愿力，就是一定要立下宏愿。现在凡是有出息的人，不论哪一行，商业界也好，学术界也好，宗教界也好，往往都曾立下一个宏愿，然后坚韧不拔地照着这个目标努力，咬牙挺过去。有时候山重水复、甚至山穷水尽，有时候绝处逢生、峰回路转、柳暗花明，最后终于取得成功。因此如要成功，一定要许下宏愿，它会让你始终积极燃烧，锲而不舍。

这是我讲的第一种力——愿力。为什么讲这么多呢？因为它是最重要的，至于其他读书的方法等等其实是次要的。若是你根本就不想读或者不想下功夫读的话，怎么读得好呢？所以愿力是第一位的，它决定成就的有无。

第二个是眼力，它决定了将来的收益或成就的高低，这就是说，即使下了苦功，也不一定就能做到最好。所谓眼力，是指能把书读得透，抓住要害，产生想法、思想。眼力需要不断磨炼。我们必须通过批判性的阅读逐渐练就细腻的目光、敏锐的思辨能力。怎样才能做到呢？眼光第一是要宽，要博览，主要是多读。在大学中，读书主要靠自己，老师只能起一个提示、引领、点拨的作用。老师上课中会提到很多书，会指出哪本书好、哪本书不行，老师给你指明一个方向，路还得你自己走。老师不能手把手地教导，那样只会害了你，因为他能做到的你不一定能做到，若是硬逼你一定要按着他的做法做，往往会造成你没有自我、没有自己的见解的结果。实际上，应该靠你自己摸索，自由选择，老师只在适当时候提醒，指出这里危险、那里可以通行，这本书可以看、应该怎么看，偶尔提示、点拨一下。现在同学们过分依赖老师，好像书没读好是老师的责任，其实在大学里面书没读好主要是同学们的责任。在这里有这么多老师，他们基本都具备教授的水平，没有多大问题。当然老师应该多给同学一些帮助、关心、指导，那是老师应尽的职责，但是读书好坏主要取决于自己。自己读过了，读多了，自然就知道门径，如果没有读，总是不敢跳下去，总想找捷径，实际上没有这样的好事。就像做生意一样，肯定要吃一些苦，走一些弯路。读进去了以后，并不是读每一本书都有用，但是有时候读到差的书，反过来可以帮助你提升判断力。

　　我已经在北大教了两年多的课，有一个感觉不太好。有些同学确实很聪明，期中论文或期末考试能够抓住要害，思维清晰，语言表达准确，确实使我赞叹不已，有时候甚至很激动。当然有这种水平的同学只是少部分，我觉得他们的前途真是不可限量，北大的希望真是在他们身上。但同时也发现，有些同学过于重视考试分数。因为大家都是中小学应试教育的高手，此类教育造成的习惯和问题确实很难改变。我不断地说，在大学里不要这么在意考试。有些同学选一门课，首先就反复问考什么，怎么考，这实在没有必要。因为对大家来说，不管怎么考，对每个人都是一样的。考客观题、主观题、课外题、课内题都没关系，难易对大家都是相同的，兵来将挡，水来土掩，什么都不怕，应该是这样。但是现在大家都太在乎考试，在乎这个考不考、怎么考，甚至问作业的字号要多大等。字号你想多大就多大，你觉得该多大就多大，这有必要问吗？你怎么不问行距多少呢？太注意细枝末节的东西，完全被驯养成一个机器一样的人，这个问题真是太严重。什么才是真正的大学生活？大学毕业的时候，诸位回顾自己的大学生活，很多人会说我很努力很用功，选了多少门课程，除了必修课还选修了哪些课程，拿了多少学分，绩点有多高,拿了多少证书,等等。我觉得大学生活最重要的不是这些,这些是很低层次的追求。我认为大学生活最重要的主要有三个方面,第一是读了多少书,第二是思考了多少问题,第三是是否掌握了分析问题的方法。如果你这三条都没有的话,拿再多学分、证书,我觉得都不会很有出息。我发现在面试推荐免试研究生时,有些同学考分很高,平时绩点很高,但问他(她)读了什么书,是否能提出自己的看法的时候,什么都答不上来,什么见解都没有,这种同学即使读研究生又能有什么出息呢,如果他(她)将来仍不改变的话!那么该读什么书呢?我认为上课的教材不算书,习题集、考题自然更不算书,我们要读的书,主要是那种专门的原著,或是专题研究著作。大学生活,我再强调一次,不是课程、不是学分、不是证书,而是阅读、问题、方法。如果还要另外再加一条的话,就是你结交了多少好朋友,谈得来的朋友,志趣相投的朋友,包括老师和同学,这也很重要。书籍、问题、方法、朋友,就是这四条了。大家现在刚进大学,真的是要打定主意,要把注意力转到读书、思考问题上来,大家要经常交流、争论,多参加这种争论,逐步找到思考问题的方法,多交朋友,不要过于在意课程、学分。

我们大学的教学改革,实际上改成了四不像。过去我们比较重专业,重基础,现在这一点也丢掉了。强调通识教育,目的是为了拓宽知识面,实际上也没有做到,所以现在很麻烦,当然改革本来就是很难的事情。根据我自己读书的经验,其实同学们最好是跟不同专业的同学住在一起。我读博士的时候跟不同专业的同学住在一块,当然是小的专业不同,大的专业还是中文,那就已经对我很有益处了。我读研究生是古代文学专业的,假如室友是读新闻学的,那我在新闻学这一块就会受益很大。若是与搞语言的同学住在一起,室友书架上语言学的书我基本翻了一下,他经常也会和我讨论、分享,于是他的专业里的知识,我也大致能知道一些,等于是辅修了一个专业。欧美一流大学的制度与我们不一样,不像我们把中文系、历史系、哲学系、电子系、数学系这样分开,而是成立一个文理学院，也就是本科生院，FAS，就是 Faculty of Arts and Sciences。本科生院是学校的主体、核心，整所大学如果有一千多位教授，其中可能有八百位教授都在文理学院（本科生院），所有本科生都在这里上课，课程非常自由。他们是不分专业的，当然会相对选一个专业，但也不和同专业的人住在一起。他们觉得学生最重要的组织结构是学园，而不是系，系基本是模糊的。所以你问他们的学生是哪个系的，他们没有兴趣，他们一般会告诉你是哪个学园的。一般一个学园有几百上千的学生，里面有宿舍、食堂、讨论室、会客室等等，所有活动都是以学园为单位。我们的麻烦在于将老师分属于很多园系，这是前苏联的方法，将老师分成不同专业，先形成物理系、化学系、哲学系、中文系、历史系等。这样想把学生打通专业来培养的时候，每个系都反对。因为每个系都有自己的本位利益，都说这些是我们专业的学生，我们要自己管，我们专业是多么重要，学生要多学我们的课程，等等。这就很麻烦，我不知道什么时候能改变。如果北大的改革更彻底，两千多名教授中，有80%的教授都在文理学院，学生都在这个学院里面培养，可以选各种各样的课程，每个学生制定自己个性化的课程菜单，拓展自己的知识面，而老师共同对学生进行通才培养，这就比较理想了。北大应该走在改革的前面！这样的话，学生往往知识面比较宽，思考问题可以触类旁通。比如说现在我们搞文学研究的很难有所突破，因为学的都是这一套，对历史学、民俗学、社会学、经济学等都不熟悉。如果按照欧美那种培养方式，哲学系、历史系、中文系什么课都可以选的话，那就有可能做多种研究，或是文学社会学、社会学文学、文学经济学等，或是从生态学角度可以有文学生态学、生态学文学这些东西，可以不断拓展出新的领域，就可能会有新的突破，提出新的理念。我们现在谈文学，就是形象、人物、流派、风格、形式，永远就是这一套，知识陈旧千篇一律，便不可能有新的突破。所以我想第一是眼光要宽。

知识面宽、眼光宽还有别的好处。我刚才讲过交朋友，很多同学都有志向、抱负，和不同学科的同学交朋友，这有个好处：将来其中哪一个同学有出息了，他就可以带动一大批同学有所成就。中文系将来哪一个同学有出息了，很难叫中文系的同学去和他一起干，因为他自己是中文系的人，难道全部都找中文系的人吗？当了一个大干部、大老板以后，往往就会需要搞哲学、经济、法律、数学等各种各样的人，这样才能形成一个好的团队，提拔各个专业的人才。所以现在多交不同专业的朋友，不仅自己可以拓展知识面，也对将来发展比较有利，其实同行彼此之间要帮忙的可能性反而小一些。你会发现，现在读的各种各样的书好像没什么关系，但是到了研究一些问题的时候，它就好像螺丝一样，把与问题相关的所有知识全部组合起来。针对单一东西进行研究，往往成果比较平面、单薄，多读一些书多思考一些问题，就可以看得比较全面、深入。

第二是眼力要高，是指起点要高，要读名著。我们的时间本来就有限，一定要把宝贵的时间用于读一流的著作，包括一流的原著、研究著作，要体会学术大家的气魄、风采，要开阔心胸，站得高，会有一览众山小的感觉。马克思曾经讲过："我要将人类所有的知识用自己的头脑再检验一遍。"这是一种怎样的豪情壮采！我读到这句话的时候真是热血沸腾。我顺便再讲一下自己的经验。我读大学时没有别的爱好，也不可能有其他爱好，就是爱读书。每个星期一借一堆书抱回来，然后星期五再抱回去，又借一堆书抱回来，周而复始这样看。我看马克思的书是从《马克思恩格斯选集》开始的，就是苏联编的四卷八册的本子，选得好、编得好。翻一翻我觉得不满足，又去找单行本。大部分单行本读完之后，觉得应该把所有书都读一遍，于是就开始看《马克思恩格斯全集》。读这些书的感觉，是看那些最高水平的思想家、学者是怎么发现问题，思考问题，如何形成或表述自己见解。这是比较简单的说法，因为在座都是大一同学。如果说得专深一点，我不知道你们是否知道，马克思说过："真正的学术研究应该从抽象回到具体，而不是从具体上升到抽象。"我们现在很多研究都是从具体上升到抽象，认为这是研究，其实这算不上是研究，至多也只是低水平的研究。比如我们看到很多现象，搜集了很多证据、材料，然后进行提炼，最后得出结论，一一罗列出来，这只是低层次的研究。真正的高水平的研究，马克思认为是从具体上升到抽象，然后从抽象回到具体。意思是我们对大量现象进行抽象，发现核心环节，弄清这些现象的内在联系，找到逻辑的起点、核心概念，以及核心概念内部的矛盾关系；然后从这个环节开始辨析，再回到现象。比方说黑格尔讲的"理念"、马克思讲的"资本"，其实都是从最抽象的概念再回到具体，所以其思路具有更大的周延性和普遍意义。从几个现象里面提炼出一个抽象概念，这只是个有限的抽象，它的意义有限，且不具备方法论的意义。而马克思研究资本主义抓出"资本"这个概念，然后研究劳工，抓出"剩余价值"，都是核心的东西，然后再一路剖析下去，扩展开去，就有一种高屋建瓴、水银泻地、无所不到之感，而且这种研究具有方法论意义，会引起你作更多的联想。如果你不懂马克思主义，就很难体会这样一种风采，那才是真正的学问。你读了名著以后，才知道真正的学者、真正的学问和思想是什么。大家在大学里面时间非常有限，我建议大家，最重要的书就那么十几本，一定要读。比如说《论语》《庄子》《理想国》《诗学》《美学》《马克思恩格斯选集》《存在与时间》《梦的解析》，等等，这些是最基本的书，一定要读。读了以后，可能眼界是高了，但是会觉得手低。我们常用"眼高手低"来批评人，但是复旦大学章培恒先生说过一句话，"眼高手不一定高，但是眼低手肯定高不了"，所以眼高是必要的。首先争取眼高，然后再争取做到手也高一点。你的学术研究成果的分量、思想的高度、历史的深度、生活感受的丰富度，大家是看得出来的，像陈平原老师讲的："写得好的书有压在纸背的心情。"有表面文本，有潜文本；有纸面的东西，有纸背的东西。研究成果包含丰富的信息，暗含人生的感受，有思想，有历史感，往往可以让人反复省思，这就是高水平的成果。

　　第三是眼光要细，善于发现书里的偏颇，厘清文本的逻辑，理解字句。因为凡是人、书、课程都有偏颇,我今天讲的也有偏颇,大家可以从很多方面进行批评。不知道大家发现没有,我总是从责任的角度来讲读书,但是我们读书应该从兴趣出发,兴趣才是最重要的,个人的自由才是最重要的。你如果这么讲也有你的道理,我今天只是讲我的道理,不是说你那边的道理就不成立,其实都有偏颇。我们不仅要知道这本书、这个人怎么说,说了什么,而且要知道他为什么这么说,这是非常重要的。因为任何人写一本书、讲一门课、表达一个观点,都有他的出发点、意图、背景,他可能因为某种情况有针对性地这么说,或是有主观的倾向性,任何人写一本书都是有偏颇的、有立场的。我们就要弄清立场,发现他的偏颇。这并不是说要否定,恰恰是要立体地看,而不只是平面地看,看出他的正面、反面,然后才能真正把握、理解他,知道他可取之处何在,偏颇之处又何在。这样你才能学会怎么分析问题,这是很重要的。所以说大家不要死记书本上的内容,要分析地读书,批判地读书。最近我给同学们上课经常讲到,现在我们读《明史》或与明代历史相关的书,往往认为明代的历史就是这样的。但我们要想一想,《明史》是谁写的?是清朝人写的。他们写《明史》的目的是什么?讲得好听是为前代修史,总结历史教训,实际上他们主要是为了证明清朝兴起的合理性。只有渲染明朝的腐败,才能证明清朝的兴起是必然的、合理的。所以我们现在对明朝的印象、想象,其实很大程度上都是清朝人制造出来的。这些说法有一定的历史依据,但是清朝人有选择性,有轻重,又做了很多加工、处理,而且写得非常生动,使我们现在想到明朝就觉得明朝乱得不得了、坏得不得了。其实没那么严重,这是清朝人的立场的偏颇所致。又如古代人把隋炀帝写得一塌糊涂,中国人历来重视道德,就从道德入手,把隋炀帝写得多么糟糕、多么荒淫,这是谁写的?主要是唐朝人写的,唐朝人一定要把隋朝写得这么坏,才能证明唐朝的兴起是"应天顺人"。每个人都有自己的立场,所以我们不仅要知道他写了什么,而且要知道他为什么这么写,这样才能够真正知道他的特点、价值在哪里,偏颇、局限在哪里。读书读多了,不同的书之间进行比较,会发现这本书这么说,那本书那么说,然后你就会知道问题出在哪里,才会形成自己的思路。

昨晚我给一个本科生同学回了信,他是上我的"中国古代文化"课的学生。我在课堂上讲了一个情况:一般来说,游牧社会中妇女地位要比农业社会低,农业社会的妇女地位当然比工商业时代低,这是很简单的事实。我当时举了一个例子,说成吉思汗的一个妃子非常漂亮,很受宠爱,有些人便动了歪脑筋,想请这个妃子跟成吉思汗说情。这个妃子却说,你找我没有用的,我虽然受到大汗宠爱,实际上他只把我当附属品,他对我的爱就像他对马鞍的喜爱一样,一副马鞍若是不好用就要扔掉,我如果得罪他的话,也会像马鞍一样被扔掉。史书叙述这位妃子的长发乌黑如镜,光可照人。这位同学提出一个问题,他正好看一本关于清朝皇位继承制度的书,里面说孝庄皇太后很有权力。他就问我举的例子是不是努尔哈赤的妃子,我说我讲的是成吉思汗的妃子。他又说老师要我们读书细心,而我在书里面看到几点:第一,在满族入关之前,他们不只是游猎,还有很大一部分生活在狩猎、采集果实的状态,在这种状况下妇女往往很重要;第二,满族妇女较少受礼教束缚,汉族妇女受到比较多礼教限制,大门不进、二门不出,满族妇女又不用裹脚,比较自由;第三,满族男人都打仗去了,放牧、采集都依靠留在家中的女人,她们在经济生活中占有比较重要的地位,而且孝庄皇太后后来成为著名女政治家,起了很大作用。那位同学用这几个现象来证明我上课举的例子靠不住。我说你善于思考这很好,你的看法表面上看似乎有道理,实际上站不住脚,就是因为读书不细。这里面有很多问题。第一点说采集,满族一开始还没有到游牧社会的程度,还处于早期的、近于原始社会的状态,所以不能借此说"游牧社会女性地位高"。第二,他说满族妇女不裹脚,在这一点上相对自由,这是对的。后来我们总说万恶的封建统治者要妇女裹脚,实际上中国古代任何一个王朝的专制统治者,没有一个说妇女要裹脚的,倒是说过不要裹脚,结果民间妇女还是要裹脚。这跟现在女孩子穿高跟鞋一样。为了美观,她们一定要裹脚,有什么办法呢?朱元璋曾经说不要裹脚,结果抗不过民间习惯。清朝下令严禁裹脚,结果民间还是裹脚,最后实在管不住,只好让汉族妇女裹脚,但是满族女子坚决不许裹脚,若是裹脚便开除旗籍。过去讲封建统治者逼妇女裹脚,哪里有这回事?满族女子在某些方面是比较不受礼法束缚,这就代表她社会地位高吗?在礼法方面束缚少,并不等于社会地位高,这是两个问题。我跟他举例,说你看乞丐每天都不用上班,他多自由,而官员每天上班多不自由,你能说乞丐的地位就比官员高吗?所以这是两个问题,一个是在礼法上的自由与否,一个是社会地位高低,两者有关系但绝不是一回事。第三,他说男人出门打仗,由女人负责家中生产,在经济生活中占重要地位,因此社会地位高。一般来说,经济地位与社会地位相关,但是有时候并非如此。那时候满族是特殊情况,当时生活以军事为主,打仗是男人的事,打仗的人地位更高,上战场的男人是英雄、勇士,女人是在后面搞后勤的。在这种情况下,女人在家务、农业中占很重要的地位,并不能证明她有很高的社会地位,这也是两件事情。第四,孝庄皇太后的权力来自于她是皇太极的妃子,她不是靠自己获得权力的,而是作为皇太极附庸的身份获得权力的。综上所述,我认为研究满族当时特殊的生产生活方式和文化传统,以及这种背景下的妇女地位的特殊性,是很有意义的。但是你要准确理解这些事实,做出准确的分析和判断。

现在写得好的书,即使是大家、名家的著作,也会出现这类问题,有些观点似是而非。前几年我读过后印象最深、几乎挑不出毛病的书,是北大历史系田余庆教授的《东晋门阀政治》。这本书写到什么程度呢?现在很多人写书,往往在不该写的地方写很多,该写的问题恰恰是带过而已。需要澄清的模糊地方,作者没有澄清,反而在不需要罗列的时候,列了很多细枝末节。但是田先生的书不是这样。在读的过程中,我认为有些地方应该讲而还没讲的,下面他就讲了。我觉得不是很重要的地方,他就简单带过了。当遇到问题时,他抓住问题努力攻克,绝不放过。我虽然只在开大会的时候见过田余庆先生,看他的书着实让我佩服不已,他还有多篇论文也写得非常好。大部分人写的书都不是这样,为了论证某些论点,就往这个方向说。比方说那个同学所看到的写孝庄皇太后的书,可能为了凸显孝庄皇太后的作用,就要分析孝庄皇太后的权力是怎么形成的,它肯定有个源流、背景,于是作者就把所有有利的证据都捞进书里、堆在一起,以证明孝庄皇太后之所以能够掌权,都是因为有传统或其他不同因素在起作用。我们现在很多人都是这种思考方式和写作方式,看似有道理,其实没道理,无法真正解决问题。而读者一看到这个东西,就相信它是对的,而不仔细去想当时是怎么回事。作者有偏颇,读者又将其简单化。

读书要细心,对经典著作,要从弄懂每一个字开始。我前不久遇到一件事,对我震动很大。我们现在讲老子《道德经》的"道可道,非常道",经常问"道"是什么,很多人说是"规律"。上次我在复旦大学参加一个座谈会,有人又这么说,复旦大学的著名学者朱维铮教授马上大声说:"道怎么是规律呢?"我一下子醒悟了,因为我过去也简单认为"道"就是"规律"。如果说"道"是"规律"的话,中西哲学就是一样的了!"道"是中国人的一种观念,它是日常行走的那条路,由于经常走,所以大家知道它是靠得住的、可行的、应该走的,这就是中国人"靠经验"的观念,认为经常走的那条路、经常采用的那种方式、经常出现的那种现象,就是应该遵循的,就是"道",这些恰恰和"规律"是有区别的。"道"有很大的局限性,它不是通过理性地思考、逻辑地推断,探讨客观规律,而是停留在经验、知性的层面。这是中国哲学以至整个中国人思维方式的一个根本特点,或者说是一个很大的毛病,当然也有它的长处。如果把它等同于"规律",那中国哲学的特点、局限就都没有了。南开大学罗宗强教授研究中国文学思想史,他有个本领:很多问题别人都研究过,像

《文心雕龙》《诗品》《典论·论文》等，但他仔细品读其中每一个字的意思，就有新的发现。比如现在的中国古代文学研究论著，常引用曹丕的"盖文章，经国之大业，不朽之盛事。年寿有时而尽，荣乐止乎其身，二者必至之常期，未若文章之无穷"这段话，认为曹丕将"文学"抬到多高的地位，表明当时文学地位得到很大提高，这里面就有问题。曹丕讲的是"文章"不是"文学"，文章等于文学吗？这还是最简单的例子。罗宗强教授力求把文献中每一个字词的准确意思、作者的意思、时人的定义和用法、现在的意思，都仔细予以辨析、慢慢汇集、总结，最后往往会发现一些很重大的问题。所以读书需要细心。眼光要宽、高、细，眼力就是这样磨炼出来的。

第三个是精力，它决定了成就的大小。其实精力和第一个问题是相关的，也就说你是不是集中全部精力读书。同学们过去上中学的时候学习比较紧张，在上大学前的那个暑假也应该调整过来了。上大学之后不能继续那样松弛，应该要绷紧起来，要倒数计时。其实你想一想，大学四年是1400多天，如果说周末不上课、不干事，寒暑假也不干事，平时还有同学、同乡的聚会和各种各样的事情，算起来大学四年真正读书的日子，估计在800天左右，不超过这个数。就这么一点时间，你们要应付那么多课程，读书时间真的很少，真的要珍惜。读书一旦进入状态，就会有欲罢不能的感觉。你们是中文系的学生，如果不训练自己阅读、思考问题的能力和方法，不提高自己的语言水平，不管将来进入哪一行，都不具备良好的基础，怎么起步，怎么发展？如果中文系的人去从事社会管理工作，不管是在哪里当处长、局长，首先都是从办公室的文书工作开始做起。你的看家本领，还是读、想和写，主要是写。如果写出来的东西抓不住要害，条理不清晰，语言不干净简练，没有创意，提不出新问题、新思路、新建议，那上司怎么会信得过你？又怎么会赏识、重用你？当干部的话，你的这些本领是必要的，至于做学问就更要具备这些能力。如果本科阶段不读一些基础的书，念研究生就麻烦了。研究生期间是有专业限制的，读书也受专业限制，本科期间是最自由的。所以一定要集中精力，要有倒数计时的意识。

我与在座的同学们之间有代沟，观念可能过时了，我的看法大家不一定赞同。坦率地说，我认为现在互联网和手机这些东西，实际上处于一个刚刚爆发的时期。大家面对新奇的东西感到很好奇，但是它们在给人类的生活带来了极大便利的同时，也有很多害处。对手机、互联网等的作用，我们需要认真思考。互联网里面有海量的信息，但绝大多数都是垃圾信息。你为它所控制，所做的大量事情都是无聊的、无效的。有些人在现实生活中缺乏竞争力，也没有正视现实的勇气，就活在那种虚幻的成功里，自我麻痹，这有什么用？你们十八九岁就考上北京大学，在现实里面很成功，就更不能如此。现实生活里面有这么多有益的事情，为什么不去做？网络里大量的垃圾信息完全不需要去看，真正有价值的信息有人会给我们筛选出来，每天看看重要的信息就可以了，其他没完没了的那些无聊的信息有什么意思呢？又如看电影，我只看那些经过淘选的好电影。所以不是说不要掌握信息，人一定要关注现实，但是不用过多地注意那些垃圾信息。经过筛选再去看，可以节省很多时间。

每个同学都想成功，有时候会松懈一段时间，有时候又早起或熬夜，其实不一定要这样。我讲讲我几位老师的说法。夏承焘先生是研究词的有名学者，原来读书的时候条件很差，他那时是大学讲师，室友深夜在床帐里点油灯看书，夏先生便对他说："读书做学问，不靠拼命，靠长命。"你寿命长便可以做很多事情，若是拼命把身体拼垮了，反而做不了什么事情。读书不在于一下子冲刺，关键在于持之以恒、从不间断，不能三天打鱼两天晒网、一曝十寒。我的博士生导师徐朔方先生，他研究戏曲很有成就，他的话是用诗写的，大意是说："登山不必心急奔跑，只要不紧不慢一步步攀登，自会到达顶点。"只要你踏踏实实地、一步一步地走过去，肯定会到顶点，而且不比别人慢，甚至还会快上一点。有些人一开始拼命奔跑，到后面会体力不支。这是徐先生的经验之谈，他自己登山是这样，做学问也是这样。有一次我们去登湖北武当山，有些年轻人一开始发疯似的跑，老先生那时候已经六十多岁，就这么慢慢走，也不停下来休息，最后他比别人早得多就上了山顶。所以你只要一步步往前走，不要急于求成，不要总是望着顶点希望一下子就飞过去，步步前行总会达到顶点。清代龚自珍说过："无旻旻之行者，无昭昭之功。""旻旻之行"是指踏踏实实地用功，如果没有这样努力的话，就不会有显眼光耀的功绩。你现在只要坚持住读一两年书，马上就会发现自己和别人已经不同。我小时候在学校里遥遥领先，进了大学发现大家都很厉害，曾因为没有优势而感到失落，便开始读书。读了一两年，就能发现一些老师上课时的错误，我就对同学说书中不是这样说的，有些同学不相信，去查了书，果然是老师说错了。你若认真读了一些书，再和同学讨论的时候，同学就会发现你和原来不一样了，因为你有了自己的思路和眼光，讲话有理有据，可以讲出很多东西来。这跟抄笔记去应付课程、拿学分完全不同。你有了这种感觉，就能用一种居高临下的态度看待考试，考试便不成问题了。你若踏踏实实读三四年书，到了四年级更会大不相同，会有豁然开朗的感觉，你就不是刚上大学时的你了。这样打好了基础，可以去读研究生。再这样读上几年，读研究生、博士生，你就可以写出一两本非常好的著作，成为一名学者。再花上几年，再写出一两本书，你就能成为优秀的学者。这不是要几十年、一辈子才能看到的成果，坚持几年你就能看到自己的收获，再过几年收效会更明显，这种收效反过来又成为激发自己继续努力的动力。很多人都想成功，但就是因为不肯用功，结果被甩在后面。

临时接到这个任务，因为第一我没做什么像样的研究，第二同学们都是大一的学生，有些专业问题讲得细了怕大家不一定有感觉，所以今天就讲一些读书的体会。我本不想讲什么高论，但今天讲的也还是一些空谈，就此打住吧。

附录二：从事古代文学研究应具备的三种意识——文献意识、理论意识与写作意识

关于古代文学专业的人如何读书、做研究，我谈不上有什么成功的经验，只能说有一点浅薄的体会，借这个机会和大家交流一下。最近两年我在《文学遗产》上发表过三篇这方面的笔谈：一篇关于戏曲研究的《向后、向下、向外——关于古典戏曲研究的重心转移》，一篇是《关于中国古代通俗文学的历史价值和当代意义》，另一篇是《回归生活史和心灵史的古代文学研究》，最后一篇相对重要一点。另外贵阳孔学堂书局2016年出版过我的一本小册子《文学史的维度》，其中收录了几篇谈研究方法的文章，还有一些给朋友、学生的书写的序跋，我在里面陈述了自己关于古代文学研究方法的一些感想。大家如果有兴趣可以参考一下，欢迎批评指正。今天我不讲具体的研究方法的问题，只是想谈一下，在我看来，作为一个比较年轻的古代文学研究者，应该具备哪几种意识。

一、文献意识

现在的古代文学研究的路向之一就是文献学的路向，即全面地收集资料或者发现新的材料，然后在掌握材料的基础上，发现某个问题或抓住某个问题，进行深入研究。回想起20世纪90年代我去南开大学参加学术会议的时候，当时老先生们就提出古典文献学和古代文学研究相结合的路子，这是非常正确的。古代文学研究要想真正做得好，必须建立在文献的基础之上——收集大量的资料，立足于完整的资料或新发现的材料，这种研究比较可靠，也比较有价值。

现在一些搞文献的学者在收集文献上有其长处，能够慢慢摸出很多材料来。但是他们有时缺乏对学术史的了解与把握，理论功底不足，缺乏问题意识，不能敏锐地意识到材料中包含什么问题，它又与哪些问题相关，在相关学术领域居于什么位置，不能判断这个问题有何意义，意义是大还是小。因而不能充分利用材料，挖掘材料中隐含的意义和问题。另一些人则习惯于思考一些比较宏观的问题，如文学史的问题，时间精力都用于看教材或者别人的著作，总想凭自己的聪明才智想出一个新说法，这又很容易流入空对空。而不是选择一块阵地，首先全面完整准确地收集相关文献，在充分熟悉这个领域的基础上，从中发现新的问题，或者对原有的问题做出新的分析或评判。这两种情况在古代文学研究界都存在，可能后一种情况更普遍一些。

不是说理论不重要，但我要首先强调，文献最重要的是基础。缺乏文献基础的文章，套用一些理论模式，如所谓女性研究、接受传播、文本细读这些套路，换点花样，其实是没有多大价值的。你想得到的，别人也都想得到，这样的文章可有可无。但如果是发现新的材料，在此基础上就可变成这个领域的专家。在新材料中发现新问题，这样的研究往往比较可靠。很多专家看论文，不论是硕士论文、博士论文，还是刊物上发表的文章，首先关注注释里面提到了哪些文献。如果都是常见的几种文献，那这篇文章的质量多半平平；如果注释中有几条文献，有几本书，是没有看过、没有注意到的，甚至是不知道的，那么这样的研究可能是真正站到了前沿。研究者读了很多其他学者不了解的文献，这样的文章可能提出了新的问题，或者是对原来的问题做了修正或更新的分析，比较有价值。

研究一个作家，必须尽可能全面地搜集相关资料，然后对这些资料进行考辨。最好是先作资料长编，把作者的生平，作品的写作时间、地点，以及相关的人和事的时间、地点搞清楚。比如归有光，大家对他的名篇《项脊轩志》比较熟悉。这篇作品确实写得很感人。原来的学者分析，此文之所以写出人间真情，是因为归有光属于唐宋派，反对复古派，复古派只重模拟，不写真感情，唐宋派则强调表达真感情，所以归有光在正确的文学理论的引导下，写出这样一篇非常优秀的作品。这好像言之成理，实际上大错特错。因为《项脊轩志》是归有光19岁时写的，此时哪有什么唐宋派？他哪有什么反对复古派的文学主张？他只是会读书，会写文章，又比较敏感，此文写了奶奶、妈妈、保姆、妻子等，全是女性，由此可见归有光多愁善感的气质。文章尽管后来做过修改，但主体部分是他19岁时写的。如果连这一点都没弄清楚，就想当然地演绎发挥，难免蹈空。

注重理论研究的人，往往不注意一些史料和技术问题，有时不免闹笑话。我再举一个例子。《水浒传》里的宋江，在衙门任职时就专门干一些违法的勾当，知法犯法，总是给犯法者偷偷报信。误杀阎婆惜以后被流放，路过梁山泊时，被众好汉救上山。很多梁山好汉都曾受恩于他，一定要把他留下来做山寨之主，宋江这时却完全变了一副面目，死命不肯留下，说什么我家三代无犯法之男，我绝不能玷污父母给的清白之体，我一定要老老实实地服罪，等流放期满后回家尽孝。这和知法犯法、为非作歹的宋江完全是两种形象。梁山好汉挽留不住，只好让他走。后来在花荣那里又出事被抓，又路过梁山，他依然以同样的理由不肯留下，说的话也几乎和上次一模一样。直到后来在浔阳楼吟反诗，马上要被杀头，幸得梁山好汉来救，才终于下决心上梁山。宋江前后判若两人是怎么回事呢？我们过去的文学史分析说，这反映了小知识分子、小官吏走上革命反抗道路的艰难曲折。这是套用革命年代的概念，好像也很有道理，实际上根本站不住脚。

《水浒传》是由说书人讲故事慢慢丰富发展起来的，当初都是一个单元一个单元的，如林冲单元、武松单元、鲁智深单元等等。说书人说上一个单元，可能要一天，或要说几次。等到后来把这些单元连在一起，编成一个大故事的时候，是怎么样操作的呢？早期人们编小说时，根本没有编写长篇小说的经验,只有古代《史记》纪传体那种模式可以套用。短篇小说把故事讲完就算了,长篇小说按中国古代史书里的纪传体结构并不合适,应该构成一个整体。怎样构成一个整体?我们现在讲要有中心人物、中心情节,但当时并没有这种经验。最早的时候,就是设定一个外在的框架,然后再去填满,形成一个整体。比如说《水浒传》的三十六天罡七十二地煞的一百〇八将、《西游记》的九九八十一难等等,都是这种类型的框架。直到《红楼梦》,尽管小说写作水平(特别是结构水平)有很大进步,但"金陵十二钗"之类,仍存在这种依赖外在框架的痕迹。

　　回到《水浒传》,为了编成一部整体性的长篇小说,一定要设置一个三十六天罡七十二地煞的外在框架,然后把它填满。如何让这一百〇八将都上梁山聚在一起呢?这就必须要有一个人物穿针引线。在《水浒传》里,宋江就是这个穿针引线的人物,即所谓"功能性人物"。因此小说中一定先要安排宋江和各种人交往,后来他路过梁山时不能让他留下,必须让他下山,山下还有那么多人等着他带上山呢。带了一批还不够,还不能让他留下,还得下山,再带一批人。直到带到差不多了,就不再下去了。让宋江找什么理由下山呢?宋江本是一个为非作歹的人,只好硬编理由,说什么他家三代无犯法之男等等。这显然与前面宋江的形象相矛盾,理由编得很勉强,甚至可以说很拙劣,但也只好这么硬编了。所以,让宋江一再拒绝留在山上,一定要下山,在很大程度上是出于小说结构和故事情节发展的需要。当然也可以说这反映了小知识分子、小官吏走上革命反抗道路的艰难性,但这绝对不是唯一的原因。我们如果不了解《水浒传》的成书过程,不了解这种技术性的原因,就想当然地分析阐释,肯定无法得出正确的结论。

　　文献很多,选读什么文献、研究什么问题呢?我有一个建议,即围绕重要作家、重要作品、重要文学现象,查找其周边的材料,发现与其有关的文献,发现新的线索,从而对某些问题做出新的解答。我曾经提出一个说法：研究的价值，并不完全取决于研究对象本身的价值。比如某个时代文学发展走了弯路，这个时代的文学往往成就不高，从欣赏的角度看价值不大。但从研究的角度看，探讨这个时代文学为什么衰落就很有意义，跟研究某个时代文学为什么繁荣一样有意义，在某种程度上甚至更有意义。当然，话虽这么说，研究的价值与研究对象的价值还是有一定关联的。我只是说研究的价值"并不完全取决于"研究对象本身的价值而已。现在有些研究者，避开重要作家、重要作品、重要文学现象，选择一个名不见经传的作家、家族、文人群体、文本等进行研究，说是填补空白，其实没什么意义。因为这种对象本身就没有什么价值，填补这个空白有什么意义呢？当然，如果运用了新的研究方法，从新的角度切入，在这些文学现象中挖掘出了重要问题，那就很有意义，另当别论了。但这种情况并不多见。所以相对来讲，还是研究比较重要的作家、作品和文学现象，意义更大一些，也比较有可能取得高水平的研究成果，得到同行的认可。但重要作家、重要作品、重要文学现象已经被研究很多年了，直接相关的材料也都被挖掘出来并被利用了。没有新的材料，很难有新的突破。

　　但关于这些重要作家、重要作品、重要文学现象，还存在大量外缘性的材料。如果我们能扩大搜寻范围，往往能有重要发现。我认识的一位学者，就是这么做的，而且取得了很好的成绩，那就是中国人民大学的郑志良老师。他重点研究明清戏曲小说，特别是汤显祖的作品、《儒林外史》等。这些作家和作品都已被人们研究了多少年了，现在发表的文章很难有新意，似乎已经很难取得突破了。但郑志良老师注意阅查各种书目，并尽可能找到有关文献，就取得了一些非常有价值的成果。比如《儒林外史》到底是五十回、五十五回还是五十六回？第五十六回"幽榜"的内容是否是吴敬梓所写？这牵涉到如何认识和评价吴敬梓及《儒林外史》的思想倾向和价值，因此是极为重要的重点、难点、热点问题，历来学术界争论不休。大家从文献学、思想分析、文本结构分析、小说所写故事的时间地点关系等多个角度,提出了种种见解,能想得到的办法几乎都用过了。郑志良老师则从文献的角度出发,在图书馆发现了吴敬梓的朋友宁楷有一部《修洁堂稿》的稿本。其实以往研究《儒林外史》的学者,也已经注意到宁楷,也曾搜罗他的作品,但只看到《修洁堂稿》的节选本《修洁堂集略》的刻本。因为宁楷缺钱,只能刻这个节选本,无力刻全本。这个《修洁堂集略》中与《儒林外史》相关的资料,研究者们也都利用过了。其实那个《修洁堂稿》,也有人曾注意过,那就是蒋寅教授,他曾指出其中有与《儒林外史》相关的资料。但蒋寅教授不专门研究《儒林外史》,就没有深究了。郑志良老师发现了这个文献,就抓住不放,找到后仔细看。因为他了解吴敬梓及《儒林外史》研究的具体情况,关注点就不同。他发现该书中有一篇《〈儒林外史〉题词》,用韵文的形式将《儒林外史》的人物和故事情节演述了一遍,里面就清楚地写到"幽榜"的内容。而据对该书结集时间的考察,该书应该结集于吴敬梓在世时。也就说,当时宁楷看到的《儒林外史》,就是有"幽榜"内容的,"幽榜"内容基本可以断定是吴敬梓所写,这就为我们准确认识和评价吴敬梓及《儒林外史》的思想倾向和价值提供了重要依据。我认为,这是近年来吴敬梓及《儒林外史》研究,甚至是整个古代文学研究领域最重要的成果之一。当然,后来又有学者怀疑宁楷,认为《儒林外史》中的"幽榜"等情节就是他掺进去的,他写这篇《〈儒林外史〉题词》就是为了自我宣传。这种可能性当然也不能完全排除,但他们都是在郑志良老师的研究引导下继续探索的。郑志良老师的研究,可以说大大推进了吴敬梓及《儒林外史》的研究。

我举郑志良老师研究《儒林外史》这个例子,一是为了强调,研究必须以文献为基础;二是为了说明,搜罗围绕重要作家、重要作品、重要文学现象的外缘性材料,可能是发现重要信息、取得重要突破的一个可行的办法。但要做到这一点,有几个前提:一是对相关研究领域非常熟悉,了解学术前沿,知道在这个领域存在哪些问题,别人已经做过哪些研究，还存在哪些遗留问题等；二是必须在搜罗文献方面下死功夫，一旦发现哪种没有受到关注的文献，一定要抓住不放，要想尽一切办法，尽可能找到，而且要从头至尾好好阅读。带着问题寻找和阅读文献，把文献和问题结合起来，才有可能发现突破口。

所谓文献之学，主要是指目录、版本、校勘。我提文献意识，首先要强调的是目录意识。要善于利用目录。古往今来，人们都说目录是学术研究的指路灯。研究一个领域，比方说宋代的《春秋》学，或研究一个地方、一个家族的文学，利用相关目录，一下子就能知道在这个领域有哪些著作，这个地方、这个家族又有哪些作品。过去利用最多的就是《中国丛书综录》，可以说中国古代的重要古籍基本都在其中。现在研究一个作家，首先必须对他的著述目录进行调查，知道他有多少作品，包括各个门类的作品。要充分利用目录，找全他所有的作品，在此过程中要注意有些目录实际上可能是重叠交叉乃至是重复或错误的。全面掌握目录后，就要尽可能全部看过。为什么说要全部看过呢？因为有时看起来很边缘、很次要的地方，可能恰好有问题存在。这种文献可能本身并不重要，但里面埋藏着重要信息，可以为解决重要的问题提供线索，这就是目录的重要作用。因此一定要不放过任何一个线索，所有的目录都要查到，对一本书到底存在与否、是什么样子的、和其他的书之间又是什么关系等都要进行考证。

现在的条件与原来相比有了很大改善，《古籍善本书目》和《中国古籍总目》都已经出版。《中国古籍总目》收录近20万种书目，尽管还存在不少问题，但是至少已经有了一个可供查找的基础。现在想研究一个作家，就要利用这些条件，第一步要做的就是去查目录，把他所有的著述都弄清楚。

人们现在可能比较依赖网站搜索，比方说百度、读秀等等。搜索网上资源可以成为一个非常有用的手段，但是大家不能完全依赖它。作为一个爱好者，普通的网站检索就可以满足需求；但是作为一个研究者，依赖网络搜索是不够的，同时要利用传统的方式也就是目录进行研究。

其次是版本意识。要了解一个作家每种书的不同版本，尽可能找到每种版本，并辨析不同版本之间的相互关系。不能没经过查找比对，就只相信和利用其中某一个版本。比如，《四库全书》作为大型丛书，成为一种历史文化现象，还是值得肯定和为之感到骄傲自豪的；但研究文献的学者对《四库全书》的评价通常是不高的。真正搞研究，特别是研究宋代以后的历史文化，能不用尽量不用《四库全书》的版本，因为它所收的版本不一定是最好的版本，而且不少书遭到改动。同一种书，同一个作者的著作，《四部丛刊》本、《四部备要》本、《丛书集成》本，可能都要好得多，或者有其独特的价值。后来又出了四库系列，《续修四库全书》《四库未收书辑刊》《四库全书存目丛书》《四库禁毁书丛刊》等等。

看书必须要有版本意识。没有版本意识，不弄清文献的本来面目，基于不可靠的材料展开论述，有如沙上筑城，一碰就倒。举一个例子，关汉卿的《窦娥冤》历来被认为是最富有人民性的作品。该剧第三折开头，窦娥唱的《滚绣球》曲："有日月朝暮悬，有鬼神掌着生死权。天地也，只合把清浊分辨，可怎生看错了盗跖、颜渊？为善的受贫穷更命短，造恶的享富贵又寿延。天地也做得个怕硬欺软，却原来也这般顺水推船。地也，你不分好歹难为地？天也，你错勘贤愚枉做天！哎，只落得两泪涟涟。"过去的文学史教材和作品选，都说在中国古代，"天地"往往代表最高统治者。因此窦娥这里埋怨天地，就是对最高统治者提出了控诉，逻辑上好像也说得通。可是，在中国古代，"天地"不仅被用来代表最高统治者，更多的时候实际上是抽象的公理与正义的化身，是人们最后的希望和寄托。窦娥埋怨天地，并不等于就是控诉最高统治者。更重要的是，后人研究关汉卿及其《窦娥冤》，往往都是依据《元曲选》的版本，但《元曲选》是经过了明代臧懋循很大幅度的修改加工的。研究元杂剧的本来面貌，就不能只依据《元曲选》。相对更接近元杂剧原貌的《古名家杂剧》本《窦娥冤》中，"你错勘贤愚枉做天"作"天也，我今日负屈衔冤哀告天"，意思很不相同。因此，我们评判关汉卿《窦娥冤》的思想性，就必须考虑到它的各种版本的差异，不能只依据《元曲选》的版本。

又比如研究归有光，原来一般用上海古籍出版社出版的淮阴师专周本淳先生点校的《震川先生集》，此书原为明清之际钱谦益所编。从明中叶到明末清初，归有光从名气平常到地位越来越高，实际上经历了一个被塑造的过程。明末清初，黄宗羲和钱谦益为了表达对故国的怀念，也为了确立自己在学术史和文化史上的地位，对整个明代的诗文进行编订，并表达自己的见解。钱谦益编《列朝诗集》，黄宗羲就编《明文海》。从狭义的文学的角度看，明代的文比较有特色和成就的其实是小品文，但当时的人对小品文不能有正确的认识，还不够重视。除此以外，他们看明朝的古文确实质量平平，唯一较为可取的就是归有光，因此竭力推崇归有光。而且归有光影响了嘉定的学术，钱谦益与嘉定渊源很深。钱谦益既出于个人的感情，也出于要确立自己对明代诗文最终定位的学术话语权的考虑，争夺编订归有光文集的机会。当时很多人都想编归有光的文集，因为大家发现整个明代的文可能只有归有光的作品比较有价值，编定归有光的文集，就能确定他作为一个权威的评论家、权威的明代文学研究者的地位。

钱谦益这个人极为聪明，他对归有光的文集先进行挑选。归有光20岁考中秀才，35岁中举，60岁才考中进士，有40年的时间都在嘉定教私塾，一生大半时光都用于向学生讲解四书五经。考虑到归有光大半生的心血花在经解上，钱谦益在编归有光文集的时候，前面两卷收录的是所谓"经解"。从古到今编个人的文集没这么编的。经解是著作，著作是不应该列于专收诗文的别集的；将经解编一本单行的著作是可以的，但编这样一本应付科举考试的经解著作又没什么价值。可是如果把这一块拿掉，又不是完整的归有光了。所以钱谦益做出自己的判断，前面两卷所收的是经解，虽属别出心裁，自创体例，或者说违背传统体例，却符合归有光的实际情况，这也反映出钱谦益这个人有眼光，有独到见解。经解里也反映了归有光的一些思想，如果当时钱谦益没有收录，后世的读者就不一定能对此有所了解。

真正进入文学部分,第一篇是《项思尧文集序》,这是归有光批评复古派"后七子"领袖人物王世贞的一篇文章。钱谦益对明代文学史的表述,决定了《明史·文苑传》《四库全书总目》明代文学部分对明代文学史的表述,甚至决定了我们现在对明代文学史的表述。因为钱谦益的影响极大,东南一带的知识分子基本都受其影响,而《明史》主要是东南地区的士大夫编的,《四库全书》虽然是纪昀负责,但《四库全书总目》很多提要也还是东南地区的知识分子写的。

钱谦益很有见解,但有时又很偏颇。钱谦益说归有光主要学唐宋,是所谓的"唐宋派",唐宋派与复古派是对立的,因此归有光和王世贞是对立的。近年来许多文学史将归有光归入唐宋派,与复古派对立,一方面是受钱谦益的影响,认为《项思尧文集序》里斥责王世贞"庸妄巨子"是非常充分的证据;一方面也是近代一百多年来,所谓"派别"斗争的思维方式流行,对人们产生了非常严重的影响,认为文学史上充满着各个派之间的斗争,好像古代文学家都是属于某某派的,不把作家列入"派"就不好表述,这是很荒唐的,现在情况已经有所好转。当时有没有唐宋派呢?准确来说,可以说有,但真正的唐宋派作家应该是王慎中和唐顺之。至于后来研究者拉入唐宋派的茅坤,他的文学观点本来比较接近复古派,从他与唐顺之讨论文学的几封书信中就可以看出来。唐顺之给他解释了一番唐宋派的文学主张,发现茅坤还是不明所以,就干脆不理睬他了。但当时复古派衰落,唐宋派名气居上,茅坤就开始随声附和。他编《唐宋八大家文钞》,主要是出于一个文化商人敏锐的商业意识,是为了名声和利益,谁知大获成功,后人就想当然地认为他是所谓"唐宋派"作家了。实际上他的文学观点总体上是比较模糊、自相矛盾的。再来说归有光,实际上他在当时文坛是一个独立的存在。文学史上有大量人物根本就不属于什么派,文学史上存在大量这样复杂的情况。真正主张学唐宋的是王慎中和唐顺之,归有光一生和他们没有任何交往。归有光的文集里面只有一次提到了唐顺之，唐顺之是当时最有名的文人，这相当于现在一个县里面的中学老师提到了全国文联主席，唐顺之当然根本不会当回事。王慎中和唐顺之在文集里面一次也没提到过归有光。隔得那么遥远，从来就没有过任何交往和讨论的人，怎么可能是一个流派？

当然，更关键的是在文学观念上，归有光的思想既不像复古派，也不像唐宋派，或者说二者的观点都有一些，他是一个比较特殊的存在。其实文学史上有很多人并不一定归于哪个流派，但他又不可能完全脱离当时的文坛，多多少少还是会直接或间接、明显或隐蔽地受到当时环境的影响，对环境做出一种回应。研究归有光，如果把他硬塞到唐宋派里面去，说他和唐宋派的理论如何一致的话，反而会掩盖归有光文学思想和创作风格的真相，掩盖文学史的真相；如果知道他是一个独立的存在，看他是如何独立，又如何受环境的影响，这才是真正揭示历史的真相，也揭示了归有光的本来面目。

钱谦益将《项思尧文集序》置于《震川先生集》文学部分第一篇，就是为了塑造一个与复古派对峙的归有光，故意把他不太重要的一篇文章放在首篇，把体现归有光和王世贞关系良好的一些文章放在后面。因为钱谦益知道，很多人看书不会看到后面，或者看到后面就不太认真了。现在看《震川先生集》，看到后面部分，才会发现原来归有光和王世贞还有很多交往。王、归两家是同乡，还是亲戚。王世贞的父亲王忬因战场失机被嘉靖皇帝和当时的首辅严嵩处死后，家乡的士大夫一起祭奠王忬，祭文就是归有光写的，因为他是王家的亲戚，而且大家公认归有光文章写得好。后来归有光中了进士，担任浙江长兴知县，为了减轻当地贫民的赋税负担，得罪当地富豪，受到中伤，朝廷调他到顺德当马政通判。虽然通判比知县级别高，但是不光彩的职务，一般授予非科举正途出身的人。归有光是正儿八经的进士，如接受这个任命，是很耻辱的事情。但如不接受这个任命，那等于是辞去公职了。考了几十年，好不容易才得到这个进士头衔和官员身份，放弃这个身份又太可惜了。在这种情况下,归有光找谁商量呢?找的就是王世贞。可见归有光对王世贞是非常信任的。王世贞也确实很理解归有光的难处,所以建议他还是接受这个职务,而且劝他放心,说自己曾经在顺德那个地方任职,熟悉那里的人士,他们都知道归有光的大名,不会为难他。并且朝廷里也有大臣欣赏归有光,等这个风头过了,很可能将他调回朝廷任职。后来的情况也全如王世贞所料。

因此,要了解归有光文学思想的真实情况,了解他与王世贞及其他文学人物之间的交往关系的真实情形,就要认真读《震川先生集》全书,不能只看第一篇,被钱谦益牵着鼻子走。而且,不能只看归有光文集的这一个版本,而要看各种版本。明代的归有光文集至少有二十多个版本,把这些版本一一看了以后,就会发现各版本之间是有不同的:早期的版本收集的某些作品,表达的某些观念,后来的版本中就没有了;有的作品后来又经过修改,改变了原来的面貌,如果只看后面的版本不知道前面的版本,就无法了解归有光前后思想的变化,不了解归有光的真实面貌。

所以研究一个作家,不仅要知道他有多少种著作,还要知道每种著作有多少种版本,并把这些版本进行比对,了解各种版本之间的源流关系。有时版本问题不仅是研究的前提和基础,而且就是问题本身,很多问题就在版本中。把版本弄清楚了,把版本之间的差异弄清楚了,这个作家思想观念的变化或其他某些问题就呈现出来了。

再举一个例子。以往人们研究元末明初著名文学家宋濂,多利用《四库全书》本的《文宪集》。这个版本是按文体编的,便于人们看到宋濂各种文体的创作成就。我最初研究宋濂,就是利用这个版本。但《四部丛刊》本宋濂文集名《宋学士文集》,不是按文体编的,而是将宋濂前后刊印过的若干集子依次汇集在一起,不打乱它们的原貌。看这个版本,宋濂前后期思想和文学创作的变化轨迹就一目了然。我因此写了一篇文章,题目是《论宋濂前后期思想的变化及其他》。两个版本各有优点,但我肯定倾向于后一个版本,它反映了前一个版本所不能显现的问题。不同的版本有不同的特点，也就有不同的价值和作用。因此，对于当代人整理古人的文集，我也倾向于尽可能保持古人文集的原貌。

二、理论意识

研究文献的学者有其优点，比较注重言必有据，实事求是，即先把文献本身弄清楚，然后进行分析和论述，这当然是好的。但有时也有局限，即只注意搜集和考辨文献，不善于发现文献里面有没有问题、有什么问题，这个问题有没有价值、有多大价值，所以有时很可惜地放掉了很多可以发现新问题的机会。其实过去研究文献搞得比较好的老师在各方面都很通，比如陕西师大的黄永年先生，他既研究文献，在版本学、目录学领域功底很深，同时文学史和文学作品的研究也做得很好。

既掌握文献又能够研究理论问题是最好的，这样就能对所发现的文献做出充分的解读和利用，同时使理论研究建立在文献的基础上。研究古代文学的同学一定要注意培养自己的理论素养。现在全国研究古代文学做得比较好的那些学者，大部分人都是非常重视理论的，即使每个学者的风格不一样。真正研究做那些得好的学者，没有一个不重视理论、注重史论结合的，他们在哲学、文学、美学、艺术理论等各方面理论上所下的功夫和打下的基础都是非常深厚的。

我读大学的时候，算是认真读了一些书，包括不少哲学、文学、美学、艺术理论方面的书。我是77级的本科生，正好赶上那时的美学热，学美学得了解一点哲学，所以读了一些马克思主义的书。开始读的是《马克思恩格斯选集》，这套书把马、恩著作的精华部分编进来了。当时的马列著作编译局（后叫中共中央编译局，2018年整合纳入中共党史和文献研究院）翻译得也很好，里面有最好的专家，他们反复打磨，一字一句推敲，翻译出来的内容清清楚楚、明明白白。

大家最好把八册《马克思恩格斯选集》通读一遍，如果缺乏耐心，可以先读第七册，这一部分是关于历史唯物主义的通信，是最简单的部分，讲的是如何用历史唯物主义方法来研究社会，包括研究文学。真正历史唯物主义的方法是什么？现在的理解非常简单、机械甚至教条主义。其实马克思把历史唯物主义讲得非常灵活。从历史长河的角度来看，从整个人类历史的发展过程来看，经济肯定是影响上层建筑和意识形态的决定性因素。马克思曾说，如果要讲我这一生有什么发现的话，就是这一发现；如果不讲这个，我这一辈子就没有什么发现。我们常讲的是他后来的另外一个发现——无产阶级革命，但是实际上到了晚期，马克思对这个问题的看法已发生变化，恩格斯变化更大。

马克思一生的最大发现就是历史唯物主义，即经济基础决定上层建筑，社会存在决定社会意识形态。经济是在历史发展过程中起决定作用的因素。这一观点提出以后，他的学生和追随者都刻板地按照这一思路去研究历史：遇到任何问题都先讲经济，按照经济、政治、文化、意识形态的顺序分析，现在基本上也都是用这个套路。马克思当时得知学生们的做法后非常不满，认为这样做很不合理，也歪曲了历史唯物主义的本意。他说针对具体的历史现象、历史环境，分析和研究的思路不可能是这样的套路。历史是一个万花筒，是一个像魔方一样的东西，在特定历史条件下，任何因素，比方说宗教、军事、科技等，都可能起关键性的作用，这就是所谓"平行四边形原理"，即社会是由多种因素共同构成的一个整体，其中任何一种因素（一只角）的变化，都可能导致整体（平面和立体）的变化。马克思甚至激愤地说，如果你们认为我马克思讲过任何现象、任何事件、任何环境都是经济因素起决定性作用的话，那是你们讲的马克思主义，不是我讲的马克思主义。你们一定要坚持这样的马克思主义的话，那我只能说我自己不是马克思主义者。马克思关于社会历史的许多具体分析，为我们如何灵活运用历史唯物主义原理提供了范例，其中最典型的就是《路易·波拿巴的雾月十八日》，分析法国历史上路易·波拿巴政变这一历史事实。马克思从特定的历史事实出发，考虑到导致这一事件的各种复杂因素及其相互作用，将这一历史事件分析得极为透彻细致，文章也写得非常生动，几乎像小说一样，远非那种机械套用历史唯物主义原理的做法。

另外还有一点，就是马克思按照历史唯物主义的原理研究西欧社会发展史，提出了西欧社会历史发展经历了原始社会、奴隶社会、封建社会、资本主义社会四个阶段，将来必将发展到共产主义社会，共产主义社会的初级阶段是社会主义社会。这就是所谓"历史五阶段论"。马克思是一个非常严谨的学者，他反复申明，这只是研究西欧历史得出的结论。至于其他地方，情况肯定有所不同。比如亚洲，他说我不了解，但知道肯定很不相同。至于如何不同，他也说不清楚，只能笼统地称之为"亚洲（亚细亚）模式"。可是后来追随马克思的人，又把这个"历史五阶段论"套在对世界其他地方社会历史发展的研究上，认为放之四海而皆准。对此马克思也非常生气，他说你们把我研究西欧历史的这些理论，非要说成是普遍真理，这表面上是给我莫大的荣誉，实则是对我的羞辱。

那时喜欢看这些书，有一个背景，在那之前是盲目地迷信马克思主义，后来到了20世纪七八十年代，很多人又走向另一个极端，即盲目地否定马克思主义。我觉得两者都不可取。一定要自己去了解一下，看看马克思主义到底是怎么一回事。就像马克思曾经讲过的，我要用自己的头脑，将人类所有的知识检验一遍，理解的就相信，不理解的就不相信。

当时读完《马克思恩格斯选集》之后，我觉得不满足，就开始读马克思、恩格斯各种著作的单行本，比较重要的单行本我都读过，如《德意志意识形态》《英国工人阶级状况》《家庭、私有制和国家的起源》《自然辩证法》等等，还有当时非常受关注的《1844年经济学哲学手稿》（又称《巴黎手稿》）等，越看越着迷。单行本基本看完以后，我又开始读《马克思恩格斯全集》，可是没读完，就要毕业了。这期间还看了列宁、斯大林等人的一些书，如《哲学笔记》《马克思主义和语言学问题》、普列汉诺夫《论一元论历史观之发展》等。这些书对我帮助很大，主要是建立了观察和分析各种问题的基本立场和思想方法。

复旦大学的章培恒先生,是我非常敬佩的一位学者。他研究的是古代文学,但给新入学的研究生开设的一门课程,是一起读马克思、恩格斯的《德意志意识形态》。有人也许觉得这不可思议,我则觉得章培恒先生的考虑非常有道理。《德意志意识形态》主要讲如何判断一个社会、一种理论的历史价值,它指出,所有人类的一切活动,都必须有利于使人类的生活逐步变得更美好。人类社会生活最美好的图景是怎样的呢?就是"自由人的联合体",即尽可能给人们创造自由,同时人又是社会的动物,所以必须是一个"联合体"。这实际上就是他们后来所描述的共产主义社会的图景。马克思、恩格斯认为,一切社会制度、所有理论,符合这一基本原则,就是合理的、有价值的;违背这一原则的,甚至起反作用的,就是落后的、反动。这就为我们判断各种历史现象,包括文学现象,建立了一个根本的标准。文学都是人写的,文学背后是人,人背后是社会。不了解社会,不能分析社会,怎么可能了解人呢?不了解人,怎么可能理解和分析文学呢?所以这些了解和分析社会、人的工作,是从事文学研究的前提。如果你没有确立这样的基本价值观,如何分析和评判各种历史文化现象,包括文学现象?现在有不少研究者,觉得古代文学的主要问题都研究得差不多了,于是去研究一些边缘性的现象,或者对一些过去已有基本价值判断的历史文化现象做翻案文章,比方说对叛徒、奸臣等做翻案文章,或对一些明显违背人追求自由的要求的文学现象给予肯定性评价等。不是说这些不可以研究,关键是你如何研究。有些人的看法就缺乏基本的价值判断,把好的说成坏的,把坏的说成好的,似是而非,制造混乱,这就是缺乏基本的理论素养和基本价值观的表现。所以章培恒先生让研究生学习《德意志意识形态》是非常有道理的,多读一些理论书是非常必要的,这可以帮助我们确立基本的价值观和方法论。

学习伟大思想家的著作,除了掌握理论观点和分析方法以外,还有一个好处,就是感受思想巨人的风采,扩展自己的眼界和心胸,让自己不知不觉站到了一个比较高的立足点上，在观察和分析问题的时候，有一种高屋建瓴的气势。而且在学习这些理论的过程中，可以磨炼自己的理论思维能力。

很多人不懂黑格尔却要批评黑格尔，因为黑格尔说世界是理念的显现和发展。人们可能会想，世界不是自然的发展吗？怎么能是理念的发展呢？其实黑格尔是说，世界的背后肯定有一个规律，这个规律（或者说理念）是对世界发展现象的一个总结，抓住这个规律以后，再回过头来解释历史现象。所以这个世界就是按照规律来发展的，用中国的话来说，就是按照"道"来发展的，当然中国的"道"与他讲的规律并不是一回事。实际上他是在探索一个规律，然后再用规律来解释现象。马克思的思想，与黑格尔、康德等所代表的德国古典哲学关系非常密切。因此马克思的书基本读完以后，要了解它的来龙去脉，从而更深入准确地把握它，就还要读黑格尔、康德的书。北大中文系的学生曾经采访我，让我推荐一本最重要的书，我推荐了马克思、黑格尔的书。除了历史唯物主义的方法以外，在理论思考方面对我影响最大的是黑格尔的《美学》和康德的《判断力批判》。

黑格尔的《美学》有一种宏大的气势，它对整个人类文学艺术的发展史进行逻辑的、整体性地把握，视通万里，这种整体性的思维框架是多么令人震撼。他认为整个人类文学艺术史，就是物质与精神的相互关系演化的历史。他把世界上所有的文学艺术现象都纳入到他的框架里面去：比如说最早的艺术是物质大于精神；之后慢慢精神和物质达到平衡和谐，这就是最完美的文学艺术形态了；然后精神大于物质。所以最早的是雕塑，然后是悲剧、诗歌、音乐，音乐主要是精神性的，是最后的艺术形式。音乐之后文学艺术就消亡了，就是哲学的时代了。他判断文学艺术是会消亡的，因为文学艺术也不是和人类历史共始终的，也只是人类的精神现象发展过程中的一个环节。虽然我们已经习惯于文学艺术是人的社会生活的反映的说法，按这种说法，只要人类还存在，文学艺术就会存在，但黑格尔的这种见解很可能是正确的。早期人类的精神现象的主体就是宗教、巫术，其中也包含了文学艺术的成分，或者说文学的萌芽，但当时它主要是一种宗教，是宗教（或者说是信仰）里面包含文学艺术因素。随后文学艺术慢慢独立出来，发展起来。现在文学在慢慢走向哲学，再之后可能走向消亡，最后一个文学艺术形式可能是音乐，所以现在音乐是最兴盛的。我觉得文学艺术里面别的形式已经明显没落，但是音乐的前途无穷无尽，现实已经在证明黑格尔的看法。黑格尔搭建了一个人类文学艺术发展史的总体框架，每一种文学现象，包括各种文学艺术形式，戏剧、小说、诗歌等等，都是这个框架或者说链条中的一个有机环节，都有它特定的历史位置。分析任何文学现象，都要将它放在这个大框架中进行观照，看它处于那个环节，居于什么位置，分析里面的内在构成，分析它的物质与精神、内容与形式是怎样一种关系，发生了怎样的变化。黑格尔将这种宏大的理论一以贯之地说下去，即使有些地方说得比较勉强，但总体上有一种强大的穿透力。

受黑格尔《美学》的启发，研究中国文学问题，也可以借鉴黑格尔的理论体系和思维方法。研究中国文学史上的任何一个现象，都应该将它放在一个宏大的框架中，发现其在纵横方向的联系，比如纵向上是如何错位的，新旧是如何交织的。在宏观中审视微观，在微观中透视宏观，宏观与微观相结合。历史往往是复杂的，我们的任何研究都应该能够做到揭示它的复杂性。一般来说，不是把复杂问题简单化，而是弄清楚问题的复杂性并将它揭示出来，这有助于更充分认识历史现象的复杂性，提升我们的智慧。

黑格尔的另一本著作《历史哲学》，也对我启发很大。黑格尔的许多书都写得晦涩难懂，如《大逻辑》《小逻辑》等，但《美学》写得比较清楚，《历史哲学》则最明白易懂，写得如行云流水。这本书说了什么呢？按照后来马克思、恩格斯的总结，黑格尔这本书就说了一个道理："凡是存在的都是合理的，凡是合理的都将变成不合理的。"这两句话好像很简单，但具有巨大的理论意义。它告诉我们，任何历史现象，都肯定有它存在的原因，那么就有它的必然性，也就有它的合理性。我们对任何历史现象，都不能根据自己的好恶或根据后来人的价值观，对它予以简单否定，而要将它置回到当时特定的历史环境中，重回历史现场，重现历史过程，看它为什么会出现，又是如何呈现的。但历史是发展变化的，环境变了，过去必然的、合理的历史现象，就变成不必然、不合理的现象了。又要分析它为什么以及如何变得不必然、不合理。而且这个变化有一个过程，它不是一下子就由必然、合理变成不必然、不合理的，其间肯定存在一个可能比较漫长的、既有一定必然性、合理性又同时具有一定的不必然、不合理性的状态。那么我们又要分析这个过程是如何转变的，在这个转变过程中，各种因素又呈现何种复杂交错的状态。这样，就始终具有一种历史的眼光，一种变化发展的思维方法，而不是孤立、静止的思维方法，就能深入揭示历史的真实图景。顺便说一句，这个"凡是存在的都是合理的，凡是合理的都将变成不合理的"原理，除了对研究学术问题有指导意义外，对形成自己的人生观也有帮助。懂得了这个原理，看世界上各种事物，就能比较理性，比较深刻，对种种现象多一份理解，同时又看到历史发展的内在逻辑，而不会感到迷茫悲观，感情用事。

　　康德的著作也很重要。对从事文学研究的人来说，首先应该看的是《判断力批判》。所谓"判断力"，就是审美能力，这本书就是分析人们的审美能力的。看这本书可以让我们了解所谓审美能力是怎么一回事，对提高我们的审美能力有好处。现在有些同学在写博士论文和发表文章时，讲起文献材料和思想观念时还比较像回事，但一到分析作品的时候，讲得就不内行、不到位，缺乏一种审美判断力。如果想要提高文学的审美能力和分析能力，可以看一下康德的《判断力批判》，看他是如何将感性与理性融为一体的。文学艺术和审美与纯粹理性和纯粹感性的差别，就在于既有理性的成分，又有感性的成分。例如，康德将美划分为两种,一种是优美,一种是壮美。他在描述壮美的时候,那种感性与理性交织的笔调,例如说壮美就像天边的一道闪电、高山的悬崖滚石这类的描述,给我留下了很深的印象。当然想提高文学艺术的鉴赏力没有那么容易,现在有些同学在分析一篇作品时,既不懂里面的本事和典故,也不懂诗、词、曲、文、小说、戏曲的表达技巧,另外也不了解这个作者的个性、处境和心情,好像与这个作家完全隔膜,根本就不懂这个作家写作时的特定心态和心路历程。这样分析作品,往往就只能按照一些通行的套路,图解一些概念,实际上根本没有抓住这些作品中的精微之处。

当时我看西方文艺理论的相关书籍时,除了朱光潜先生翻译编写的几本书以外,比较集中看的就是《古典文艺理论译丛》,共六册。这六册书几乎囊括了西方从古希腊时期一直到近代的关于古代文艺理论、美学的最重要的著作。当然还看了另外一些书,印象比较深的如亚里士多德《诗学》、爱克曼《歌德谈话录》、普列汉诺夫《一封没有地址的信》之类。现在的情况比20世纪七八十年代好多了,好多西方古典哲学、美学、文学理论著作都有新的版本,找起来也方便多了。

以上所谈是西方古典哲学、美学、文学理论。现在研究古代文学的问题,如果不借鉴西方理论,怎么能超越古人呢?古人对古代那些材料实在是太熟悉了,我们要想超越他们就要有新意。我们不仅要学习西方的古典理论,而且对近代到当代的各种学说,如现象学、潜意识理论、存在主义、接受美学、形式主义、文本分析、女性主义、东方主义、后殖民主义、复调理论、影响焦虑理论等,都应该有所了解。

在思想文化发展史上,哲学上的突破是最难的,也是最重要的。20世纪哲学最重要的突破就是现象学,它涉及基本的世界观、认识论、方法论。其他哲学、社会学、美学、文化学等方面各种各样的理论,包括存在主义、女性主义、东方主义等等,都比它的层次要低,都在某种程度上受到它的影响,都与现象学有或多或少的关系。

现象学最基本的东西就是反本质、反逻辑、反中心，对过去的现象、本质二分的本质论提出了怀疑。现象学的具体理论可能不容易看得懂，因为德文本身就很晦涩，翻译得也有点莫名其妙，但基本的意思我们要知道。我们现在研究古代的问题时，并不一定的要按照现象学或解构主义的具体套路去做，但我们心中要有一个解构主义的思路。一方面建构，一方面解构，让你的思维更加灵活。遇到历史现象，该解构的时候要解构，该建构的时候要建构，在这方面现象学对我们还是很有启发的。

从古希腊理论到现象学，包括层次比它低的潜意识理论、接受美学、形式主义、结构主义、文本分析、复调理论、布鲁姆的影响焦虑理论等，都是比较具有代表性的。研究古典文学的同学，每种理论读懂一两本书就差不多了，主要给我们提供一种思路。比如关于一个作者如何受到前代的影响，这种影响使他产生很大的焦虑，他如何在学习中超越，这些问题在布鲁姆《影响的焦虑》中解释得很清楚，看看他的分析，对思考相关文学现象很有启发。再比如关于口传诗学，建议看朝戈金先生翻译的《口头诗学：帕里—洛德理论》，这个理论在研究口传文学中极其重要。过去研究古代口传文学，包括口传史诗，以及弹词之类说唱文学，如清代陈端生的《再生缘》这样的作品，习惯上都是用传统的书面文学的标准来衡量，因此总觉得这些作品太啰唆，没有多大价值。而陈寅恪先生曾在哈佛大学留学，了解口传文学理论，他用口传文学的标准来衡量《再生缘》，认为《再生缘》是一部伟大的作品。我认为陈寅恪先生的观点非常深刻，为此我曾经写过一篇文章《陈寅恪论〈再生缘〉〈柳如是别传〉的研究旨趣》，谈了自己的有关看法。

现在读本科，主要就是读教材，应付考试，获得高绩点。读硕士、博士，好像就是忙于写文章，发表文章。当然不是说不应该写文章。边写边学，带着问题读书，研究性地读书，读书的效果会更好。除了读专业书以外，再多读几种理论书，多掌握几套理论工具，就好比工具箱里逐渐储存了多种工具。这样就能从多种角度看问题，就能敏锐地发现问题。遇到什么问题,就拿什么工具去解答。别人在建构,自己恰恰要解构;别人在解构,自己恰恰要建构;别人用形式分析的方法,自己恰恰用社会历史学的分析方法;别人用社会历史学的分析方法,自己恰恰用形式分析的方法或者接受美学的方法……综合运用多种工具,多种方法,就没有什么问题是不能分析的。

以上所讲是包括马克思主义在内的西方理论,另外我还要强调一点,即研究中国古代文学,一定要掌握中国古代文学理论。有什么样的锁,就要用什么样的钥匙去开,才能打开。古代文学理论,就是打开古代文学的锁。它为我们理解中国古代文学作品的传统特征,包括技巧、写法、韵味和风格方面的特点,提供了一整套的概念、原理和方法。用中国古代文学理论来解释中国古代文学,同时结合西方的文学、哲学、美学理论,综合运用,就能把古代文学作品理解得比较到位,分析得比较透彻。

根据我的体会,要大致掌握中国古代文学理论,方法很简单,只要花点时间把郭绍虞先生主编的《中国历代文论选》通读一遍就差不多了。郭绍虞先生这套书编得实在是太好了,他邀请全国许多各有专长的著名学者一起编,把中国古代文学理论发展的主要环节,每个环节中的重要问题,关于每个重要问题的重要文献,基本上都挑选出来了,并且讲得很清楚透彻。如果你们没有足够的时间,至少读大字的篇目,四册中大字的篇目,合起来就是一本书的篇幅,后面的小字篇目相当于附录。同一个问题,最具有代表性的是大字的篇目,其他相关的讨论是小字篇目,小字里面倒是有些不一定很重要。把大字的篇目读一遍,中国古代文学理论的脉络基本就掌握了。我顺便要推荐的就是郭绍虞先生的《中国文学批评史》。我认为到目前为止,文学批评史里面写得最好的,还是郭绍虞先生的这一本,和他编的《中国历代文论选》是相互配合的。后来有好多种文学理论批评史著作问世,大多倾向于用现当代的理论模式,去剪裁中国古代文学理论。用陈寅恪先生在《冯友兰〈中国哲学史〉上册审查报告》中的话来说，这些都是编著者本人的中国古代文学理论批评史，而不是中国古代文学理论批评史本身。郭绍虞先生的《中国文学批评史》，不太用现代理论模式去套古代文学批评理论，而是原原本本地把中国古代文学理论批评史的面貌和发展过程展现出来了。

大致了解了古今中外的哲学、美学、文学理论，再加上平时对历史、宗教、社会学、语言学等方面的理论也有所涉猎，融会贯通，这些理论就像盐化到水里一样，你就能形成自己的理论体系，形成自己观察、分析问题的方法，进而形成自己的学术个性。

三、写作意识

就学术研究而言，阅读和思考当然是最重要的，但写作也很重要。而且语言表达与思考是密切相关的，在某种程度上写作会倒逼你的思考和研究。同时，从事文学研究，把文章写得漂亮一点也是一个基本的要求。

我先讲一下自己在写作方面是怎样受老师教诲的。我是湖南人，湖南学者有自己的优点，比较注重家国天下的大问题，按原来的说法就是"喜言王霸大略"，但是不太注意写作。后来我到浙江的杭州大学读博士，我的导师徐朔方先生是吴越的学者，他非常注意如何把文章写得漂亮、细腻、生动。徐先生的文章写得好，这在古代文学研究界是众所周知的。他大学是英文系毕业的，受英语文学影响较深，写文章不大受汉语特别是近几十年来的汉语的表述和结构套路的影响。我原来在湖南的时候，一天可以写一万多字，实际上是乱写。跟徐先生读书后，我把写的东西给徐先生看，他几乎都划掉了，我觉得很受伤，很委屈。后来仔细看，划得对，其实剩下没划的也应该划，没全部划掉是老师给我留面子。于是我向老师请教写好文章的方法，老师说得很简单：你想写好就能写好。我开始还不明白，我是太想写好了，可怎么还是写不好呢？后来才明白这句话说得太有道理了。所谓真正想写好，就是每一句、每一个字都要认真推敲，都要想明白到底要表达什么意思。只有这样用心，才算是真想写好，那就会写好，至少写得好一点。

首先从论文的题目谈起。现在很多论文的题目，只是表明要研究什么对象，而没有显示要研究什么问题。研究对象和研究的问题不是一回事。这个问题最好在题目中就能体现出来。所以，论文用什么题目，不只是一个语言表达的问题，而是与提炼问题有关。如何拟定写作题目，关键是你的研究是不是有自己的思路，有一个新的切入点。题目最好能够反映研究思路，如果不能，只能用"什么什么研究"作题目，那么在下面具体的行文过程中，比如在导言中，一开始就要讲出已有的研究是怎么做的，研究思路和角度是什么。研究方法和研究角度才是最重要的。现在大量的论文题目就是"什么什么研究"，始终没有展示出问题来，这种研究很可能就是平面的研究，泛泛而谈，罗列一些材料，而不是对某个问题的深入研究。材料必须围绕论述问题来运用，文章应该根据分析和论述问题的逻辑展开。如果讲到某个方面，只罗列很多材料，而分析问题的逻辑没有进一步的推进，这种罗列就没有意思了。一定要以问题为核心，以逻辑为线索，往前推进。

至于具体的语言表述，我认为应该达到四项基本要求，即准确、规范、简洁、有力。第一是准确，想明白然后写准确，把自己的意思表达得清楚明白。要想明白自己究竟要表达什么意思，写下的每句话是不是准确地表达了这个意思。现在很多年轻人写文章，随便一句话就写下去了。但如果你问他究竟要表达什么意思，他仔细想一想，才发现自己原来想表达的不是那个意思，或者没有说清楚。改用另一种说法，就能说明白。

第二是规范，即句子要符合语法规范。徐先生说他写文章时，会在脑子里把句子翻译成英文，看是否符合语法规范。因为中文的表达有时候是很模糊的，但如果翻译成英文，可能就会发现句子里的主语谓语、被动主动没有说清楚。当然不是要求同学们把所有的文章都翻译成英文，但是要想想句子是不是符合语法规范。

第三是简洁。一句话、一段话、一篇文章写出来后，都要回过头来看一看，里面是否有多余的字词，是否还有个别字词需要更换，是否哪里还多了或少了一个字、一个词或一句话。或某些字句不太顺畅明白，改一改就顺畅明白多了。写作过程中，写一句话的时候只想这句话，但句中某个词可能在前面出现过，在这里最好不要重复；或者这句话里面可以省略某个词，像"的、地、得、着、了、过"这一类的字，或"而且、更加、首先、其次"之类的词。如果语言本身就已经表现出内在的逻辑，根本用不到这些词，一般都可以删掉，删去了句子往往更简洁干净。当然，如果有意作为一种表示强调的修辞手段，那又另当别论。因此一定要在写完之后再看一看。这个办法非常简单，却很有效。鲁迅先生是写文章的大师，他的诀窍就是写完之后再看一两遍，把可有可无的字句都去掉，这真是写文章的不二法门。

第四是有力，是指运用一些写作技巧，让表达更有力。写文章时，要时时刻刻想到文章写出来是要给别人看的，不能只是自己觉得明白就可以。要想让人读起来更轻松，更明白，能给别人留下更深的印象，就需要考虑一篇文章乃至一段话怎么结构，比如先正后反，还是先反后正；先浅后深，还是先深后浅；先总后分，还是先分后总；先说重要的再附带说次要的，还是先说次要的然后越说越重要；一个句子是倒装还是顺序。甚至每一段里面第一句话怎么甩出来，也是需要思考的。美国学校里有大量这种实用性的课程，授课老师不搞学问，只是教你怎么写文章。这种课程非常有效，同样的一段话，本来写出来是软绵绵乱糟糟的，老师帮助调整锤炼、重新安排，就变得非常清楚。

学术文章如果能做到准确、规范、简洁、有力，就基本符合要求了。如果还想做得更好一点，那就是追求生动。生动是指在准确、规范、简洁、有力的基础上，想想哪些地方能不能换一个说法，比如换成比喻，或来一点描写、叙述、议论、抒情，穿插一下。如果一篇文章既条理清楚，又含有闪亮的、生动有趣的地方，这就更好了。西方早期的学校主要就教三门课程，语法、逻辑、修辞。学语法是为了把一句话说清楚，学逻辑是为了把一段话或一篇文章说清楚，学修辞是为了让表达生动、有力，合起来与我在这里讲的几点差不多。

总结起来说，就是：材料实实在在，观点明明白白，条理清清楚楚，语言干干净净。如果能做到这四点，就可以称为一篇比较好的文章。

我给大家推荐几个可以取法的榜样。北京大学历史系的田余庆老先生，一生的著作主要是两本书：一本是《东晋门阀政治》，一本是关于北魏史的《拓跋史探》。《拓跋史探》还是一本论文集，真正的著作就是《东晋门阀政治》。但是他在北大历史系有极高的权威，就是因为他为数不多的书和文章写得极好。第一，他选的问题好，都是重要的问题。第二，他研究的方法好。问题有价值就写，没有价值就不写，价值大就多写，价值小少写。他从什么角度切入，从哪里开始写起，怎样慢慢展开，最后怎样总结并归拢到什么问题上面，这些都值得作为典型的样板来学习。

还有一位就是裘锡圭先生。裘先生是研究甲骨文的，文章写得非常清楚干净。他曾经传授给学生一个诀窍，文章写完后要认真修改，修改时不能只看着修改，而是要念，念出来就会知道哪些地方太拖沓、太累赘，哪些地方不清楚、不准确。一句说不清楚就分成两句，一定要让句子念起来都是顺口的，这样看起来就顺畅，才是真的讲明白了。

我现在体会我的老师几十年前对我的教诲，"你想写好就能写好"，是什么含义呢？就是几乎每一个意思、每一句话、每一个字，都要认真地想明白以后再去写，才是真正把"想写好"落实到实处。只要有意识地这样要求自己，经过一段时间的磨炼，就可以形成比较好的习惯，达到一个新的水平，受益无穷。

最后，我推荐大家读一本书，是南京大学张伯伟教授编著的《桑榆忆往》。书中讲程千帆先生是怎么培养自己的博士生的。大家知道，程千帆先生培养的那些学生，现在都已成为国内古代文学界非常优秀的学者，莫砺锋、蒋寅、徐有富、张伯伟、张宏生、曹虹、巩本栋、陈节录、程章灿、曹虹等等,他们都取得了非常好的成绩。在这本书中可以看到,虽然他们天资都很好,但他们读博士的时候,给老师提出的问题,或者自己提出的一些想法,也还不是很成熟。他们有幸遇到了像程千帆先生这样的名师,他在指导这些学生时,往往一下子就点出什么课题没有必要做,什么课题有价值,什么课题应该怎么做。我看了这本书以后,除了敬佩,还感到欣慰,因为程千帆先生是湖南人,是我们的同乡前辈。如果你真的读懂了这本书,其实就几乎不需要硕士导师、博士导师了。